d'aujourd'hui

étranger

collection dirigée par
Jane Sctrick

LA VIE OBSTINÉE

WALLACE STEGNER

LA VIE OBSTINÉE

roman

Traduit de l'anglais par
ÉRIC CHÉDAILLE

PHÉBUS

OUVRAGE PUBLIÉ SUR LA RECOMMANDATION DE
MICHEL LE BRIS

AVEC LE CONCOURS DU
CENTRE NATIONAL DU LIVRE

Illustration de couverture :
Droits réservés

Titre original de l'ouvrage en anglais :
All the Little Live Things

pour Trudy, Franny, Judy, Peg

Ah, monsieur ! les bons s'en vont les premiers,
Et ceux qui ont le cœur aussi sec que la poussière de l'été
brûlent jusqu'à la bobèche.

WILLIAM WORDSWORTH

Comment puis-je savoir ce que je pense
avant de voir ce que je dis ?

Je n'étais pas descendu depuis une demi-heure que la pluie s'est mise à tomber. Elle est arrivée sans bruit en lisière d'une dépression venue du Pacifique qui doit en ce moment même déverser des seaux sur l'Oregon. Je contemplais tranquillement de la fenêtre de mon bureau les ors glauques du demi-jour qui jouaient sous le chêne vert, un œil sur un verdier qui fourrageait dans les feuilles mortes, quand j'ai tout à coup noté que le lointain, bien au-delà du rideau d'arbres, se striait de crachin. A présent, les dalles sont toutes luisantes, les branches horizontales de l'yeuse sont noires d'humidité, un *flic floc* de plus en plus précipité dégoutte des frondaisons qui surplombent la maison, le dos olive du verdier s'est fondu dans le crépuscule sombre. Je suis là à regarder la venue concomitante du soir et des pluies d'hiver, et je me sens aussi diminué, aussi maussade que la journée ou la saison. Moins affaibli que meurtri. Je suis comme un homme qui s'est fait rosser : chacun de ses mouvements lui rappelle son malheur et le remplit d'indignation.

Face à ce qui est arrivé, Ruth montre davantage de ressort : elle s'est mise à de menues et salutaires activités. Je ne serais pas autrement surpris de voir un panonceau « A VENDRE » sur la petite maison qui pour moi palpite encore un peu, telles les poudres qui retombent dans la lumière vespérale, de la présence de Marian. Mais Ruth, qui s'emploie à confectionner les petits fours, les plats mijotés à la cocotte et le pain complet qu'elle avait coutume d'y apporter en offrandes, voue l'avenir à l'impulsion d'une magie compatissante. Elle refuse la cassure, elle veut croire que nous entendrons avant longtemps claquer en contrebas la portière du vieux break ou que le vent nous apportera les voix de la fillette et de son père s'adressant au cheval pie.

Quant à moi ? Je me suis traîné jusqu'ici en parlant vaguement d'attaquer enfin mes mémoires. Mais ce que faisait quand il était en activité un agent littéraire maintenant en retraite, le milieu où il le faisait, tout cela est bien la dernière chose à laquelle j'ai envie de penser. J'ai l'esprit occupé de considérations bien plus sombres : notre condition d'êtres de chair, sensibles à la douleur, doués de conscience et taraudés par la conscience de cette conscience, condamnés à mourir et ne le sachant que trop. Ma vie trouble l'espace qui m'entoure. Je suis un sachet de thé oublié au fond de la tasse : le produit de ma macération ne cesse de devenir plus opaque et plus amer.

En rentrant, à midi, Ruth et moi n'avons pas échangé dix mots. Nous étions toujours en pensée sur la pelouse entre les pierres tombales usées. Mais quand nous avons traversé le pont branlant taché de noir et que notre regard a glissé sur les broussailles écrasées en contrebas, quand nous sommes passés devant la maisonnette et son jardin mangé d'herbes folles, qui, je suppose, évoque Marian sans lui ressembler le moins du monde, et quand nous est apparu un instant plus tard au détour du chemin le pignon de la cabane de Peck, quelque chose a, chaque fois, réduit le fossé qui nous séparait, un de ces moments qui, ajoutés l'un à l'autre, font qu'on finit par compter sur eux au cours d'une longue vie commune. Mais ni elle ni moi n'osions regarder en face ces présences matérielles, qui se succédaient comme autant de rappels du passé. Ruth contemplait ses mains, frottant machinalement l'un contre l'autre ses pouces sous ses gants blancs. Et c'est en silence que nous avons franchi le portail ouvert entre les grands eucalyptus puis remonté l'allée bordée de chênes.

Octobre est pour nous le mois le plus sombre. Rien de ce qui s'offrait à ma vue ne me plaisait. Les chênes étaient on ne peut plus poussiéreux, pleins de ramilles noircies tuées par des larves térébrantes. Les marronniers étaient entièrement dénudés. Seules quelques feuilles rouge terne pendaient aux buissons de sumac vénéneux. De frêles herbes folles ployaient sur les bas-côtés de la route et, alors que je prenais l'épingle à cheveux avant de m'engager dans le raidillon, j'ai noté que l'argile du chemin s'ouvrait de crevasses assez larges pour que vous vous y brisiez la cheville.

Et là sur la droite, comme je me laissais glisser en roue libre vers l'abri-garage, mon œil s'est posé sur le cerisier, ses feuilles pendantes, ses fleurs hors de saison, insensées et touchantes, toutes flétries. J'ai entendu Ruth prendre une inspiration. Des fleurs de cerisier en octobre, voilà bien le genre de chose dont Marian aurait tiré une de ses passionnantes leçons sur la vie.

Ruth est descendue de voiture.

– Je vais m'allonger un moment. Est-ce que tu ne devrais pas en faire autant ?

– Je crois que je vais rester bricoler dehors.

La blanche main s'est posée sur mon bras et j'ai pensé au gant d'un policier en tenue.

– Joe, tu ne vas pas aller noyer ton chagrin, dis ?

– Non mais ! pour qui tu me prends ?

Il n'empêche que sa clairvoyance m'interdisait, du coup, un endroit où j'avais à demi consciemment prévu de faire une petite visite. Elle le sait bien : quand j'ai le cafard ou que je suis en rogne, il peut m'arriver de boire un coup en douce.

Elle m'a fait un bec.

– Mon pauvre chéri ! – et, quand nos regards se sont trouvés : Pauvre Marian ! Pauvres de nous, tous autant que nous sommes !

Je l'ai suivie à l'intérieur pour troquer mon complet anthracite contre de vieilles frusques de jardinage, puis, sombrement, je suis ressorti dans le jardin. Mais je m'aperçois que je noircis le tableau. Jusqu'à la venue de la pluie il y a quelques minutes, nous avions eu une de ces journées typiques de l'été indien, tiède et sans un souffle d'air, mordorée, et il n'était pas jusqu'à la lumière qui n'eût cette rousseur légère, pure de certains cours d'eau du Vermont. Il flottait comme une odeur de cuir et de fumaison – peut-être les feuilles de chêne. Sur le talus, le pyracanthe portait de lourdes grappes écarlates. Au pied du coteau, le photinia était chargé de baies. Debout près de l'abri-garage, je contemplais ce qui avait été un potager et notre petit verger. Dressé dans mon champ de vision comme s'il eût fait cent pieds de haut, il y avait bien sûr ce sacré cerisier.

Mes mains se sont mises à trembler, des larmes me montaient aux yeux – honte et calamité ! On s'échine à bêcher, à fumer, à planter, à traiter, à tailler, à bichonner, pour qu'une vermine aveugle vienne se promener par là-dessous, détruisant tout sur son passage ! Je retournais dans ma tête l'interrogation désabusée de je ne sais plus quel poète : *Est-ce à cette fin qu'Il pétrit l'argile ?*

Je suis allé y jeter un coup d'œil. La cuvette n'était pas plus dérangée qu'avant ; en revanche, il s'était produit sous terre quelque chose de définitif. Le feuillage, encore vert voilà peu, pendait maintenant comme de la cellophane qui aurait essuyé un coup de chaleur. Çà et là sur les branches se voyaient les restes fanés des fleurs que l'arbre affolé avait produites lorsque le thomomys s'en était pris à ses racines. Tout a été terminé avant même que je sache que cela avait commencé. L'arbre a tenté de fleurir et fructifier, d'accomplir son cycle en l'espace de quelques jours, et il est mort sans s'en rendre compte. J'en éprouvais une terrible culpabilité. Il aurait fallu que je réagisse à temps, que je tente quelque chose. Mais quoi ?

J'ai refermé la main autour du tronc, j'ai tiré vers moi et, avec un petit craquement, il a cédé. Hormis le petit bout de racine que je venais de casser, il n'y avait plus rien ; rongé et quasiment poli jusqu'à peut-être six pouces sous la surface, il avait tout d'une canne à pêche.

Là-haut dans l'air bruni, une grande volée d'étourneaux s'est manifestée, faisant friser le ciel comme un banc de poissons la surface des eaux, puis s'en est allée d'un même virage sur l'aile. Une vraie vision à travers un polariseur. J'ai noté que le grand faucon à queue rouge qui vit dans l'herbage de Shields était perché tout en haut d'un eucalyptus. Sans doute m'observait-il de ses yeux à rayons X en se demandant ce que je fabriquais dans mon verger automnal à brandir ainsi le chicot rongé de ce qui avait été un très prometteur cerisier de Lambert.

C'était une bonne question et j'aurais su y répondre : je méditais sur l'inanité des aspirations et des espérances humaines, sur l'inexorabilité du temps, la vulnérabilité du bien, l'invisible omniprésence du mal, la fragilité et l'amour de la vie. Tels étaient mes thèmes de réflexion, et, tout en déambulant à droite et à gauche, j'étais accablé de constater que c'était Marian qui m'avait exposé à une souffrance morale que j'avais eu espoir de ne plus jamais ressentir. Je lui en voulais presque. Jusqu'au moment où elle surgit, j'avais réussi à être le retraité bricoleur dépourvu de tout trait bien saillant, mis à part une certaine capacité de jouer de la lyre tandis que brûle Rome et à en sortir de bien bonnes sous les murailles d'une Troie qui tombe. A présent, je sens la froidure. Je la sentais me gagner dans le verger et je la sens en ce moment. Je suis transi comme je l'ai été à la mort de Curtis. Cependant, alors que la disparition de mon fils m'avait poussé à trouver un terrier où me glisser, celle de cette jeune femme, que j'ai connue un semestre à peine, ne cesse de me forcer à sortir à découvert, et je déteste cela.

J'ai jeté le cerisier sur le tas de branches mortes que je brûlerai dès que l'interdiction de faire du feu sera levée. Les fleurs flétries de cet arbrisseau, image d'un avril avorté, me valaient douleur et colère là où il aurait pu n'y avoir que de la résignation. La philosophie de l'acceptation professée par Marian n'a jamais été la mienne – malgré ses représentations, je demeure un manichéen. Je suis d'accord avec elle : la force vitale aveugle qui opère sur ce sommet de colline est irrésistible et agit selon un principe plus puissant que la division cellulaire. Mais je ne puis la regarder comme une simple manifestation de la vie, comme un flux impartial et éternel, un échange ininterrompu de protéines. Et je ne vois rien qui démontre ce lent mouvement vers la perfection auquel croyait Marian. Peut-être ce que nous appelons le mal n'est-il, comme elle me l'avait dit le jour de notre première rencontre, que ce qui est en conflit avec nos intérêts ; mais peut-être faut-il aussi compter avec des réalités telles que l'ignorance, l'égoïsme, la méchanceté, la négligence criminelle, et qui sait si ce n'est pas du mauvais en soi, indépendamment des intérêts que ces tendances servent ou contrarient ? Allez savoir s'il n'existe pas une vie qui est bonne et une vie qui est mauvaise, de bons choix et de mauvais choix, et, entre eux, un sempiternel affrontement comme dans les hymnes qu'enfants nous chantions le dimanche au cours d'instruction religieuse. Et si le triomphe du bien n'était pas aussi certain que le pensaient nos catéchistes ?

Cependant, Marian m'habite et, quoique mes vues n'aient guère varié, je ne serai plus jamais le même. On peut dire que nous sommes tous d'une certaine façon conditionnés les uns par les autres, mais je le suis plus par elle qu'elle n'en avait idée. Elle a retourné ma pierre.

Regardant mon pauvre cerisier, je ne pouvais revenir en arrière. Seulement me livrer à une pantomime de l'impuissance. Tel un nain piquant une rage, une espèce de Grincheux tout droit sorti d'une farce pleine de méchantes fées, j'ai creusé à l'emplacement de l'arbre, creusé jusqu'à la galerie par laquelle le mal était entré en scène et jusqu'à celle par où il s'en était allé. J'ai placé un piège devant chaque issue, sachant fort bien que, même si je prenais ce thomomys, ma vengeance serait illusoire. Entourerais-je la colline de pièges, qu'il y en aurait encore pour passer au travers. Quand bien même je farcirais de carottes empoisonnées tous les terriers de la prairie de Shields, un couple de sujets féconds s'en tirerait toujours.

Je vois d'ici Marian sourire.

Accablés par un mal difficile à cerner : voilà comment je me représente les choses. Coupables et responsables les uns autant que les autres – Weld, Peck, les LoPresti et leur fille maussade, moi, John, et Marian elle-même. Et pourtant, jusqu'à ces derniers mois, cet endroit était l'île de Prospero. L'idée ne nous serait jamais venue de douter de son agrément ; nous n'aurions pas imaginé de le troquer contre notre ancien train-train sur le socle rocheux surchargé de Manhattan ou contre une de ces villégiatures ensoleillées où, sur fond de musique d'ambiance, de paisibles citoyens du troisième âge (le nôtre) arpentent sans fin la longueur d'un terrain de boules. En nous transportant ici, nous conservions au moins l'illusion de faire nos propres choix, et nous avons découvert que ce sanctuaire nous maintenait physiquement en vie, riches d'une sensation comme je n'en avais plus éprouvé de semblable depuis que, à Maquoketa dans l'Iowa, il y a des printemps de cela, j'allais avec les autres galopins plonger nu dans le torrent et en ressortais dans une bise glacée, tremblant et bleu de froid, pour connaître le bonheur d'une combinaison de coton enfilée sur ma chair de poule.

Durant plus de deux ans, ce bien-être organique a alimenté

notre vie. L'économie en pleine expansion ne nous devait rien. Nous ne sommes point partis en vacances, bardés de cartes de crédit, pas plus à Oahu qu'à Palm Springs ; nous ne sommes jamais allés à la montagne, caravane ou bateau en remorque ; nous ne cotisons à aucun club de loisirs, nous allons rarement au restaurant, nous ne possédons point de piscine bleu azur où des invités de marque barboteraient autour de tables à cocktail gonflables. Il n'est guère de mise, en ce siècle, d'avouer à quel point nous nous contentions de peu. Nous faisions des balades à pied, nous jardinions, nous lisions ; Ruth mitonnait de petits plats, je bricolais. Nous simplifiions les affects tout comme nous avions déjà anesthésié notre mémoire. Les jours filaient comme le miel d'une cuiller. Nous allions parfois boire un verre ou dîner chez des gens comme les LoPresti, avec qui les rapports étaient d'autant plus faciles et amicaux qu'ils étaient superficiels. Nous nous laissions de loin en loin tenter par un concert ou un spectacle à San Francisco. C'était tout, et cela nous suffisait.

Cependant un enragé du repli sur soi comme je pouvais l'être n'aurait-il pas installé à la première occasion une clôture pour séparer la propriété de Tom Weld de la sienne ? N'aurait-il pas prudemment tenu Fran LoPresti à distance ? N'aurait-il point passé Jim Peck et sa bande au pulvérisateur avant de les voir se répandre comme de véritables charançons ?

S'il y a un responsable, c'est moi. Quand nous avons rencontré Peck au fond du vallon, j'aurais dû ficher le camp les bras au ciel en criant : « Un fou ! Un fou ! J'ai rencontré dans la forêt un fou en livrée ! » Au lieu de quoi je me suis montré bonasse, me laissant piteusement empêtrer en toute connaissance de cause. Il venait telle une visitation – barbe, motocyclette et tout ce qui s'ensuit –, et j'eus tôt fait d'identifier dans sa petite tête ce cognement de rouages désaxés. Il me mettait en boule d'une façon que je ne connaissais que trop, et, face à lui, le doute m'assaillait de plus belle. Et puis lui et ses credos de fêlé représentaient une menace dont il fallait s'occuper d'une manière ou d'une autre, sinon ils allaient saper la paix à jamais.

Mais les Weld et les LoPresti, qui se bornaient à nous créer des complications de voisinage, voire Jim Peck, qui battait en brèche chacune de mes convictions, mettaient moins en péril notre sérénité que ne l'avait fait Marian Catlin, qui, elle, ne nous offrait que de l'amour.

Il s'agit d'un cercle vicieux. Je passe du chagrin à la colère, et de la colère à un sentiment d'échec qui assombrit des journées et des nuits entières ; et, partant du trop récurrent *remembrance vaut repentance*[1], je reviens à l'amer arrière-goût de la perte d'un être cher. De nouveau m'assaillent les questionnements sur les fins dernières.

L'autre soir, debout sur le patio à contempler les astres et les lumières perdues dans les collines, j'ai été parcouru d'une brûlure comme si l'on m'avait injecté du menthol dans les veines, secoué d'une convulsion glacée, envahi par la conscience aiguë et terrifiante que j'étais moi, que j'habitais depuis soixante-quatre ans sous ce crâne qui, de l'intérieur, paraît commodément habituel, mais que je pourrais ne pas même reconnaître s'il m'était donné de m'en éloigner de deux pas pour regarder sa surface dégarnie luire sous les étoiles. C'est moi, cette vieille tête chauve ? Seigneur ! Est-ce là ce qui s'offre au regard de Ruth ? Ce que Marian considérait d'un air affectueux et amusé ? Ce que Curtis rejetait et ce qui rejetait Curtis ? Et si je suis si étrange vu du dehors, suis-je tellement certain de connaître mieux ce qui se trouve à l'intérieur ?

Comment puis-je savoir ce que je pense avant de voir ce que je dis, demande quelqu'un, brocardant les philistins. Mais je ne trouve pas la question si stupide. Oui, comment puis-je savoir ce que je pense *à moins* d'avoir vu ce que je dis ? J'ai cultivé pendant deux ans un état que Marian appelait sommeil crépusculaire. Voici que mes paupières s'entrouvrent : je suis toujours sur le billard, la camisole troussée laisse voir l'incision, les clamps, les éponges et le sang, et les masques sont encore penchés sur moi avec une attention tout à la fois impersonnelle et profonde.

L'échappatoire, voilà le thème du rêve que je faisais. A mon réveil, je suis égaré et un peu nauséeux. Assis ici à faire le tri dans les sentiments et opinions de Joseph Allston tandis que la pluie

1. *Manuel des vertus et des vices*, 1346, transposant un texte français du XIIIe siècle.

poussée par la brise tiède du Pacifique balaie le paysage, je ne suis plus sûr de rien et surtout pas du code auquel je croyais conformer ma vie. Si, il m'en reste un petit quelque chose, et peut-être plus que je ne le pense en cet instant précis, car je crois aussi peu, ma foi, aux conversions et aux changements de caractère qu'à la possibilité de transformer en radar un poste de radio au prix de la modification d'un ou de deux de ses circuits. Je sais en revanche que l'on peut remplacer une lampe grillée ou ressouder un fil cassé. J'ai toujours tenu que l'attitude à adopter face à la souffrance d'autrui était la sympathie, qui, comme je l'appris en première année de grec, signifie « souffrir avec », et que, face à la sienne propre, il fallait continuer d'avancer un pied devant l'autre. Pourtant, je n'ai jamais été disposé à souffrir avec les autres et, lorsque ma propre souffrance m'est tombée dessus, je me suis terré au fond d'un trou.

Recalé en sympathie, j'ai eu à peine mention passable en stoïcisme. En revanche, j'ai décroché le premier prix d'ironie – cette calamité, cette escampette, cette cuirasse, ce moyen de rester planqué tout en jouant les esprits forts. Cuisante leçon que j'ai apprise, si toutefois je l'ai retenue : c'est réduire notre humanité que de nous défiler face à la souffrance, que ce soit la nôtre ou celle d'autrui. Que de nous débiner devant quoi que ce soit. Telle était la maxime de Marian. Sois ouvert et disponible, expose-toi, jette bas tes oripeaux et jusqu'à ta peau. Ta peau ? Promène-toi en écorché.

Il faut donc que je voie ce que je vais dire sur ce sanctuaire, ces embrouillements, ces amputations et blessures involontaires, ce deuil. Je suppose que, ce faisant, je vais devoir éviter de m'attendrir sur mon sort et me garder de la tentation masochiste. Ce Romain qui, en guise de mémento, s'enfonça un stylet dans la cuisse et le brisa à la garde, qui oserait prétendre qu'il ne prenait pas plaisir à pareil étalage de stoïcisme ? Mais je vais avoir Marian tout auprès de moi pour me ravigoter de ses rires.

La pluie tombe plus dru. Je devrais remonter à la maison, apporter du bois, faire du feu dans la cheminée et préparer telles consolations que requiert le premier soir d'hiver. Voilà déjà un moment que Ruth est seule. Mais je sais qu'il va me falloir revenir ici, souvent et régulièrement, dans ce pavillon qui me sert de bureau, le nombre de fois qu'il faudra pour faire la lumière dans ces recoins obscurs ou me convaincre qu'il n'y a rien à éclairer. Si, comme Marian le pensait, chaque particule de l'univers possède à la fois conscience et libre arbitre, alors elle a des responsabilités, parmi lesquelles l'effort pour comprendre. Je ne peux y couper, si fortement que j'aspire à retrouver les peu exigeantes ténèbres du dessous de la pierre.

PREMIÈRE PARTIE

I

Notre chat siamois, baptisé Catarrhe en raison de son ronronnement striduleux, a l'habitude de nous faire de menus présents et de les composer sur le paillasson avec une imagination qui va bien au-delà des matériaux ingrats dont il dispose. Ainsi, tel matin en ouvrant la porte, je serai accueilli par la mâchoire supérieure d'un thomomys, longues dents aux striures jaunâtres, sorte de sourire désincarné à la Bugs Bunny. Une fois, il y avait, fort efficace, la seule queue en panache d'un écureuil gris ; un autre jour, moins faste, la moitié antérieure d'un lapin de garenne ; un autre encore, une paire de petites pattes, pelotes tournées vers le ciel, comme reliées par un lien invisible à un désabusement cosmique. Bien souvent nous avons eu droit à des compositions de plumes, surtout en mars lorsque les jaseurs des cèdres en route vers le nord fondent sur les fruits blets des pyracanthes. Le moqueur, qui se croyait propriétaire de ces buissons, ne sait plus où donner de la tête. A peine en a-t-il chassé une bande qu'une autre s'abat derrière lui et se remet à boulotter. Il disperse les nouveaux venus, mais les premiers reviennent aussitôt en force. Ils peuvent en une seule journée le dépouiller entièrement de son garde-manger. Ils perchent par centaines dans le platane et recrachent les noyaux sur les pavés. Quand ils sont soûls, ils essaient de passer au travers des baies vitrées. Alors, Catarrhe emporte les victimes jusqu'au paillasson et dispose leurs pennes à bout jaune en motifs rappelant le jeu de jonchets.

Ce matin, ouvrant la porte sur une journée radieuse lavée par la pluie, j'ai vu qu'il s'était surpassé : un museau gris hérissé de longues moustaches, où luisaient quatre interminables incisives ; par-dessous et sur la gauche, un estomac intact, telle une prune violette, entouré d'un serpentin d'intestins iridescents ; et, sur le haut ainsi que sur tout le côté droit, englobant rictus et boyaux dans un grand S d'une symétrie et d'une dynamique parfaites, les neuf pouces de la queue d'un hamster. Assurément, Catarrhe n'avait jamais atteint de tels sommets ; *Neotoma fuscipes* est son chef-d'œuvre. Installé non loin de là au soleil, il se livrait à sa toilette, attendant les compliments, et il n'a élevé aucune protestation lorsque j'ai empoigné le paillasson à bout de bras pour l'emporter prestement sur l'arrière de la maison. Il comprend parfaitement que son art, telle une peinture navajo sur sable, ne doit pas survivre à l'heure de sa création.

Dans mon souci de transporter ce paillasson sans rien répandre de sa charge, j'ai oublié que ce côté de la maison est pour nous comme un lieu tabou. Au moment où je me redressais, une fois jetés dans les broussailles les restes du rongeur, j'ai pu embrasser du regard ce que Tom Weld, en huit jours tout au plus, a fait du coteau d'en face.

Chenil et pigeonnier, qui offensaient la vue, ont sauté. Mais disparu aussi le grand chêne qui couronnait la hauteur. Juste au-dessous du sommet, Weld a terrassé sur trente pieds de profondeur et lancé de là une rampe d'accès, où, pour l'instant, sommeillait un bulldozer tel un pourceau dans sa souille. A côté de l'engin, une avancée de terre grise se terminait en un long cône déversé le long de la pente. La pluie y avait tracé des rigoles ; soudain il était clair pour moi que notre chemin, qui passe dans le fond, serait recouvert d'un pied de boue.

Je contemplais avec amertume l'œuvre de Weld. Cette colline, qui naguère encore s'offrait à la vue telle une femme opulente s'étirant langoureusement, était mutilée, saccagée, et Weld n'avait visiblement pas dit son dernier mot. Seule une commission à l'aménagement composée d'amateurs infichus de lire des courbes de niveau avait pu accepter pareil projet ; seul un gougnafier avait pu le concevoir et le mettre en route. J'avais beau me dire que la clique qui était derrière Weld finirait, à coup sûr, par l'avaler tout cru avant l'achèvement de l'opération, il n'en demeurait pas moins que les dégâts seraient irréparables. Un tel gâchis me rendait malade, il faisait affluer des souvenirs par trop douloureux.

J'ai fait demi-tour en direction du devant de la maison. Trop d'événements malheureux de ces temps derniers me semblaient découler directement ou indirectement d'une initiative de cette ganache de Weld. Peut-être est-ce par lui qu'il convient de débuter. *Am Anfang*, Dieu créa Weld, et Weld était informe et vide [1]. Et je sais bien, pourtant, que Weld, si crispant soit-il, n'est à l'origine de rien du tout. Il était là avant tout début, il est là pour les siècles des siècles. Il n'est que le matériau brut de l'humanité, occupant aborigène de l'étendue inexploitée que l'on nomme paradis.

Lucio LoPresti non plus ne marque aucun commencement. Lui aussi existait là, échantillon avant la série, coup d'essai, à la fois ébauche et mise en garde, quoique je ne l'aie pas immédiatement vu ainsi et ne lui aie jamais retiré ma sympathie.

Mais alors, où commencer ? A ce que furent la vie et la mort de Curtis, qui nous a arrachés à notre existence de toujours et nous a fait larguer les amarres ? Non, pas davantage. Je me suis déjà penché sans fin ni profit sur la question et je me sens incapable d'y replonger. Rien de ce que j'entends vraiment analyser ne débute avant notre installation ici. Une fois trouvé l'endroit destiné à devenir notre refuge, nous avons été comme en hibernation ; contrariétés diverses, problèmes de voisinage, exigences venues du dehors, tout cela n'était que vrombissements de mouches nous persuadant que notre sommeil était paisible. Il a fallu quelque chose de plus pour nous en tirer : d'abord un long et puissant signal d'alarme, puis quelque chose de plus léger, un effleurement.

La sirène s'est déclenchée il y a un an. La caresse sur les lèvres qui nous a réveillés tout à fait n'eut lieu qu'en mars dernier.

1. Quasi-homonymie avec le mot allemand *Welt*, « monde ». *Am Anfang* traduit traditionnellement dans cette langue les tout premiers mots de la Genèse.

II

D'ordinaire, le coin ne se prête guère à la marche. Par temps de pluie, la glaise est collante comme de la poix. Tout au long de l'été et jusqu'au début de l'automne, la campagne est infestée de graminées couvertes de barbes et de piquants. Ces mois-là, nos promenades se bornent aux routes et aux chemins. Mais, dès qu'une ou deux averses ont couché les foins et déclenché la pousse de l'herbe nouvelle sans pour autant détremper le sol, alors de merveilleuses balades s'offrent à nous.

L'an dernier, la pluie est venue d'aussi bonne heure que cette année et chaque après-midi du mois d'octobre nous voyait, crâne chauve par-devant, tête chenue par-derrière, tweed rustique sur les talons du velours côtelé, franchir la clôture de l'herbage des Shields, moi brandissant le bâton d'épine noire jadis oublié chez nous par un poète irlandais. Nous empruntions un sentier où le cheval de Julie LoPresti avait creusé deux ornières si régulières qu'elles auraient pu être tracées par des skis. Nous débouchions dans un espace tout défoncé, abrité par un chêne, où l'animal avait coutume de dormir debout tout en fouettant l'air de sa queue pour chasser les mouches. Ensuite, nous longions la barrière séparant le pré du verger d'abricotiers de Weld.

Nous faisions toujours une halte dans ces parages, pour le coup d'œil : les ondulations de la pâture et des bois descendant jusqu'au fond du vallon, la falaise en face, avec le moutonnement des coteaux, et dans le lointain le flanc boisé de la montagne aux arêtes ciselées. L'air limpide, franchissant la chaîne, nous arrivait de contrées lointaines – Hawaï, Midway, innombrables Japon. Je n'ai jamais éprouvé avec autant de force que là-haut à quel point l'air qui nous baigne est infiniment d'un seul tenant. Pendant la promenade, nous étions, tels des cerfs-volants prenant leur essor, portés par ce fluide enveloppant.

Cela fait un an que les Shields, à qui appartient la prairie, sont à l'étranger. Après avoir traversé leur allée, il faut prendre à gauche, puis à droite après l'entrée de chez les LoPresti. Presque tous les après-midi, nous pouvions voir en contrebas Julie en train de faire travailler son cheval dans la carrière ou de lui bouchonner les flancs, et, du côté de la maison, Lucio occupé à empiler les adobes d'une aile supplémentaire. (Selon Ruth, il devait défaire dans la nuit ce qu'il avait monté dans la journée.) Fran ciselait ou ponçait languissamment une de ses sculptures en bois flotté, tantôt se serrant à l'ombre du parasol du patio, tantôt abritée sous un chapeau d'un yard de diamètre. Elle s'était finalement fait enlever deux ou trois nævi et craignait le cancer actinique.

De la part de Lucio et de Fran, un salut de la main, peut-être une minute de conversation à pleine voix. Venant de leur fille, rien. Elle n'était pas myope ; non, il s'agissait tout simplement d'une jeune personne qui ne savait pas sourire et n'avait rien à faire des hou ! hou ! et des trois mots de parlote de voisins à peu près aussi importants à ses yeux que le crottin de son équidé. Elle cultivait un antagonisme fait de froide férocité à l'encontre de sa mère, elle témoignait à son père une indulgence vaguement méprisante et portait un amour passionné à son cheval. En octobre dernier, avec ces trois possibilités, on avait fait le tour de ses états d'âme, je pense. Aujourd'hui, soit un an plus tard, l'éventail de ses émotions devrait s'être quelque peu ouvert.

Ruth prétend que, si l'on ne voit guère de garçons autour des écuries, c'est qu'ils aiment à démonter et à remonter les choses, et que le cheval s'y prête moins que l'auto, la moto ou même le vélo ; alors que les filles raffolent des chevaux pour leur côté organique, biologique – caressez-les, et voyez comme ils sont chauds ! Je me demande en revanche si Julie ne passait pas le plus clair de son temps avec le sien faute d'autre ami et parce que le monter lui offrait quelques passages à l'acte du genre placer un mors dans la bouche de son père et planter un éperon mexicain dans le flanc de sa mère. Agée de quinze ou seize ans, elle avait le sourcil noir, la poitrine passablement plate et la croupe abondante. A pied, elle était pataude et disgracieuse ; à cheval, elle était presque belle. Elle montait toujours à cru.

Or donc nous passions par là certain jour de l'automne dernier. Signe de Lucio, petit geste de la main gantée de Fran par-dessus une espèce de panneau de mosaïque posé sur un chevalet de sciage. Pas de Julie en vue – sans doute pas encore rentrée de l'école –, mais le cheval était là qui l'attendait, menton appuyé à la barrière de l'enclos. Nous nous engageâmes dans Ladera Lane sous les grands gommiers, dont l'écorce commençait de peler, révélant de délicats tons de pastel, et dont les fruits tombés, écrasés par les voitures, dégageaient une odeur que je n'ai jamais pu dissocier de l'épidémie de grippe de 1918, durant laquelle nous ne sortions pas sans notre masque de gaze imbibé de cette huile âcre. Après avoir longé le centre équestre – encore des demoiselles, aucun garçon –, dévalé jusqu'au fond d'un petit ravin qui fleurait la sauge et le laurier, puis tourné le coin d'une plantation de noyers, nous arrivâmes au pied de Roble Road dont nous gravîmes la longue côte, première crête visible de chez nous, pour prendre pied sur un plateau venteux d'où le regard embrassait l'étendue des bois en contrebas ainsi qu'une succession de collines roulant jusqu'à la cordillère.

Le paysage paraît immense, plus qu'il ne l'est pour de bon ; ces modestes reliefs sont, comme toute chose alentour, très vivants, très californiens, ce qui à mes yeux présente un côté rassurant. Il paraît que la chaîne se soulève d'un demi-pouce par an et, simultanément, se déplace d'autant vers le nord. J'y vois une parabole à l'usage des retraités. Restez peinards, le monde se charge du mouvement.

Ces premiers contreforts constituent la limite de nos promenades. Rembobinant notre longe, nous prîmes à droite à travers les mottes d'un verger fraîchement labouré pour ensuite enjamber une clôture, histoire de contourner le portail cadenassé du chemin privé, et nous retrouver dans le pré acheté il y a longtemps au père de Tom Weld par une circonscription scolaire tournée vers l'avenir. Un cheval blanc aux yeux vairons, la lippe pendante, les naseaux et les pieds noircis d'avoir foulé les madias, nous regardait sans broncher ; il avait l'air décrépit d'un vieux clochard tout sale à force de farfouiller dans un dépotoir. Des bœufs, se détachant en noir sur le brun-gris du coteau, ruminaient sous l'agonisante grotesque d'un chêne.

Devant nous et sur la droite, les collines descendaient en mourant vers la vallée. Les toits, les arbres, les rues s'étendaient à perte de vue jusqu'à la baie et, à travers une atmosphère où la brise avait balayé toute trace de smog, nous distinguions les ponts – Dumbarton, San Mateo et même le Golden Gate – et, tout au fond, sur les coteaux embrumés de la rive opposée, la blancheur ininterrompue de la grande ville.

Par-dessous ou par-dessus le souffle des bœufs et le bruissement paresseux du vent, je pouvais entendre le murmure de la circulation dans les milliers de rues de la vallée et cela m'inspirait tout à la fois de l'exaltation et le sentiment d'être assiégé. Un boum démographique de rien du tout, l'installation de ces conduites d'eau géantes auxquelles rêve Tom Weld, et c'en est fait de notre île déserte, bientôt divisée en lots à bâtir, et de notre béatitude, vouée aux oubliettes.

Une longue descente nous mena à un couvert plus touffu, maintenant que nous longions le lit asséché du torrent. Le dessous des taillis était tapissé d'asters poussiéreux avec, de temps à autre, un pied de gilia. Certaines herbes, déjà foulées, exhalaient de fugaces odeurs de menthe. J'avisai au milieu du sentier la fumée d'un animal, renard probablement, toute pétrie de poils et de plumes, et, la retournant du bout de mon bâton :

– Dis donc, ça doit faire mal. Comment se fait-il qu'un brave goupil, tout ce qu'il y a de sauvage et de naturel, souffre d'hémorroïdes étranglées ?

Composant avec ses lèvres une mimique qui pouvait donner à penser qu'elle allait me siffloter un air, Ruth susurra de son ton le plus conciliateur :

– J'ai un kleenex, si tu veux la ramasser pour ta collection.

Je fis les observations scatologiques de rigueur, puis, d'un coup de putt magistral, expédiai la chose dans les buissons. N'empêche. Je révère l'état de nature et vomis les prétendues améliorations qui gagnent les collines comme de l'impétigo. Cependant, qui ira prétendre que naturel et idyllique sont synonymes ? La nature est souvent défectueuse et l'*Homo faber*, famille à laquelle j'appartiens, entend la parfaire. Aussi, je la toilette, j'extirpe son toxicodendron, je pulvérise des pesticides, je plante des espèces qui porteront des fleurs plutôt que des fruits urticants, je m'efforce enfin de la parer des charmes et délices de l'Arcadie; moyennant quoi, ce que je réussis à obtenir, c'est une hausse des taxes locales, le traçage de nouvelles routes, le passage de nouvelles lignes électriques, et enfin, avec l'arrivée des petits malins de l'immobilier gros de leurs fantasmes de plus-value, le dépeçage des collines. Et, hélas, trois fois hélas, la perspective de pouvoir dire adieu à notre paradis terrestre.

Si j'avais trois vœux – mais un seul ferait l'affaire –, je bloquerais net toute urbanisation et renverrais les agents d'affaires cultiver leurs abricots. Mieux vaut goupil des champs, qui fait du sang, que renard des villes qui nous fait du mauvais sang [1], comme doit bien dire Ésope quelque part.

Le passage des cavaliers avait ouvert un andain de dix pieds de large dans les broussailles, mais le regain l'avait à demi regarni. Des frondes de sumac débordaient sur le sentier. Sarments desséchés de concombre et tiges de liseron faisaient comme un tissage reliant les buissons. Le sol, défoncé par les chevaux lorsqu'il était humide, avait séché et durci comme du ciment. Passant sous un rouvre, nous eûmes soudain le visage couvert de chenilles, larves de la mite du chêne, qui pendaient au bout de leurs fils, et Ruth en était encore à se nettoyer en frissonnant d'horreur, que nous étions rendus là où le talus s'interrompt brutalement pour laisser place au sentier qui traverse le lit du cours d'eau entre la maison des Thomas, alors inoccupée et en vente, et la limite sud de notre propriété. Nous aidant de racines saillantes, nous dévalons jusqu'au fond avant de regrimper en face.

Et alors, le choc, le coup au cœur, suivi d'un battement de chamade. Car là, au creux de ce quiet vallon où ne passait jamais personne hormis un cavalier occasionnel, et où les seules traces de roues étaient celles de l'employé qui venait vérifier périodiquement la pompe de notre puits, une moto était tranquillement arrêtée sur laquelle était assis un particulier en combinaison de pilote d'hélicoptère, orange et toute boursouflée de poches barrées de fermetures à glissière. Le devant, ouvert jusqu'au nombril, bâillait, révélant une poitrine velue faisant un avec une épaisse barbe noire.

1. L'anglais joue de façon intraduisible sur les trois significations de *pile*, « hémorroïdes », « pieu de palissade » et « paquet de fric ».

Caliban en personne.

Notre vue le surprit moins que nous la sienne ; j'eus même le sentiment qu'il était resté silencieux à dessein de provoquer notre saisissement. Assurant l'équilibre de sa machine du bout de ses bottes renforcées (à l'intérieur, ses pieds étaient sûrement fourchus), il nous regardait approcher. Il était jeune – pas plus de vingt-deux, vingt-trois ans. Il avait les cheveux longs, ébouriffés et même emmêlés là où le casque, pour lors accroché au guidon, les avait plaqués. Cette crinière débordait sur le col de son vêtement et descendait sur son front, dissimulant les cornes. Deux yeux marron, extraordinairement grands et vifs, luisaient au milieu de cette débauche de poil. Un sourire en suspens, vigilant, vaguement insane, révélait une denture à claire-voie, sans grâce, aux canines longues et effilées. Agitées par la brise, les feuilles du laurier sous lequel il stationnait éclaboussaient sa combinaison et sa tête hirsute de chatoiements vert et or. Chacun de ses mouvements provoquait de menus grincements et il dégageait comme un remugle de vestiaire mal tenu.

Le vent, là-haut, passait dans les frondaisons. Dans notre repli de terrain en revanche, l'air était parfaitement immobile et il y flottait un furieux mélange de parfums – odeur aigre du garçon, laurier, herbes écrasées, huile chaude, essence – qui me paraissait correspondre à ce que j'aurais humé dans un campement de bacchantes si toutefois les bacchantes allaient à moto ; et il me revint incontinent que les ménades s'étaient intoxiquées en mastiquant des feuilles de laurier. En dépit de la fixité de sa physionomie et de l'ensemble de sa personne, et malgré son sourire, je ne me laissai pas une seconde abuser par cette créature. Si je vis jamais une incarnation du désordre, elle était là devant moi. Il en émanait un principe aussi erratique, je-m'en-foutiste et dionysiaque que son fumet, et je n'avais pas eu l'occasion de rencontrer pareille paire d'yeux depuis que, dans le souk de Beyrouth, un garçon que je savais être un voleur à la tire m'avait regardé acheter pour Ruth une chaînette en or.

– Alors, perdu ? demandai-je.

– Non, non.

Sa voix était douce et souple. Il glissa une main à l'intérieur de la combinaison pour se gratter le flanc tout à son aise.

– Je n'ai pas entendu de bruit de moteur.

– Cela fait un moment que je suis ici.

Comme il ne pouvait ignorer qu'il se trouvait sur une propriété privée et qu'il avait peut-être deviné que j'étais le propriétaire, je lui laissai le temps de fournir quelque explication. Voyant qu'il n'en faisait rien, je m'enquis d'un ton un peu vif :

– A quoi faire ?

Le sourire s'élargit, révélant derrière les poils roussâtres deux lèvres très rouges.

– Je méditais, dit-il. Sous votre figuier des pagodes.

Voilà qui était aussi unique que la combinaison de vol. De plus, il s'exprimait d'un ton de bénignité amusée qui voulait dire que je ne comprendrais sans doute pas de quoi il parlait, mais que cela n'avait guère d'importance.

– Laurier, figuier, cela ne change pas grand-chose, dis-je. En revanche, je ne savais pas que l'on pouvait méditer à califourchon sur une moto.

Je suppose que ma voix était teintée de mépris. Plus d'une fois depuis ce fameux après-midi je me suis demandé si, à supposer que j'eusse adopté une attitude cordiale ou bonhomme, les choses auraient pu débuter et s'achever dans un climat de bonne intelligence plutôt que dans le soupçon et l'antipathie. Marian le pensait, de même que Ruth. Mais j'étais fort contrarié de cette rencontre alors que je pensais descendre dans un havre de quiétude ; tout en lui, depuis son refus de l'hygiène corporelle jusqu'à son moyen de locomotion, était une menace directement dirigée vers ma personne, et je ne pouvais pas ne pas le montrer. Il vrilla son regard sur moi – pour ça, il était vif, malin comme un singe, rien ne lui échappait, ni d'explicite ni de sous-entendu – et me fit observer de ce ton que je ne connaissais que trop, celui du fiston qui se contient tout juste face à un père qui ne veut rien savoir :

– Si vous approchiez, vous constateriez qu'il s'agit d'une Honda et non d'une Harley. Ce n'est pas parce qu'on roule à moto qu'on est forcément un Hell's Angel.

En effet, eus-je envie de répondre, pas plus que le fait d'entrer chez les gens sans y avoir été invité ne vous autorise à être arrogant. Mais je n'en fis rien car Ruth, debout à côté de moi, prit la parole et j'entendis, comme lui sans doute, sa petite voix chaleureuse, intéressée – indulgence, conciliation, défaut dans la cuirasse du vieux con.

– Comment savez-vous que c'est notre figuier ? demanda-t-elle.

– Vous êtes Mrs. Allston ?

– Oui.

– Ma foi, avec deux boîtes aux lettres, j'avais cinquante chances sur cent de tomber juste.

Sans que je sache trop pourquoi, même l'idée qu'il avait lu notre nom sur la boîte m'irritait. Non, mais qu'est-ce qui l'autorisait à venir rôder ainsi chez les gens ? Mais Ruth lui demandait :

– Auriez-vous par hasard des vues sur la maison des Thomas ? Parce que je crois qu'il faut prendre rendez-vous pour la visiter.

– Non, non, ce n'est pas ça.

Peut-être est-ce un plissement de ses paupières, aussi involontaire que le sourire réflexe provoqué par une douleur intestinale chez le nouveau-né, qui me donna à penser qu'il calculait un coup stratégique.

– J'étais déjà venu ici, une fois, dit-il avec douceur. C'est l'endroit rêvé pour jouir du calme et se laisser caresser par la brise.

Je ne pouvais discuter ses motivations : le vallon était certes ravissant et ce garçon avait effectivement besoin d'un bon coup de ventilation. Mais je ne voulais pas le voir s'attacher à cet endroit au point d'en faire son lieu de méditation habituel, car je régissais avec, comment dirais-je, panique, oui, c'est le mot, à la menace qui planait depuis qu'il avait posé ses panards sur l'humus desséché tapissant les abords du laurier. Fiche le camp, n'aie rien à faire avec lui. Danger, danger, danger.

– Êtes-vous étudiant ? interrogea Ruth.

– Oui.

Il avait réussi à dire cela du ton qu'il aurait pris pour avouer qu'il avait un chancre sous sa combinaison d'hélicoptère.

– En quelle année ? s'enquit Ruth, intéressée, oh, tellement intéressée.

– En licence.

– Et quelle matière étudiez-vous ?

– La philosophie.

– La philosophie ! Voilà qui doit être passionnant.

– Oui, fit Caliban. Ça doit…

Je m'étais aperçu que son sourire était à demi autonome. Au début, avant qu'il perçût la nuance d'hostilité qui colorait ma voix, ce sourire était comme il était ; mais maintenant, accroché à de mauvaises dents, il flottait, immuable, presque imbécile, pour ainsi dire indépendant de ses yeux, qui étaient, eux, lumineux, spéculatifs ; et rien à voir avec sa dernière observation, émise avec un soudain spasme de dégoût, comme s'il avait craché par terre. Bizarrement, cette répulsion le faisait paraître moins dangereux, lui conférait un air plus juvénile ; il n'était plus qu'un adolescent prolongé, somme toute parfaitement dans la norme, qui projetait sa virilité inquiète sur la moto et les rouflaquettes, sa prétendue aliénation sur la malpropreté et les cheveux longs, et sur cette combinaison orange son souci de ne pas passer inaperçu. Je lui accordai que cette tenue était moins conformiste que les jeans crasseux et les cuirs noirs de la Légion motocycliste, ou les pantalons bouffants, vestes de treillis kaki et sandales christiques des tribus de marginaux ; n'empêche, j'aurais pu le façonner à partir d'ingrédients disponibles sans ordonnance dans n'importe quel *coffee-shop* des abords du campus, et, contre une somme modique, lui aurais proposé une devise à l'usage de ses semblables :

DÉGOUTÉ ? CONTRE-ATTAQUE : SOIS DÉGOUTANT !

Et quand il fit jouer sa main droite sur la poignée des gaz, je notai qu'il avait bien les ongles longs à l'index et au majeur. Un gratteur de guitare, comme de juste, un amoureux de la culture populaire, dont il devait se faire la même vue mystique qu'un communiste de 1931 pouvait se faire des masses. Inutile de chercher à lui mettre dans le crâne que les petites gens qui mènent une existence toute simple et chantent des ritournelles toutes simples sont aussi ceux qui pratiquent discrimination et ségrégation, qui lynchent, se battent au couteau, avilissent tout ce qu'ils touchent, gardent une poire pour la soif, achètent à tempérament, adorent les slogans, raffolent des gadgets, brandissent le drapeau, placent maman au pinacle, ne connaissent aucune chanson traditionnelle, détestent les barbes et exigent la démission des directeurs d'école qui permettent que *L'Attrape-cœurs*[1] figure sur les listes de lecture. Je n'ignore rien des petites gens : je suis issu d'entre leurs rangs. Je ne savais pas d'où sortait Caliban, mais je subodorais qu'il venait des livres. Si j'ouvrais ses sacoches, j'allais sans doute y trouver Alan Watts sur le zen, blotti contre Kierkegaard, Eugene Goodheart, Norman Brown et Paul Goodman, et, qui sait, l'autobiographie bêlante de Woodie Guthrie[2], ainsi qu'un numéro de *Playboy*.

Il était un produit cent pour cent américain, l'authentique composite du vingtième siècle, fabriqué en série avec pièces interchangeables provenant de cinq ou six machines différentes. Mais lire en lui à livre ouvert ne me le rendait pas plus sympathique. Aussi, plutôt qu'un sentiment de panique, est-ce de la répugnance – combinée à une grande lassitude face à tout ce qu'il représentait et me rappelait – qui m'incita à prendre Ruth par le bras et à me mettre en route pour la barrière de chez les Thomas, un peu plus haut sur le sentier. A Caliban, je lançai :

– J'aimerais autant que vous ne fassiez pas une habitude de descendre jusqu'ici. Un mégot dans ces broussailles, et c'est tout le coin qui part en fumée.

– Je ne fume pas, dit-il.

Ses lèvres souriaient toujours au centre de la barbe, mais son regard était plus que jamais celui du type qui va décrocher le pompon. Je le soutins ; cela dura un moment, sans un mot, comme une espèce de duel. J'y lisais qu'il n'avait pas peur de moi, qu'il se souciait comme d'une guigne des vieux schnoques dans mon genre et qu'il me mettait au défi de lui refuser quoi que ce fût. Je brisai là cette escrime oculaire.

– Ça n'y change rien, laissai-je tomber.

Et, entraînant Ruth, je passai devant lui sans plus le regarder.

1. Roman de J. D. Salinger.

2. Quelques maîtres à penser de la contre-culture dans les années 60 : Watts, 1915-1973, l'écrivain qui prône la sagesse orientale comme alternative à l'individualisme ; Goodheart, professeur et sociologue ; Brown (né en 1892), érudit, spécialiste du sanscrit et des études indiennes ; Goodman, 1911-1972, psychothérapeute hostile à l'École, institution réputée oppressive ; Guthrie, vagabond, puis musicien folk de renom, auteur d'une autobiographie (1943), *Bound for Glory*.

Nous avions peut-être fait une dizaine de pas lorsque je l'entendis lancer d'un coup de kick le moteur de sa moto. Le voilà maintenant qui arrivait à notre hauteur, roulant si lentement qu'il devait balancer la machine du bout des pieds. Il parlait tout en souriant sans discontinuer.

Je m'immobilisai. Il dit encore quelque chose, mais qui m'échappa à cause du bruit. Il le répéta et, ce faisant, tourna inutilement la poignée des gaz, en sorte que le vacarme reprit de plus belle. Ne laisse pas ce coco-là te mettre en boule, me dis-je ; c'est exactement ce qu'il cherche. Aussi attendis-je, et lui de même, grotesque tête de loup, l'œil et le croc luisants. Au bout d'un moment, je repartis sur le chemin. Il emballa son moteur pour nous rattraper, puis le coupa.

– Quoi ? Qu'est-ce qu'il y a ? lui lançai-je.

– … vous demander une faveur.

Une faveur. Mais d'un ton aussi insolent que possible afin d'éviter toute trace de servilité ou d'infériorité. Il avait dit cela comme il aurait lâché : je t'emmerde, vieux con – ce qu'il aurait sûrement fait s'il avait exprimé le fond de sa pensée. D'où venait donc cet antagonisme ? L'avais-je suscité ou existait-il d'entrée de jeu comme entre chien et chat ? J'ai bien peur de ne jamais connaître la réponse.

– … si ça ne vous dérangerait pas que je campe ici, dit-il.

Il fallait lui reconnaître qu'il savait se montrer imprévisible.

– Camper ? Sous la tente ?

– Peut-être bien une tente, oui. Il me faudra un abri d'un genre ou d'un autre pour quand il pleut.

– Il n'y pas de résidence universitaire sur le campus ?

Il se borna à lever les yeux au ciel, à renverser la tête en arrière et à froncer les lèvres en cul de poule.

– Il doit quand même bien y avoir des studios à louer en ville, vous ne pensez pas ?

– Je ne me suis pas bien fait comprendre, dit-il. Je veux camper.

Nous nous toisions au centre de ce coin de paradis. Ses yeux de voleur à la tire étaient retors, mais sa voix était toujours aussi douce, avec quelque chose comme un reste de lallation. Il battit une seule fois des paupières. Il ne faisait rien pour m'enjôler et se tenait là, devant moi, franc comme l'or.

– Non, dis-je, c'est hors de question.

– Joe… commença Ruth.

Après avoir laissé passer un temps pour voir si elle allait poursuivre – il lisait en nous comme un marin voit la météo dans le ciel –, Caliban demanda d'une voix égale, sur le ton de la conversation :

– Pourquoi hors de question ?

Il paraissait sincèrement intéressé, comme si on lui parlait d'un tiers. Peut-être aurais-je dû lui dire que je ne voulais pas de lui ici, ce qu'au reste il savait parfaitement. Au lieu de quoi, j'argumentai piteusement, sans avancer les vraies raisons :

– Les risques d'incendie. La question sanitaire. Notre puits est tout à côté.

– Oui, je l'ai vu, dit-il. Mais je pensais à un emplacement de l'autre côté du ruisseau. Si vous voulez venir avec moi, je vais vous montrer.

– C'est tout à fait inutile.

Mais Ruth m'avait pris le bras, elle haussait épaules et sourcils. Ses signaux étaient aussi clairs pour Caliban que pour moi. Il jucha la Honda sur sa béquille et, ouvrant la marche, nous ramena sous le laurier. Tout en suivant sa silhouette fluorescente, je marmonnai du coin des lèvres :

– Bon sang, c'est comme de se faire enlever par les Martiens.

Ruth ne répondit pas.

A la hauteur du laurier se trouvait le confluent de deux torrents à sec. Chacun avait creusé une ravine très encaissée d'environ dix pieds de largeur sur douze de profondeur. Ces deux fossés se rejoignaient entre notre terrain et celui des Thomas pour former un lit plus large, mais pas plus profond. La piste cavalière franchissait le tronc du Y juste au-dessous de la jonction. Quant aux deux branches, elles délimitaient un petit terre-plein mangé de sumac vénéneux sur lequel se dressaient deux grands chênes verts où s'enroulaient les sarments du sumac en question. Sur l'arrière de cette banquette, la colline, maquis d'arbustes et de broussailles, s'élevait presque comme une falaise.

– Là, dit Caliban.

Je m'esclaffai : cet emplacement était celui que des gamins d'une douzaine d'années auraient forcément choisi pour construire leur cabane.

– Il vous faudrait des ailes.

– Ce n'est pas un problème.

– Pourquoi là ? lui demandai-je. Pourquoi pas, par exemple, au pied de cet arbre ?

– Parce que, avec la colline dans le dos et de l'eau de chaque côté, personne ne peut vous atteindre.

– Pourquoi ? Quelqu'un vous en veut ?

Cela nous venait tout naturellement : un regard, une parole, et nous tournions en rond, tels deux lutteurs cherchant une prise. Une seconde de flottement, et il me répondit :

– Je n'aimerais pas me trouver en position d'être dérangé par tous les gens qui passeront ici.

Je fus tenté de lui faire remarquer que si nous, nous n'avions pas été dans ce cas, nous n'aurions pas été présentement en train de soutenir cette conversation absurde. Au lieu de cela, je me contentai de lui dire que nous étions les seuls à venir ici. Et je compris à son regard que c'était précisément à nous qu'il pensait. Il mit les points sur les i en ajoutant :

– Je respecterais votre intimité, j'en attendrais autant de votre part.

Après une seconde d'incrédulité, je me permis d'éclater de rire. Mon hilarité ajouta un petit surcroît de fixité à son sourire. Nous étions là, antagonistes prédestinés, à nous faire la risette.

– Je suppose que vous tenez à votre tranquillité, observa-t-il. Vous avez là-haut un panneau « CHEMIN PRIVÉ ».

– En effet, oui. Je me disais que vous ne l'aviez pas vu.

La pique affermit encore le sourire du sacripant, nul vacillement dans sa vigilance. Histoire de donner à ma fin de non-recevoir un ton aussi ferme qu'argumenté, j'avançai :

– Ça regorge de sumac vénéneux, par ici.

– Je défricherais. Votre propriété s'en trouverait embellie.

Il avait dit cela comme un défi, et je l'aurais relevé si, sur mon flanc, Ruth n'avait traîtreusement demandé :

– Et pour l'eau, comment feriez-vous ?

– Il y a un robinet sur la tonne de votre puits. Il ne me faudrait pas plus d'un seau par jour.

– Et question commodités ? m'enquis-je, tout en sachant que

c'était une erreur, que je n'aurais pas dû aller jusqu'à me prêter à ce petit jeu des questions sans réponse, mais au contraire lui opposer un refus net et catégorique.

– Des waters chimiques, me répondit Caliban. Ce n'est pas un problème.

– Vous avez tout prévu, à ce que je vois.

– C'est ce à quoi je réfléchissais quand vous êtes arrivés.

Aussi clairement que si elle l'avait énoncé à voix haute, je pouvais entendre Ruth me demander quel mal il y aurait à laisser un étudiant s'installer dans ce coin de broussailles. Voici qu'il me fallait à présent faire face sur deux fronts. Je répétai que j'avais peur du feu. Même s'il ne fumait pas, il lui faudrait faire sa tambouille. Il répondit qu'il savait où emprunter un réchaud à pétrole, et puis il ne ferait pas tellement de cuisine : il se nourrissait surtout de fruits, de noix et noisettes.

– Oh là là, fis-je, qu'est-ce que c'est, une retraite mystique ? Vous comptez vous poser là, vêtu en tout et pour tout d'un linge autour des reins, à grignoter des dattes et des raisins secs en serinant *Om dat sat* aux oiseaux et aux écureuils ?

Il me regarda avec, me sembla-t-il, de la surprise. Quels que fussent son accoutrement et son état de crasse, il y avait une certaine élégance dans sa façon de hausser un sourcil.

– Je vois que vous avez révisé la leçon.

– Une vie saine, une méditation poussée et un régime pauvre en protéines.

– Tout juste.

– Et au diable tout le bric-à-brac de papa !

– Exact.

– Seigneur Dieu ! Cela vous ennuie si je résume votre cas ?

– Allez-y.

– Voyons voir, dis-je en commençant de compter sur mes doigts. Vous feriez votre retraite spirituelle sous une tente fabriquée en usine, imperméabilisée chimiquement. Vous utiliseriez des waters chimiques fonctionnant à la chaux vive industrielle. L'eau vous serait fournie, grâce à votre serviteur, par une pompe électrique d'une puissance de deux chevaux-vapeur, produit de l'industrie. Vous prépareriez votre thé sur un réchaud à pétrole – emprunté certes, mais néanmoins manufacturé en usine. Vos allées et venues se feraient sur une motocyclette fabriquée au Japon et parvenue jusqu'à vous grâce à un système élaboré d'échanges internationaux sous-tendu par un tissu complexe d'accords et de traités politiques. Les raisins secs dont vous vous nourririez seraient issus de l'industrie alimentaire. Idem pour vos cacahuètes salées. Le soir, vous vous délasseriez – je vois que vous pratiquez la guitare – avec un instrument sorti des ateliers Martin ou Gibson. C'est ça, se retrancher de la société de consommation ?

A mesure que je parlais, le sourire de Caliban se modifia au point que je me fis bien malgré moi la réflexion que des lèvres environnées de barbe ressemblaient bougrement à une autre sorte d'orifice corporel.

– En quoi est-ce que cela vous dérange ?

– Cela ne me dérange pas. Simplement, je me demande ce que vous entendez remontrer au bric-à-brac de papa par un retranchement bidon.

– Ce n'est pas mon intention. Je n'ai qu'une vie. Je ne vais pas la passer à donner des leçons à une civilisation merdique.

– Qu'elle aille se faire voir !…

– Oui, c'est ce que je dis.

– Tant qu'elle vous fournit vos treize cents livres d'acier, cinq cents livres de ciment, deux cents livres de sel, cent livres de phosphate et le reste des vingt tonnes de denrées diverses nécessaires pour faire vivre un individu pendant une année dans cette société, même s'il prétend vivre en marge. Vous voulez jouer les Robinson, mais avec toutes les commodités modernes, c'est ça ?

– Si elles sont disponibles, tant mieux. Si elles ne le sont pas, tant pis.

Visiblement, il croyait à ce qu'il disait. J'aurais pu lui faire observer que dans la Californie des années 60, même la terre à squatter coûtait son prix – la taxe foncière sur cet arpent de broussailles s'élevait peut-être à soixante-quinze dollars l'an. Mais il me fatiguait, debout là devant moi avec son éternel sourire, entêté, provocateur, changeant des absurdités en faits réels par le simple refus d'écouter autre chose que le mouvement de son esprit borné. Cependant, à sa manière un peu fêlée, il exprimait certaines de mes vues et j'éprouvais une sorte de gêne en constatant qu'en le rembarrant ainsi je m'épinglais moi-même. Je m'étais retiré, tout comme il projetait de le faire, d'une société par trop robotisée pour me cacher au fond d'un cul-de-sac derrière un panneau « CHEMIN PRIVÉ ». Et notre échange, y compris l'hostilité et le mépris qui y affleuraient, me rappelait trop de vaines discussions d'un proche passé.

– Bref, dis-je, c'est de toute façon disputer sur le sexe des anges.

Comme elle le fait si souvent, Ruth changea de sujet juste comme je m'apprêtais à claquer la porte au nez de l'importun. Elle continuait de jouer à la brave petite vieille qui s'intéresse à la jeunesse. Mais ce n'était pas uniquement de la composition. Elle s'intéressait vraiment à ce zozo. D'où était-il ? Où habitait-il en ce moment, que cela l'incitât à s'en aller vivre au milieu des bois ?

Il nous renseigna de son timbre doux et modulé, sans nous quitter des yeux une seconde, son élégant sourcil se haussant à l'occasion afin de nous suggérer telle ou telle réaction, tantôt étonnée tantôt amusée. Il était originaire de Chicago. Où logeait-il ? Nulle part. Pour qui était-elle faite, cette université-garderie ? Une fac, c'étaient des étudiants et des profs, un point c'est tout. Alors, on fourrait dans son sac à dos une brosse à dents, un duvet et une paire de chaussettes de rechange, et on trimballait ce petit nécessaire avec soi, même en cours. Envie de prendre une douche ? On allait au gymnase. (Que n'y va-t-il plus souvent ! me dis-je.) Pour la nuit, il suffisait de trouver un coin tranquille dans le parc ou au stade. La semaine passée, il avait dormi dans l'auditorium, qui n'était pas mal, car les fauteuils en étaient capitonnés, mais présentait cet inconvénient que l'on devait passer pas mal de temps à se planquer à droite à gauche en attendant que la troupe de théâtre ait fini de répéter et que l'endroit soit désert. Et puis le personnel, levé aux aurore, était à pied d'œuvre dès sept heures du matin. Caliban avait entendu dire que l'on pouvait, grâce à des trappes de visite, filer par les conduites de chauffage jusqu'à des bâtiments pourvus de banquettes, mais il n'avait pas pris la peine de vérifier. Il était plus tenté par le camping.

Son monologue gagnait en verve. Le débit se réchauffait, ses mains longues et fines mimaient cette bohème estudiantine. Il ne me quittait pas des yeux afin de vérifier l'efficacité de son petit numéro.

– Tout cela pour suivre ses études ! s'exclama Ruth.

Il tourna la tête, sa grosse tête-de-loup, et orienta vers elle ses yeux luisants et ses lèvres sphinctériennes, se demandant peut-être si elle se moquait. C'était le cas, mais il lui aurait fallu plus de pénétration pour en avoir le cœur net. Après un temps de flottement, il reprit :

– Un soir, les flics nous ont chassés du campus et je suis venu dormir ici. Au pied de cet arbre. Les oiseaux au petit matin, la rosée sur les feuilles, une idylle !

Vifs comme les petits crabes dans les algues, ses yeux me parcoururent.

– J'aurais pu passer depuis lors toutes mes nuits ici sans que personne soit au courant.

Comment fallait-il entendre cela ? Prétention ou candeur ? Une menace ?

– Peut-être bien, dis-je. Mais désormais ce ne sera plus possible.

Il se tenait à deux pas de moi et grattait sa clavicule velue. J'eus de nouveau l'impression qu'il faisait de la provocation délibérée, ou qu'il se montrait alternativement engageant et arrogant, comme s'il voulait mon accord, mais donné de mauvaise grâce, voire avec animosité, à croire qu'il aurait davantage de prix à ses yeux s'il m'était arraché. Il ne s'abaisserait pas plus que cela, ne ferait aucune promesse et, si je refusais, viendrait quand même s'établir dans mon bois.

Les émissions télépathiques de Ruth me pénétraient comme un rayon laser. J'étais gagné du sentiment, déraisonnable et contraire au bon sens, de faire preuve de mesquinerie en persistant dans mon refus, alors que, si ce gosse m'avait plu, j'eusse volontiers accepté. Une part traîtresse de ma conscience me susurrait que ce terre-plein n'était qu'une friche inutilisable, coupée de la piste cavalière, inaccessible même aux galopins en maraude.

Un geai entra en coup de vent dans le laurier, nous lança son rire tonitruant et s'en fut tout aussi vivement. Un parfum de chaos bachique sortait de la combinaison ouverte de Caliban comme de l'enclos d'un bouc. Je me demandai comment quiconque pouvait voisiner avec lui pendant les cours. Je me demandai s'il avait le moindre ami.

– Joe… plaida Ruth.

Tu es en train de faire une grosse bêtise, pensai-je, et tu le regretteras sûrement.

– C'est bon, dis-je. Vous pouvez camper ici, mais à certaines conditions. Vous ne faites pas de feu, vous n'apportez pas d'armes, vous n'abattez aucun arbre, vous installez des latrines et vous enterrez profondément tout ce qui est ordures et boîtes de conserve. Et ne laissez pas couler le robinet de la tonne.

Je ne sais pas trop ce que j'espérais – au moins un changement de physionomie. Il se borna à me considérer en haussant son sourcil.

– D'accord, fit-il.

Pas de remerciement, aucune manifestation de plaisir ni de reconnaissance. Pour le contraindre, je lui tendis la main. Après un temps, il se résolut à la prendre. La sienne était mince, sèche, dure, je pensai à une serre d'oiseau.

– Comment vous appelez-vous, pour le cas où la municipalité y trouverait à redire ?

– Peck. Jim Peck.

Toujours pas le moindre changement d'expression. Surtout ne pas se laisser aller à pratiquer un ton jovial ou simplement amical. Son nom, d'une voix douce, mais avec comme une ironie sous-jacente. Il y a quelque chose dans toutes les barbes qui vous a des airs de pied de nez. Grand merci. A la bonne vôtre. Nous n'avions pas encore tourné les talons que je regrettais déjà d'avoir cédé.

Nous étions à mi-montée, marchant à pas lents pour cause de pente prononcée et de souffle court, lorsque je lâchai :

– Pourquoi, bon sang, m'as-tu laissé faire ça ? En fait, tu voulais que j'accepte.

– Oui.

– Je me demande bien pourquoi.

Elle s'immobilisa, un pied vers l'amont, et s'accouda sur son genou.

– Joe, tu sais bien, dit-elle sans tourner la tête vers moi. Tu as sûrement pensé la même chose que moi. Ils sont si nombreux dans le même cas qu'on se dit que c'est plus fort qu'eux. Si Curtis était allé trouver quelqu'un pour lui faire une demande de ce genre, tu aurais préféré qu'on lui fasse bon accueil ou qu'on l'envoie promener ?

– Et dans la première éventualité, l'intéressé s'en serait-il par la suite félicité ou bien mordu les doigts ?

– Écoute, je me dis qu'il est plus sain de camper dans la nature que de dormir dans un auditorium ou un amphi.

Elle avait fait vibrer la même corde le jour où Curtis s'était mis à pratiquer le surf : c'était un mode de vie « plus sain » que de traîner au milieu de la faune de Greenwich Village. Oui, et tu as vu ce que cela a donné, fus-je à deux doigts de lui répondre.

Son visage, habituellement alerte et guilleret, paraissait fatigué. Elle gravissait la côte en mettant péniblement un pied devant l'autre, fixant du regard le bout de ses souliers. Elle pensait, je le savais, que le jeune Peck m'avait horripilé précisément parce qu'il était comme Curtis. Et sans doute était-elle en train de se dire que, quelque insensées que soient leurs initiatives, il fallait leur offrir toutes les chances possibles de s'en sortir.

Je me demandai si elle se rappelait le nombre d'occasions favorables qui s'étaient offertes à Curt, et combien il en avait gâché. Pour ce que j'en savais – car nous ne parlions plus guère de lui entre nous –, elle avait peut-être fini par se persuader qu'une chance supplémentaire l'aurait sauvé, qu'à l'époque où il se noya il était en train de s'extraire de son marasme moral. Le plus terrible, à ses yeux, était peut-être qu'il n'eût pas eu le temps de démontrer qu'il était sauvé. Ou bien pensait-elle que, étape par étape, une indulgence infinie lui eût permis de surmonter un à un les problèmes pour enfin se tirer d'affaire ? Et m'en voulait-elle toujours de mon manque de complaisance ?

III

J'avais cru pouvoir cerner Jim Peck à partir des petits riens de l'engouement intellectuel, de l'anarchie émotionnelle et de la bêtise noire qui ont embelli notre monde au cours des dix dernières années ; pourtant, à sa façon, il ne laissa pas de me surprendre. Si toutes les inepties de l'époque s'étaient fixées sous son crâne comme le DDT dans le foie des oiseaux et des poissons, force me fut bientôt de reconnaître qu'autre chose s'y mêlait.

D'une part, il était costaud. Rien chez lui de cette affectation de mauvaise santé ni de ce mépris de la force physique que j'avais toujours observés parmi l'intelligentsia littéraire. D'autre part, il aimait à travailler de ses mains. Il était loin d'y exceller et n'était qu'un bricoleur plutôt maladroit, mais cela lui plaisait ; il était homo faber dans l'âme.

Deux jours après notre première rencontre, comme je sortais du chemin en voiture, j'aperçus du mouvement entre les frondaisons et m'arrêtai à un endroit d'où la vue portait jusqu'au fond du vallon. Peck, tout sec et velu, vêtu d'un jean coupé au-dessus des genoux, était en train de tester une corde terminée par un gros nœud qu'il avait attachée, de ce côté-ci de la ravine, à la plus haute branche du laurier. Course d'élan, envol, et il atterrit de l'autre côté, du sumac jusqu'à la taille ; nouvelle impulsion et nouveau décollage pour revenir à son point de départ. Il leva les yeux vers moi, me vit, mais ne m'adressa pas le moindre signe ni hochement de tête. Peut-être redoutait-il de me voir envahir son intimité. S'il s'était montré plus liant, je serais peut-être descendu l'aider à s'installer. Il n'en fit rien, je campai donc sur mes positions. Je redémarrai, plutôt contrarié.

Nous ne le revîmes pas d'une dizaine de jours, même si je notai qu'il avait fait un peu de débroussaillage sur le terre-plein. Puis, un samedi, on entendit des coups de marteau et, en descendant prendre le courrier, j'avisai deux motos garées sous le laurier : Peck et un cobarbu étaient en train d'assembler une espèce de plancher. Le lendemain matin, une tente marron y était dressée. Quelques jours plus tard, profitant de l'été indien pour faire notre balade habituelle avec retour par le chemin cavalier, nous vîmes que Peck avait entrepris de construire une passerelle. Comme il n'était pas là pour défendre son intimité, nous prîmes le temps d'y jeter un coup d'œil.

Il avait enfoncé en terre quatre forts madriers, deux de chaque côté de la ravine, et avait tendu entre eux deux paires de câbles joignant la base et le haut des poteaux. En guise d'échelons, il avait commencé de brêler des planchettes en travers des deux cordages inférieurs. Cette opération, manifestement fastidieuse, n'était pas très bien exécutée et il n'en avait pas fait plus du dixième. Je m'y risquai, mais autant essayer de marcher sur une échelle de corde horizontale.

Toujours de la berge, nous nous intéressâmes aux aménagements domestiques de Peck. Il avait fait sa plate-forme considérablement plus grande que la tente ne le nécessitait, se ménageant une avancée de huit ou neuf pieds de profondeur sur une douzaine en largeur. Un fauteuil en toile verte, un de ces machins en forme de chauve-souris, y trônait à côté d'un bout de bastaing de séquoia tenant lieu de table basse. Une boîte de bière y traînait. La tente était dressée de guingois ; la toile du toit, étirée par les tendeurs, faisait des plis, tandis que les parois godaient. L'ensemble présentait néanmoins un aspect engageant et je demandai à Ruth comment il se faisait que nous n'eussions jamais eu l'idée d'aménager le coin. Peck parti, nous pourrions y construire une gloriette et un pont japonais pourvu d'une arche très prononcée, en sorte qu'à la saison des pluies nous descendrions boire le thé bercés par le bruit si peu californien de l'eau courante.

Saint Siméon Stylite avec lieux d'aisances, Thoreau avec toutes commodités, Peck nous offrait nuitamment des visions fugaces de sa lampe à pétrole luisant à travers les arbres, et il arriva une ou deux fois qu'il nous apparût, franchissant la passerelle avec un seau d'eau en plastique jaune ou bien s'activant autour de la tente. Mais les pluies arrivèrent, le sentier et les bas-fonds devinrent trop boueux pour la promenade. Nous ne le voyions plus que de loin et constations sa présence ou son absence selon que la Honda, à présent recouverte d'une bâche, se trouvait ou non sous le laurier. Un jour que je rentrais sous une averse, je distinguai à travers les branches agitées et les rideaux de pluie sa tente qui luisait comme une luciole, et je lui aurais pour un peu envié cette situation à la fois exposée et sûre. Je ne vois rien de plus plaisant que d'être à deux doigts du péril ou de l'inconfort, mais tout en s'en trouvant protégé, et de préférence grâce à ses propres efforts et précautions. La civilisation a vu le jour quelque part autour de ce sentiment, et je n'étais pas en désaccord avec Ruth lorsqu'elle disait qu'il y avait de l'espoir pour tout Caliban, si maladroit soit-il, animé du désir de se construire un toit.

Si nous n'avions pas échangé une parole avec lui depuis notre première rencontre, sa présence se faisait en revanche sentir en permanence et parfois avec intensité. D'une façon que je trouvais exaspérante, il s'imposait à nous comme un voisin à part entière. Nous nous retournions sur lui quand il arrivait ou s'en repartait; nous entendions le ronflement de sa moto à chacune de ses allées et venues; nous savions quand il était là et quand il n'y était pas. Et quelquefois le soir, lorsque nous faisions vingt fois le tour de la maison, seul moyen de prendre un peu d'exercice sans patauger dans la bouillasse, nous entendions les accords de sa guitare, et les accents en étaient si désarmants qu'il nous semblait tout à coup qu'aucun des habitants de ces collines n'y était mieux à sa place que Jim Peck. Un matin, après une violente tempête, je me surpris à regarder de son côté avec presque de l'inquiétude pour voir comment il s'en était tiré.

– Il paraît si seul, observa un jour Ruth. Il ne semble pas avoir le moindre ami…

J'appuyai sur elle un regard dépourvu d'aménité.

– Tu voudrais peut-être qu'on l'invite à manger ?

Ce n'est pas souvent que j'arrive à la déstabiliser.

– Je ne dirais pas que c'est tout à fait exclu, fit-elle, sur la défensive.

– A Thanksgiving, peut-être ?

– Et pourquoi pas ? me rétorqua-t-elle, montant sur ses grands chevaux. Quel mal y aurait-il à cela ?

– Enfin quoi, la sensiblerie, ce n'est pas ton genre. Si tu t'imagines qu'il pleure la chaleur d'un foyer et qu'il va accepter avec gratitude une part de tarte, laisse-moi te dire que tu te mets le doigt dans l'œil.

– Il est jeune, dit-elle, piquée. Et puis c'est quand même un être humain.

– Jeune, je veux bien; humain, c'est moins sûr. Serais-tu prête à nous concocter un menu zen pour Thanksgiving ?

– Si je savais, cela ne me dérangerait pas.

– Non. Pas question que je prenne place à la même table que lui. D'ailleurs, il ne viendrait pas.

Sans doute ne serait-il pas venu, et ce qui est certain, c'est que nous aurions eu un mal de chien à goûter sa compagnie. Cependant, je regrette aujourd'hui de ne pas lui avoir donné l'occasion de décliner semblable invitation.

C'est quelque part aux environs de Noël que le bel isolement de Peck commença de se désagréger. Le copain barbu qui l'avait aidé à construire la plate-forme reparut et sa motocyclette resta plusieurs jours garée à côté de la Honda. Arriva peu après un bus Volkswagen immatriculé dans l'Ohio qui stationna plus d'une semaine près du portail de la maison inoccupée des Thomas. Chaque soir nous parvenaient maintenant des rires et des chants, des accords de guitares et de banjos. Il y avait une fille à la voix si belle que j'aurais parié qu'ils recevaient Joan Baez. Je finis par conclure qu'il s'agissait d'un de ces groupes folks itinérants qui vont de festival en festival. Mais au quatrième soir de ce régime, la chose commença de perdre tout attrait à mes yeux.

– Il n'a plus aucun sens des réalités ou quoi ? dis-je à l'adresse de Ruth. On ne l'a pas autorisé à ouvrir une auberge de jeunesse.

– Oh, écoute, quel mal y a-t-il à cela ? A leur âge, on ne sait pas aller se coucher. Reconnais que cela ne nous dérange pas vraiment, Joe, et puis il n'y a personne chez les Thomas.

– Justement. Qu'est-ce qui empêche toute la bande de fracturer la maison et de s'y installer ?

– Tu les crois coupables avant même qu'ils aient fait quoi que ce soit.

Nous étions en train de nous livrer à notre petite promenade hygiénique du soir, qui consistait à faire indéfiniment le tour de la maison dans la nuit glaciale. Chaque fois que nous tournions le coin de la chambre, leurs chants montaient des profondeurs obscures jusqu'à nous. J'encapuchonnai hermétiquement mon crâne réfrigéré, ce qui eut pour effet d'assourdir un brin le tapage de la fête, sans me rendre pour autant Ruth inaudible ; ce n'était d'ailleurs pas vraiment le but recherché. Cinquante pas en silence, puis je lui demandai :

– Est-ce qu'on n'a pas suffisamment donné pour savoir à quoi nous en tenir ? Est-ce qu'on n'a pas déjà pratiqué ce genre d'oiseaux ?

– Je ne suis pas certaine que nous en sachions si long que cela sur la question.

– Tu te rappelles la fois où les Wilson avaient confié à Curtis leur maison de Roxbury ?

– Oui, mais c'était pour qu'il…

– … s'y enferme au calme et passe l'hiver à écrire ? lançai-je, marchant sur ses talons. Une solitude de rêve, de fermes résolutions ?

Elle contourna l'abri-garage sans piper et obliqua pour traverser le patio de la cuisine. Je la suivais comme son ombre, serrant les dents à cause du froid. Je jappais après elle comme un sale roquet et je m'en voulais. Au coin de la maison, les chants nous parvinrent de nouveau. Leur tonalité, leur style même, familiers comme les premiers élancements d'une migraine, achevèrent de me mettre en rage.

– Tu te souviens ? Tu te souviens de ce que les Wilson ont trouvé quand ils y sont allés en janvier ? L'évier plein de vaisselle sale, les poubelles débordant de bouteilles vides, les lits occupés par des pouilleux qu'ils ne connaissaient ni d'Ève ni d'Adam ? Tu crois que ça me fait plaisir de repenser à des trucs comme ça ? Seulement voilà, je n'arrive pas à les oublier.

– Tu ne sais pas ce qu'il en est de Peck, m'objecta-t-elle.

Le vacarme de la musique m'obligea à rabattre ma capuche et à tourner la tête dans sa direction si je voulais entendre ce qu'elle disait.

– Cela fait plusieurs semaines qu'il est installé près de chez les Thomas, et rien n'indique qu'il ait fait quoi que ce soit de mal. Tu t'imagines des choses.

– C'est que j'ai quelque expérience en la matière, lui répondis-je. Ces gens-là sont tellement obsédés par l'idée de s'affirmer en tant qu'individus qu'ils n'existent même pas s'ils ne sont pas en bande. Seuls, ils ne sont rien. Qu'ils se retrouvent tous dans un même endroit et ils foutent tout en l'air. Si Peck voulait faire un jamboree pour avoir tous ses petits copains à dormir les uns sur les autres autour de lui, tu ne crois pas qu'il aurait pu demander la permission ?

– Pour que tu la lui refuses ?

– Et pourquoi pas ? Avons-nous obligation de recueillir tous les zigotos qui se présentent ?

– Oh, un peu de patience. Ils sont juste de passage. Ils finiront bien par partir.

Ce tour bouclé, elle entra par la porte de la chambre et nous nous mîmes au lit sans plus un mot. Je savais bien que mes soupçons n'étaient pas fondés ; mais j'avais aussi le sentiment – et j'y insistai pour mon propre bénéfice avant de m'endormir – que, si Peck avait pu changer son campement en auberge de jeunesse, il était capable de bien pis. Ce corps gazeux-là savait se dilater pour aller combler le moindre vide de l'espace.

Le bus Volkswagen disparut le lendemain de Noël, peut-être à destination d'un lieu au confort moins spartiate. De quelque temps, nous ne vîmes plus que le seul Peck. Il était un fieffé combinard. Parce qu'il ne pouvait, par temps de pluie, descendre jusqu'en bas avec sa moto, il bricola pour elle, tout à côté de notre portail, un méchant petit abri qui m'offensait la vue chaque fois que je passais devant. (Sans nous consulter, fis-je remarquer à Ruth.) Du haut de notre observatoire, nous relevions d'autres transformations. Un jour, nous le vîmes faire courir son seau jaune le long d'un câble aérien. Une autre fois, nous notâmes qu'il avait modifié sa passerelle en manière de pont-levis.

– De quoi a-t-il peur à ton avis ? demandai-je à Ruth. Tiens, je te parie qu'il a semé un demi-arpent de marijuana.

– Arrête donc de ronchonner. Il craint sans doute que des galopins ne s'introduisent sur son domaine. Après tout, sa tente ne ferme pas à clef.

– Normalement, dans la cellule d'un ermite, il n'y a rien à voler.

– S'il vivait en anachorète, tu serais le premier à le traiter de cinglé.

– Il m'agace, qu'est-ce que tu veux. Il commence par nous demander s'il peut camper ici, étant trop pauvre pour se payer une piaule, et ensuite…

– Il n'a jamais dit ça.

– Si tu veux. Disons alors qu'une chambre ou un studio serait une charge trop lourde pour son budget. Et le voilà qui dépense plus d'argent en bois d'œuvre, cordages et autres accessoires que ce que lui coûterait une année en résidence universitaire.

– Peut-être trouve-t-il cela plus amusant.

– Je ne suis pas certain qu'il sache s'amuser.

– Il reçoit. Il bricole. Quoi qu'il fasse, ce n'est jamais à ton goût. Pourquoi donc ? Tu mets bien la main, toi, à ton bungalow chaque après-midi que Dieu fait.

– Je suis en retraite.

– Lui aussi d'une certaine façon. Pourquoi ne le laisses-tu pas tranquille ? Il ne fait de mal à personne.

Il était l'anachorète le moins contemplatif qui fût. C'était chaque semaine une nouvelle séance de sciage et de coups de marteau. Celle qui commença à la mi-janvier dura toute une matinée, s'interrompit, reprit le lendemain matin et s'éternisa toute la sainte journée. Peu après midi, je descendis prendre le courrier. Je pouvais voir la passerelle en place, courbe déjetée enjambant la ravine, et, sur l'arrière, la façade de la tente. J'entendais le marteau, mais Peck n'était pas en vue. Que pouvait-il bien fabriquer cette fois-ci ? Des feuillées avec chauffage central ? Une pergola ? Un atelier d'artiste ? Décidé à en avoir le cœur net avant qu'il ne défigurât le coin, je m'engageai sur le sentier boueux.

Parvenu à mi-chemin, je vis quelque chose bouger dans un chêne à une quinzaine de pieds au-dessus du sol. Revêtu de sa combinaison orange, sa chevelure à la saint Jean-Baptiste croulant sur son col, mon Peck était juché dans l'arbre ; accroupi, de dos, il enfonçait pointes sur pointes. Il avait disposé des soliveaux sur la fourche de deux branches quasi horizontales et il y clouait de fortes lattes en manière de plancher. Comme le feuillage de l'yeuse était très fourni, et tout grisé le bois, manifestement de récupération, utilisé par Peck, on ne voyait pratiquement pas, sous certains angles, ce qui se passait là-haut.

Je me raclai la gorge. Il se retourna vivement. Avec sa barbe et sa crinière emmêlée, on aurait dit un lion grotesque sorti de quelque bestiaire. Pour être stupéfait, il l'était, et tout autant que la fois où nous étions tombés sur lui en selle sous le laurier. Agrippé à une branche, il me regardait fixement à travers la vapeur de son haleine.

– De quoi s'agit-il ? l'interrogeai-je.

S'étant un peu redressé, il se tenait maintenant jambes légèrement fléchies, une main refermée sur la branche passant au-dessus de sa tête, l'autre tenant toujours le marteau. Pour un peu, je me serais attendu à ce qu'il m'en menaçât comme d'un tomahawk, mais il se borna finalement à l'agiter en un petit geste embarrassé. Il eut un sourire.

– Une petite cabane, dit-il dans un filet de voix.

Les yeux levés vers ce Tarzan, ce fabricateur, cet adolescent attardé mettant en œuvre un fantasme de Robinson suisse, j'étais habité d'émotions contradictoires. Étais-je fâché simplement parce qu'il persistait à prendre des initiatives sans en solliciter l'autorisation ? Fallait-il n'y voir qu'une réaction de propriétaire autoritaire désireux de se faire prier pour ensuite montrer quelque largeur d'esprit ? C'était sans doute là ce qu'il pensait, et je veux bien admettre qu'il y avait un peu de cela. Mais n'étais-je pas avant tout exaspéré par ce refus de reconnaître qu'il avait *obligation* de demander ? Un minimum de savoir-vivre, sinon de franchise, aurait au moins pu l'inciter à nous passer un coup de fil. Est-ce que cela pose un problème si ?... Cela vous ennuie-t-il si ?... Et je mettais tous ses semblables dans le même sac. Ils prenaient, ils bravaient, et jamais la moindre reconnaissance.

La pensée me traversa, durant cette demi-minute où nous nous toisions en silence, que je n'avais pas la moindre idée de ce qu'il pouvait bien penser. Que se passait-il derrière cette barbe et ce sourire figé ? Quelle était au juste l'expression de ce regard vigilant d'animal sauvage ? Notre antagonisme têtu était-il un effet de mon imagination ou bien étais-je en train de réagir, obstinément et injustement, à ma querelle terminée mais non résolue avec Curtis ? Quant à cette hutte, il n'y avait assurément pas là de quoi fouetter un chat. Le chêne la supporterait aussi aisément qu'un nid de geai. Elle serait dans les hauteurs, presque invisible. Pourquoi m'en préoccuper ? Pourquoi me sentais-je tout noué à l'intérieur ?

– Quel besoin avez-vous d'une cabane ? Pour méditer, peut-être ?

Le sourcil était haussé. Peck avait recouvré son aplomb et toute sa vigilance.

– Pour dormir.

– Il y a trop de bruit sous la tente ?

Il n'était pas du genre à embrayer dans la boutade, du moins pas avec moi. Il ne prit même pas la peine de répondre et se borna à me regarder en souriant fixement, marteau pendant au bout du bras, attendant que je fichasse le camp. Il ne dit pas même, comme l'eût fait quiconque dans sa position : « Venez donc jeter un coup d'œil. » Pourquoi cela ? Quelque chose en lui ou en moi ? Ou bien encore quelque chose qui devenait dur comme du verre chaque fois que nous étions en présence ? Ma foi, puisque j'étais le proprio grincheux, j'allais visiter les lieux sans y avoir été invité. Mais dès que j'eus posé le pied sur la première planche du pont et saisi la corde tenant lieu de main courante, l'ensemble se mit à chasser de côté et me déséquilibra, si bien que je restai une longue seconde vautré contre ledit cordage avant de parvenir à me redresser pour retrouver la berge. Je levai les yeux vers le grand sourire de Peck. Ha, ha, ha, disait ce sourire. Pourquoi vous arrêter en si bon chemin ?

Ruth aurait dit que je l'avais bien cherché : qu'avais-je besoin d'aller épier ses faits et gestes ? Mais ce n'était pas parce que Peck s'était fait un camp retranché que j'allais renoncer à exercer mon droit de regard sur ce qu'il se passait chez moi. De plus, il n'avait pas fait le moindre débroussaillage dans le bas-fond, hormis sur la banquette où il s'était établi. Grattant la boue de mes semelles sur les poteaux du pont, profitant de l'intermède pour recouvrer mon calme, je déclarai que j'étais venu lui demander quand il comptait s'attaquer au sumac. Il fallait l'arracher en totalité pendant l'hiver, de manière à pouvoir pulvériser les jeunes pousses au printemps.

Ah, ça ? laissa-t-il tomber du haut de son arbre. Il n'allait sans doute pas pouvoir le faire, en définitive.

Et pourquoi ? Cela faisait partie du marché.

Oui, mais c'est qu'à l'époque il se croyait insensible. Seulement, en nettoyant son talus il s'était tellement intoxiqué qu'il avait passé une semaine à l'infirmerie à recevoir des injections de cortisone.

Je faillis mourir de rire. Ce petit pignouf était vraiment réjouissant. A vouloir traiter le toxicodendron comme il traitait les gens, il s'était aperçu que ce végétal défendait son intégrité.

– Cela va repousser, dis-je. D'ici à deux mois, vous serez de nouveau envahi.

Il me répondit qu'alors il passerait un coup de pulvérisateur.

Parfait, lui dis-je. Comme cela, il en profiterait pour en passer aussi un coup de mon côté.

Le torrent, alimenté par les pluies, bruissait entre nous. Il faisait froid et humide dans ce fond de vallon. Il y avait du givre dans la barbe de Peck. Son sourcil monta, son sourire s'élargit, son hochement de tête fut presque une courbette. Je levai la main en guise de salut et tournai les talons. Tandis que je remontais le bourbier en direction de la barrière, les coups reprirent, et je doute que lui ou moi aurions su dire si le rythme en était triomphal parce qu'il m'avait rivé mon clou, ou irrité parce qu'il avait dû se soumettre.

Il continua de jouer du marteau pendant plusieurs jours. Du sentier, nous voyions la hutte prendre forme entre les frondaisons du chêne vert, construction minuscule et biscornue de peut-être sept pieds de large sur neuf de long, avec un toit fort pentu qui devint bientôt plus visible avec son revêtement en bitume rouge. L'ensemble était de guingois et mal proportionné. Ruth trouvait cela charmant.

– On pense à Hänsel et Gretel, me dit-elle. Il ne manque plus qu'un tuyau de poêle de travers avec un capuchon. Oh, et puis regarde : il a orienté la porte et l'auvent vers l'est. Tu crois que c'est pour faire face à La Mecque ou quelque chose comme ça ? Ou bien tout simplement pour avoir le soleil levant ? Et regarde-moi cette échelle, on dirait celle d'un farfadet posée contre un champignon !

– Mets un frein à ton imagination, lui répondis-je. Ce n'est pas un farfadet, c'est un farfelu.

IV

Farfadet ou farfelu, résurgence du passé, réveil d'une blessure non guérie et, oui, aiguillon de la conscience, rappel d'un échec, Peck n'a pu gâcher le plaisir tout simple que nous prenions à goûter l'arrivée du printemps. Un mois de janvier pluvieux avait fait place à un février chaud et ensoleillé que venaient caresser de brèves et rafraîchissantes averses. Le soleil levant faisait luire des toiles d'araignée emperlées de rosée, les oiseaux menaient grand tapage. Nous passions le plus clair de notre temps dehors, à simplement ouvrir de grands yeux.

Si cela ressemblait à une renaissance, cela n'en était toutefois pas le début, comme dans les climats plus froids, mais un stade déjà bien avancé. Non, le renouveau avait commencé dès novembre avec la première pluie. En ce mois de février, nous avions déjà de l'herbe et des fleurs à foison, et les horticulteurs de la région étaient en train de couper les rameaux de mimosa qui, à New York et Boston, apporteraient, à deux dollars la branche, un irrésistible avant-goût de printemps à des gens qui pataugeaient encore dans la neige sale, la suie et le verglas.

Dès le premier du mois, les amandiers avaient fleuri. Dès le 15, les jonquilles avaient commencé d'ouvrir leurs boutons. Et pour l'anniversaire de Washington [1], le sénevé était déjà haut dans l'herbage de Sam Shields. De part et d'autre de la porte d'entrée, la clématite et le daphné nous enivraient au passage de leurs senteurs capiteuses. Sur le coteau, au-dessus d'une luxuriance de fougères vert cru, les marronniers déployaient timidement des folioles d'une délicatesse sans pareille qui nous rappelait la feuillaison des hêtres au Danemark.

Je repiquai des plants de tomates.

Nous faisions beaucoup de marche, principalement sur les routes et dans notre allée, où flottaient des odeurs de sous-bois. Il y avait, au pied de la colline, une longueur de chemin d'où l'on avait une vue presque dégagée sur le laurier, la passerelle, la tente de Peck, et, en surplomb au beau milieu du chêne, le pignon triangulaire de sa hutte. Il y avait emménagé et avait à l'évidence acheté ou emprunté une seconde lampe à pétrole : la nuit, une vive lumière jouait entre les ombres noires des branchages, cependant que, plus bas, la tente rougeoyait comme un bloc d'ambre.

Nous vînmes à passer par là un beau matin. Le soleil qui filtrait

1. Le 22 février.

entre les branches jusque sur la cabane en éclairait le petit auvent comme un projecteur. Juste comme nous tournions la tête dans cette direction, une fille en justaucorps noir sortit à croupetons de la hutte. Dénudée jusqu'à la taille, elle riait par-dessus son épaule à l'adresse de celui qui se trouvait à l'intérieur. Renversant la tête en arrière pour déployer de longs cheveux noirs, elle exposa sa généreuse poitrine aux rayons du soleil. C'est alors que son regard se posa sur nous et que, dans un même mouvement, elle se plaqua les mains sur les seins et se rejeta à l'intérieur.

Nous ne nous étions même pas arrêtés et cette vision n'avait duré que le temps de parcourir une demi-douzaine de pas.

– Doux Jésus ! fit Ruth en riant à moitié.

Tout en étant sans doute celui de nous deux qui avait le plus goûté le spectacle, j'en étais aussi le plus contrarié.

– Bon alors, grognai-je, quelle est notre position en ce qui concerne les hamadryades ?

– Oh, Seigneur, je n'en sais rien ! – puis, se reprenant un peu : Écoute, nous l'avons autorisé à camper là, nous n'avons pas spécifié qu'il n'avait pas le droit de recevoir ses amis.

– Ses amis, dis-tu ?

– J'espère qu'ils le sont – et, se départant du ton mesuré qui lui est habituel, elle lança : Enfin, quoi ! imagine un peu l'effet que ce petit perchoir dans la verdure doit produire chez toute demoiselle tant soit peu romantique. Si cela lui chantait, il pourrait sans doute organiser une file d'attente.

– C'est effectivement très romantique. Il n'en reste pas moins que nous devons décider jusqu'à quel point nous sommes disposés à le cautionner.

– Est-ce vraiment le problème ? D'accord, je n'aime pas, moi non plus, voir les jeunes coucher à tort et à travers, comme cela se fait de nos jours. Si nous lui avions loué une chambre, je ne dis pas. Mais là, est-ce que cela nous regarde ? Ne vaut-il pas mieux se dire que c'est sa vie et qu'il la mène comme il l'entend ?

– Donc, nous fermons les yeux. Et il saura que nous fermons les yeux. Elle va lui dire – ça y est, c'est fait – qu'elle nous a vus et que nous l'avons vue. Et il va penser ou bien que nous approuvons ses joyeuses fredaines ou bien que nous n'osons pas y mettre le holà.

Moins insouciante à présent, elle me regarda sans répondre et nous reprîmes notre promenade. Les choses en restèrent là entre elle et moi comme entre nous et Peck ; le silence abolissait le problème. Je suppose que Ruth espérait confusément qu'il s'agissait d'une véritable histoire d'amour, et je crois que, chaque fois que nous passâmes par là dans les jours qui suivirent, elle regarda du côté de la hutte pour voir si la demoiselle n'allait pas remontrer son nez. On ne la revit plus, du moins pas celle-là. Ou nous l'avions effrayée pour de bon en survenant juste comme elle s'essayait à la vie sauvage, ou cela ne revêtait pas le caractère sentimental que Ruth avait imaginé. Si on s'en réfère à leur production littéraire, les gens de la génération de Peck ne donnent guère dans le romantisme. Dans leurs bouquins, comme peut-être dans leur vie, l'amour est à peu près aussi fleur bleue qu'un passage par le lavomatique.

Je chassai Peck de mes pensées car, pour être franc, ses amours m'intéressaient moins que celles des lézards, qui, par ces chaudes journées, commençaient d'apparaître sur les briques pour entamer leur parade et cavaler après leurs dulcinées sur les dalles du patio et jusque sous les genévriers. Et puis le printemps offrait encore d'autres aspects tout aussi remarquables que les batifolages de Peck, des lézards et des oiseaux – de ces sortes de déclencheurs de souvenirs que je ne parviens pas à chasser de mon esprit et en lesquels je me prends à voir de sinistres paraboles.

Souvent, mettant le nez dehors pour humer la fraîcheur de l'aurore, nous le fourrions dans les affaires des animaux nocturnes. Celles-ci allaient tantôt dans le sens de la vie, comme quand nous apercevions, en contrebas de la terrasse, des cerfs dressés sur leur postérieur en train de se repaître de baies de photinia, ou entrevoyions la queue d'un raton laveur disparaissant sous les buissons. Et tantôt elles la niaient. Je me souviens par exemple, entre autres images que je conserve de ce printemps-là, du matin où je vis Catarrhe exécuter une danse de mort avec un mulot.

Il s'agissait d'un représentant de l'espèce à longue queue et à pattes blanches, la plus jolie. Catarrhe le fit rouler sur toute la longueur du patio, cinquante pieds ou plus, en multipliant les feintes et changements d'appui. Quand, lassé, il s'en détourna, la petite créature se traîna péniblement vers la touche. Le chat intervint juste à temps alors qu'elle atteignait la bordure des genévriers, la ramena d'un coup magistral sur l'aire de jeu, tenta un bras roulé par-dessus son épaule, s'imposa à la récupération, dribbla en cercles, se lassa derechef, s'éloigna, revint, ranima sa victime à petits coups de pelote et fit encore quelques évolutions. Après un bon moment, le mulot n'avait plus aucun rebond et gisait sur place, inerte. Quand Catarrhe comprit que la partie était terminée, il s'allongea dans la lumière de ce petit matin brumeux qui était comme l'aube de la Création, et il le dévora en commençant par la tête.

Le repas ne traîna pas en longueur et il ne resta aucun relief pour le paillasson de l'entrée. De mon poste d'observation à la fenêtre de la salle de bain, je le vis déglutir une dernière fois et la queue du mulot disparut comme celle de notre raton laveur regagnant ses pénates au lever du soleil.

DEUXIÈME PARTIE

I

Il y a à Jackson Hole dans le Wyoming une église catholique appelée Notre-Dame-des-Grands-Mamelons, sans doute baptisée ainsi par quelqu'un qui ignorait ce que c'est que des mamelons. Si nous avions une église catholique dans le coin (ce qui n'est pas le cas ; d'ailleurs, elle serait déclarée indésirable dans cette commune dortoir), il faudrait lui donner le même nom. Elle est fort rondelette, une vraie *Boule de suif** [1], notre Terre-Mère locale, et ses replis et fossettes sont ombrés de chênes, de marronniers ainsi que de lauriers, de groseilliers, d'églantiers. On y trouve même des cheveux-de-Vénus, ce qui est très approprié, et, ce qui ne l'est peut-être pas moins, du sumac vénéneux.

Les gens extérieurs à la commune n'ont aucune raison d'y mettre les pieds, si ce n'est pour amener leurs enfants à l'un de nos trois centres équestres, se parler d'amour dans nos sentiers encaissés et y laisser leurs boîtes de bière vides, ou déposer leurs ordures sur le bord de nos routes. Parce que notre sous-sol est brisé et disloqué, et que les puits artésiens ne donnent guère, le secteur ne pourra se développer sans un grand programme d'adduction d'eau. Si nos strates sont si bousculées, cela tient à ce que nous nous trouvons à proximité de la faille de San Andreas. Tout à côté de la divinité chtonienne, dans le même lit, couche le Père Ébranleur-de-la-Terre.

1. En français dans le texte, comme toutes les expressions en italique suivies d'un astérisque (*).

Par un cheminement mental un peu tordu, je me suis senti rassuré à l'idée de cette fracture sous nos riantes collines : le diable est dans le diocèse, tout va pour le mieux ici-bas. La dame qui, voilà plus d'un demi-siècle, m'enseignait le catéchisme voulait m'inculquer que le monde avait été créé innocent et que le mal s'y était ensuite insinué ; mais, déjà manichéen à huit ou neuf ans, je jugeais cette femme plus innocente que le paradis auquel elle croyait. Le mal y était tapi avant même l'apparition de la vie. Il était dans le limon dont elle fut façonnée. Il s'anima en même temps qu'elle, telle l'ombre qui s'étire derrière l'homme debout face au soleil levant. L'idée a beau n'être pas plaisante, nous avons tout intérêt à ne pas l'oublier.

Le bien voisine avec le mal ; le paradis leur plaît tout autant à l'un qu'à l'autre. Le milieu le plus favorable pour la *Clematis Armandii* est aussi un environnement de rêve pour la sauterelle. Un coin où Joe Allston espère pouvoir goûter sa retraite se révèle être également le fief ancestral d'un Tom Weld et avoir tout pour séduire Caliban.

Et voyez : ici, dans l'authentique jardin d'Éden, où les plantes poussent comme le feu parcourt un cordeau Bickford, on ne peut tourner le dos deux jours sans que tout soit envahi par des machins qui flétrissent, boursouflent ou chiffonnent le feuillage, des trucs qui dévorent le cœur des roses, des mildiou, thrips, araignées rouges, mouches blanches, cochenilles et buprestes, cloque, rouille et charbon, sans oublier le liseron (que, du temps de mon ignorance, à l'est d'Éden, j'appelais belle-de-jour), le concombre sauvage, qui étouffe un demi-arpent sous ses tentacules de calmar géant, le sumac vénéneux, qui éclate déjà en grandes taches fleuries là où, il y a six mois, je l'ai arraché pour tracer un sentier ou planter une haie ; oui, et toute l'engeance des taupes, campagnols et musaraignes, avec, en plus de tout, les thomomys, qui, au printemps, minent l'herbage de Shields, jalonnant leur invasion de monticules de terre rejetée par des issues latérales et qui, quand tout le reste est grillé, arrivent à pied d'œuvre pour refermer les dents sur les succulentes racines des végétaux que nous avons obligeamment arrosés et soignés à leur intention.

Tous ces défis, je les relève crânement. Si le Très-Haut n'a pas su créer un monde parfait – et, Seigneur, quel ratage de Votre part ! –, Allston arrive à la rescousse. Et c'est ainsi qu'à partir de février, début du printemps, et jusqu'à novembre, lorsque les champs de bataille sont noyés par la pluie, je mène pour mon propre compte une guerre sainte contre les innombrables nuisibles qui infestent le paradis. L'ange exterminateur, tel est le rôle dans lequel Marian me vit la première fois. L'exterminateur et le clown. Et j'ai persisté dans ces deux rôles, surtout le second, car elle ne laissait pas de m'énerver. Ce fut une sorte de coup de foudre, mais quelque chose clochait dans les présages, et, tant en raison d'un malaise que de mes aptitudes naturelles, je me suis conduit comme un imbécile ; j'aurais exécuté des sauts de mains comme un jeune m'as-tu-vu si j'avais estimé qu'elle pût y prêter attention.

Nous avons ici toutes sortes de journées parfaites. Celle du printemps dernier à laquelle je pense était de celles que James Russell Lowell avait en tête lorsqu'il demanda s'il y avait plus exquis qu'une journée de juin. Le fait que l'on était en mars ne doit pas nous arrêter. Chaque motte de terre éprouvait, je ne mens pas, comme une démangeaison. Le sol, détrempé par une pluie tardive, fumait littéralement. La plantation d'abricotiers de Weld, qui deux semaines durant avait été une écume rose pâle, virait insensiblement au vert à mesure que les feuilles remplaçaient les fleurs. Dans notre petit verger, les deux amandiers avaient leur plein feuillage et les fruits avaient bien noué. Après avoir un temps nécessité des traitements répétés, les pruniers étaient eux aussi en pleine nouure, alors que les jeunes plants de cerisier paraissaient tout droit sortis de Housman[1] ou ressemblaient à des fillettes habillées pour une garden-party à Charleston, Caroline du Sud.

Ruth était occupée à couper des jonquilles défleuries sur la pente au-dessus de l'aire de stationnement. Derrière elle, un rang de pruniers pourpres avec en arrière-fond trente arpents de moutarde sauvage d'un jaune si intense que l'air en était coloré. Un bouton-d'or sous le menton du ciel : toi, tu aimes le beurre. A trente pas de distance, je pouvais sentir le daphné en fleurs sur le devant de la maison. Une alouette chantait à tue-tête de l'autre

1. Alfred Edward, 1859-1939, poète anglais d'inspiration pastorale.

côté de la clôture et, effet de l'amour, tous les chardonnerets mâles avaient la tête et la gorge rouge cerise.

Me voici donc benoîtement en train d'épandre au pied de mes plants de tomates de l'appât empoisonné contre les charançons, tout en m'amusant à penser qu'il est quand même étrange de parfaire l'Éden à coups de poison. Comment Adam et Ève y arrivaient-ils sans roténone, malathion, lindane, chlordane, métaldéhyde et autres répulsifs ? Aux temps où le lion s'allongeait à côté de l'agneau, la puce était-elle en paix avec le chien, et le moustique avec l'homme ? Est-ce que l'aphidé et la rose étaient affidés ? Est-ce que la tordeuse orientale était amie avec le pêcher ? Est-ce que la jolie pique-niqueuse s'accommodait du toxicodendron ? Soudain, tout à ces réflexions, je vois le dernier plant au bout du rang frémir, chanceler et s'enfoncer de deux pouces dans le sol.

Il ne me faut pas quatre-vingt-dix secondes pour me ruer dans la maison et en ressortir avec le fusil de chasse. « Que se passe-t-il ? » s'enquiert Ruth, suivi d'un « Joe, fais attention ! », mais, remontant le sentier à pas de loup, je l'ignore complètement. Le plant de tomates a cessé de bouger. Là, sous terre, l'intrus est encore en train de mastiquer et de se pourlécher. J'attends en retenant mon souffle. Soudain, des voix me parviennent, celles d'un jeune couple qui vient d'apparaître sur le plat en haut de notre chemin. La femme a l'air effarée, au bord de hurler, et, de crainte qu'elle ne le fasse, je lui intime le silence d'un geste impérieux. Quasiment jamais personne ne monte jusqu'ici. De quoi diable s'agit-il ? D'importuns, de fâcheux qui vont faire vibrer le sol et mettre l'ennemi en fuite. Je ne quitte pas du regard le plant à demi enterré, les odeurs capiteuses du jardin me chatouillent les narines, j'entends l'alouette s'égosiller de bonheur et, en arrière-fond, la voix de Ruth qui accueille les inconnus.

Les feuilles frémissent, la plante s'enfonce comme le bouchon d'une ligne de pêche. Je presse la détente. La détonation est assourdissante. La terre a giclé comme de l'eau, ouvrant une cuvette de deux pieds de diamètre. Aussitôt, je pose le fusil et me mets à creuser. Le voilà, je le vois. Grosse caboche, pieds palmés dépourvus de poils, un morceau de tige coincé entre ses dents cannelées, c'est un mâle, un vieux solitaire : *Thomomys bottae*, le Malin.

Je le cueille du bout de la chaussure pour l'amener à la surface. Il gît maintenant sur le dos, me souriant de ses quatre incisives jaunâtres. Des puces s'égaillent en tout sens dans la fourrure clairsemée de son abdomen. C'est alors que j'entends au-dessus de moi sur l'allée une voix haut perchée, plutôt tendue et néanmoins musicale, qui me lance :

– Mais enfin, qu'avez-vous fait ?

Bien sûr, je lève les yeux et là, il se passe quelque chose de tout à fait singulier : ma vue et mon ouïe ne s'accordent pas. J'allais répondre en termes quelque peu acides, mais ce que je vois me coupe le sifflet. On dirait qu'elle a éclos en cette journée de printemps, il y a en elle quelque chose du tremblotement des feuilles nouvelles du peuplier. Outre que j'ai le cœur lourd, il est difficile pour un sentimental comme moi de faire dans le prosaïque. De plus, voilà cette fille – cette *femme* serait plus juste car elle a la trentaine –, les cheveux un peu en désordre, le visage pâle, inquiet, mais éclairé de l'intérieur, le regard plein de vie et les lèvres entrouvertes en une expression où se mêlent pitié pour le rongeur, plaisir de faire ma connaissance, même si je suis un butor, et joie toute simple que lui inspirent ce beau soleil et la façon dont les jonquilles fanées reposent en gerbe sur le bras de Ruth. Avec sa fleur de pommier sur l'oreille, elle incarne une des demoiselles lumineuses chantées par ce cher vieux Willie Yeats, et j'en éprouve un choc, je le reconnais. Dieu seul sait de quoi il s'agit – peut-être une pointe d'envie à la pensée qu'un homme connaît la chance d'avoir une telle fille. Je suis de la vieille école. Je tiens que le visage humain est fait pour exprimer, et j'aime la façon dont chaque émotion passe sur sa bouche et dans ses yeux. Je me demande comment pareille vivacité innocente a pu voir le jour dans le même monde que les beatniks et autres champions de la morosité. Et, tout en étant ainsi subjugué, je n'en reste pas moins contrarié par sa réaction de sensiblerie devant la fin du nuisible.

C'est pourquoi, gardant le silence, je me borne à repousser le rongeur dans le trou pour ensuite le recouvrir de terre. Catarrhe ne se ferait pas prier pour le boulotter, mais nous préférons lui donner des boîtes. Et Ruth de susurrer de son ton imperturbable :

– Joe, je te présente les Catlin, qui ont acheté la maison des Thomas.

– Allston, fais-je. Grand chasseur blanc.

– On a vu cela, dit Catlin avec son accent du Maine.

Bien balancé, le cheveu en brosse, il appartient à cette espèce d'hommes qui vous rappellent, de loin en loin, à quel point la Nouvelle-Angleterre a su rester virile. Il a l'air intelligent et connaît les vertus d'un sourire. Mais sa charmante épouse, c'est une autre paire de manches. Elle entend bien se faire expliquer pour quelle raison je m'amuse à exterminer de petites bêtes inoffensives et sans défense.

– Pourquoi aviez-vous besoin de le tuer ? interroge-t-elle dans un souffle.

– Parce qu'il dévorait mes plants de tomates.

– Mais enfin, c'est comme de pendre quelqu'un pour le vol d'une miche de pain !...

– Aujourd'hui, mes tomates. Demain, les jonquilles de ma femme – non, ça, il n'en mange pas. Demain, les bégonias tubéreux. Le jour suivant, les agapanthes. Après ce sera le cognassier du Japon. Avant longtemps, le désert. Il n'y aura plus, comme avant, que du sumac vénéneux et du maquis à coyotes.

– J'aurais pensé que vous aviez un beau jardin naturel, dans lequel tout serait équilibré et où vous n'auriez pas à supprimer quoi que ce soit. Ce n'est pas très honnête de planter des végétaux qui n'ont jamais été destinés à pousser ici, pour ensuite reprocher aux thomomys de les trouver à leur goût.

Non, mais c'est qu'elle y croit, à son petit laïus ! Et cependant, elle conserve son air serein, limpide, engageant, comme si, ce petit nuage passé, elle allait s'épanouir derechef. D'un ton qui ne se veut ni méprisant ni agressif, j'observe :

– Vous avez un faible pour tout ce qui grouille.

– Vous ne croyez pas si bien dire, renchérit son mari. J'ai renoncé à la pêche parce qu'elle en était malade pour les asticots.

– Et alors, fait-elle, ça vous plairait à vous d'avoir un hameçon rouillé qui vous traverse de part en part ?

Cela n'appelle pas vraiment de réponse. Je propose que nous allions prendre un verre sur la terrasse, ajoutant que ce me sera l'occasion de leur faire connaître certains oiseaux qui eux aussi raffolent des vers. Comme nous traversons le patio de la cuisine, le jeune Catlin dit, mi-narquois, mi-attendri, du ton dont il aurait usé avec une sœur cadette bien-aimée :

– Allez, vas-y, parle-leur de tes renards.

– Moque-toi ! Seulement, toi, tu ne les as pas vus !

Presque comme si elle dansait, elle volte de Ruth à moi, puis de moi à Ruth.

– Saviez-vous que nous avions des renards ?

Je suis tenté de lui parler du goupil à thrombose hémorroïdale, mais elle est un peu nouvelle pour cela, et je me borne à répondre :

– Il nous est arrivé d'en voir, la nuit, sur la route.

– J'en ai vu deux, dit-elle. Hier soir. Franchement, il ne m'était jamais rien arrivé d'aussi charmant. Je venais de coucher Debby et je m'étais assise face à la porte-fenêtre pour souffler un peu. J'étais en train de réfléchir au tissu que j'allais choisir pour les rideaux, quand j'ai entendu comme un petit grattement, et voilà qu'un renard arrive sur la dalle. Il était à même pas cinq pieds de moi, de l'autre côté de la baie vitrée, en pleine lumière. Il ne me voyait pas, peut-être précisément à cause de l'éclairage, ou alors il a cru que je faisais partie du décor. J'espère que c'était cela, parce que c'était la créature la plus nette, la plus jolie, la plus luisante de santé…

Je me dis qu'elle produit sur moi un effet à peu près semblable à celui que ce renard a produit sur elle. J'ai le sentiment qu'il me faut éviter sinon de bouger, du moins de faire le moindre mouvement un peu brusque. Je m'aperçois que je suis, sans trop savoir pourquoi, en train de retenir ma respiration. Nous sommes tous suspendus à ses lèvres ; elle s'en rend compte et ses joues se mettent à rosir. Elle se laisse tomber sur un des fauteuils en toile, une jambe ramenée sous elle, et se met à rire en levant les yeux au ciel d'un air mutin.

– Enfin, bref, il était splendide. Il me regardait à travers le carreau, un peu comme s'il faisait du lèche-vitrines, puis je l'ai entendu couiner et un autre renard, tout aussi joli, est arrivé. Et vous savez quoi ? Ils étaient amoureux. Ils n'arrêtaient pas de se renifler, de pousser de petits gémissements et de regarder à l'intérieur, de l'air de penser que cela ferait une bonne tanière si seulement ils parvenaient à s'y introduire. Ils sont bien restés là durant trois ou quatre minutes, si proches qu'en me penchant un peu j'aurais pu les caresser. Je pouvais voir chaque poil de leur moustache. Vous ne trouvez pas que c'est vraiment une chose charmante pour notre premier soir ici ?

Nous en convenons. En fait, l'arrivée même des Catlin me paraît un événement heureux et un sacré progrès par rapport aux Thomas. Sournois, je cherche à consolider notre amitié naissante en clouant leur prédécesseur au pilori et leur raconte que le vieux Thomas avait coutume, le dimanche matin, de se munir de son 38 et de s'installer sur son patio, en pyjama rose bonbon, pour faire des cartons sur les cailles et les verdiers.

Marian Catlin en est comme de juste horrifiée. Puis elle incline ses grands yeux à la forme si singulière et, n'ayant absolument pas démordu de sa réprobation de départ, me balance :

– Mais vous, vous tirez sur les thomomys.

– Pour ça, oui, ne puis-je que répondre.

– Qu'est-ce qui vous permet d'affirmer qu'ils n'ont pas autant le droit de vivre qu'une caille ? Ce n'est pas leur faute s'ils ne sont pas mignons et s'il ne chantent pas. Ils se contentent, et sans penser à mal, de faire des galeries et de manger les racines qu'ils rencontrent.

– Erreur ! Avez-vous déjà regardé un thomomys dans ses petits yeux en boutons de bottine ? Il se sait mauvais. Cela se voit à sa mine, c'est criant. Attendez que l'un d'entre eux vienne, sans penser à mal, dévorer vos bégonias.

– Je n'ai pas de bégonias.

– Vous en aurez.

– Non.

– Eh bien alors, vos carottes. Vos framboisiers. Vos haricots à rames. Tout ce que vous ferez pousser.

– On ne va rien faire pousser, m'envoie-t-elle, toute guillerette. On va se contenter de *laisser* pousser. Pendant que la maison était inoccupée, presque tout est mort du fait du manque d'eau. Nous n'allons toucher à rien et laisser revenir les espèces indigènes. Nous allons laisser la nature faire ce qu'elle veut, c'est ce qui nous plaît.

– Le sumac vénéneux et le reste ?

– Je n'y suis pas sensible, dit-elle comme si elle avait des appuis en haut lieu.

– Les personnes immunes sont mal placées pour parler, lui fais-je observer. J'espère que vous ne craignez pas la stramoine, la bardane, la laîche, sans oublier la sétaire. J'espère que vos bas ne redoutent pas les ronces.

– Si je suis assez idiote pour porter des bas à la campagne, je mérite de les filer.

– Pieds nus, alors. Est-ce que vous avez un chien ?

– Il se peut que nous prenions un chiot pour Debby – notre fille.

– Et elle, est-ce qu'elle est immune ?

– Nous ne le savons pas encore.

– En tout cas, si vous adoptez un chiot, choisissez-le sans oreilles, ni yeux, ni pattes. Sinon, il vous faudra le conduire une fois par semaine chez le vétérinaire, comme c'est le cas pour le cocker de Fran LoPresti qui ramasse sans cesse des épines ou des épillets dans les tympans, les conduits lacrymaux ou les coussinets.

Ses yeux, je viens de le comprendre, ont la forme de ces lunettes de soleil exotiques dont les coins s'étirent vers le haut, mais ils sont larges, et non pas étroits ; la paupière est un peu lourde, comme chez les Orientaux. Et ils sont aussi bleus que ceux de ma mère. Elle m'observe ; sa rougeur qui ne demande que cela lui gagne le visage.

– Oui, bien sûr, mais…

– Même les amoureux de la nature, ceux qui vont nu-pieds, ne sont pas fichus de dire du bien de la queue-de-renard.

– Cette plante ne fait que suivre son mode de reproduction naturel. Si elle accroche ses graines à vos chaussettes ou à l'oreille des chiens, c'est uniquement pour les disséminer.

John Catlin, qui a suivi cet échange avec un demi-sourire, me dit, mais sans la quitter des yeux :

– Et si elle dissémine ses graines, n'allez pas dire à Marian que ce n'est pas une bonne chose.

Seulement, de mon côté, je commence à m'échauffer. Pour ce que j'en vois, la petite dame pense vraiment les sottises qu'elle profère. Ignorant les avis de tempête que commence à émettre ma moitié, je remplis de nouveau mon verre et celui de Catlin, je fais décoller mes bombardiers stratégiques et m'apprête à la rayer de la carte.

– Vous qui aimez la nature comme elle est, commencé-je, laissez-moi vous poser une question. Le thomomys est naturel, exact ?

– Exact. Tout autant que n'importe quel…

– Donc, il a le droit de manger mes plants de tomates, suivant en cela son instinct. Et la tique qui le parasite, est-ce qu'elle est naturelle ?

– Bien sûr.

Elle sourit, elle rougit, amusée d'être ainsi poussée dans ses retranchements, disposée à combattre jusqu'au dernier homme.

– En conséquence, si la tique suce le sang du thomomys, ce n'est pas un problème. Et le germe que véhicule la tique, il est lui aussi naturel, non ?

– Euh… oui, bien sûr.

– Et donc, si jamais il arrive que le germe de la tique du thomomys passe dans votre organisme et vous cause une fièvre éruptive, vous joindrez les mains à la manière de l'Arabe souffrant et direz : « Dieu est bon » ?

– Non, c'est sûr, je ne peux pas dire que j'aimerais faire une fièvre éruptive.

– Ce n'est pourtant que naturel, dis-je avec mon sourire de procureur. Ce ne sont que de petites bactéries qui essaiment. De leur point de vue, dont vous semblez penser qu'il vaut le vôtre, vous n'êtes rien d'autre qu'un marécage où elles ont le droit de s'établir.

Elle, s'entêtant :

– On peut fort bien s'immuniser contre les germes tout comme on peut le faire contre le sumac.

– Certains y parviennent. Est-ce que vous enviez beaucoup les gens de votre connaissance qui se sont immunisés par la manière forte contre la poliomyélite ?

Catlin me regarde par-dessus son verre avec un petit air amusé. J'ai la nette impression que, sans être pour autant fâché, il aimerait bien que je la ferme. Seulement, ce qu'il ne faut pas entendre dans la bouche de sa ravissante idiote de femme ! Elle veut rétablir des équilibres naturels qui ont été chamboulés depuis qu'un Cro-

Magnon a fait fortuitement bouillir son eau potable. Les jaïns qui vont nuitamment détruire les fossés antinuisibles et qui installent de petits ponts pour que les criquets puissent envahir leurs champs sont pour elle des compagnons de jeu tout désignés. Même s'il semble que je l'aie momentanément réduite à quia, ses convictions ne sont certainement pas hors de combat. Elles sont là, par-dessous, dans les caves et les abris, parmi les décombres, et, dès que la dernière vague aura passé, elles ressortiront à l'air libre et repartiront à leurs affaires.

– Vous ne trouvez pas délicieuse cette teinte violine qu'ont en ce moment les chênes à feuilles caduques alors que tout est vert autour d'eux ? place Ruth.

Si elle entend faire comme si le présent sujet de conversation était épuisé, elle se fait des illusions. J'aligne Marian Catlin dans le collimateur et lui fais mon œil de vieux briscard plein d'expérience, ce regard qui dit que, bien que je ne mâche pas mes mots, mon cœur est tendre comme la papaye.

– Ma chère enfant, c'est une chose que d'être attendrie par toutes ces petites bêtes – qui ne l'est pas ? –, mais vous ne pouvez ignorer la réalité de la lutte pour la vie. Des petites bêtes, il y en a de bonnes et il y en a de mauvaises.

– Les mauvaises, ce sont celles qui sont en conflit avec votre intérêt, me retourne-t-elle.

Voilà qui est plus incisif que je ne m'y attendais venant d'elle. Je lui accorde la touche.

– Oui, on peut le dire comme ça. Nous sommes devenus une espèce envahissante, nous éradiquons ou domestiquons les espèces qui représentent une menace, mais ce processus n'est pas de notre invention. N'importe quelle forme de vie subit les attaques d'une autre forme de vie.

– Bien sûr, dit-elle. Toutes s'inscrivent dans une chaîne alimentaire. Mais cela ne signifie pas que nous ayons le droit de…

– Jusqu'aux porcs-épics, la coupé-je. Oui, même les porcs-épics semblent n'avoir été créés que pour nourrir le glouton. Est-ce une révélation que la nature n'est que becs et ongles ? Le thomomys que j'ai fusillé tout à l'heure était mangé de puces et de tiques, et il avait probablement le ver solitaire – ce qu'il y a de sûr, c'est que notre chat le tient d'une de ses proies. Ne pensez-vous pas que, s'il en avait la possibilité, le thomomys éliminerait toute sa vermine et autres parasites de façon à connaître un bonheur sans nuages sous mon carré de tomates ? Quant à nous, pensez-vous que la vie serait possible ici si nous ne combattions pas chaque jour les nuisibles ?

– Non, si vous entendez vivre au centre d'un jardin botanique.

Ruth a les sourcils haussés presque jusqu'à la racine des cheveux. Le jeune Catlin bâille et s'étire, jette en douce un œil sur le pigeonnier de Weld et le chien jaune, droit sorti de *La Route au tabac*, qui dévale le coteau d'en face, puis il boit une gorgée et me regarde avec une expression plaisamment opaque. Mais il me faut, par acquit de conscience, porter une dernière botte avant de clore cet inepte débat.

– Tenez, dis-je : êtes-vous vraiment satisfaite des bois et des prairies tels que Dame Nature les a créés ? Dès qu'ils commencent à disséminer leurs semences, soit aux alentours du mois de mai, on ne peut plus s'y promener. Les bois sont étouffés par le toxicodendron et les sarments de concombre sauvage au point que même un lapin ne s'y glisserait pas. Et est-ce que vous vous êtes amusée à creuser un peu le sol, histoire de voir ce qu'il recèle ? Par ici, c'est sous terre que l'on découvre le vrai visage de ces calamités. Vous êtes-vous déjà penchée sur une racine de sumac vénéneux ? Elle est noire comme de l'encre, son liber est rouge sang et, si vous la tranchez d'un coup de bêche ou de hache, il en gicle un jus qui vous cloue au lit pour la semaine. Et le concombre sauvage ! j'en ai déraciné un, une fois, pour voir d'où provenait cette abominable vitalité qui produit des tentacules de vingt pieds de long. Vous savez ce qu'il y a là-dessous ? Une sorte de grosse tumeur de la taille d'un seau, un cancer souterrain. Je doute fort que ces machins soient les amis de l'homme.

Comme chaque fois que je me laisse griser par mon pouvoir de persuasion, je crois avoir fait merveille ; pourtant, lorsque je regarde Marian Catlin, je ne relève pas le moindre signe que ses vues aient varié d'un iota. Elle a une expression délicate, un peu inquiète, comme si elle se forçait à contempler quelque chose de très moche, ou bien encore comme si elle me trouvait franchement ridicule et souhaitait, pour mon bien, que je me taise. Son mari étire brusquement les jambes. Dans un instant, il va lui proposer de prendre congé. Et ma bonne épouse, qui, depuis cinq minutes, fait tout ce qu'elle peut mis à part un coup de pied dans les tibias, me sert un de ces murmures secs – cinq mesures de bitter, une de sirop, ne pas oublier le zeste – dont elle a le secret :

– Joe, mon ange, tu te laisses emporter.

– Oui, fais-je. Sur mon bouclier.

Et je laisse tomber. Il nous faut donc abandonner à son inconséquence la jeune inconséquente, dont le grand sourire dissimule mal un reliquat de combativité. Pour changer de sujet, je demande à Catlin ce qu'il fait dans la vie. Sans expliquer rigoureusement cet amour béat de la nature, sa réponse va néanmoins dans le même sens. Il m'apprend qu'il est éthologiste, ce qui, me semble-t-il, se trouve à mi-chemin entre la psychologie expérimentale et l'art vétérinaire. Il est arrivé ici cet automne, venant de Woods Hole. Il est spécialisé dans les mammifères marins – baleines, marsouins, phoques, etc. – et passe beaucoup de temps sur le terrain. Il m'apprend dans le cours de la conversation qu'un bébé baleine grise de Californie prend une tonne chaque mois, chose que, je n'en doute pas, je vais tourner et retourner durant maintes nuits d'insomnie. Que diable y a-t-il dans le lait de baleine ?

Nous abordons d'autres questions intéressantes, telles que le refus de l'inceste chez l'oie ou encore la façon dont la mémoire des oiseaux est marquée, sitôt l'éclosion, par l' « empreinte » du premier objet animé ou sonore qu'ils voient. Apparemment, on peut présenter à un infortuné oisillon à peu près n'importe quel machin – réveille-matin, jouet mécanique, n'importe quoi – et il va croire qu'il s'agit de sa mère. Il y a quelque part un caneton qui soupire après Charles Collingwood, devant lequel il a éclos à la télévision. Catlin a plein de choses passionnantes à raconter, ces dames papotent entre elles, ma pesante argumentation est oubliée.

C'est alors qu'un moqueur nous survole, va se poser sur la cime d'un chêne en contrebas et commence un récital pour tout le coteau. Il est en total désaccord avec la très avisée grive musicienne, qui interprète deux fois chacune de ses phrases. Lui a la sainte frousse des redites, et il chante si fort et de façon si soutenue, et il bondit de temps à autre en l'air avec une si périlleuse gaieté que nous finissons par nous taire pour l'écouter, tout en échangeant force regards et sourires.

Durant un instant, j'ai la vision très nette du tableau que nous composons, paisiblement installés sur la terrasse dans l'après-midi parcouru de chants d'oiseaux, alors que le vent est complètement tombé et le feuillage immobile, avec la brume qui monte, améthyste, lavande et violette, dans les replis des collines, et le soleil qui joue sur les briques comme s'il nous était envoyé de là-haut dans le seul but d'apaiser nos souffrances de mortels. Je lis sur le visage de Marian Catlin qu'elle est habitée de la même perception. C'est ainsi qu'elle ressent tout ce qui fait sa vie : avidement. Une sensibilité aussi écorchée n'est pas loin de constituer une infirmité.

J'observe qu'elle a le cou et le visage un peu maigres ; et, sauf lorsqu'elle pique un fard, ce qui lui arrive fréquemment, elle est très pâle. Elle tient la tête légèrement tournée de côté pour écouter. Je vois son pouls qui bat, petite vie cachée, contre le tendon de sa gorge. On dirait que sourire lui est douloureux et je jurerais que des larmes brillent dans ses yeux. J'ai honte de la façon dont je me suis conduit ; l'impression d'avoir taquiné un enfant hypersensible.

Le moqueur continue de s'épancher, intarissable.

– Non, mais écoutez-moi ça ! s'écrie Marian.

Et parce que je me suis laissé aller à un état de nudité émotionnelle que je m'efforce généralement d'éviter, je ne peux m'empêcher de dire, en formant les mots presque silencieusement :

– Il y arrive grâce à un régime à base de lombrics.

En ravivant notre discussion tout en y mettant, du même coup, un point final, cette boutade, si indigente soit-elle, me vaut ce que j'espérais : froncement de nez et élargissement maximum de son sourire d'émail éclatant. Ami-ami, donc.

Le moqueur s'en va subitement dans un coquet mouvement de plumes blanches à peine entrevues. Une jacasse, qui s'attarde ici alors qu'il y a beau temps qu'elle aurait dû s'en repartir vers le nord, se pose sur la terrasse et nous examine de son gros œil tout rond. Un signe passe entre Catlin et sa femme. Afin de les retenir un peu plus longtemps, car désormais je marche de mon plein gré, tout chargé de chaînes, derrière le char de cette créature, je lui demande ce qui se dit dans les cercles éthologiques au sujet du moqueur. Ce volatile se moque-t-il vraiment des autres oiseaux ? Son répertoire lui est-il inculqué par ses parents ou bien est-il inné ?

Marian renverse la tête en arrière avec un petit gloussement, son air affamé s'efface dans un rire.

– Oh, raconte ! dit-elle. Raconte le coup de Hannes, et ensuite nous devrons partir pour aller chercher Debby.

Et Catlin se met à me raconter qu'un ami à lui, un Autrichien, a un jour trouvé une couvée d'œufs de moqueur. Il les a incubés dans le noir et a ensuite maintenu les oisillons dans un total isolement, ceci afin de voir comment ils apprennent à chanter. Les seuls sons qu'il leur était donné d'entendre provenaient d'une bande magnétique sur laquelle une voix d'homme récitait le discours de Lincoln à Gettysburg, mais en accéléré au point que ce n'était plus qu'un gazouillis aigu. Hannes s'est aperçu que ses moqueurs apprenaient effectivement par imitation ; à tel point que, très vite, il n'a plus été capable de faire la distinction entre oiseau et magnétophone. C'est alors que son vieux démon scientifique s'est remis à lui susurrer à l'oreille, et qu'il a commencé de lorgner avec convoitise en direction de l'Inconnaissable. Tel un Faust de l'éthologie, il a péché par excès de témérité. Il a enregistré un de ses moqueurs, puis il a ralenti la bande afin de voir si le chant n'allait pas se décomposer en mots et paroles. Je me le représente en pleine nuit dans un labo insonorisé. Tous les préparateurs sont partis, le menu bruissement de l'horloge électrique s'est tu car il en a débranché la prise. Les secondes s'égrènent en un silencieux compte à rebours. Penché au-dessus de son haut-parleur, tendu à l'extrême, Hannes tend le bras, ses doigts osseux tournent un bouton.

Entend-il alors le timbre solennel du Grand Émancipateur commençant par : « Il y a quatre-vingt-sept ans… » ? Non pas. Il entend quelque chose qui évoque sept Ukrainiens en train de fomenter la révolution derrière une porte capitonnée. Échec. Entre Méphistophélès sur une bouffée de fumée soufrée.

– Vous voyez ? intervient Marian. Le péché originel. Il a essayé de se substituer à l'ordre naturel.

Juste à cet instant, les beagles d'en face, anormalement silencieux depuis une heure, se mettent brusquement à donner de la voix. Sans cesser de rire, je me dresse pour voir par-dessus les photinias, craignant d'apercevoir les locataires des lieux en train de descendre le coteau en tenue de toile et velours matelassé, le fusil sur l'avant-bras. Cela imposerait de mener les Catlin à l'intérieur ou de gagner l'autre côté de la maison, car je doute que Marian goûte fort le spectacle de ces deux-là lâchant des pigeons et les abattant pour faire travailler leurs chiens. Mais de chasseurs point. Sans doute un des chiens aura-t-il flairé quelque chose dans son sommeil et se sera-t-il réveillé en hurlant. Cela fonctionne ainsi sous le crâne du beagle.

– C'est un chenil ? s'enquiert Marian. Est-ce qu'on y vend des chiots ?

– Non, lui dis-je. C'est seulement le dernier moyen imaginé par Tom Weld pour tirer trois sous de sa prairie. Le soir du 4 juillet, son rejeton faisait péter des pétards, il a mis le feu à toute la pâture et donc plus question d'avoir des chevaux en pension. En ce moment, il la loue à des fanas des chiens et de tir au pigeon. Quand l'herbe sera un peu plus haute il reprendra des chevaux, mais sans remercier les chasseurs ; avant longtemps, un cheval se fera descendre et moi je contemplerai le tableau en me frottant les mains.

Les deux Catlin attendent la suite en souriant. Comme je me suis tu, lui demande :

– Weld, c'est le type qui habite cette ferme blanche devant laquelle on passe quand on prend la grand-route ?

– Si ce n'était que ça !... Weld, c'est aussi ce pont déglingué qui cause des problèmes de parallélisme à nos voitures. C'est cette meute pestilentielle, c'est le chiot bâtard de Fran LoPresti, c'est des irritations diurnes et des inquiétudes nocturnes, c'est l'Adversaire, le Ça, l'Adam aborigène de ce coin de pays, ce bon vieux Monsieur Retombées. c'est notre risque d'incendie, ce qui nous blesse la vue, notre passé, notre avenir, notre histoire et notre drame. Vous tenez vraiment à entendre l'histoire de Tom Weld ?

– Joe, non ! intervient Ruth. Ne remets pas ça. Pas maintenant.

Mais je suis déjà lancé et, voyant devant moi la physionomie attentive et amusée de Marian Catlin, je me surpasse. Défricheur et colon de la première heure, volubile vieux de la vieille, je régale ces pieds-tendres des périls hyperboliques du Nouveau Monde. Je remonte loin en arrière, à l'époque où nos relations avec Weld étaient amicales et même franchement désopilantes, où il était le primitif vêtu de peaux de bêtes et nous les blancs étrangers qui avions fiché notre étrave dans le sable de sa plage ; et je ne manque pas d'entrelarder mon propos des conclusions et digressions philosophiques de rigueur. Cela donne quelque chose comme ceci :

II

Il est certaines constantes dans les relations entre indigènes et colons. Les nouveaux arrivants débarquent, voient si le pays convient, mettent un genou en terre et prennent possession des lieux au nom de Sa Majesté, puis, après avoir dressé un pavillon et une croix, s'avancent, mousquets armés, en multipliant les signes de bonne volonté. D'ordinaire, le cacique local est favorablement disposé ; sinon, une salve à mitraille lui enseigne incontinent les bonnes manières. Il échange courges, poissons, maïs et jeunes vierges contre de la verroterie, des miroirs et des aiguilles. Il fait mettre quelques chiots à la broche, signe un traité d'amitié qui vaudra tant que poussera l'herbe et coulera l'eau, reçoit en présents un tricorne, un manteau à épaulettes et une médaille de plomb. On lui offre encore du tabac à priser et de l'alcool blanc coupé d'un peu d'eau et parfumé au poivre. Et, quand il émerge en grognant le lendemain matin, ses nouveaux amis le remercient gentiment de leur avoir donné l'île de Manhattan.

Cette île de Manhattan semble un bien modeste prix à payer, au regard de toutes les améliorations que les hommes blancs apportent à son existence. Il est employé comme guide et comme chasseur, de nouveaux marchés s'ouvrent, de nouveaux métiers voient le jour, l'économie fait un bond en avant. Il appert même que les nouveaux arrivants font grand cas des scalps de Français et d'Iroquois, en donnent un dollar la pièce et vont jusqu'à fournir les coutelas.

Jusque-là, tout va bien. Mais l'Indien s'aperçoit peu à peu que les Blancs ont fait des brûlis dans les bois où il chassait, qu'ils ont asséché les marécages où il récoltait la canneberge et piégeait le rat musqué. Telles parties du territoire lui sont maintenant interdites, telles choses lui sont proscrites. Lorsqu'il va se servir dans les maïs de l'homme blanc, il se fait botter le derrière. Pour avoir abattu un cerf tacheté, le tarif est de trente coups de fouet. Terminé, frère rouge – désormais, sale voleur de Peau-Rouge. Jeunes braves gronder menaces, vieux chefs conseiller patience, hiver survient, Peaux-Rouges froid et faim, viande rare, couverture usée, tabac et eau de feu impossibles rêves. S'en vient toquer à la porte de l'homme blanc pour mendier à manger et du pétun. Passe ton chemin, méchant gueux ! Et en t'en repartant passe bien au large du poulailler.

C'est là le schéma habituel. Jusqu'à présent, ma sympathie est allée au noble Peau-Rouge traité si injustement. J'ai applaudi lorsqu'il tire des flèches enflammées sur le chaume des toits et abat son tomahawk sur les femmes et les enfants qui jaillissent, les cheveux en feu. Et je l'ai plaint lorsqu'il est traqué et zigouillé par Miles Standish [1] et ses semblables. Cependant, le choc des cultures entre Tom Weld et moi m'a fait entrevoir que le nouvel arrivant a quand même quelques arguments en sa faveur. Dès que je pense à ce Mohican avec qui j'ai passé traité, j'ai l'impression que l'on m'a mis un tensiomètre autour du cou et qu'on en actionne la pompe.

Ruth dit toujours que nous sommes venus ici en quête d'un peu de tranquillité, et que nous devons accepter la culture locale telle qu'elle est. Cela fait soixante ans que les Weld exploitent ces collines sans le moindre succès – d'après Ruth, cela vient de ce qu'ils n'ont jamais eu suffisamment d'eau, alors que mon idée est qu'ils sont crétins de père en fils. Ces abricots qui poussent sur des coteaux non irrigués sont de petit calibre et les grossistes n'en donnent pas lourd. Les années sèches, c'est à peine s'il y a une récolte. Vous, que feriez-vous en pareilles circonstances ? De deux choses l'une : soit vous mettriez tout en œuvre pour trouver de l'eau en suffisance, soit vous vous transporteriez sur des terres exploitables. Seulement, vous n'êtes pas un imbécile. Les imbéciles, eux, s'obstinent.

1. Miles Standish, 1584 ?-1656, fut du voyage du *Mayflower*. Il fut longtemps le chef militaire du Massachusetts. Longfellow et Lowell ont évoqué ses hauts faits contre les Indiens.

Chaque fois qu'ils traversent une mauvaise passe, ils signent un traité de plus avec les Visages pâles et se défont d'une nouvelle parcelle. En Californie, ces vingt dernières années, il fallait une incompétence particulièrement gratinée pour perdre de l'argent dans l'immobilier, mais voici les Weld : une trentaine d'arpents sur deux cents ou trois cents au départ, et toujours aussi étranglés. C'est le besoin d'argent qui obligea Weld à vendre vingt arpents à un promoteur, celui-là même auquel nous achetâmes les cinq nôtres : il devait payer les obsèques de son père et acquérir un nouveau tracteur à chenilles afin de continuer à faire pousser ses minicots pour des grossistes qui ne couraient pas après.

On ne voit pas leur maison de là où nous sommes, mais le jour où les charpentiers eurent terminé de poser les aisseaux du toit, nous avons grimpé là-haut, tout contents, pour esquisser quelques pas de danse. A la jumelle, nous avons observé cette maison de ferme blanche au faîtage affaissé, aux portes et châssis d'un bleu passé, entourée d'une méchante clôture en treillage. A l'intérieur de ce périmètre, on relevait également une citerne à butane en acier galvanisé, non camouflée, une antique camionnette à travers laquelle poussaient des herbes folles, un van avec deux pneus à plat, une buse en ciment de récupération, quantité de bidons, de papiers, et un tas de piquets tout de guingois à croire que quelqu'un avait cherché à attraper un lapin caché par-dessous. Toutes choses que l'on voit encore aujourd'hui quand on passe sur la route.

Croyez-vous que nous fûmes contrariés par la proximité de ce taudis rural ? Pas le moins du monde. Ruth fut même rassurée de constater que Weld n'habitait qu'à un demi-mille de distance. Un voisin, c'était une bonne chose. Pas pour fraterniser, entendez-moi bien, mais en cas de problème. Après tout, nous voulions le calme et la tranquillité. Et donc, nous dansions la gigue cependant qu'un charpentier passait un coup de scie circulaire sur la rive du toit et que dégringolaient les bouts des voliges, telles d'ultimes rognures de notre vie d'avant.

C'est alors que nous avisâmes un labrador qui traversait la prairie au sud de chez nous, tenant dans sa gueule quelque chose d'assez volumineux que nous ne tardâmes pas à identifier comme un gallinacé roux. La bête allait tête levée afin de franchir plus aisément les hautes herbes. Il disparut dans le sumac au bas de notre chemin et reparut un long moment après, beaucoup plus bas, à proximité de chez Weld. Le treillage lui barrait le passage. Il s'enleva et parut flotter dans les airs, magnifique démonstration de ce qu'en danse classique on appelle un ballonné. Puis il s'allongea par terre et mangea son repas dans un nuage de plumes retombant parmi les boîtes de conserve et les vieux os.

Bien que n'ayant pas encore fait sa connaissance, nous en conclûmes que LoPresti avait une basse-cour. Cela apparemment au bénéfice exclusif de ce chien, car, sans particulièrement surveiller les environs, je vis au cours des dix jours suivants deux autres volailles traverser la prairie entre ses crocs, et chaque fois que je me trouvais suffisamment en hauteur pour apercevoir la cour de Weld, je pus noter que les herbes folles et les chardons qui l'agrémentaient étaient un peu plus recouverts de plumes appartenant à la variété Rhode Island Red.

Et puis voilà qu'un type râblé, brun de poil, en kaki délavé, vient un beau matin s'appuyer sur un piquet de clôture pour se rendre compte de l'avancement des travaux. La main qu'il me donne à serrer est calleuse comme celle d'un rameur. Il s'agissait du dénommé LoPresti, dont on pourrait croire, à l'entendre, qu'il arrive tout droit de Parme, alors qu'il est en fait californien depuis trois générations. Il me dit qu'il était en train de construire sa maison, fabriquant ses propres briques d'adobe au fur et à mesure. Cela faisait trois ans que le chantier était commencé, et il n'était pas exclu qu'il en eût pour jusqu'à la fin de ses jours. Il avait une façon assez plaisante de se moquer de lui-même, comme si son entreprise lui paraissait tout de même un peu zinzin. Sa femme avait des problèmes de santé, elle faisait de l'emphysème. Ils étaient venus dans le coin pour fuir le smog, et aussi parce que leur fille avait la passion des chevaux. Il m'apprit qu'il y avait pas mal de cerfs dans le coin, et il me raconta qu'à la nuit tombée lui et sa femme s'amusaient parfois à surprendre des ratons laveurs et des opossums en éclairant de leur fenêtre les branches des chênes avec une lampe torche.

– Ils ne s'en prennent pas à vos poules ? lui demandai-je.

– Je n'ai pas de poules.

– Ah ? Je croyais.

– J'en avais, oui. Des poules et des poulets. Hier, j'ai tué les cinq survivants et je les ai mis au congélateur. Mais, même là, je ne sais pas s'ils sont vraiment à l'abri.

– Vous êtes donc au courant pour le chien, lui dis-je en riant.

Que voulez-vous, je trouvais cela très drôle.

Il balaya la prairie du regard tout en pinçant le fil barbelé dont il tirait des sons graves et mous de contrebasse bricolée, et me donna à entendre qu'il en savait long sur les agissements de ce labrador.

– Une bonne clôture n'aurait-elle pas fait l'affaire ?

– J'ai essayé.

– Ou alors en enfermant vos volailles dans une remise ?

– Essayé aussi.

– Il arrivait quand même à entrer ?

– Par-dessous. Par-dessus. A travers. Ce n'est pas un chien ordinaire.

– Comment se fait-il que vous ne soyez pas allé trouver Weld ?

– J'y suis allé.

– Et qu'a-t-il dit ?

– Que c'était le chien de son frère, qu'il en avait juste la garde.

– Voilà qui est constructif. Avez-vous parlé au frère ?

– Oui, oui. Il m'a répondu que ça ne l'étonnait pas du tout. Il n'avait jamais connu de chien plus fortiche à la chasse. Imbattable pour le lapin, le ragondin, la caille, le mulot. Le Charlie, ça ne le surprenait pas une seule seconde que son chien se soit mis à choper des poules. Une bête comme ça, élevée à la campagne, où elle apprend à trouver elle-même sa propre pitance, c'est une bête qui ne vous coûte rien. Il était prêt à me parier que son frangin n'avait pas acheté une seule boîte depuis qu'il le lui avait amené.

Dans mon innocence, mon inexpérience, je caquetai :

– Est-ce qu'il a proposé de vous rembourser vos poules ?

– Ma foi non, dit LoPresti. Pourquoi voulez-vous ? Ce n'est pas lui qui les a prises. C'est le chien.

– Et il ne leur a jamais traversé l'esprit, à l'un comme à l'autre, qu'un tel animal devrait être attaché ?

– C'est bien ce que j'ai dit, et Charlie m'a répondu qu'il avait essayé. Seulement, un chien comme celui-là, pas moyen de le tenir. Il vous défait un nœud avec les dents, il ronge sa corde, il casse sa chaîne comme de rien. Dans un chenil, c'est du pareil au même : il va vous sauter une clôture de dix pieds de haut comme un autre un tabouret.

LoPresti arrachait machinalement des bandelettes d'écorce au poteau et les jetait dans les hautes herbes.

– Non, dit-il, Charlie regarde ce chien avec un mélange d'admiration et de résignation. Et je reconnais que j'ai fini par adopter son point de vue. Cette bête a du style. Hier, quand il est passé prendre sa poulette quotidienne, il a trouvé le poulailler vide. N'importe quel autre chien en aurait été marri. Eh bien, pas lui. Ça ne l'a pas démonté une seconde. J'étais en train de remplir le coffre à bois et j'avais attaché la chienne de ma femme, un cocker, au fil à linge pour qu'elle prenne un peu d'exercice. On l'a tenue enfermée ces derniers jours parce qu'elle est en chaleur. Eh bien, je suis ressorti juste à temps pour découvrir que ce sacré clebs ne mourra pas sans descendance. On va l'avoir à la maison en six exemplaires.

LoPresti s'en repartit chez lui en coupant à travers champs. Ruth et moi avons bien ri. Il faut dire que nous n'avions ni basse-cour ni cocker femelle.

Les premières pluies tombèrent dans la nuit. A l'époque, nous logions au motel. Nous nous sommes levés de bonne heure pour monter voir si la maison, encore en chantier, n'avait pas trop souffert. Cela n'a pas manqué : notre chemin n'avait pas encore été stabilisé, nous nous sommes embourbés. Dans la meilleure tradition du colon blanc sollicitant le secours de l'indigène, je suis descendu à pied jusqu'au wigwam de Weld. Il a sauté dans son pick-up et nous a tirés d'affaire. Le regardant s'agenouiller dans la boue pour accrocher le câble de remorquage, je sentais peser le poids des ans et lui étais diablement reconnaissant.

Quand nous sommes arrivés en haut et que je me suis garé à côté du tas de bois de charpente, il y avait trois chevaux qui nous regardaient par l'encadrement de la porte-fenêtre non encore vitrée. Cela me rappela un tableau de Rosa Bonheur qui représente des chevaux s'abritant de la tempête. D'après les indices, que nous mîmes une demi-heure à nettoyer, ils avaient passé toute la nuit dans notre salon.

Je ne pouvais jeter la pierre à ces pauvres bêtes. Non seulement Weld ne leur avait pas fait d'abri, mais, après avoir vendu plusieurs parcelles de terre, il n'avait pas pris la peine de modifier ses clôtures. Comment ces malheureux bidets, qui n'étaient même pas les siens puisqu'ils étaient en pension chez lui, auraient-ils pu savoir que les cinq arpents situés au sud ne faisaient plus partie de la propriété ?

Il fallait pourtant bien qu'ils en fussent informés. Je retournai donc dans la vallée – à nouveau, un demi-mille à pied dans la bouillasse. Je toquai de nouveau à la porte bleu passé et de nouveau s'y encadra la face joviale de Weld.

– Encore embourbé ?

Non, mais est-ce que je pouvais lui toucher un mot ? J'avais les pieds entourés d'une telle gangue de glaise que je dus me déchausser pour m'avancer en chaussettes sur un revêtement de sol composé de cinq ou six couleurs différentes. Quelqu'un avait eu carte blanche pour refaire la décoration. Mrs. Weld me fit la grâce d'un sourire et d'une main gantée de caoutchouc humide. Ou bien elle écoutait les avis de spécialistes appartenant à des écoles antagonistes, ou bien elle connaissait quelqu'un qui lui refilait des échantillons. Les murs du séjour étaient aussi versicolores que les sols : un pan était tapissé de papier vieux rose, deux autres panneautés de contreplaqué, l'un à parement de séquoia en point de Hongrie, l'autre de simple bouleau. Le quatrième, je n'ai pas fait attention – peut-être s'agissait-il d'une baie vitrée. Je me souviens en revanche d'un énorme poste de télévision devant lequel était collé le grand fils de la maison. Mrs. Weld entra en trombe, ramassa une pile de suppléments du dimanche dans ses mains caoutchoutées, et ressortit tout aussi rondement.

Weld et moi parlâmes du temps qu'il faisait et convînmes qu'il était à la pluie. Nous fûmes d'accord pour dire que mon chemin ne pâtirait pas des quelques bennes supplémentaires de gros gravier que j'avais l'intention de commander. Nous observâmes que, si le temps était certes humide, la pluie était bienvenue ; par ici, quand arrivait novembre, tout était quand même sacrément desséché.

Nous ne doutions pas, l'un comme l'autre, que les herbages auraient reverdi dans la semaine.

Après ces préliminaires, je me jetai à l'eau :

– Tout à l'heure, en arrivant à la maison, nous y avons trouvé vos chevaux.

Il était vraiment ravi de l'apprendre.

– Ah oui ? Alors comme ça, ils se sont mis là ? Tout de même, hein, c'est pas bête, un cheval. Qu'il se mette à faire froid ou à tomber des cordes, ils sont bien pareils que nous : s'il y a un coin où s'abriter, ils y vont.

– Je ne serais pas venu vous embêter avec ça, sauf qu'ils salissent quand même un peu.

Et de rire de concert, bien d'accord qu'un cheval, ça n'était pas très à cheval.

– Ça ne tire guère à conséquence pour l'instant, repris-je, mais, dans quelque temps, ils pourraient causer des dégâts. Et je me demandais si l'on ne pourrait pas trouver un moyen de les empêcher d'entrer.

– Ça ne devrait pas poser trop de problèmes, me répondit Weld. Vous avez probablement dans l'idée de poser un bout de clôture autour de chez vous. Si vous voulez, je vous donnerai un coup de main.

– C'est très gentil à vous, lui dis-je. Seulement, une clôture, cela veut dire des barrières à ouvrir et à refermer tout le temps. Est-ce qu'il ne serait pas préférable que vous enclosiez vos terres ?

Il y eut l'instant bien précis où il commença de comprendre. On pourrait parler de moment du choc des cultures. Il me regarda en battant des paupières.

– C'est que ça m'enlèverait un bon bout de pâturage.

– Oui, en effet. Cependant, vous vous doutiez bien en vendant cette parcelle que vous n'en auriez plus la jouissance.

Debout face à moi, il fronçait les sourcils tout en se pinçant la pomme d'Adam, les yeux baissés, rivés à mes chaussettes.

– Oui, peut-être bien. Seulement, une pareille longueur de clôture, c'est que ça n'est pas donné.

Je ne m'étais pas imaginé que ce serait pour rien. En fait, en venant le trouver, j'étais disposé à participer au coût de l'opération, cela en gage de bon voisinage. Mais je voyais bien qu'il n'avait pas encore admis l'obligation qui était sienne de maintenir ses chevaux sur ses propres terres. Aussi, plutôt que de faire une proposition, je lui fis observer que la législation n'était pas la même d'un État à l'autre. Dans les grandes régions d'élevage, là où le bétail paissait en liberté, c'était aux particuliers de protéger leur propriété ; mais ici, en Californie, tout éleveur était tenu d'enclore ses pâturages.

– Ah, bon ? fit-il. Oui, peut-être bien. Je n'ai jamais trop regardé.

Il arborait maintenant une expression vaguement butée. Dans la cuisine, Mrs. Weld, tout en essuyant une casserole, n'en perdait pas une miette. La télévision montra une longue passe en avant et le commentateur émit un rugissement ; pourtant, en tournant la tête, je vis que c'était moi que le jeune Weld regardait. Ces gens montraient une espèce de solidarité qui me mettait en boule.

– Je ne voudrais pas vous paraître déraisonnable, dis-je. Mais vous comprenez bien qu'une fois la maison terminée et les plantations faites il ne sera plus question que des chevaux viennent tout piétiner.

Weld avait ce tic de déglutir à vide qui l'avait gagné au cours de la conversation. Il se pinçait la peau du menton, se frictionnait la mâchoire, déglutissait, se penchait pour regarder le grain de pluie oblique qui s'était mis à tomber.

– M'est avis que vous voulez une gentille petite clôture autour de chez vous – genre palissade en piquets de vigne, quelque chose d'esthétique. Comme ça, vos plantations sont à l'abri et vous êtes tranquille.

– Ce serait parfait, dis-je, à ceci près que la configuration de mon terrain n'exige pas qu'il soit enclos et que, moi, je n'ai pas besoin d'une clôture car je n'ai pas de chevaux.

Je partis vers la porte d'entrée, passant devant une Mrs. Weld qui me grimaça un sourire sans doute à la hauteur du mien. Weld ne quitta pas des yeux mes chaussures tandis que je les rechaussais. Sans doute se disait-il qu'une heure plus tôt il avait été assez bon pour me sortir du bourbier. C'est ce que j'étais en train de penser moi aussi. L'air buté, il me dit encore qu'il fallait voir, qu'il allait y réfléchir.

En redescendant la côte un peu plus tard, la voiture s'enlisa au même endroit que devant. Comme il était hors de question pour moi de m'humilier en allant trouver Weld une troisième fois, je fis près d'un mille à pied pour aller appeler une dépanneuse.

Durant quelque temps, nous contînmes les chevaux à l'aide de barricades, matériel qui ressemblait suffisamment à une clôture classique pour m'ôter tout plaisir à le mettre en place. En janvier, les huisseries étaient posées, et nous n'avions plus à craindre pour la maison. En revanche, quand les peintures commencèrent le mois suivant, il y eut partout des bidons et des pots à renverser. Un des peintres prit à ce point les chevaux en grippe qu'il apporta un pistolet à air comprimé et s'embusquait (à cinq ou six dollars de l'heure) dans des recoins ou derrière des cloisons afin d'en plomber un comme il faut. Jamais je ne le vis réussir. Pour ma part, je ne me fiais qu'aux cailloux. Mais ni les pierres, ni les plombs, ni les barricades ne purent empêcher les chevaux de venir se promener sur le patio de la cuisine la nuit qui suivit le coulage de la chape. On peut toujours y distinguer leurs empreintes. Du coup, je pris la peine de consulter la législation relative aux animaux errants et à la mise en fourrière. Si Ruth n'avait pas été là pour m'en dissuader, j'aurais encagé ces brutes et je vous garantis que Weld aurait dû y mettre le prix pour les revoir.

Quand nous emménageâmes en avril, les chevaux étaient aux premières loges. J'avais des piles de cailloux à portée de main, et je ne leur fis pas de cadeaux. Dans leur affolement, ils bousculèrent ma barrière de derrière, contiguë à celle de Weld. Il vint les récupérer dans la soirée et, après les avoir fait passer dans le champ voisin, il se mit en devoir de rafistoler les deux barrières ensemble.

– Ce n'est pas grave, lui dis-je. Ne vous embêtez pas avec ça.

Il était d'assez bonne humeur, mais n'en déglutissait pas moins.

– Quand même, ce sont mes chevaux qui l'ont renversée.

– C'est sans importance. J'ai l'intention de la supprimer.

Là, pour le coup, il déglutit comme jamais.

– Mais alors, il n'y aura plus rien pour les empêcher d'entrer…

– Tom, lui dis-je, avec, je vous jure, un grand sourire, il n'y a rien qui les en empêche présentement.

Victoire ! Vingt-quatre heures ne s'étaient pas écoulées que nous l'entendîmes forer le long du chemin des trous pour les piquets. Du coup, j'appelai le paysagiste et passai commande. Mais une victoire sur le vieux Massasoït[1] est toujours partielle, si elle n'est pas à la Pyrrhus. Au lieu de faire tout le tour de sa propriété et de séparer ainsi de la prairie le chemin et le pont, il arrête sa clôture au ras de celui-ci, puis il arrache du tablier un longeron sur deux et en fait cette chose effrayante, d'un autre âge, qui enjambe la ravine. Ses chevaux peuvent toujours contourner le bout de la clôture et remonter notre chemin. Je ne prends même pas la peine de rouspéter. Ce pont lui appartient.

Ainsi y a-t-il toujours des nuits comme celle où Ruth entendit du bruit et me réveilla en agrippant le devant de mon pyjama. J'allume la lampe de dehors et voilà un cheval qui nous détaille à travers la fenêtre de la chambre. Il dodeline de la tête à notre intention. Je vous jure qu'il déglutit. On entend les autres arpenter la terrasse comme s'ils surveillaient les abords. Celui qui nous regarde a forcément les sabots dans un parterre de rosiers plantés de fraîche date. Je saute du lit, j'ouvre tout doucement la porte et gagne à pas de loup le tas de cailloux le plus proche. Ils sont minables : il me faudrait des pierres comme des balles de baseball. Les chevaux m'entendent et détalent en passant sur deux érables du Japon que je viens de payer quinze dollars pièce. Ils dévalent le chemin dans un bruit de tonnerre, bientôt hors de portée, cependant que, figure de l'impuissance, je trépigne et blasphème, lance mes gravillons dans le jour naissant et me blesse les pieds sur l'argile durcie.

Nous avons encore des chevaux ! Allons, restons calmes. Oui, du calme, des projectiles et une vigilance de tous les instants.

Ce qui n'exclut pas la béatitude. Vous ne savez sans doute pas encore à quoi cet endroit ressemble en mai, quand le vent finit par tomber et que s'annonce la fin du printemps. *Lyrique* est le mot. Aurores avec concerts d'alouettes, midis célébrés par nos amis les moqueurs, après-midi déclinant en voiles bleutés aux accents mélancoliques et doux, tennysoniens, des colombes. Les champs

1. Chef des Indiens Wampanoag (mort en 1661), qui habitait l'Est de l'actuel État du Massachusetts.

prennent une teinte dorée, les arbres jettent des ombres violettes sur les coteaux, les cerfs commencent à sauter les clôtures pour aller s'abreuver à la station de pompage de Weld. Nous embrassions tout cela et en oubliions presque notre voisin. Même les chevaux étaient splendides lorsque les demoiselles à qui ils appartenaient venaient les monter en fin de journée. Ils passaient au petit galop du côté de cette butte là-bas, telles les montures des héros des gestes galloises ou irlandaises – vous savez, de ces étalons tout caracolant dont chaque sabot projette tour à tour en l'air une fière touffe de gazon.

Une nuit – et ce fut de plusieurs semaines notre seul émoi notable –, je sauvai un jeune opossum des crocs du chien de Weld qui l'avait acculé dans l'abri-garage. Cet opossum était un grand monsieur. Il fit le mort pendant que je chassais le chien, continua de faire le mort lorsque, muni d'un gant de jardinage, j'allai le pêcher entre deux chevrons, et n'entrouvrit pas une paupière tandis que je l'examinais. Cet animal a tout d'un rescapé de l'ordovicien et j'étais curieux de voir sa poche marsupiale ; or celui-ci, étant un monsieur, n'en possédait point. Mais il gisait là, comme chloroformé, et me laissait regarder. Pour finir, je l'emportai dehors et le déposai sur la branche basse d'un chêne.

C'était une nuit de clair de lune laiteux. Le moqueur menait grand tapage, sifflant comme plusieurs maîtres d'équipage, poussant des cris de possédé. Les avoines faisaient une étoffe argentée, les ombres étaient de velours. Je demeurai un long moment immobile avant que l'opossum se remît à bouger. Il leva son museau et s'en fut le long de la branche éclairée de reflets diaprés. Je rentrai annoncer à Ruth que cette bestiole peu évoluée avait restauré ma foi dans le paradis terrestre. Elle m'avait démontré que l'on peut s'entendre avec n'importe qui pour peu que l'on se fasse inoffensif.

Là-dessus, que croyez-vous que Ruth me répond ? D'une petite voix tout ensommeillée, elle me demande ce que, juste avant mon intervention, la douceur de caractère de mon marsupial donnait face au chien de Weld. Durant tout l'hiver, elle me prêche douceur et pondération, qui ne sont pas mes penchants naturels, et, dès que je montre quelques signes de conversion, elle me remet en mémoire l'insatiable agresseur.

III

Je me suis arrêté quelque part par là. Je commençais à fatiguer et puis j'étais un peu gêné par la manière dont j'avais présenté les choses. A charger de la sorte ce crétin jovial de Weld, à faire de lui bien plus qu'une simple source de contrariétés, j'allais donner à penser que Joe Allston se justifiait aux dépens des voisins. C'est pourquoi je me suis tu.

Les Catlin, tout sourire, attendaient.

– Et alors ? dit Marian. Cela ne s'arrête pas là, n'est-ce pas ?

– La suite au prochain numéro.

– Oui, mais que s'est-il passé ? Qu'est devenu ce chien ? Avez-vous toujours des chevaux dans vos parterres ? Avez-vous résolu le problème, vous êtes-vous raccommodés ?

– Le chien a gagné le pays des chasses éternelles. Il était sur la route en train de manger un lapin écrasé et il s'est pris un camion. Les chevaux sont partis en juillet dernier quand Weld junior a fichu le feu à la prairie.

– Donc, il n'y a plus de pomme de discorde et tout le monde est réconcilié.

– Je n'irais pas jusque-là. Regardez par exemple cette abomination là-bas. Et je ne vous parle pas du pont. Est-ce que je repars pour un tour ?

– Pourquoi ne pas laisser tomber ? intervint Ruth.

– Rien qu'un petit tour, dis-je.

J'éprouvais le besoin de m'expliquer devant ces gens ; je voulais qu'ils comprennent que je n'étais pas spécialement atrabilaire, mais que l'on poussait le bouchon un peu loin avec moi.

– Bien évidemment, repris-je, Weld n'est pas chez lui quand son fiston incendie les herbages. J'y suis allé avec une pelle pour essayer d'éteindre, mais les flammes m'ont vite obligé à remonter le coteau avec les basques qui fumaient. Alors que je reprenais mon souffle dans le verger labouré, j'ai vu le camion des pompiers arriver sur la route, s'engager sur le chemin et s'arrêter au pont. Ils ne voulaient pas s'y engager, n'étant pas sûrs qu'il tiendrait.

Finalement, un autre camion est venu par l'autre côté de la colline, à travers champs, et a tout éteint. Mais vous voyez ce que cela aurait pu donner ? Si l'incendie avait ravagé tout le coin, jamais Weld n'aurait compris que son refus d'enclore son pâturage y était pour quelque chose. Ç'aurait été la faute des pompiers. Ce type n'a jamais la bonne réponse. Si l'on venait à le poursuivre en paternité, il dirait : « Moi ? J'ai rien fait à part coucher avec ma femme. »

– Oui, dit Marian, mais si vous aviez suivi votre premier mouvement et proposé de payer la moitié de la clôture, peut-être que le pont serait toujours en bon état et que tout serait pour le mieux dans le meilleur des mondes. Est-ce que vous ne regrettez pas de ne pas l'avoir fait ?

– Non, dis-je. Cela m'aurait défrisé au point que je n'oserais plus me regarder dans la glace.

Les beagles se remettent à donner de la voix et, cette fois, quand je me lève pour regarder, je vois s'amener les maniaques du tir au pigeon. Les Catlin donnent tous les signes du départ. Vite, poussons-les dehors, même si un petit aperçu de ce massacre systématique la convaincrait sans doute que je n'ai pas noirci Weld injustement. Il va s'écouler une dizaine de minutes avant que débute la fusillade. Tu souris, tu te lèves et tu ajournes.

Parvenu à l'angle de la maison, John Catlin entoure les épaules de sa femme d'un geste grave et protecteur, très plaisant à voir. Comme nous passons entre la roseraie et l'allée d'iris, je m'arrête devant un bouton de rose pour en examiner les sépales. Je m'y attendais : un gros amas de pucerons. Je ploie la tige pour la montrer à Marian.

– Celle-ci, puisque vous les aimez abîmées, je vous l'envoie dès qu'elle s'ouvrira.

– Je les aime naturelles, dit-elle, péremptoire.

Elle préférerait être un chancre dans une haie vive plutôt qu'une rose par moi bichonnée.

Je suis sur le point d'enfourcher de nouveau mon cheval de bataille, mais Ruth, fière de ses plantations et manifestement désireuse de nous offrir ce qui dans les romans de Jane Austen s'appelle une flânerie dans les bosquets, nous entraîne le long du talus qui descend en pente douce vers le pré des Shields. J'y ai fait faire un petit sentier bitumé. Les Catlin suivent leur guide en file indienne et je ferme la marche. Soudain, Marian lâche la main de John et tombe à genoux. Aussitôt, il se penche sur elle. Mais elle n'a pas glissé, elle a vu quelque chose sur le sentier. Elle lève vers nous un visage d'enfant qui en fait un peu trop.

– Vite, une pelle ou quelque chose ! Il faut que je montre ça à Mr. Allston. J'en ai vu un exactement semblable l'autre jour.

A ses pieds, l'asphalte se soulève en trois dômes presque de la taille d'un pamplemousse. Le sommet du plus volumineux a commencé de s'ouvrir. Un thomomys ? Une taupe ? Je veux croire qu'ils ont les griffes endolories à force de fouir dans quatre ou cinq pouces de bitume rouleau-compressé. Et j'aimerais autant que cela ne nous retarde pas trop et que les Catlin repartent chez eux avant que les autres se mettent à brûler des cartouches. Mais il n'y a rien à faire. Je remonte donc au garage prendre une pioche, Catlin s'en empare et entreprend de dégager le plus gros monticule. Vous savez ce qu'il y a là-dessous, tout près de s'être frayé un chemin à travers une pareille épaisseur de gravier mêlé de goudron ? Un champignon. Un gentil petit champignon gros comme mon pouce et mou comme du fromage.

Marian a les yeux qui flamboient, tant elle jubile. Ils sont comme chargés électriquement. A croiser son regard, on ressent une décharge. Elle laisse échapper d'une voix flûtée, un peu aiguë :

– Ah, vous voyez ? Vous vous demandiez ce qu'il y a dans le lait de baleine. Vous comprenez maintenant ? Il y a la même chose dans une spore de champignon, si petite qu'il faut un microscope pour la voir, ou dans les thomomys ou dans le sumac vénéneux ou dans tout ce qu'on essaie d'étouffer ou d'arracher ou d'empoisonner. Il n'y a pas une vie qui serait bonne et une vie qui serait mauvaise, il y a seulement la vie. Songez à la force qu'il y a là-dessous, cette force qui pousse les choses à naître !

Je crains un moment qu'elle n'éclate en sanglots. *Mollo, vas-y mollo*, me souffle une voix intérieure tandis que Ruth m'adresse un bien inutile froncement de sourcils et que Catlin observe sa femme avec une attention soutenue avant de cacher le bas de son visage derrière la flamme d'une allumette qu'il approche de sa cigarette. Cependant, c'est en ma qualité d'exterminateur que j'ai été apostrophé et il faut bien que je réponde quelque chose. Étant le petit marrant de service, je cligne de l'œil et entonne :

Oh, le fermier prit le champignon
Et l'enfouit avec une dalle en sus.
Je remonterai, dit le champignon,
Attends voir, mon gars, attends voir,
J' vas m' plaire ici, j' vas m' plaire ici.

– Ha, ha, me fait Marian. Vous baissez pavillon, il me semble.

– Vous avez gagné.

Je suis secrètement soulagé de constater que sa physionomie comme sa voix ont perdu leur caractère d'hyperémotivité. Elle est manifestement tendue à rompre. Considérant son côté frêle et pâle, il est étonnant de constater à quel point elle donne en permanence l'impression d'une immense vitalité.

Cette force est la dernière image que j'ai d'elle ce jour-là. Ils arrivent au coude que fait l'allée et se détachent une seconde ou deux sur le feuillage vert tendre des abricotiers. La lumière de l'après-midi les éclaire en plein. Sain, responsable, attentif, le visage de John se retourne et nous sourit ; celui de Marian, plus fin, miroite un bref instant, comme une glace qui pivote ; l'instant d'après, ils ont disparu au détour du chemin. Une espèce de silence assourdissant persiste derrière eux, brisé sur ses marges par la clameur des chiens.

Je me retourne et tombe sur ma sardonique moitié. Elle me considère d'un air étrange, scrutateur, qui se mue d'un coup en cette expression mi-sceptique, mi-ironique dont elle a le secret. Il faut croire que je suis pour beaucoup dans ses attitudes. Elle se plaint d'avoir l'esprit en forme de chistera à force de me rattraper et de me renvoyer lorsque je me rue sur elle. Ce coup-ci, parce que cette jeune femme écorchée m'a ému, je lâche d'un ton plutôt rogue :

– Quoi ? Qu'est-ce que j'ai ? Un trou dans mon pantalon ?

– Une dévotion de cocker qui sautait aux yeux.

– Eh bien, qu'elle y saute. J'aime bien ces gens. Je le trouve intéressant et je la trouve charmante.

– Elle est délicieuse, renchérit Ruth. Et un peu fofolle. Triste aussi.

– Triste, tu trouves ?

– Visiblement, elle n'est pas très bien portante.

– Eh bien alors, qu'est-ce qui te fait sourire comme ça ?

– Toi, trésor, dit-elle de son ton ennuyé et pensif. Tu m'amuses.

Mais il est manifeste que ce n'est pas le cas. Elle accroche son bras au mien et me ramène vers la maison. Au bout de quelques pas, elle m'enlace la taille et dit :

– Toi, il t'aurait fallu six filles d'une grande beauté.

Comme ce n'est pas très éloigné de ce que je pense, je ne relève pas et me borne à dire :

– Je suppose que tu vas me tomber dessus pour avoir parlé de Weld en long et en large et avoir débattu avec elle du caractère sacré de la vie.

Occupée à examiner les boutons de l'oranger nain planté contre le mur du garage, elle lève les yeux vers moi.

– Tu ne pouvais pas savoir.

– Savoir quoi ?

– Tu n'as sans doute pas remarqué qu'elle est enceinte.

– Non, dis-je. Si elle l'est. Qu'est-ce que tu en sais, d'abord ?

– Comment sait-on en général une chose pareille ? Elle me l'a dit.

– En ce cas, ne fais pas comme si c'était un effet de ton intuition féminine. Il était peu probable qu'elle me confie la chose. De combien ?

– Pas longtemps. Peut-être deux mois.

– C'est très bien, dis-je. Elle essaime. Elle est mieux que quiconque à même de goûter la chose. Pourtant, on ne peut pas dire que ça ait l'air de lui réussir. Je croyais que les jeunes personnes dans cet état étaient toutes tranquilles et placides, faisaient de beaux rêves et fleuraient bon le lait.

Pendant une seconde, je me demande si Ruth ne va pas se fâcher. Elle demeure un moment immobile, tenant du dos de la main ses cheveux écartés de sa tempe. Au-dessus de la prairie, l'alouette se prépare pour son récital de fin d'après-midi, elle émet un ou deux sifflements, nettoie ses tuyaux.

– Oui, dit Ruth, c'est peut-être là que le bât blesse. Elle a eu une opération. Tu n'as pas remarqué comment elle bouge le bras gauche, comme s'il était raide, voire légèrement paralysé ? On lui a enlevé un sein, le gauche, et jusqu'à l'aisselle tous les petits ganglions lymphatiques.

L'ombre de la maison recouvre maintenant le bassin aux lis d'eau et arrive à mi-hauteur du mur du garage. Le visage de Ruth est dans la pénombre. Je pense à cette fille qui est comme le jeu de l'ombre et de la lumière dans un sous-bois, je pense aux vrilles obscènes qui ont poussé en elle, au flétrissement qui déjà l'a gagnée.

– Mais enfin, bon Dieu, elle est si jeune.

– Oui.

– Est-ce qu'il y aurait récidive ? Est-ce pour ça qu'elle a l'air patraque ?

– Non, je ne pense pas. Je crois qu'elle m'en aurait parlé. Elle n'est pas du genre à rester murée en elle-même.

L'alouette a une grille bien différente du moqueur ou de la grive. Chez elle, point de doublets ni d'improvisations, mais, tel un enfant débitant une succession de courtes pièces, elle chante un air huit ou dix fois de suite, passe à un autre pour quelque temps, puis à un autre encore. Je prends note de ses rhapsodies mécaniques avec presque de l'irritation, ainsi que de la voix ininterrompue des beagles de l'autre côté de la maison. C'est alors que l'air est traversé d'un froufrou, c'est le trait argenté d'un pigeon dans le soleil. Il décrit une boucle, revient vers nous. Je peux voir les plumes violettes de son jabot, j'entends les extrémités de ses rémiges qui battent les unes contre les autres. L'instant d'après, je perçois la détonation d'un fusil et la clameur redoublée des chiens.

Ruth et moi nous regardons l'un l'autre. C'est une compréhension réciproque et muette. Passé soixante ans, on a conscience de la vulnérabilité des choses, y compris la sienne, mais il peut arriver que l'on ait besoin de se faire rafraîchir la mémoire. Et, même si je suis content que les Catlin soient repartis avant qu'elle ait été confrontée à cette horreur de tir au pigeon, j'ai du remords à la pensée du malaise que j'ai dû lui causer avec ma grande gueule.

– Ça, on peut dire que j'ai le chic. Pourquoi ne m'as-tu pas fait taire ?

– Te faire taire, toi ? Mais comment ?

Cependant, cette acrimonie n'est qu'un genre qu'elle se donne. En passant la porte – car je préfère rentrer plutôt que de rester à l'extérieur pour entendre les coups de feu et les chiens sillonnant l'herbage à la recherche des oiseaux abattus –, elle me reprend le bras. En y repensant aujourd'hui, je comprends ce geste dans toutes les fibres de mon corps. Je sais ce qu'elle voulait me signifier par là.

Nous nous trouvions une fois de plus exposés ; et nous dépendions l'un de l'autre bien plus que lorsque toutes nos relations ici étaient encore nouvelles, superficielles et peu exigeantes. Le paradis, notre bienheureuse et tardive tour d'ivoire, était perdu, et ce n'était pas par la faute de gens que j'eusse volontiers collés dans le rôle du serpent, mais à cause d'une personne pour laquelle nous éprouvions une affection immédiate. C'est là une cruelle doctrine, que je commençais d'assimiler et que je n'ai pas, depuis, répudiée : c'est l'amour et non le péché qui nous coûte le paradis. L'amour porte la mort avec lui. S'il est absent, elle n'est en fait pas grand-chose. Elle n'est que ce que Marian faisait semblant de penser qu'elle était : un simple échange de protéines.

TROISIÈME PARTIE

I

J'ai entamé cette rumination dans la disposition d'esprit d'un chrétien à l'ancienne qui ouvre sa Bible au hasard en quête d'un texte. Parce que je ne pouvais me résigner à la façon dont la vie avait floué une personne qui aimait tant à être vivante, je voulais juste parler d'elle et parler avec elle. Je m'aperçois que j'ai glosé au moins autant sur Joseph Allston et la manière dont la vie l'a floué, lui qui souhaitait seulement se retirer du monde et cultiver son jardin.

Le malheur est le fruit d'une collaboration, me suis-je laissé dire ; le mal est partout et en chacun de nous. Pourtant, je suis régulièrement tenté de sillonner le jardin à la recherche du serpent. Tôt ou tard, je vais me surprendre à gagner (regagner ?) mon trou en quête de moi-même. Je n'ai pas oublié l'ambigu reptile que j'ai déterré l'été dernier, quoique je ne parvienne à le ranger dans aucun schéma simple d'interprétation éthique.

Assurément, aucun d'entre nous n'est inoffensif, quoi que cherche à nous faire accroire notre petite cuisine personnelle. Quelles qu'aient été nos raisons respectives de venir vivre par ici, aucun d'entre nous n'a pu faire abstraction des autres. L'éleveur obstiné soucieux de monnayer la terre qu'il lui reste ; l'arrière-petit-fils d'immigré italien, sa femme à la santé délicate, sa fille renfrognée, ses adobes aux vertus narcotiques ; la jeune femme en péril, habitée d'un désir éperdu de continuité ; le zigoto qui vivait dans l'arbre et ce zigoto-ci qui vit au sommet de la colline – tous, quelles que fussent nos aspirations, nous avons atterri au sein d'une communauté, avec les conséquences que cela a entraînées. Et au cœur de cette communauté il y avait la petite maison des Catlin.

Elle se trouvait entre notre chemin et le fond du vallon, sur une terrasse naturelle surplombant la berge du torrent. Sous l'action des éléments, la toiture et les murs de bardeaux avaient pris des teintes grisées de vieille pierre. Pour moi, ce coin avait quelque chose de subaquatique – ces reflets d'argent piquetés de balanes, les trois grands chênes verts qui se tordaient au-dessus du toit comme des laminaires, la lumière immobile, mouchetée, sassée. Dans ce repli de terrain, l'air n'avait plus les mêmes propriétés, c'était une infusion de plantes vertes et brunes, avec toujours une légère turbidité faite de particules descendant lentement se déposer. Les petites feuilles d'yeuse semblables à celles du houx faisaient sur le sol une couche serrée qui pesait là comme les sédiments du fond de la mer. Et, de tout le printemps et l'été, les mites du chêne y voletaient sans répit, fantasques et fragiles. On n'eût pas été autrement surpris de voir des sirènes s'élever soudain dans une myriade de bulles au-dessus de l'aire de pique-nique que Thomas avait aménagée au bord du torrent.

Dès notre première rencontre avec Marian Catlin, nous avons su que cet endroit était fait pour elle. Jusqu'alors, nous le trouvions dépourvu d'intérêt. Le temps que les Thomas habitèrent là, soit quelque six mois, nous passions devant en voiture en leur adressant un petit bonjour de la main, et nous n'avions jamais mis les pieds à l'intérieur de la maison, ni même sur ses abords. Dès que les Catlin emménagèrent, nous y fûmes presque quotidiennement, et leur petit bosquet du bord de l'eau nous devint aussi familier que notre propre terrasse.

J'ai quelque difficulté à reconstituer la façon dont cette relation se mit en place. Tel jour nous n'avions jamais entendu parler de ces gens et, quelques jours plus tard, nous étions de véritables amis. Toute notre vie durant, Ruth et moi avons eu tendance à tenir les autres à distance et à chérir notre intimité, et nous étions plus enclins à rejeter les têtes nouvelles – comme j'ai rejeté Peck – qu'à les adopter. Mais nous avons contracté la tendre aménité de

Marian un peu comme une maladie contagieuse ; elle était en quelque sorte la Typhoid Mary [1] de l'amour. Nous n'avons jamais eu l'habitude de faire des bises, sachant que cela n'a d'ordinaire guère de signification, et cependant nous embrassions systématiquement les Catlin comme s'ils eussent été nos enfants. Ce qu'ils étaient par une sorte d'adoption réciproque et spontanée. Quant à Debby, Marian nous a couchés sur son testament, sa volonté expresse étant de faire de nous ses tuteurs si jamais il arrivait quelque chose à John.

C'est un pis-aller plutôt fragile, mais notre consentement a fait du bien à Marian, inquiète à l'idée que sa petite pourrait se retrouver seule au monde. John n'avait pour proche parent qu'un frère, que diverses missions officielles envoyaient en permanence au Moyen-Orient. Le père et la mère de Marian avaient trouvé la mort dans un accident de voiture alors qu'elle avait cinq ans, et elle avait été élevée par une grand-mère nantie d'une prothèse de la hanche, qui s'était occupée d'elle au mieux, l'entourant de toute son affection. Elle voulait que Debby eût au moins cela. Plus que cela, en fait, beaucoup plus. C'est pourquoi, mue par un amour fou et presque mystique, elle avait tenu à fleurir et fructifier encore une fois afin de lui donner un frère ou une sœur. Si Marian croyait, c'était en la biologie.

Le lendemain de leur première visite, nous croisâmes en bas, près des boîtes aux lettres, une fillette qui ne pouvait être que Debby – dans les six ans, petit visage triangulaire, queue de cheval, mirettes perdues derrière de grandes lunettes d'enfant. Nous lui fîmes un bonjour de la main et elle nous retourna un regard curieux mais impassible. Jetant un coup d'œil en arrière en traversant le pont, je la vis qui continuait de déambuler sur le chemin, l'air maussade, caressant du bout des doigts les fleurs de moutarde.

– Les déménagements sont toujours mal vécus par les enfants, dit Ruth.

Le jour suivant, un samedi, au moment de partir faire les

1. D'après le surnom dont on affubla la cuisinière Mary Mallon, qui contamina la population (décembre 1938).

courses hebdomadaires, Ruth coupa une branche de roses en bouton et quelques rameaux de daphné. Arrêtant la voiture à hauteur de l'aire de stationnement des Catlin, nous vîmes en contrebas Marian en train de pousser sa fille sur une balançoire suspendue à la branche d'un chêne. Leurs voix s'élevaient jusqu'à nous en un concert de babils et de petits cris, comme un picotement d'embruns musicaux qui seraient montés de ce bassin vert et brun. Marian nous aperçut, imprima en courant une dernière impulsion à la petite, puis gravit le talus. Je ne m'étais pas illusionné quant à l'éclat de son visage : ce nimbe lumineux était sur elle même à l'ombre des grands chênes.

Essoufflée, elle saisit la main que je lui tendais, y exerça une pression aussi ferme que brève et, sans la lâcher, se baissa pour sourire à Ruth qui, à l'intérieur de la voiture, se penchait pour me passer les fleurs.

– Les pucerons que nous vous avions promis, lui dis-je.

– Je me risque à les sentir ou bien est-ce que je vais m'intoxiquer au DDT ?

Mais elle enfouit le visage dans les roses et ne le releva que pour l'y enfouir de plus belle, quoique cette variété, la Fred Edmonds, ne fût guère parfumée.

– Je les adore, dit-elle afin que nous ne nous méprenions pas sur sa plaisanterie. Elles sont splendides.

Je la voyais se moquer gentiment à travers le bouquet. Bleuet, delphinium, quel bleu que le bleu de ses yeux ! Leur inclinaison, cet étirement vers le haut que les femmes essaient d'obtenir par le maquillage, parlait chez elle de jeunesse, de vulnérabilité et de mélancolie, car elle ne se fardait pas et demeurait bien pâle malgré l'exercice physique.

En supposant qu'il s'agisse d'un souvenir, et non de sentiments qui me seraient venus par la suite, chacun de ses mouvements me bouleversait car il rappelait la mutilation qu'elle avait subie. Je ne pus m'empêcher de me demander si c'était du côté où elle tenait les roses. Était-ce le sein gauche ? Je ne voyais aucune différence, mais elle portait sûrement un rembourrage. Trouvait-elle révoltant de devoir recourir à ce faux-semblant ? Qu'éprouvait-elle lorsqu'elle regardait son corps abîmé, ou quand son mari le regardait ? Considérant sa passion mystique de la distribution des graines, se sentait-elle impotente en amour ? Ce n'était pas le cas, car qu'avait-elle fait en relevant de son opération sinon tomber enceinte ? L'espace d'un instant, je me demandai si un homme dans la position de John Catlin pouvait se sentir « utilisé », puis je repensai à sa physionomie bienveillante, résolue, circonspecte, à son regard qui ne la quittait pas, et je me dis que non.

Elle jasait d'une voix flûtée, hyperthyroïdienne, jeune femme gracile vêtue d'une jupe de jean délavée qui ne révélait pas le moindre bombement. Les roses rouge-orangé reposaient au creux de son bras. Derrière elle, la petite maison fatiguée, toujours dépourvue de rideaux, ouvrait sur des massifs mangés d'herbes folles. Ruth proposait des boutures, géraniums, ficoïdes glaciales ou toute autre plante ne requérant pratiquement aucun soin, mais non merci, persistait Marian, ils n'allaient vraiment rien planter. Peut-être était-elle un peu toquée, mais elle pensait qu'il fallait laisser les végétaux qui étaient adaptés à un environnement donné plutôt que de les arracher pour leur substituer des espèces allogènes destinées à crever dès que le jardinier interromprait les arrosages. Et puis pourquoi s'échiner à jardiner quand les voisins vous apportaient de si jolies fleurs ? En échange, nous devions absolument venir passer un moment dans leur joli bosquet poudreux, histoire d'attraper des mites des chênes plein les cheveux.

Justement, sa fille l'y appelait.

– Maman ! Viens me pousser, je suis presque arrêtée.

– Je suis en train de parler, ma chérie. Essaie toute seule. Tu sais : tu étends les jambes, puis tu les ramènes sous toi.

– J'y arrive pas, je vais tout de travers.

– Assieds-toi bien au milieu.

– Mais c'est ce que je fais !

Marian fronça les sourcils, eut une mimique explicative, parut sur le point de nous fausser compagnie. Ruth me tendit les branches de daphné, qui emplissaient la voiture de leur senteur.

– Demandez-lui si elle aimerait en mettre un brin à son revers.

– Ça sent… hmm ! lança Marian. Debby, les Allston t'ont apporté quelque chose qui va te plaire.

Les cordes de nylon blanc subirent un à-coup, s'entortillèrent, puis restèrent lâches. La petite escalada le talus, avec un écart et une grimace lorsqu'un chardon l'effleura. Elle prit la poignée de parfum avec l'air de tomber de haut – peut-être s'attendait-elle à un poney.

– Sens-moi cela, lui dit sa mère.

Debby porta le daphné à son petit nez tout en nous dévisageant avec de grands yeux. Marian la prit par les épaules.

– Debby, je te présente Mr. et Mrs. Allston, qui habitent une très belle maison un peu plus haut et qui ont un chat qui s'appelle Catarrhe.

– Ça veut dire quoi, catarrhe ?

– Problème de sinus, dis-je. On ne l'appelle comme ça qu'entre nous. Son nom officiel est Oto-rhino-laryngite.

Cela n'eut pas l'heur de l'amuser. Exit le clown sous les huées.

– On dit : bonjour et merci pour le joli bouquet.

– Bonjour. Merci pour le bouquet.

– J'espère que tu vas venir nous voir souvent, dit Ruth. Comment trouves-tu ta nouvelle maison ?

– Pas mal.

– Elle n'a pas encore eu l'occasion de se faire des amies de son âge, fit observer Marian. John passe toute la journée au labo ; elle n'a que moi, et à la fin ce n'est plus drôle. Et puis elle a changé d'école. Il va falloir que nous invitions quelques-unes de ses petites copines ou que nous nous occupions de lui en trouver de nouvelles.

– Tu as quand même une superbe escarpolette, dit Ruth.

– Ouais, fit la petite, mais elle veut jamais me pousser.

– Écoute, ma chérie, je ne peux pas y passer tout mon temps. Si tu voulais faire comme je t'ai montré, tu pourrais te balancer toute la journée – puis, à notre adresse et d'un ton désapprobateur : Depuis que John la lui a installée hier soir, elle en est tout simplement folle – et, serrant Debby contre sa hanche : Nous sommes un petit peu perdus, c'est notre problème. Mais nous n'allons pas tarder à nous habituer et nous ne jurerons bientôt plus que par la campagne. Est-ce que je n'ai pas raison ? Nous avons déjà plein d'amis à quatre pattes. Nous avons revu un de nos renards. Un raton laveur est venu visiter notre poubelle. Et trois cerfs nous ont fait une petite visite. Ce ne sont pas des choses que l'on voit en ville.

Plaquée contre la jambe de sa mère, Debby semblait résister à l'étreinte sans toutefois chercher à s'écarter.

– Tu oublies le bonhomme qui vit dans l'arbre.

Marian éclata de rire.

– Mais oui ! Pourquoi ne pas nous avoir parlé de notre voisin arboricole ?

– Cela ne m'a pas traversé l'esprit, dis-je. D'ailleurs, j'aime autant. Qu'il ne me traverse pas l'esprit, j'entends.

– Pourquoi cela ? Il m'a l'air d'un authentique original.

– Un original ? Des originaux comme ça, on les tire à la photocopieuse.

– Allons donc. Vous en connaissez beaucoup, vous, des gens qui vivent dans les arbres ?

– Et vous, vous n'en connaissez aucun, de barbus qui se promènent à moto ?

– C'est un peu fort ! Vous roulez en voiture comme cent cinquante millions de vos concitoyens. Cela fait-il de vous un stéréotype ? J'irai même plus loin : c'est ne pas porter la barbe qui n'est pas naturel. Je trouve que ça ne manque pas d'allure, parfois.

– Vous m'avez convaincu. A partir d'aujourd'hui, je me la laisse pousser.

– Jamais de la vie ! se récria Ruth. J'ai bien assez de Catarrhe qui laisse des poils partout.

– Tu me dis ça à moi, mais qui a commencé ? Elle aime les têtes-de-loup. Et moi, ce qu'elle aime, j'essaie de m'y conformer.

– Ce que vous êtes conciliant ! dit Marian. Il est conciliant, vous ne trouvez pas ? Non, non, je préfère votre visage tel qu'il est. Je pense juste que vous ne devriez pas juger un individu à son degré de pilosité.

– Vous lui avez parlé ? Est-ce que vous lui trouvez du charme ?

– Du charme, c'est un bien grand mot. Disons qu'il est pas mal hors normes. Cela tient peut-être à ce qu'il se soucie des choses.

– Et de quoi donc, s'il vous plaît ? S'il se souciait d'autre chose que de sa petite personne, il serait en ce moment même dans le Mississippi[1] ou bien en train de brandir une pancarte au milieu

1. … à lutter contre la ségrégation raciale et pour les droits civils.

d'une manifestation, et non pas perché dans un arbre, pont-levis remonté.

– Je retire ce que j'ai dit : vous n'êtes pas du tout quelqu'un de conciliant. Vous êtes pétri de préjugés. Si vous ne l'aimez pas, pourquoi l'avoir laissé s'installer ici ?

– Bêtise. Esprit de conciliation.

– Ben voyons. Non, ce garçon n'est pas le méchant bougre. En rentrant l'autre soir, il a fait pas mal de bruit avec sa moto et Debby s'est réveillée un peu effrayée. Nous sommes allés le trouver pendant qu'il garait sa machine.

– J'espère bien. S'il vous embête encore avec cet engin, il peut dire adieu à son perchoir.

– Taisez-vous donc. Il a très bien réagi. Simplement, il n'avait pas pensé que cela pouvait gêner. Ce matin, il est passé en poussant sa moto et il ne l'a fait démarrer qu'une fois arrivé au pont. N'empêche qu'avec ses rouflaquettes et sa combinaison de vol, il est à peu près aussi original que le ruban de chapeau de mon tonton… John dit qu'il fait une crise sévère de rejet du système.

– J'avais remarqué, dis-je. Il a complètement largué les amarres.

– Et il ne se nourrit que de noix, de fruits et de légumes.

– Il chante ça sur tous les toits, on dirait.

– Est-ce qu'il vous en a dit la raison ?

– Non.

– Son père est un ponte de la boucherie industrielle à Chicago. C'est la raison pour laquelle il ne mange pas de viande.

– Cela tombe sous le sens. Est-ce que son père ne porte pas aussi des pantalons ? Pourquoi Tarzan ne se promène-t-il pas avec un sarong ou une toge ?

– Vous conviendrez que cette combinaison orange n'est pas ce qu'on fait de plus conventionnel.

– Ni de plus hygiénique.

– Oh, dit-elle avec un grand sourire, vous aimez jouer les vieux ronchons, mais je remarque quand même qu'il habite toujours votre arbre. Et cela va avoir des répercussions sur cette maisonnée-ci, savez-vous ? Quand elle ne hurle pas pour que je vienne la pousser sur la balançoire, la demoiselle que voici me tanne pour que nous allions voir la fameuse hutte de plus près.

Mais lui, de toute évidence, ne tient pas à ce qu'on vienne lui rôder autour.

– Je pourrais lui demander, intervint Debby. Pourquoi je pourrais pas lui demander ?

– Parce qu'il tient à sa tranquillité, lui répondit sa mère. Nous avons tous nos petites singularités. Il aime son chez-soi, Mr. Allston est bourré de préjugés, tu as des yeux de hibou, je suis une hystérique efflanquée. Mais nous avons tous le droit d'être tels que nous sommes. Pas vrai ?

– Je sais pas.

– Moi si. Et c'est pour cela qu'il tient son pont-levis relevé et qu'il ne veut pas nous voir traîner par chez lui.

– M'en fiche, je vais y aller quand même !

– J'espère bien que non, ma chérie. Ce serait terriblement gênant pour nous.

Ruth, se penchant en travers de la banquette avant :

– Il faut que nous partions, sans quoi nous allons nous retrouver coincés dans les embouteillages. Surtout n'hésitez pas à vous arrêter quand vous irez vous promener. Et amenez Debby pour qu'elle fasse connaissance avec Catarrhe.

Je lançai le moteur, mère et fille reculèrent d'un pas, nous étions un gyrophare à sourires.

– Vous aussi, répondait Marian, un bras tenant les roses, l'autre passé autour de la fillette. Dès que nous serons installés, nous aimerions vous… John a droit à une semaine à la fin de chaque trimestre, et là c'est pour très bientôt. Debby, un peu de patience, je te prie ! Il y a des fois où je regrette que papa ait eu la mauvaise idée d'installer cette chose. On parlait de singularités : une malade de l'escarpolette, voilà ce que tu es ! Dis au revoir aux Allston, ma chérie. Au revoir et merci pour les fleurs. Et pour les pucerons ! Surtout les pucerons…

Dans le rétroviseur, nous pouvions voir Debby entraînant sa mère en direction de la balançoire.

– Cette enfant est un véritable tyran, observai-je. Ce qui lui manque, c'est un non catégorique de temps en temps.

– Je suppose que Marian cherche à compenser le traumatisme du déménagement.

– Et l'homme singe… Tu aurais imaginé, toi, qu'ils seraient déjà copains au bout de vingt-quatre heures ?

– Oh, copains… Ils ont juste parlé quelques minutes.

– Peut-être, mais je croyais qu'il méprisait la compagnie des bourgeois. Il aurait pu laisser tomber un grognement et grimper un peu plus haut sur sa branche.

– Joe, tu es vraiment impayable. Voilà que tu es jaloux à présent.

– Impayable toi-même !

Mais elle avait raison, bien sûr. Je supportais mal que Marian eût le moindre rapport avec Caliban.

Quand nous repassâmes par là aux alentours de trois heures et demie, John était en train de couper des chardons devant la maison à l'aide d'une faucille en forme de club de golf.

– Quoi ? lui lançai-je. On retouche la nature ?

– Rien que les chardons, dit-il. Debby s'y pique les jambes. Si nous allions jambes nues nous aussi, nous les aurions sans doute coupés plus tôt. Une petite bière ?

J'interrogeai Ruth du regard, pensant probablement la même chose qu'elle : il fallait éviter de se montrer envahissant, se garder de tout entichement. Mais, à l'évidence, nous avions tous deux envie de nous arrêter. Je lui demandai :

– Avons-nous des choses qui risquent de fondre ?

– Oui, des légumes surgelés.

– Descends. Je fonce mettre tout ça dans le congélateur et je reviens.

En plus, c'est vrai que je me dépêchai, un peu comme un adolescent invité à une surprise-partie. De retour en bas, je virai à angle droit pour me garer le long de la barrière, et c'est là que je découvris la moto de Jim Peck, casque blanc accroché au guidon. Sitôt que j'eus traversé l'aire de stationnement et que le bosquet se révéla à ma vue par-dessus le rebord du talus, je le vis au milieu des autres dans sa combinaison orange, satyre en frairie.

II

Ce boqueteau est à mes yeux un paysage du dix-huitième siècle, feuillu dans ses hauts, herbu sur ses abords et mordoré en son centre, là où se trouvent rassemblés les personnages. Le soleil est bas sur le coteau et l'après-midi s'étire dans le sous-bois en rais et rubans de lumière qui avivent le bleu passé de Marian, le rouge de Ruth, le kaki de John, l'or brun des boîtes de bière sur la table de pique-nique fatiguée. Les cordes de nylon, touche à la Maxfield Parrish[1] qui détonne un peu, deviennent des fils d'argent lorsque le balancement de Debby les fait passer dans le soleil. John la pousse d'une main, il tient une bière dans l'autre et tourne la tête de côté pour dire des choses gentilles aux deux femmes installées sur des chaises longues. Des flammes transparentes dansent dans la fosse à barbecue, car ce n'est encore que le printemps et il ne fait pas une chaleur excessive. La fumée de bois qui, n'étaient les turbulences causées par la balançoire, monterait tout droit dans la feuillée, se disperse, tournoie autour des branches grises et se coule jusqu'à moi, parfumée de la nostalgie de cent délicieuses parties de campagne.

Impeccable composition néoclassique de ce pastoral bosquet, avec ces arbres augustes et ces silhouettes harmonieusement distribuées ; très romantique, cette nuance de joyeux transport apportée par l'enfant qui s'élève sur son escarpolette. Mais il y a aussi, inéluctable élément de ce tableau, la forme du Désordre qui se tient un peu à l'écart, luisant sinistrement dans un coin d'ombre, avec sa tenue orange telle une fleur obscène sur un tapis de feuilles en décomposition.

Jim Peck n'est pas de ces apôtres de la modernité qui arborent un visage de marbre semblant dire : passez au large, je ne suis plus de votre monde. Ses cheveux et sa barbe, ses yeux égarés sont les composants d'un rictus réellement ironique. A travers son immuable sourire, il observe le monde civilisé et rationaliste comme un

1. Peintre nord-américain (1870-1966).

sauvage à travers un écran de feuillage. Il devrait être ridicule ou pathétique ; je suis certain qu'il y a une bonne part de sainteté dans la façon dont il se voit ; et pourtant, qu'elle soit le produit de ma mémoire, le fruit de mon imagination ou un effet des deux, l'image que j'ai de lui corrobore ma première impression, à savoir qu'il est quelqu'un de dangereux. Et il l'est d'autant plus, je le comprends aujourd'hui, qu'il n'a pas plus de méchanceté qu'il n'a de bon sens, et qu'il nourrit de surcroît un inébranlable attachement pour des opinions qu'il regarde comme indiscutablement vertueuses. Mettre en péril ne découle pas forcément de la volonté de nuire. Si je devais brosser le portrait du père fondateur du mal, je me demande si je ne lui ferais pas le visage d'un crétin aux sentiments élevés.

Dangereux ou pas, il est des nôtres. Il a répondu tout comme nous à la gentillesse des Catlin. Je n'ouvrirais pas ma porte à cet illuminé crasseux, mais je dois me rappeler que nous ne sommes pas chez moi. Et il ne me dérange pas au point que je doive à cause de lui me priver de la compagnie des Catlin. S'il peut me supporter, je puis le supporter. Je dévale le talus et les rejoins sous les ombrages odoriférants.

Peck me paraissait mal à l'aise dans ce coin de verdure au milieu de ces gens plus âgés que lui. Mon arrivée le mit plus encore sur ses gardes et cela de façon si manifeste que je dus me remémorer, de crainte d'éprouver de la compassion, l'arrogance qu'il montrait dans sa prétentieuse retraite et le fait qu'il me rendait bien mon aversion pour lui. De plus, lorsqu'il mettait son ascèse entre parenthèses pour faire la fête avec ses semblables, il était loin de manquer d'assurance. Il savait gratter la guitare, pousser la chanson, taper sur les bongos, s'envoyer des bières ou des filles, et faire la farandole comme pas un. Et je ne devais pas plus oublier les demoiselles que de temps à autre il amenait puis remmenait, collées à lui comme des élytres de scarabée tandis qu'il couchait sa moto dans les virages ou cahotait sur l'un des longerons du pont chausse-trape de Weld, ni non plus la vision en justaucorps noir qui nous était apparue un matin, attestant qu'au moins l'une d'entre elles le prenait suffisamment au sérieux pour partager sa couche.

Je n'avais pas à me sentir investi d'une fonction de protecteur. Ce n'était pas moi qui recevais. S'il était en âge de jouer au saint vertueux tout en culbutant des filles, il était également en âge de se risquer en compagnie civilisée.

Non qu'ils le tinssent à l'écart. Bien au contraire. Animés de dispositions amicales, ils l'avaient convié et, à présent, ils s'employaient à le faire se sentir le bienvenu. A ce gond potentiellement grinçant, Ruth et Marian étaient en train d'administrer une première dose de lubrifiant ; en sorte que, quel que fût mon désir de participer à la conversation dont était Marian, je me retrouvai à parler avec John, tandis que nous poussions l'escarpolette, lui derrière et moi devant, des toutes prochaines élections municipales et de la menace que faisait planer l'ouverture, à deux pas de chez nous, d'une carrière de gravier. Cependant, je ne perdais pas une miette de ce qui se disait là-bas. Et la petite Debby n'était pas en reste : tout en fendant les airs, elle ne quittait pas Peck des yeux, un peu comme, dans une galerie d'art, le regard d'un portrait suit partout le visiteur. Cela m'irritait de ne pas parvenir à l'ignorer. Pourquoi, du fait de sa seule présence, grotesque tant par ses ornements pileux que par sa mise vestimentaire, notre attention se focalisait-elle sur lui ? Et pour entendre quoi ? Ceci :

… en forme avec ce régime végétarien ? (Pour ça, oui.) Que mangeait-il au juste ? (Oh, du riz, du pain complet, du beurre d'arachide, des fruits, des noix, tout ça.) Devait-il éviter les excès d'hydrates de carbone ? Prenait-il ou bien perdait-il du poids ? (Jamais tellement fait attention. Jamais grossi, non. Semblait à peu près stationnaire.) Pourquoi un tel régime ? Était-ce une question purement diététique ou bien religieuse ? (Un peu des deux. Et aussi pour protester contre l'hypocrisie de la consommation de viande. Chaque mangeur de viande qui pense qu'elle surgit directement dans de jolis emballages en cellophane devrait aller faire un tour aux abattoirs ; plus jamais il n'en remangerait.) Il était un peu comme les hindous, non ? Était-ce la viande en tant que telle qui le heurtait, ou bien seulement l'abattage du bétail ? (La viande en tant que telle.) Oui, mais sur quoi butait-il exactement ? Le simple fait de manger de la viande ou bien la cruauté des abattoirs ? Manger de la viande était une pratique naturelle – devinez qui parle –, toute chose s'inscrivait dans une chaîne alimentaire. N'était-ce pas plutôt la façon épouvantable dont on tuait les animaux ? (Il était contre le fait même de manger de la viande. Les animaux les plus grands et les plus forts étaient tous herbivores. Lui-même entendait être absolument inoffensif. Il croyait en l'ahimsa, la non-violence, l'innocence. De plus, une alimentation carnée avait un effet néfaste sur l'acuité de l'esprit. Il entendait garder à ses facultés mentales la pureté du cristal. Il cherchait la voie derrière les apparences, par-delà les limites. Le monde était confiné. Le devoir des penseurs et des intellectuels était d'aider à le libérer. Il travaillait à un livre et tenait des notes très complètes sur les expériences au cours desquelles il projetait sa conscience toujours plus avant dans des sphères inconnues ou peu explorées. S'ils savaient comment s'y prendre, les gens se débarrasseraient de leurs complexes et inhibitions et parviendraient de l'autre côté dans un état de pureté mentale qu'ils ne soupçonnaient même pas. Plus il pratiquait ce régime strict, plus il s'adonnait à ses exercices et séances de contemplation, moins il avait de blocages, moins le monde lui importait, plus il repoussait les bornes de sa perception. Il avait déjà noirci des centaines de pages, travaillant parfois toute la nuit, et cela venait de plus en plus facilement, comme de l'écriture automatique. Ce qu'il était en train de découvrir était si passionnant qu'il ne dormait pas plus d'une heure ou deux. D'ailleurs, c'était encore là une chose que l'on pouvait contrôler. Il suffisait de…)

Sa voix était douce et musicale, avec une pulsation qui marquait la conviction et la passion. Il se tenait accroupi, brisant des brindilles entre ses doigts longs et fins d'une façon un tantinet trop fébrile pour la théosophie qu'il était en train d'exposer. Ses yeux avaient, de même, conservé leur reflet ironique et farouche. Il tenait les deux femmes sous l'emprise de ce regard comme deux vis-à-vis lors d'un repas de mariage.

Vraiment ? disaient-elle, intriguées. Est-ce qu'il associait le yoga à son régime alimentaire dans le processus pour atteindre à cette conscience supérieure ? (Oui, oui.) Et pour ce qui était des légumes biologiques, de l'emploi d'engrais naturels, du refus des traitements chimiques, toutes ces choses ? (Il eut un sourire ; il ne leur en voulait pas de leurs questions de profanes ; non, il n'avait pas encore trouvé le temps de s'y intéresser, tous ses efforts tendaient à maintenir son corps et son esprit transparents de sorte que la lumière pût les traverser.)

Parce qu'il y avait une épicerie bio en ville, est-ce qu'il le savait ? où l'on trouvait des steaks de soja, de la vergeoise de canne, tout ce qui contenait des vitamines naturelles, des cynorrhodons, etc., un choix étonnant. (Il n'était pas au courant. Il supportait difficilement cette hypocrisie qui voulait donner au soja le goût du faux-filet. La simplicité, voilà ce qui...)

Mais il débordait. Elles lui avaient accordé son temps de parole et elles étaient maintenant parties sur leurs propres idiosyncrasies alimentaires, qui n'étaient ni simples ni inoffensives. Réduit à entendre la recette du lait de poule et autres horreurs, il aplatit posément sa boîte de bière jusqu'à lui donner la forme d'un quadrilatère, puis la laissa tomber à côté de lui. John quitta la balançoire pour aller lui en ouvrir une autre. Debby, qui décrivait de longs arcs de cercle, hurla qu'on l'arrête, laissa tomber sa boîte de soda, se freina du bout des souliers et alla prendre une seconde boisson sur la table.

– Debby, protesta sa mère, pas juste avant de manger...

La fillette, l'ignorant, s'employait à percer la boîte. De la limonade gicla, l'aspergea.

– Bon, attends, laisse-moi faire, lui dit Marian.

Elle fit deux trous dans la boîte et la donna à sa fille qui s'en retourna aussitôt à l'escarpolette. Se juchant à reculons sur la planchette, le regard de nouveau rivé sur Jim Peck, Debby coinça la corde dans l'angle de son poignet et but une gorgée. John lui imprima une première poussée et elle recommença de se balancer sans jamais quitter Peck des yeux. Il lui fit un clin d'œil – d'un œil à demi insane – et l'irradia de son sourire de satyre. Quand elle amorça son second va-et-vient, il était là, en position pour la pousser.

Avec quelle promptitude il avait pris ses marques ! Je trouvai presque touchant de le voir ainsi se diriger vers la seule personne qui d'évidence le trouvât fascinant. Je m'ouvris une nouvelle bière et allai m'asseoir par terre entre Ruth et Marian.

Dans le sous-bois mordoré où voletaient de menus diptères, dans le poudroiement des pollens et les volutes de fumée, Debby traçait de grands arcs blancs entre son père, cheveux en brosse, air engageant, et le faune hirsute. J'observais ce dernier en me demandant s'il était possible d'établir une vraie communication avec lui, à supposer que l'on voulût en faire l'effort. Pouvait-on réussir avec un inconnu patibulaire ce dont on avait été incapable avec son propre fils ? J'étais presque tenté d'essayer.

Mais je me représentai tout le charabia auquel il faudrait prêter l'oreille, quel indigeste amalgame d'éléments incompatibles il faudrait avaler. Il y aurait le couplet « accomplissement du moi », cocktail à base du Socrate du connais-toi toi-même et du Bouddha de la contemplation. Il y aurait tous ces états fumeux auxquels Peck pensait atteindre par la diète, le yoga, le jeûne, la drogue, et cela commencerait avec *Les Portes de la perception* de Huxley pour s'achever par le culte du LSD selon Leary[1]. Il y aurait une bonne dose de quiétisme zen, mêlée d'ascétisme façon yogi, le tout nappé d'une couche de nausée existentialiste. Même si chez Peck ne semblait pas se manifester un fort engagement en faveur des droits civils, j'étais bien certain qu'il aurait une pleine portion de sympathie passive pour les principes antiségrégationnistes et une portion égale de mépris pour les gens qui, s'employant plus activement que lui à faire avancer les choses, n'y parvenaient pas. Il y aurait de même au moins un soupçon de tendresse pour tous les autres activistes, profs engagés, chanteurs à message et organisateurs de sit-in, contestant toute forme d'autorité, quelque répressive ou critiquable qu'elle soit.

Aurais-je supporté de voir sentiments humanitaires et nobles idéaux sortir à moitié cuits de ce four ? J'en doutais fort. De plus, il appellerait de ses vœux la légalisation de la marijuana, ce qui ne me gênerait pas outre mesure, et réclamerait hargneusement – ou aimablement, puisque c'était plutôt son style – la dépénalisation du LSD et des autres drogues psychédéliques en agitant des preuves incontestables de leur innocuité. Les alcooliques débutants qui refusent tout autre euphorisant, les gens qui marchent à l'aspirine tout en dénonçant l'usage des stupéfiants, tous ceux-là le

1. Timothy Leary, dans les années 60, se fit le prosélyte de cette drogue hallucinogène.

feraient gentiment sourire. Et par-dessus le marché il vitupérerait les conventions et hypocrisies en matière de sexualité, et professerait une foi mystique en l'orgasme parfait comme un moyen supplémentaire d'atteindre à ce désirable état d'absolue insouciance. Il y aurait la croyance en la sincérité des sentiments qu'expriment quelques indigents vocables, et la conviction qu'il est du devoir de tout disciple de la liberté de les employer sans discontinuer.

Et ainsi de suite. Le seul fait d'y penser me donnait des crampes d'estomac et des élancements dans les articulations. En les abordant un à un, dans un ordre cohérent, avec quelque discrimination et un minimum de sens des réalités, je pourrais peut-être recevoir et approuver la plupart des ingrédients entrant dans la composition de cette grande pizza à peine cuite que constitue le credo d'un Jim Peck, mais je ne concevais pas de me les faire servir en bloc sur le même plateau, tarte aux mûres tartinée de moutarde, asperges enrobées de crème glacée au chocolat. Nous étions fondamentalement et structurellement des étrangers l'un pour l'autre. Le plus drôle est que ces considérations me rendaient irritable : je voyais bien que le côté irresponsable de sa quête de liberté me forçait à être plus conservateur que je ne l'aurais voulu.

Le soleil se glissait maintenant entre les arbres qui festonnaient la colline, et le serein gagnait notre boqueteau. Je sentais la fraîcheur monter autour de mes chevilles et la bière ne me disait tout à coup plus rien. J'allai m'accroupir à proximité des briques chaudes bordant la fosse. John se penchait en avant, Debby s'élevait dans les airs ; Peck se courbait à son tour, Debby repartait en sens inverse. Une deuxième boîte de soda tomba dans l'herbe. Dans l'intervalle entre deux poussées, John se baissa pour la ramasser et la lancer dans le bidon à ordures. Alors, Peck – confus ou ostentatoire ? – ramassa ses deux boîtes vides et les y jeta. Assistant à la scène de sa chaise longue, Marian lui adressa un sourire radieux. L'apprivoisement de Caliban. Approchez et vous verrez la bête primitive se comporter en petit-bourgeois policé. Vous verrez le yogi motocycliste, le bolide Spirit-of-Contemplation en combinaison de pilote laisser venir à lui les petits enfants.

Sur l'escarpolette, l'écarquillée Debby demanda tout à trac (et à ma connaissance, c'était le premier mot qu'elle prononçait) :

– Est-ce que tu dors dans ta cabane sur l'arbre ?

– Bien sûr, dit Peck.

Et il imprima une poussée sur les petits pieds tendus vers lui. La fillette repartit dans l'autre sens et ce fut au tour de John de lui peser dans le dos.

– Est-ce qu'il y a des trucs qui viennent te voir ? interrogea-t-elle en s'en revenant.

– Des trucs ?

Nouvelle montée, nouvelle descente.

– Des bêtes, des choses comme ça.

– Des oiseaux.

Montée, descente.

– Je pourrais venir voir ?

– Voir quoi ? Les oiseaux ?

Déjà s'en repartant, entraînée en arrière telle une Eurydice tenaillée par l'attente, elle le dit dans un cri :

– Ta cabane !

– Debby ! sursauta Marian.

La petite s'en revenait, agrippée aux cordes, jupe relevée sur les cuisses, mollets nus, lunettes braquées sur le sourire mangé de poils de Caliban, qui dit :

– Tu veux voir ma cabane ?

– Ouiiii ! – nouvel essor jusqu'au point de décrochement, puis retour, espadrilles pointées. Oui, je veux la voir !

– D'accord, dit Peck tout doucement. D'accord, pas de problème.

– Peut-être pourrions-nous y aller tous ensemble, dit Ruth d'un ton vaguement plaintif.

Romantique Ruthie, qui secrètement se voit en Jane dans un film de Tarzan, brûlant de tapisser le nid d'herbes et de fougères. Elle fait semblant d'avoir soixante-cinq ans. En fait, elle en a quinze.

Peck connut un court instant de flottement. Je trouvai significatif de nos relations le coup d'œil qu'il me lança, où je retrouvai cette fameuse spéculation du voleur du souk. Peut-être regarda-t-il de mon côté parce que j'avais noms Propriété et Autorité, et qu'il ne voulait ni l'une ni l'autre chez lui. Ou bien espérais-je simplement qu'il me reconnût ces deux qualités et en tirât les conséquences ? En m'acceptant, moi qui le mettais manifestement mal à l'aise et suscitais son antagonisme en dépit de ses prétentions philosophiques, il allait peut-être en venir à accepter l'univers et cesser de s'en faire une idée fausse. Toujours est-il qu'il se passa la main dans la barbe et, avec un sourire crispé, dit doucement :

– Je ne sais pas si vous sauriez traverser.

– J'ai le pied assez sûr, affirma Ruth.

– Vous êtes certain que cela ne pose aucun problème ? s'inquiéta Marian. J'ai dit à Debby qu'elle ne devait en aucune circonstance…

– Non, non, pas de problème. A part que, excepté Mr. Catlin, je ne pense pas qu'aucun de vous puisse passer en pendule ; quant au pont, il est plutôt instable.

– Tentons quand même le coup, dit Marian. S'il n'était pas difficile d'y accéder, ce ne serait pas Shangri-La [1].

Debby courut sur les talons de Peck jusqu'à la barrière. Là, après avoir descendu la Honda de sa béquille, il lui adressa un regard de côté.

– Ça te dit de monter avec moi ?

– Oh oui !

Il la déposa à l'arrière de la selle biplace et enfourcha à son tour la machine.

– Debby ! cria Marian qui arrivait derrière eux. Oh, Seigneur !

Peck agita la main – t'affole pas, m'man –, actionna le kick, donna deux grands coups de gaz, puis s'engagea sur le chemin descendant jusqu'au laurier. Voilà Debby qui s'éloigne, collée au dos du pilote, queue de cheval tressautant, son petit cœur battant sans nul doute la chamade. Je ne lui donne pas dix ans pour se couler dans l'arbre vêtue d'un justaucorps.

Nous les suivîmes à travers les hautes herbes et arrivâmes bientôt dans l'ombre humide et parfumée du bas-fond. Le torrent, toujours secrètement alimenté par les pluies passées, bruissait en contrebas. Depuis la dernière fois que j'avais mis les pieds là, Peck avait donné libre cours à son ingéniosité saugrenue. Le laurier et le

1. Utopie décrite dans le roman de James Hilton, *Lost Horizon* (1933).

chêne qui lui faisait face étaient une toile d'araignée de cordes et de câbles. L'autre extrémité du pont était remontée et amarrée dans le chêne. Là-haut devant la hutte, l'échelle, elle aussi relevée par l'action d'un cordage passant dans une poulie, pendouillait comme une carotte sous le nez d'un lapin. Une visite de sécurité eût porté dans son rapport que les voies d'accès étaient impraticables pour être hissées en hauteur à l'aide de câbles eux-mêmes cadenassés à des pitons fichés dans les arbres et les poteaux d'ancrage du pont. Du côté de la plate-forme sur laquelle était dressée la tente, un contrôle de salubrité n'eût pas manqué de relever les bouteilles, boîtes de conserve, sacs en plastique, emballages de pain, barquettes de raisins secs que Peck avait balancés là en l'espace de six mois.

– Est-ce qu'on ne lui avait pas demandé d'enterrer ses ordures ? demandai-je en coin à Ruth.

– Allez, me souffla-t-elle, ne fais pas ton vieux ronchon.

Entendu, je n'allais pas jouer les proprios vétilleux, mais me fondre dans la foule des curieux. Peck, arborant un air pénétré (il était tout fier, observai-je avec étonnement), commença de s'affairer. Il déverrouilla un cadenas, libérant ainsi une longueur de fil à linge grâce à laquelle il fit descendre du laurier l'extrémité d'une corde terminée par un nœud.

– Attendez ici, dit-il.

Une course d'élan, une impulsion, et il traversa la ravine. De l'autre côté, il coinça sa corde dans un piquet fourchu prévu à cet effet.

Acclamations.

– A moi maintenant ! trépignait Debby. A moi, c'est mon tour !

– Attends, lui dit sa mère. Il nous dira quand y aller.

Elle et John riaient, secouaient la tête d'un air admiratif, se tournaient vers moi pour me faire abonder dans leur sens : cet endroit était aménagé de façon délicieuse et avec autant d'ingéniosité que de fantaisie.

– C'est comme pour gagner les Enfers, observai-je. Tout ce qui lui manque, c'est un Cerbère.

– Tu devrais postuler, lâcha Ruth en me regardant d'un air franchement irrité. Tu serais charmant, avec trois têtes.

Il faut croire que je montrais un peu trop ce que m'inspirait Peck. Ma foi, *pazienza*.

Sur l'autre rive, notre homme était en train d'actionner un cadenas qui retenait à un piton fiché dans le chêne une corde terminée par une boucle. L'échelle de la hutte se déroula d'un coup. Nouvelle ovation.

Un autre cadenas, cette fois sur un poteau du pont, et celui-ci s'ébranla puis commença sa descente. S'il avait eu le bon sens d'utiliser un palan, la manœuvre aurait été plus aisée ; sa corde n'étant renvoyée que par une seule poulie, le poids de la passerelle le soulevait presque de terre et son oscillation faisait que les erses qui devaient s'engager autour des pieux d'ancrage n'étaient pas dans l'alignement.

– Besoin d'un coup de main ? demanda John. Renvoyez la corde et je viens vous aider.

– Non, non, fit Caliban en nage. Je vais y arriver.

Finalement, ayant assuré le cordage autour de ses hanches, il stabilisa suffisamment la chancelante structure pour se libérer une main et, d'un geste rapide, passer la première erse autour du poteau correspondant. Puis il fit deux pas de côté, tendit le bras et opéra de même pour l'autre anneau de cordage. Le plus dur était fait. Il ne lui resta plus qu'à retendre les mains courantes. Nouvelles acclamations. Debby posa le pied sur le pont de singe, mais le plancher prit aussitôt du ballant ; la fillette s'effraya et ne bougea plus.

– Attends, ma chérie, dit John. On va passer ensemble.

Il se plaça derrière elle, posa les mains sur les siennes et, très précautionneusement, à petits pas traînants, ils se mirent à avancer. Le plus difficile était, une fois arrivé au milieu, de remonter de l'autre côté.

– Je comprends pourquoi vous préférez le système du pendule, dit John en prenant pied sur la rive.

– On finit par s'y faire, dit Peck. L'autre soir, j'y ai fait passer des filles en talons hauts.

– Bon, dis-je à l'adresse de Ruth et de Marian, si d'autres demoiselles l'ont fait, vous le pouvez aussi.

Pendant la traversée de Marian, fort lente, émaillée de petits cris, Ruth me donna à voir quelques signes d'inquiétude. Mais quand arriva son tour, elle s'engagea résolument sur la passerelle et, John l'aidant à l'autre bout, s'en tira haut la main.

– Tu viens ? me lança-t-elle.

– Je ne crois pas, non. Je ne suis pas assez bien assuré pour me risquer à mon âge sur un machin pareil.

– Oh, écoute, c'est facile.

– Non. D'ailleurs, je ne suis pas dévoré par la curiosité.

Peck, là-bas sur la tête de pont, me regardait bien en face. Nous avions de ces instants, et pas si rares, où nous nous comprenions parfaitement, lui et moi. Il se mit à sourire. Va te faire voir, lui signifiai-je tacitement avant de reporter mon attention sur Ruth et les trois Catlin qui, l'un après l'autre, montaient à l'échelle et pénétraient dans la hutte. L'arbre oscillait légèrement, le feuillage frémissait. A l'intérieur, ce fut un concert de cris et d'exclamations. Une lumière s'alluma, s'éteignit.

– Le courant électrique ? interrogeai-je.

Peck braqua sur moi l'éclat de ses yeux et de ses dents. Il rentrait un peu la tête dans les épaules. Son sourire s'élargit et, de sa voix douce, il expliqua :

– J'ai fait un montage avec une lampe de poche pour pouvoir lire, le soir.

Le visage animé de Marian s'encadra dans l'ouverture.

– Hé, mais c'est somptueux ! s'exclama-t-elle. Un vrai nid douillet. Et on a l'impression d'être rudement haut. D'ici, on voit toute la longueur du ravin. Un vrai poème ! – et, s'adressant à Peck : Je comprends que vous remontiez le pont et boucliez tout. Sans ça, vous seriez vite envahi.

Son sourire était un soleil qui se déversait sur l'hirsute cuistre. Lui, accoté au poteau du pont, avait la tête levée vers elle avec, sans doute, une contre-plongée sous ses jupes.

– Si le monde était comme il le devrait, répondit-il, cela ne me dérangerait pas. Si je boucle tout, c'est parce que les gens sont ce qu'ils sont. Je ne les aime pas, ça c'est sûr.

Je suppose qu'il trouvait cela très original, voire d'une grande profondeur. Sans doute pensait-il démontrer par là la pureté de ses motifs au centre d'un monde impur. Pour moi, c'était plutôt une justification de tous les verrous jamais posés. Néanmoins, je conservai mon calme. Ce garçon sortait vraiment du lot et possédait une personnalité fascinante. Il avait construit cette délicieuse souricière et toutes les souris se frayaient un chemin jusqu'à sa porte. Toutes plus une, qu'aucun de nous n'avait prévue. Car, alors que Ruth et les Catlin, toujours massés sous l'auvent de la hutte, détaillaient les aménagements, contemplaient la vue et glosaient sur les avantages qu'il y a à vivre dans les arbres, on entendit monter le bruit sourd et régulier du pas d'un cheval auquel s'ajoutèrent soudain de furieux aboiements. Et voici qu'apparut sur le talus au-dessus du gué Julie LoPresti montant son hongre noir. L'animal était ramassé, prêt à prendre le mors aux dents. A côté d'elle, le produit ridicule du croisement du cocker de sa mère et du labrador de Weld contractait violemment le poitrail pour émettre des jappements hystériques. C'était une bête au corps épais et aux pattes démesurées, pourvue d'oreilles d'épagneul, d'un museau de labrador, d'une robe d'épagneul, le tout terminé par une queue interminable. A chaque aboiement, ses feuilles de chou sautaient en l'air.

Julie se dévissait la tête pour nous regarder. Son cheval, inquiet, multipliait les écarts. Elle l'arrêta, lui flatta l'encolure, puis elle rabroua le chien, qui se tut avant d'aller se placer en retrait, sans nous quitter des yeux, la queue basse, son corps disproportionné rasant le sol.

Je souris à la demoiselle, lui fis un petit signe. Par souci de bon voisinage, je ne manquais jamais de saluer cette jeune squaw maussade. Comme à l'habitude, je n'obtins aucune réponse. Ce n'était pas moi qu'elle regardait, mais, dans mon dos, les quatre personnages perchés dans les frondaisons. Quant à Peck, ce démon sylvestre, il lui souriait de toutes ses dents à travers son écran de feuillage. Cela devait être une vision bien surprenante pour une adolescente qui faisait sa promenade sans rien demander à personne, ne s'occupant que de ses petites affaires et détestant ses parents.

Si surprenante, en fait, qu'elle ne put m'ignorer plus longtemps et fit avancer son cheval jusqu'à moi.

– Qu'est-ce que c'est ?

– Bonjour, Julie, lui lança Ruth du haut de l'arbre. C'est ici qu'habite Mr. Peck. C'est quelque chose, non ?

Julie embrassa du regard le maître des lieux, la tente, l'échelle, le petit pignon mal fichu entre les branches, le petit espace jonché d'ordures.

– Ouah ! fit-elle. C'est super !

C'était donc unanime. Tu veux te gagner le cœur féminin ? grimpe dans un arbre.

– Marian, John, dit Ruth. Je ne crois pas que vous connaissiez Julie LoPresti. La maison de ses parents donne sur Ladera Lane, à un demi-mille d'ici vers l'est. Julie, je te présente Mr. et Mrs. Catlin. Et Jim Peck.

Elle était trop déstabilisée pour penser à se refaire une mine renfrognée. Elle avait pour une fois l'air de ce qu'elle était : une toute jeune fille. Elle salua d'un signe de tête tout en continuant de promener les yeux alentour.

– Nous sommes en train de faire le tour du propriétaire, dit Marian. Ça ne vous ennuie pas, Jim, si Julie vient jeter un œil ?

Jim, déjà.

Pour un type qui consacrait tant de temps à fortifier son domaine privé, Peck paraissait goûter l'intrusion.

– Pas du tout, dit-il. Mais elle va devoir laisser le cheval de l'autre côté.

Oh, très drôle, ha, ha, ha. Julie piqua un fard, mais elle se laissa glisser à terre et se mit en quête d'un endroit où attacher son cheval. Il n'y avait rien de plus petit que le laurier, deux pieds de diamètre, et elle finit par poser les rênes dans la main que je lui tendais. Moi aussi j'avais une fonction, moi aussi je répondais à un besoin. Allston le poireau.

Levant une jambe et m'exposant ainsi son postérieur en forme de cœur, moulé par le jean collant et humide de la transpiration du cheval – car elle montait à cru –, elle posa un pied sur le pont afin de l'éprouver, puis elle y porta tout son poids, s'équilibra et le traversa d'un trait, comme un écureuil. Lorsqu'elle sauta à terre, tous l'acclamèrent – ma parole, ce pont a été fait pour elle ! – et Marian lui dit :

– Montez, c'est ici que c'est drôle. Attendez, je vais descendre pour faire de la place.

Tout le monde redescendit à l'exception de Debby. Avec un regard de concentration sous ses sourcils noirs, l'adolescente, charpentée mais agile, escalada l'échelle de corde.

– Bonjour, lui dit Debby, quand sa tête arriva à hauteur de la plate-forme. On dirait que j'habite ici et que tu viendrais me rendre visite.

Rayonnante, plus du tout la fillette irritable que nous avions vue dans la matinée, elle attendit que Julie ait pris pied à côté d'elle, puis elle se mit à minauder, la main pendant devant elle comme une patte de chien endolorie.

– Oh, madame Johnson, comment allez-vous, ne trouvez-vous pas le coin tout à fait charmant, passons au salon, il y fait plus frais.

Mais oui, vas-y. Joins-toi à notre petit cercle. Plus on est de fous…

Il y avait quelque chose d'extraordinaire dans cette façon qu'avaient les Catlin de faire fondre les matériaux les plus réfractaires. Cinq minutes ne s'étaient pas écoulées que j'entendis Debby demander si elle pourrait monter le cheval un de ces jours. (Non, Julie ne laissait jamais personne d'autre le monter, elle l'avait dressé et cela gâtait un cheval que de le faire monter par plus d'une personne. Mais il y avait un centre équestre dans Ladera Lane, elle l'y emmènerait si cela lui disait.) Était-elle disposée à faire du baby-sitting ? s'enquit Marian. (Oui. Pas de problème.) Puis l'adolescente demanda à Peck :

– Mais quand avez-vous fait tout ça ? Je suis souvent passée par ici avant les pluies et je n'ai rien remarqué.

Quant à votre serviteur, debout de l'autre côté de la ravine, il tenait le cheval. Le bas-fond exhalait une forte odeur d'humidité et il commençait à faire vraiment frisquet. Là-haut dans la hutte, où Debby jouait toujours à l'hôtesse, la lumière s'alluma de nouveau. Je me promis d'y regarder de plus près. Je doutais fort qu'un tel éclairage pût provenir d'une simple lampe torche, et j'avais du mal à croire que, les soirs de pluie où j'avais vu la tente et la hutte rougeoyer, pareille illumination pût provenir d'une paire de lampes à pétrole. Pourtant, je ne notai aucun fil électrique.

Je commençais à trouver le temps long et c'est non sans plaisir que je les vis, tout crispés et titubant, retraverser le pont l'un après l'autre. Je rendis son cheval à Julie. Il m'avait bavé une écume verdâtre sur la manche de la veste.

Marian m'attrapa l'autre bras, me secoua, me gronda :

– Vous auriez dû venir. C'est si mignon, si coquet, tout est tellement ingénieux, du vrai Rube Goldberg [1].

– Peut-être un peu trop Goldberg à mon goût.

– Je vais revenir te voir tous les jours, annonça Debby, juchée sur les épaules de son père.

– Entendu, dit Peck. Mais uniquement quand je suis ici, d'accord ?

Sur Julie, qui suivait la scène du haut de son cheval, il braqua son sourire dionysiaque.

– Vous aussi, madame Johnson. Quand vous passez dans le quartier, arrêtez-vous prendre le thé.

Le rouge brique déferla sur la gorge et le visage de l'adolescente. Elle posa sur lui un regard hésitant, tourna la tête et, voyant que tout le monde la regardait, éperonna rageusement son cheval qui partit instantanément au petit galop. A la barrière, qui était ouverte, elle ralentit, lui fit prendre le trot et obliqua vers la droite pour s'engager sur le chemin. Nous suivîmes la traînée noire entre les arbres, entendîmes un bruit de galop, puis le *poc poc poc* lorsque la bête prit le pas dans la montée. Notre petit groupe remercia Peck à qui mieux mieux. Debout près de la poterne de son castel, il leva une main magnanime. A peine eûmes-nous tourné les talons qu'il était déjà en train de relever le pont.

– Eh bien ! dit Marian comme nous retraversions le bas-fond. Voilà une après-midi bien remplie.

Son regard m'effleura, me gratifiant d'une expression amusée, mélange de connivence et de commisération, puis alla se poser sur Debby, toujours sur les épaules de John.

– Nous avons vu la hutte, nous avons rencontré quelqu'un qui pourra peut-être t'emmener faire du cheval et te garder quand nous devons sortir, tout cela en plus d'une petite garden-party.

Lorsque nous arrivâmes à la voiture, elle nous adressa un sourire littéralement flamboyant, démesuré, intense et troublant.

1. Dessinateur satirique, 1883-1970, dont le personnage (le Pr Butts) a fourni l'allégorie des solutions compliquées.

– Je raffole de ce genre de journée, dit-elle, j'adore découvrir un endroit, rencontrer des gens. J'aime cette sensation d'insérer notre vie dans un nouvel environnement.

– Pour ça, vous vous y entendez, lui répondis-je, déprimé, en ouvrant ma portière.

Jeune femme aussi labile que fragile, elle était éclairée de l'intérieur, mais d'une lumière qui vous faisait penser aux phares sur dynamo des vieilles Ford Model-T, variant en intensité selon que le moteur tournait au ralenti ou montait en régime. Voilà justement qu'elle s'emballait juste au moment où ma propre mécanique ne fonctionnait plus que sur trois cylindres – doigts gourds, pieds glacés, irritabilité rampante. C'est alors que, tout à coup, elle se haussa sur la pointe des pieds pour me déposer un baiser sur la joue.

– Nous sommes ravis de vous avoir pour plus proches voisins, me souffla-t-elle. Je le disais à John : c'est comme si nous vous connaissions depuis toujours.

– C'est le sentiment unanime de toute la famille, confirma John.

Sa fille toujours juchée sur ses épaules, il se pencha pour embrasser Ruth et l'aider à monter en voiture. Ils restèrent à nous regarder pendant que je manœuvrais pour faire demi-tour. Le sourire de Marian était à la fois lumineux et comme plaqué sur son visage. J'eus le sentiment qu'il était forcé et sans doute destiné à m'assurer que, Ruth fût-elle de l'avis contraire, elle ne pensait pas, elle, que je m'étais mal comporté. Elle avait l'air gracile et frêle ; et je me dis qu'il incombait à ses amis de veiller sur elle et de s'assurer qu'elle ne se surmenait point. La sensation de son baiser, qui persistait sur ma joue, rachetait tout l'après-midi.

III

La première fois que je me trouvai en bas et que j'estimai les Catlin et Jim Peck hors de leur gîte respectif, j'en profitai pour descendre jusqu'au campement de ce dernier et me livrer à une petite reconnaissance de ses aménagements les moins visibles. J'avisai bientôt, comme je m'y attendais, un câble électrique qui, à l'endroit où la berge s'affaissait pour former le gué, plongeait dans les broussailles du lit du torrent. De l'autre côté, ce fil courait sous terre pour ressortir sans doute à l'intérieur de la tente et, de là, monter sur l'arrière du chêne jusqu'à la cabane. De ce côté-ci, il était également enterré. Si je ne le sortais pas du sol, comme je fus d'abord tenté de le faire, je n'avais aucun moyen de le suivre, mais je savais pertinemment où il menait et, après avoir fureté un moment, là-haut à côté de la pompe, autour du poteau sur lequel était fixé mon compteur, je le retrouvai. Il remontait dans la rainure d'une vieille planche d'apparence innocente, clouée sur le dernier poteau électrique. Quelqu'un ayant, supposai-je, plus l'esprit scientifique que Peck lui avait fait un branchement en amont de mon installation. Grande avancée du vingtième siècle. Même les bienheureux anachorètes arboricoles pouvaient compter des amis possédant un bagage technique et être ainsi en position de mettre à contribution un monde capitaliste sans cœur.

Walden [1] était incontestablement plus plaisant avec le courant. Tous nos remerciements à la Pacific Gas and Electricity. La musique que j'avais crue tirée des guitares de Peck et consorts pouvait fort bien sortir d'un poste de hi-fi ; peut-être même disposait-il de la stéréo, avec des enceintes distribuées entre la tente et la hutte. La fille qui chantait comme Joan Baez était peut-être Joan Baez soi-même, sur microsillon. Et quel confort que de pouvoir se prémunir de l'humidité de l'hiver grâce à un chauffage électrique et d'avoir auprès de sa couchette une bonne vieille lampe de chevet. J'ai fait un montage avec une lampe de poche, tu parles !

Et la fée électricité n'était pas tout ce qu'il avait apporté à Walden. Sous le pont, presque invisible au milieu des ronces et du sumac, je découvris un tuyau noir en PVC qui, lui aussi, disparaissait sous terre sur chaque rive. Mais une inéluctable intuition et trois minutes d'investigation me permirent de constater qu'il était relié à la conduite montant de mon puits. Alors, la plomberie

1. Henry David Thoreau (1817-1862) raconte dans *Walden ou la Vie dans les bois* son expérience de deux ans (1845-1847) de complète autonomie.

aussi, et avec cette fois l'aimable autorisation de Mr. et Mrs. Joseph Allston. Je gage que si j'avais été d'humeur à risquer de me casser le cou et que j'eusse franchi le pont, j'aurais découvert une salle de bain complète – lavabo, douche, waters, baignoire, murs carrelés, accessoires chromés, le toutim. Et peut-être même un bidet pour les invitées.

Une semaine plus tôt, je lui aurais dit de tout démonter et de ficher le camp. Mais à présent j'étais coincé. Quoi ? Détruire la hutte qui faisait le ravissement de Debby, et ainsi priver Marian du plaisir de voir son enfant heureuse et de la satisfaction d'insérer sa vie dans son nouvel environnement ? Me mettre dans la position du flic et de l'autocrate, passer pour étroit et mesquin non seulement aux yeux de Peck – dont la réaction me laisserait complètement froid, considérant la façon dont il avait abusé de ma générosité – mais également aux yeux des Catlin ? Lui fournir son eau n'allait assurément pas me ruiner, et je n'étais en rien chargé de protéger les intérêts de la PGE. Simplement, j'étais furieux d'être pris pour une dupe et de n'y pouvoir rien.

Je fis comme à mon habitude : je rentrai à la maison et vidai mon sac. Ruth me demanda pourquoi j'en faisais une telle affaire, en quoi c'était si grave, en fin de compte. Si je n'avais pas, dès le départ, adopté une attitude hostile, il n'aurait certainement pas essayé de retourner les choses à mon désavantage. Je n'acceptais pas cette analyse, néanmoins je ne fis rien. Cela, je le savais déjà ; c'est écrit dans le scénario : le mauvais fils, ici incarné par Peck, décevra son papa, et les vieux grigous moliéresques dans mon genre seront bernés par les gamins aussi ingénieux qu'irrévérencieux.

QUATRIÈME PARTIE

I

12 décembre, m'informe le calendrier. Deux mois depuis que la maison Catlin s'est éteinte.

Ces dernières semaines, les dépressions n'ont cessé de débouler du Pacifique et les microclimats de nos collines ont été balayés d'un coup et oblitérés par la pluie, telles de menues divergences d'opinions dans une situation de crise. Chaque fois qu'une nouvelle tempête fond sur nous, notre pauvre maison accrochée sur la hauteur frémit sous les sourdes rafales, les arbres grincent et gémissent, la terrasse se couvre de baies et de brindilles. Nous avons peur pour nos fenêtres pilonnées et ruisselantes, par lesquelles nous voyons en contrebas des rideaux de pluie oblique se déverser sur les frondaisons des marronniers du coteau et estomper de l'autre côté du ravin la laideur des terrassements interrompus de Weld.

Même le vieux chêne couvert de lichens qui se trouve devant la fenêtre de mon bureau, aux maîtresses branches plus grosses que ma cage thoracique, est mal à l'aise dans la bourrasque. Il remue avec des raideurs arthritiques, comme si la haute tension qui lui malmène les sommets avait été ramenée, ici dans le couvert de son feuillage, à un plus policé et commode cent dix volts. L'humus détrempé qui recouvre le sol est constamment retourné par des bruants, des verdiers de l'Oregon et des pinsons couronnés, oiseaux que nous observons avec plaisir et pour lesquels j'ai construit une mangeoire hors de portée de Catarrhe, mais dont la présence nous inspire un certain malaise : ils devraient annoncer le renouveau, et ils nous parlent d'hiver ; et d'un hiver à ce point entremêlé de printemps que quiconque est habitué à des saisons bien marquées s'en trouve tout désorienté.

Une bonne part de ce qui s'offre au regard est plus novembre que décembre. Les vergers d'abricotiers sont nus, et les feuilles de pistachier, de liquidambar et d'érable du Japon, qui nous ont brièvement parés d'un lustre Nouvelle-Angleterre, ont été chassées par le vent et s'agglutinent contre les murs et les clôtures. A l'instar de tout immigrant, nous avons apporté des choses familières en un lieu étranger, nos désirs de jardinage n'étant pas différents de ceux des femmes de pionniers qui amassaient dans leur bagage des semences de lobélies et de douces-amères, ou de Johnny Appleseed [1] repiquant la civilisation sur mille milles de pistes de l'Ouest. Nous appellerons cela le principe de la dispersion et de l'uniformité. Marian, qui accordait plus de prix à l'indigène qu'à l'exotique, était pratiquement la seule personne de ma connaissance à ne pas s'y soumettre, et elle prenait même parfois plaisir à ce que cela donnait.

Un faux automne, donc, importé mais presque convaincant. A présent, en ce mois de décembre, la terre a des senteurs de Labrador. Si nous n'avions pas déjà vécu deux hivers californiens, nous nous attendrions à de la neige. Et nous avons quand même quelque chose d'un peu hiémal puisque, lorsque le matin est clair, nous découvrons une pellicule de givre sur les caillebotis de séquoia du patio. Parfois les briques sont laquées de glace et, quand nous prenons la voiture de bonne heure pour aller faire des courses, la combe est toute blanche, de même que les barres et le sommet des poteaux du corral de Debby ou encore les longerons du lamentable pont de Weld, qui n'a toujours pas été réparé.

Et pourtant, sous la glace et le givre, le sable entre les briques de notre patio s'est couvert de mousses vert cru qui y tracent de fines lignes entrecroisées. Dix jours après la première pluie, le chaume imbibé des collines, entrouvert du bout de la chaussure, révèle de minuscules pousses d'avoine et les microscopiques cotylédons du

1. De son vrai nom John Chapman,1774-1847, missionnaire et horticulteur.

dactyle et du trèfle. Durant toutes ces semaines où l'année s'est assombrie à l'approche de sa fin, le vert s'est frayé un passage à travers l'ocre, jusqu'à ce qu'aujourd'hui, aux portes de Noël, les coteaux soient devenus une voluptueuse pelouse et que les branches lavande des chênes décidus s'étendent sur un paysage d'avril. L'herbe-aux-coyotes, vivace et précoce, est en fleur depuis novembre.

Inconstante, contradictoire, différente de tout ce qu'habitude et littérature nous ont conduits à prévoir, la saison pluvieuse est une saison en soi, et profondément différente de l'été auquel elle fait suite. Elle est verte, et non cuivrée; humide, et non aride; frisquette au lieu de tiède; limpide au lieu de laiteuse. Elle offre de vrais nuages en place du brouillard d'altitude qui masque le ciel estival. Elle présente d'authentiques crépuscules plutôt que d'insipides extinctions du jour. Elle attire des populations entières d'oiseaux migrateurs. Son odeur est différente.

Tout en observant ces changements encore inhabituels pour nous, je m'aperçois presque malgré moi que la majeure partie de notre relation avec Marian s'est inscrite dans l'autre moitié du cycle. Son parfum flotte dans des souvenirs de soleil, de sauge et de poussière, dans la senteur sèche, légèrement tannique, du bois de séquoia surchauffé au soleil, et surtout dans celle du madia. Sa lumière est vive et jaune ou chaude et brune, ce n'est jamais le vert cru de cette saison-ci. Elle passe du printemps finissant à l'été, puis s'interrompt. Nulle trace d'elle dans l'odeur froide et mouillée des moisissures ou dans la fraîcheur de la brise montant de l'horizon. Elle ne dure pas. Il faut aller la rechercher, ce qui implique non seulement de la recréer, elle, mais aussi de faire revivre la saison qu'elle a habitée.

C'était un temps si neuf que, même à travers le souvenir, il a tout d'un commencement. Ce fut l'œuvre de Marian. Nous nous voyions comme de vieux colons, elle fit de nous de nouveaux arrivants. Avant l'apparition des Catlin, nous n'avions pratiquement pas de vie sociale, seulement une série d'habitudes commodes, une pointilleuse coupure avec notre histoire et toute autre histoire, une répugnance à nouer de nouvelles relations autres que peu exigeantes. Avec sa manière passionnée de s'installer dans son nouvel environnement, Marian nous avait entraînés à sa suite ; ou, plus justement, elle nous avait amenés à réfléchir à ce qu'elle et lui devaient voir, aux gens qu'ils devaient rencontrer. Qui allait être en phase avec la vivacité de cette jeune femme ? Quelles personnes, quelles maisons, quels paysages allaient l'emballer ? Qui méritait d'entendre John raconter, avec son accent du Maine, les expéditions auxquelles il avait pris part, expliquer le système sonar des marsouins, ou démontrer en s'appuyant sur la conformation de leurs membres et leur pilosité résiduelle que les baleines étaient jadis des animaux terrestres ?

Un Californien arrivé depuis juste assez de temps pour massacrer correctement les toponymes espagnols est une araignée qui attend au centre de sa toile l'occasion d'initier de plus récents arrivants à sa terre d'exil relatif. N'étant pas grand-chose, il lui faut faire étalage de tout. Nous nous révélâmes, non sans surprise, être ce type de Californiens. Les Catlin, qui avaient passé l'hiver dans un meublé du centre ville, avec une seule voiture et John souvent parti, n'avaient guère eu le temps de visiter la région. Ils étaient des victimes prédestinées.

Que diriez-vous d'essayer notre balade préférée, trois milles sans difficulté particulière, délicieuse en cette saison ? Paysages ravissants, coteaux couverts de lupins, de coquelicots et de bleuets…

D'accord. Dès le premier dimanche matin où ce fut possible, ils parcoururent avec nous les opulentes collines. Il ne s'écoulait pas trois minutes sans que Marian découvrît une nouvelle plante, aussitôt identifiée par John avec l'infaillibilité d'un traité de botanique. Nous fîmes le grand tour par le crêt et redescendîmes via le terrain scolaire pour revenir à travers les bois. Nous vîmes des cavaliers traversant la prairie à la file. Dans un hallier, nous fîmes partir une daine et son petit. Malheureusement, ce fut un peu trop long. Marian paraissait déjà bien lasse lorsque nous traversâmes le torrent en dessous du juchoir de Peck. Cela faisait une demi-heure que Debby se plaignait et traînait la jambe, et elle finit sur les épaules de son père. Le lendemain, elle faisait une réaction au sumac vénéneux.

Par consentement mutuel, nous nous abstînmes de refaire cette promenade, mais, passant devant chez eux après avoir bouclé notre parcours de santé, il nous arriva à plusieurs reprises de les inviter à monter à la maison pour prendre un verre ou partager notre repas. En une de ces occasions, alors que Debby barbotait dans le bassin et que, installés sur la terrasse, les pieds sur la rambarde, nous parlions avec indignation de ce couple qui massacrait des pigeons pour entraîner ses chiens (et aussi, comme Marian l'avait découvert, tendait des pièges contre les renards qui venaient razzier le pigeonnier), le faucon à queue rouge du pré de Shields vint nous survoler lourdement. Plissant les paupières du fait de l'aveuglante clarté, nous vîmes qu'il tenait une grande coronelle entre ses serres. Le serpent n'était nullement vaincu. Il était enroulé autour des pattes de l'oiseau, l'empêchant de les replier en arrière. Nous voyions parfaitement, à une soixantaine de pieds au-dessus de nous, l'ensemble de son corps travailler, tandis que le rapace cherchait une prise mortelle ou bien tentait de s'en dépêtrer. Ils décrivirent deux cercles à la verticale de nos têtes, paraissant sur le point de s'abattre à tout moment sur le sol, puis ils allèrent terminer ailleurs leur lutte à mort. Marian m'accusa d'avoir monté le spectacle dans le seul dessein de démontrer ma théorie du bec et ongles, et j'en fus aussi fier que si cela avait été le cas. Ah, Californie !

Ils s'abandonnaient à notre ferveur de guides touristiques et ne nous en voulaient nullement d'être aussi disponibles alors qu'eux avaient si peu de temps libre. Nous fîmes des expéditions jusqu'à Monterey et à Pacific Grove, où John nous montra le centre d'océanographie dans lequel il s'attendait à passer une bonne partie de son temps. Nous allâmes à Carmel et, sur la côte de Big Sur, nous visitâmes, en pleine floraison, ce qu'il reste des vergers qui jadis occupaient toute la longueur de la vallée de Santa Clara. Nous passâmes par San Juan Bautista et déjeunâmes de tamales arrosés de cabernet sauvignon. Nous pique-niquâmes sur le ranch que LoPresti possédait en copropriété avec six ou sept autres personnes, et, du haut d'une falaise tondue par le bétail aussi ras qu'une prairie du Vermont, contemplâmes, par-delà une étendue de grands sapins de Douglas amputés par le vent, le ressac qui festonnait de dentelle le bleu ballonnement du Pacifique. Nous projetâmes de nous rendre tous ensemble, lorsque l'école serait finie, à l'un des concerts du festival Musique dans le vignoble entendre des opéras bouffes de Pergolèse ; à l'entracte, nous dégusterions du champagne face au paysage de vignes et de bois plongeant vers la stridente cité de San Jose et sa vallée enfumée.

Venez, venez, nous allons tout vous montrer. C'était la Californie que nous connaissions et nous l'aimions plus encore d'être en situation de la partager. Voilà à quoi ressemble le Nouveau Monde, voici ce qui se passe dans la trépidante maison de fous de l'Éden, au pays évanescent des Lotophages. Dépêchez-vous de le découvrir avant qu'il soit entièrement pollué et bétonné.

Et les voisins ? Une poignée. Les Casement, Bill et Sue, riches, ouverts, le cœur sur la main, qui donnaient de grandes *fêtes champêtres** et des barbecues monstres. Quand il fera chaud, Debby aura peut-être envie d'aller se baigner chez eux ; tous les jeunes du coin y vont. Et les LoPresti. En dépit de ce qu'en dit leur fille, ce sont des gens intelligents et agréables ; si elle, se prend un peu au sérieux et si lui, affiche une attitude de soumission un rien comique, que ceux qui n'ont jamais péché leur jettent la première pierre. A cause de l'état de santé, réel ou imaginaire, de madame, ils ne sortent guère mais, lorsqu'ils organisent un de leurs raouts à l'occasion du 4 juillet ou de Noël, ils écrivent chaque fois une page d'histoire. Elle est artiste, à sa façon. Elle fait des mosaïques, elle sculpte des bois flottés et signe des compositions relevant de ce que j'appelle l'art de la boîte à boutons parce que c'est le genre de chose que je commettais à l'âge de six ou sept ans en collant sur de la pâte à modeler ce que je trouvais dans le nécessaire à couture maternel. Lucio est quelqu'un à la compétence tous azimuts, il n'est rien qu'il ne sache construire ou fabriquer. Tenez, goûtez-moi les olives de son ranch.

D'autres encore ? Nous sommes tout à coup affrontés à la réelle pauvreté de notre vie sociale. Il y a bien les Canaday, couple admirable qui, tous les ans, monte sur son ranch un camp pour enfants non voyants et autres handicapés. Nous ferions volontiers leur connaissance, mais n'avons jamais dépassé le stade du simple bonjour quand nous les rencontrons au cours d'une promenade. A l'ouest de chez nous, de l'autre côté du crêt, s'étend un ranch encore plus vaste appartenant à des gens qui travaillent dans l'immobilier, mais, jaloux de leur châtellenie, ils sont si prodigues en pancartes « DÉFENSE D'ENTRER » que nous n'avons jamais pris langue ni même été tentés de le faire. Car si Ruth n'hésite jamais à enjamber un fil barbelé un peu détendu, elle compte sur moi pour nous tirer d'affaire en cas de problème ; or, je n'aime guère être pris en faute par un propriétaire sourcilleux.

Après cette propriété, on trouve un ancien avant-centre de football, ballon d'or en son temps, qui a épousé la fille d'un chocolatier italien de San Francisco. Membres d'un club d'équitation et d'une société de chasse, ils sont assez aimables lorsqu'on les croise, mais décidément trop mondains. Dans la maison d'hôtes qui se trouve sur leur propriété vit, avec une étonnante simplicité, le dictateur en exil d'une république bananière. Un jour que nous nous promenions par une belle après-midi d'automne, nous le vîmes en short sur la pelouse se faire rafraîchir au tuyau d'arrosage par sa grande et superbe moitié. Mais ils ne nous ont pas invités ni n'ont jamais cherché à sympathiser.

Cela se bornait à peu près là. A l'est de chez nous, les faubourgs en expansion et quelques exploitants irréductibles, accrochés à ce qu'il leur reste de vergers ou de vignoble. Au bas de notre chemin, il y avait Tom Weld ; le bonhomme se cassait la tête pour trouver comment obtenir une révision du plan d'occupation des sols afin de vendre ses terres en lots à bâtir et de se faire ainsi un million de dollars ; pas vraiment le genre que nous aurions été fiers de présenter aux Catlin. Cependant, nous découvrîmes bientôt qu'eux et les Weld étaient dans les meilleurs termes. Ces dames restaient à converser à côté des boîtes aux lettres, la fille de Weld allait parfois jouer avec Debby, quoiqu'il s'agît d'une enfant maussade et passablement retardée. Le fils Weld s'employait chez les Catlin, nettoyait le terrain, brûlait des saletés, faisait du bois de chauffage. Il s'agissait d'un garçon sec et musclé, recuit par le soleil au-dessus de la ceinture. Quand il travaillait, il aimait à avoir sur lui, passé dans une cartouchière garnie, un pistolet d'entraînement de calibre 22. Il avait le cheveu ras, et si plat au sommet du crâne qu'une calvitie commençait de s'y dessiner. Il portait aux poignets des bracelets de force, plus décoratifs, je suppose, qu'orthopédiques, et moins destinés à renforcer des articulations défaillantes qu'à attirer l'attention sur ses muscles. Il conduisait une Mercury 1957 qu'il avait modifiée et dont l'arrière était si rehaussé que les roues avant en paraissaient plus petites que celles du train arrière. Lorsqu'on la voyait sur la route, on pensait à une marmotte sur le point de se jeter dans un trou.

Illuminés qu'ils étaient par l'intérêt affectueux de Marian, même ces indigènes en venaient à revêtir un air de justesse. Telles d'inoffensives herbes sauvages, ils venaient compléter la flore locale. Et si, moi, ils me donnaient le rhume des foins ? Marian et John, en les acceptant, me persuadèrent qu'eux aussi avaient leur place dans le dessein bienfaisant de la nature.

Après avoir mené à bien les travaux de printemps dans ses vergers, Tom Weld parut avoir beaucoup à faire en ville. Si j'avais su ce qui l'occupait, j'eusse été moins béat lorsque je sortais en peignoir et pantoufles aux pieds sur la terrasse humer le matin radieux et voir quelle création Catarrhe avait composée sur le paillasson. Je n'eusse pas présumé avec autant de détachement que les personnes aperçues à plusieurs reprises en train d'arpenter le coteau d'en face en sa compagnie, déclenchant les aboiements furieux des beagles du chenil, étaient de siennes connaissances ou des particuliers se proposant de louer son herbage.

Quasiment tous les après-midi, Julie LoPresti passait à cheval, montant ou descendant la côte, suivie de si près par son corniaud barbu que c'était miracle qu'il ne se fît pas fendre la truffe en deux par un crampon. Je fis un jour observer à Ruth que ce bâtard symbolisait avec assez de justesse ce qui unissait les familles entre elles, les hommes aux autres hommes et les vivants à ceux qui sont à venir, qu'ils choisissent ou non d'avoir des liens. J'avais un peu le sentiment de parler comme un Joseph Conrad en pleine phase d'exaltation, mais Ruth se borna à me répondre, avec son air de raton laveur finaud, qu'elle voyait bien avec qui je venais d'avoir une conversation. D'accord, j'acceptai la bénigne allégation. Il est vrai que je causais avec Marian chaque fois que l'occasion s'en présentait, et il en allait apparemment de même pour tout le monde dans le coin.

Du reste, Ruth et moi avions une bonne raison de la voir plus fréquemment que quiconque : nous étions chargés de veiller sur elle. Un soir du mois d'avril, avant de partir pour l'île de Guadalupe, située au large de la Basse-Californie, afin d'y étudier les mœurs des éléphants de mer, John vint nous voir pour nous demander, comme un grand service, si nous voulions bien garder un œil sur elle pendant son absence.

Il n'eut aucun mal à obtenir notre accord. Nous étions un peu dans la position d'un petit garçon à qui l'on demande de tenir un pur-sang par la bride. En revanche, sa requête m'inspira un surcroît de respect pour lui. Je suppose que je l'avais jusqu'alors tenu pour un beau et sympathique garçon, amoureux de sa femme, mais qui ne jouait pas vraiment dans la même catégorie. Ce fameux soir, tandis qu'il nous parlait debout dans l'allée, je notai sur son visage des rides que je n'avais jamais remarquées, et j'y vis une marque de sérieux, de sens des responsabilités, de mâle résolution. Il m'apparut tout à coup qu'il avait mené une vie aventureuse et mouvementée et que, s'il était un peu éclipsé par une femme aussi rayonnante, c'était parce qu'il souhaitait qu'il en fût ainsi. Si j'avais été père d'une fille pour laquelle je me serais fait du souci, je n'aurais pu trouver meilleur gendre.

– Vous êtes au courant de son cas, nous dit-il. Elle n'a absolument pas fait de rechute et elle va se faire examiner toutes les trois ou quatre semaines à la clinique. Je la trouve mieux – ce coin lui fait un bien fou. Mais il peut arriver qu'une grossesse accélère ces choses, il semble que les hormones femelles aient une action carcinogène. Aussi serais-je plus tranquille si je savais qu'elle peut compter sur vous.

Ce serait avec le plus grand plaisir, lui assurâmes-nous. Et ne fallait-il pas l'empêcher de trop en faire, ne lui fallait-il pas plus de repos qu'elle ne s'en accordait ? Cela eut le don de le faire sourire.

– Si vous êtes capables de l'empêcher de se surmener, vous êtes plus forts que moi. Elle va faire tout ce qu'elle peut faire et un peu plus. Du moment que vous êtes ici et disposés à l'aider en cas de besoin, je m'en vais plus rassuré. Si jamais il y avait un problème, je voudrais que vous appeliez Bill Barger à San Diego. Voici son numéro. Si vous n'arriviez pas à le joindre, essayez l'Institut océanographique à La Jolla. Nous serons quotidiennement en contact radio avec les deux.

Il me remit un bristol sur lequel les deux adresses et numéros de téléphone étaient tapés à la machine. Il me serra la main, embrassa Ruth sur la joue, dit qu'il serait de retour dans un mois environ, fit deux pas en arrière et tourna les talons.

– Un instant, dis-je. Est-ce que Marian sait que nous sommes ses anges gardiens ?

– Croyez-vous que je vais risquer de briser une belle amitié ? dit-il en riant. Non, que cela reste entre nous. Elle ferait appel à vous de toute façon. Je voulais juste vous demander ce petit surcroît de vigilance. Elle a besoin qu'on s'occupe d'elle, mais elle ne le sait pas encore.

Et il s'en fut, agitant une main en l'air tout en s'éloignant. Il se mit à courir avant d'avoir atteint le détour de l'allée. Nous l'entendîmes dévaler rapidement la descente, vigoureux comme un jeune cerf dans la montagne. Il était rassurant de penser que Marian avait auprès d'elle cette belle santé pour la soutenir, et exaltant de se dire que nous allions temporairement la remplacer.

On aurait pu considérer, et avec justesse, que ce qui manquait jusqu'alors principalement à notre existence était une dose de responsabilité. Ruth ne passait jamais sans s'arrêter pour voir si elle pouvait emmener quelqu'un quelque part ou rapporter quelque chose du supermarché. Je pris l'habitude de faire un crochet chaque fois que je descendais chercher le courrier. Il était rare que Marian nous demandât le moindre service, mais nous nous efforcions de faire des choses pour Debby. Ainsi, même si je ne la vis jamais y jouer, je passai toute une journée à lui construire une maison de poupée dans le boqueteau. Sa mère reconnut non sans embarras que cette cabane ne pouvait soutenir la comparaison avec celle de Peck, où Debby et Julie se rendaient chaque fois qu'il était là. Marian ne se récriait plus contre cette habitude du fait qu'il n'y avait pas dans le voisinage d'enfants de l'âge de sa fille. La petite Weld avait trois ans de plus, et puis le car scolaire ne la ramenait que fort tard. Marian déplorait amèrement que Debby n'eût pas de compagnons de jeu. Pour elle, le terrain de jeu idéal était un pâté de maisons, et sa mère se demandait parfois s'ils avaient bien fait de l'amener à la campagne. Elle et John avaient été tellement emballés par le coin qu'ils n'avaient guère pensé à leur progéniture. Triste lot que celui d'enfant unique ! Marian le savait pour l'avoir elle-même vécu. Par la suite, quand Debby aurait un petit frère ou une petite sœur, les choses s'arrangeraient. Ou si elle avait un poney. Julie LoPresti semblait ne rien attendre d'autre de l'existence.

Et pourquoi pas ? lui demandai-je un jour. Ils pourraient installer un manège, et même une sellerie, en bas dans la combe, entre leur maison et le campement de Peck.

Non, c'est vrai ? fit-elle, aux anges. Je serais donc d'accord pour leur louer un bout de terrain ?

Qui parle de location ? lui répondis-je. Si j'étais capable de laisser un Peck squatter mon arbre, je pouvais bien leur accorder la jouissance d'une parcelle d'herbage inutilisée.

J'y étais d'autant plus enclin que Marian me paraissait avoir encore plus besoin de ce cheval que sa fille. Elle passait son temps à faire le taxi pour la conduire à sa leçon de piano, chez telle ou telle petite camarade, à des anniversaires, au jardin public, au musée. Outre ces sorties, dont l'objet était l'éveil intellectuel ou le délassement de la petite, elle passait son temps à construire avec elle des bains et des mangeoires à oiseaux, à creuser une mare pour les grenouilles et les tortues, à faire des herbiers. L'arrivée d'un cheval dans cette famille allait probablement agrémenter la semaine de Marian d'une vingtaine d'heures de repos supplémentaire.

Nous les emmenâmes donc faire la tournée des ranches et des écuries pour finir par trouver un pie de quinze ans, pommelé de la tête aux pieds. Cette bête était, nous assura son propriétaire, aussi douce qu'un chaton. Comme pour nous en apporter la démonstration, une paire de bébés chats albinos qui se poursuivaient l'un l'autre autour du corral arrivèrent à fond de train, queues en l'air, le long de la barrière. L'un escalada un poteau, ce que voyant, l'autre grimpa à la jambe du cheval et s'immobilisa, toutes griffes dehors, à hauteur du genou. Le pie ne fit que tressaillir. Marian l'acheta sur-le-champ et on convint qu'il serait livré dès que nous lui aurions installé un enclos.

Cela se passait en mai, dans la semaine où un vent du nord desséchant souffla en tempête. Nos collines se peignirent en vert bronze, puis se parèrent de reflets dorés. Le paysage changea du tout au tout en l'espace de trois jours et, telle une épreuve couleurs au séchage, toute la gamme chromatique s'en trouva modifiée. Sur l'or des collines, les chênes faisaient des taches rondes, denses, presque noires. Du jour au lendemain, les champs étaient devenus impraticables en raison des graines et épis barbelés dont ils étaient couverts. Je ne manquai pas de faire observer cette transformation à Marian. J'y pris plaisir, car c'était une chose de plus à lui faire découvrir sur la Californie. Cette transition subite est, à sa manière, aussi remarquable que ce printemps furtif qui débute en même temps que l'hiver s'installe. On se met au lit un soir de mai dans le parfum des fleurs et le gazouillis des oiseaux, et l'on découvre au matin l'été poudreux, l'argile craquelée et le premier moustique de la saison.

II

Une espèce de prologue prit fin avec l'achat du cheval et la prompte survenue de l'été. Un nouvel acte débuta lorsque, descendant en voiture un samedi matin, nous vîmes, garé près de la barrière, un van dont John, Dave Weld et le propriétaire de l'écurie étaient en train de faire sortir le pie.

Nous nous arrêtâmes, serrâmes des mains et, en guise d'entrée en matière, demandâmes des nouvelles des éléphants de mer. John était noir comme un flibustier, plus hâlé encore que le fils Weld. Torse nu, il se révélait musclé comme un lutteur professionnel.

– Les éléphants de mer ! s'exclama-t-il. Je n'étais pas rentré depuis dix minutes que Debby m'a transformé en cow-boy. Dave et moi allons de ce pas chercher le pick-up de son père pour poser les piquets du manège. Vous êtes le magnanime proprio, il vous appartient de surveiller les opérations.

– Surveiller, mon œil, dis-je. Je vais mettre la main à la pâte.

Ruth partit seule en ville. J'étais à pied d'œuvre avec pelle, marteau et trépan lorsque le pick-up arriva chargé de piquets et de planches de séquoia. Par un effet de combustion spontanée se forma une équipe de travail composée de voisins. Julie, à cheval, menait par la bride le pie, sur lequel était juchée Debby. Cela causait beaucoup de désagrément à son corniaud, qui, tenant comme d'ordinaire à marcher sur les talons de la monture de sa maîtresse, se faisait piétiner par celle de la fillette. Dave Weld, exhibant la basane de son torse, le pistolet lui battant la cuisse, son transistor retransmettant à plein volume un match opposant les Géants aux Pirates, forait des trous dans la glaise durcie comme du ciment. Robuste et taciturne pistolero, il peinait et se démenait, tout luisant de sueur, jeunes muscles saillant, poignets gainés de cuir, visage impassible. Me voyant le contempler, Marian ferma les yeux à demi et singea un début de pâmoison. Ruth et elle, après nous avoir apporté des sandwichs et de la salade, s'étaient installées sur le patio à l'ombre d'un petit noyer qu'il y avait là et nous regardaient nous activer en contrebas comme une armée de fourmis.

– Je vais le faire trotter, annonça Julie en se retournant vers Debby.

Ayant amené les deux bêtes sur le plat, elle prit la nouvelle allure, conservant une assiette parfaite, relâchée, facile. Le pie suivait, encolure tendue vers l'avant, fillette tressautant sur son large dos. La petite hurla qu'il fallait arrêter. Julie obéit.

– Elle est très bien avec Debby, observa Ruth. Elle va être aux petits soins avec elle. C'est une sacrée chance.

– Oui, répondit Marian. Sinon qu'il ne sera plus question de lui faire mettre la moindre robe. Désormais, ce sera uniquement jeans et sweat-shirt à manches coupées.

Nous travaillâmes tout l'après-midi au soleil, dans la chaleur et la poussière. Le jeune Weld forait les trous, John et moi mettions les poteaux en place. A vrai dire, je ne faisais pas grand-chose. Je vérifiais l'aplomb avec le niveau pendant qu'il pelletait la terre, puis la tassait à l'aide d'un bout de bastaing. Là-bas dans l'herbe, le transistor nous tenait au courant des péripéties de la rencontre de base-ball ; et les rugissements de la foule, lointaine stridulation, montaient du sol comme s'il y avait là une trappe ouvrant sur le pays des morts, morts qui avaient perdu toute énergie mais non point trouvé le repos. Nous parlions des différentes espèces de phoques, de leurs habitudes migratoires, de leurs lieux de reproduction et du sauvetage de certaines variétés qui avaient été près de s'éteindre. Dans quelques semaines, en juin, il allait se rendre dans l'archipel des Pribilof pour l'époque de la mise bas. Il voulait étudier leur vitesse d'apprentissage. Tout animal capable d'apprendre à nager et de devenir autonome en l'espace d'une semaine excitait sa curiosité.

Je me redressai péniblement. Il se releva à son tour.

– Vous serez donc absent une partie de l'été.

Devinant à quoi je pensais, il haussa ses solides épaules, laissa tomber la mâchoire et étendit les mains en un geste tellement français que je crus un bref instant qu'il se livrait à une imitation.

– Elle ne veut rien entendre. Selon elle, la gestation des phoques est plus importante pour ma carrière que la sienne, de gestation – il vrilla son regard sur moi. Elle m'assure s'en être très bien tirée. Est-ce que c'est la vérité ?

– Je pense que oui. Et Ruth est du même avis. Elle a repris du poids, elle a des couleurs, elle a beaucoup pris le soleil. Vous ne lui trouvez pas meilleure mine ?

– Oui, en effet. Et je vous suis très reconnaissant à tous les deux.

– Ce fut un plaisir.

Il me regardait de ses yeux bleus et perçants de pêcheur et souriait comme s'il avait l'esprit ailleurs. L'exercice avait fait perler des gouttelettes de transpiration sur son front hâlé. Son torse et ses épaules étaient comme huilés.

– Oh, et puis zut, lâcha-t-il. Pourquoi sommes-nous là à nous échiner comme si nous craignions des pénalités de retard ? Je n'ai que trois jours. Que diriez-vous d'un peu de compagnie féminine ? Après les éléphants de mer, cela ne sera pas fait pour me déplaire – et d'envoyer sa pelle dinguer sur la glaise durcie. Dave ? On fait une pause. Bière ou coca ?

Le jeune Weld remonta du trou une carotte d'argile noire et, d'un coup sec, la fit tomber du trépan. Julie emmenait Debby dans le chemin. Le chien se tenait sur le côté, prenant ses marques pour s'intercaler entre les deux chevaux. Des fruits de bardane étaient accrochés aux poils mouillés et crasseux de son menton. Tandis que nous remontions vers l'endroit où Ruth et Marian étaient assises, un plein seau de boissons glacées trônant sur la table à côté d'elles, des mouches, attirées par la sueur, me tournaient autour avec une vrombissante insistance, finissant par se prendre dans les poils de mes oreilles ; j'eus alors, aussi subite qu'éblouissante, la révélation de ce que ce bâtard grotesque devait éprouver à longueur de journée.

Dave Weld resta un moment planté devant le seau, nous lança un regard de biais et choisit une bière. Il redescendit à mi-chemin du corral, s'adossa au pied d'un chêne, fit sauter la capsule et se mit à boire. Il regardait quelque chose de l'autre côté de la combe. Je suivis son regard et aperçus Peck devant sa tente.

Cela me contrariait de le voir là en train de surveiller nos plaisantes activités. Le jeune Weld et Julie, tous deux contribuant habituellement à mes irritations diurnes, avaient été séduits et introduits. Et voilà mon Peck qui était là à nous épier depuis Dieu sait combien de temps, sans même songer à nous adresser le plus petit salut. Que n'avait-il franchi la ravine suspendu à sa liane pour venir nous proposer un coup de main ? Les Catlin s'étaient montrés charmants avec lui, il savait que John venait de rentrer, tous les jeunes fans de sa hutte étaient là, pourquoi ne s'était-il pas joint à nous ? Était-il fâché, me demandai-je, de ce que son intimité risquât de pâtir des activités équestres de ces demoiselles ? J'étais de mon côté suffisamment exaspéré pour espérer que ce serait le cas.

– Qu'est-ce qui lui prend de regarder le bourgeois travailler ? lançai-je à Ruth.

Marian se pencha vers moi et me fit signe de venir à côté d'elle. De cet endroit, la vue était plus dégagée.

– Regardez ! s'esclaffa-t-elle en haussant très haut les épaules à la manière d'une fillette espiègle.

Peck était assis, torse nu, sur son plancher, tête grosse comme un tonnelet, dos bien droit, regard perdu en direction des fourrés, détaché des contingences. La radio s'égosillait dans l'herbe quelque part sur notre gauche et j'entendis, du côté du chemin, Julie dire quelque chose à Debby, mais je n'y prêtai pas plus d'attention que Peck lui-même. Il regardait droit devant lui, et moi je le regardais.

– Qu'est-ce qui lui arrive ? demandai-je. Il est en catalepsie ou quoi ?

– Du yoga ! fit Ruth d'un ton condescendant qui ne me plut qu'à moitié. Il fait ses exercices.

– Tu es sûre qu'il est vivant ? Il est là depuis longtemps ?

– Dix minutes, un quart d'heure.

– Il va s'épuiser, dis-je. Tant de violence va forcément avoir des répercussions sur son système.

– Mais enfin, tu sais bien ce qu'il en est du yoga. Cela se pratique assis, pour une bonne part. C'est un travail à l'intérieur de soi.

– Chaque système a ses propres règles, intervint Marian.

– C'est exact, dis-je. Seulement, il en est une qui devrait valoir pour tous les systèmes, c'est que, lorsque les gens ont été sympa avec vous et que vous les voyez occupés à un pénible labeur, vous leur proposiez un coup de main. Ou, à tout le moins, leur disiez bonjour.

– Quel moraliste ! commenta ma moitié. Tiens, regarde, voilà quelque chose qui pourrait être très bon pour ton dos.

De notre ombrage, nous contemplions par-delà le bas-fond aux herbes foulées, à travers un puits d'intense lumière, cette espèce de podium sur lequel, uniquement vêtu d'un jean coupé à mi-cuisse, Peck était posé entre ses jambes repliées. On ne lui voyait pas remuer un muscle, mais peut-être était-il en train de travailler sur une de ses boucles, sur son menton ou sur sa langue, de contracter son sphincter anal ou de se concentrer sur quelque chose de plus intérieur encore. Au bout d'un long moment, il balança soudain vers l'avant et, d'une impulsion des pieds, prit la position du poirier. Il avait les mains croisées sur la nuque. Sa tête et ses coudes formaient un tripode sur lequel il vacilla un bref instant avant de se stabiliser. Ses jambes étaient ramenées contre sa poitrine, on aurait dit des pattes d'insecte ; il les déplia, les tendit et ses orteils pointèrent vers les cieux. « Oh ! » firent ces dames, admiratives.

Je le chronométrai jusqu'au moment où, fléchissant sa colonne vertébrale, il roula pour reprendre une position assise, quelques pieds en avant de l'endroit où il se trouvait précédemment.

– Trois minutes et vingt secondes, grinçai-je. Quel est le record, déjà ?

Mais, assises là, souffle suspendu, elles étaient trop fascinées pour prêter attention à mon persiflage. Adossé à son arbre, oublieux de la bière qu'il tenait à la main, Dave Weld avait le regard tourné dans la même direction cependant que, dans l'herbe, le base-ball vrillait ses stridences. Julie, faisant repasser la barrière à son petit convoi, nous avait vus immobiles et comme envoûtés, et, à présent, elle aussi regardait. Enfin, bon sang ! nous étions tous là à le manger des yeux. Avec autant de regards braqués sur lui, il aurait pu avoir l'impression d'être frôlé par les ventouses d'une pieuvre. Mais lui ne nous voyait pas. Il était au-dessus de nous, au-delà de nous, dans une autre sphère.

Tu parles, Charles ! Il avait conscience de notre présence comme un comédien de celle du public. Tout entier à son numéro, il se coucha sur le dos et, soulevant sa chétive cage thoracique, se mit à faire le pont. Puis il se rallongea, colonne bien à plat sur le plancher, et derechef fit l'arc renversé. Sa barbe, pointée vers le ciel, tremblait. Tension musculaire ou ondes de chaleur ?

– Tu penses toujours que c'est facile ? me demanda Ruth.

L'autre opéra un rétablissement et se retrouva assis comme devant.

– La position du héros, dit Ruth à l'adresse de Marian. C'est une des postures fondamentales.

Il demeura un long moment figé et impassible, à moins qu'à l'intérieur de sa personne quelque muscle secret ne fût agité de pulsations. Puis il se leva et pénétra à l'intérieur de la tente pour en ressortir avec un verre d'eau qu'il vida d'un trait. Se penchant au bord de la terrasse, il fit entrer sa tête et ses épaules dans un rayon de soleil et, tout à coup, un halo d'embruns environna sa tête-de-loup. En travaillant un tout petit peu plus la mise en scène, il aurait pu nous pondre un arc-en-ciel.

– Le mudra de l'éléphant, nous informa Ruth. On souffle de l'eau par le nez. C'est une des techniques de purification. Il nous offre là l'équivalent d'un cours à vingt dollars.

Peck prit sur le dossier de son fauteuil à ailes de chauve-souris un bout de tissu, mouchoir, serviette ou chiffon, et, sortant la langue au maximum, il se massa l'intérieur de la bouche et de la gorge. Il cracha dans le lit du torrent, jeta sa guenille sur le transat, s'assit de nouveau par terre et amena un pied puis l'autre contre son giron.

– Vous voyez ça ? souffla Ruth, exaltée. C'est la position du lotus. Très difficile à exécuter. C'est la meilleure pour la méditation, car les membres inférieurs sont complètement verrouillés, ce qui donne une assise solide.

– Parce que tu te figures qu'il est en train de méditer ? intervins-je.

Mais lorsqu'elles tournèrent la tête vers moi, celle de Marian interrogatrice, celle de Ruth légèrement inclinée comme on le fait au théâtre pour faire taire un bavard, je me gardai d'énoncer le fond de ma pensée, à savoir que Peck était fort éloigné d'une vraie méditation, qu'il n'aurait pu être plus conscient d'être observé, que là tout en bas son petit trou de balle, fenêtre ouverte sur son âme, se contractait en spasmes de plaisir. Gobez-moi ça, les Duchnoque.

Je terminai ma bière, la reposai sans ménagement.

– Et si on terminait cet enclos ? lançai-je. Si je continue à regarder ce spectacle, je vais être pris de convulsions.

Peck était posé, immobile, sur son postérieur verrouillé. Les Catlin s'étaient mis à rire.

– Joseph Allston, dit Marian, vous êtes de parti pris.

– Oui, à l'encontre des imposteurs et des m'as-tu-vu.

– Je ne te comprends pas, dit Ruth. A l'époque où Murthi écrivait son livre, de nous deux, c'était toi le plus intéressé.

– Qui est Murthi ? s'enquit John.

– Un ami à moi, lui expliquai-je. Il a écrit deux ou trois bouquins visant à expliquer la philosophie hindoue aux Occidentaux. Oui, cela m'intéressait. Il abordait les choses avec intelligence, ce n'était ni un imposteur ni un ramenard. Il ne m'a pas converti à ses vues, mais je l'écoutais avec intérêt. Cela dit, quand ce gosse vient exercer son rectum spirituel sous les regards des béotiens matérialistes pour lesquels il nous tient, cela ne m'intéresse pas. Cela me donne même envie de vomir.

Le regard de Ruth est résolument désapprobateur, celui de Marian à la fois amusé et spéculatif ; elle plisse les paupières, se demandant si je suis sérieux ou si je plaisante. John se lève en riant.

– J'espère que vous ne vous mettrez jamais en rogne après moi, dit-il – puis, après un coup d'œil vers Peck, toujours immuablement immobile sur sa colonne : Bon, le spectacle semble terminé. Et si nous allions déverser votre rage dans le travail ?

– Je ne me mets jamais en colère, lui répondis-je. Je suis plutôt du genre rancunier. Vous pouvez demander à Ruth.

Tout cela était manière de causer et somme toute plutôt drôle. Néanmoins, je pensais réellement que Peck avait fait son numéro poussé par un désir aussi vain que juvénile de nous en mettre plein la vue. J'aurais dû en sourire et montrer quelque indulgence, mais j'en étais incapable. C'est décidément de fort mauvaise humeur que je redescendis en plein soleil. Dave Weld s'était déjà remis à forer des trous. Et ma bile ne se trouva guère radoucie quand, regardant de l'autre côté du torrent – rien qu'une fois, mais ce fut plus fort que moi –, j'aperçus Jim Peck, à présent purifié, toujours sereinement ignorant de notre présence à cinquante yards de là, installé, un livre à la main, sous l'auvent de sa hutte. A ce qu'il me sembla, il n'était pas en train de lire et nous regardait sournoisement suer sang et eau sous le soleil. Son avant-bras droit était agité de mouvement brefs et répétitifs : il lançait des raisins secs ou des cacahuètes salées dans la vacuole pulsative qui s'ouvrait au centre de sa barbe.

Aux alentours de cinq heures, tous les poteaux étaient posés. Laissant Dave Weld y pointer les rambardes, nous descendîmes boire une bière dans le boqueteau, où il faisait plus frais. Julie avait emmené Debby parcourir un bout de la piste cavalière de l'autre côté de la combe. Or, juste comme nous rangions les outils, elles s'en revinrent, attachèrent les chevaux dans le corral non encore terminé et entreprirent de les étriller et brosser. J'eus la nette impression, et la chose était assez naturelle considérant qu'ils avaient tous deux dans les quinze ou seize ans, que Julie avait une conscience aiguë du torse hâlé du garçon qui jouait des muscles à quelques pas de là, et que lui, de son côté, mettait beaucoup d'application à feindre d'ignorer sa présence. Il engageait les pointes et les enfonçait à grands coups de marteau. Sa musculature se contractait de telle sorte que, sous sa peau luisante de transpiration, il me rappelait le corniaud de Julie, à présent endormi au pied d'un chêne. Le corps de cet animal, lorsqu'il jappait, se contractait exactement de la même manière. On pouvait voir son aboiement dans son anus. Et devinez à quoi cela me fit penser…

Parlant de convulsions, peut-être étais-je réellement en train de me diriger vers le raptus. Il y avait décidément alentour trop de gens qui exhibaient leur plastique devant des spectateurs qu'ils ne daignaient pas remarquer. Je fus heureux de gagner l'arrière de la maison, d'empoigner un verre bien frais, de me carrer dans un fauteuil en toile et d'écouter John, qui, lui, accordait à chaque membre de son auditoire une attention soutenue et souriante, nous parler des comportements sociaux de l'éléphant de mer.

Au bout d'un moment, je pris conscience que les coups de marteau avaient cessé, et m'attendis à voir bientôt passer Dave Weld à bord de sa vieille Mercury aux pare-chocs modifiés et seulement revêtus de leur sous-couche rouge, dans le rugissement de son double échappement. Mais bernique. Et aucune trace non plus de Julie ni de Debby. Puis, à la faveur d'un silence, nous parvint le son d'une guitare que l'on accorde. Marian se leva pour appeler :

– Debby ? Deb… by !

– Je vais voir, dis-je.

Je gagnai le patio. Le devant de la tente de Peck était plus peuplé à présent. Tout le petit monde se pressait là-bas. Le héros de cinéma avec son six coups, la cavalière à cru, la gamine aux binocles, tous trois assis en cercle, extatiques, autour du gourou hirsute sous le figuier des pagodes.

III

Ainsi Peck ne se joignit jamais vraiment à nous : il tenait une boutique concurrente. Tout en me disant qu'il n'était qu'un squatter temporaire que je serais libre de faire déguerpir quand bon me semblerait, je le vis s'étendre comme un sarment de concombre sauvage. Il avait sa tanière en duplex de l'autre côté de la douve, que, l'eussé-je voulu, je ne pouvais franchir ni physiquement ni spirituellement. Sa Honda était garée sous un abri près de notre portail. En mai, peu de temps après que John fut reparti à Guadalupe, il cloua contre la mienne une boîte aux lettres de seconde main et, du bout du doigt trempé dans la peinture noire, y inscrivit son nom : J. PECK.

Plus le temps passait, moins il vivait dans la solitude et consacrait de temps à la méditation. Soit que ses motivations eussent mûri à l'époque où il aménageait son arbre, soit qu'il eût rencontré d'autres jeunes dont il pût faire ses disciples. Il commençait manifestement à se prendre pour un gourou ; les améliorations qu'il avait apportées à mon carré de sumac vénéneux avaient à l'évidence renforcé son magnétisme.

Si les Catlin avaient jugé qu'il constituait une nuisance, je l'aurais peut-être flanqué dehors. Mais l'aurais-je fait ? Je ne sais pas trop. Quand je n'étais pas furieusement agacé par sa propension à s'arroger une aune quand je lui accordais un pouce, j'inclinais à le regarder comme un grand gosse, peut-être plus brillant que la moyenne, habité de la plupart des chimères idéalistes de sa génération et doué d'un sens assez développé du spectacle. Pourtant, le sentiment ne m'a jamais quitté que nous étions adversaires et qu'il le savait aussi bien que moi. Marian et John, qui posaient sur lui et sa bande le regard qu'un anthropologue aurait posé sur un village de pittoresques chasseurs de tête, n'avaient aucune compréhension de l'antagonisme qui nous opposait tels deux chiens hargneux, prompts à courir au bout de leur chaîne et à montrer les dents. Si, pour me simplifier la vie, j'avais déniché Peck, j'aurais retranché quelque chose au plaisir que les Catlin prenaient à leur nouvelle vie, et je m'en serais certainement voulu. Il n'empêche que j'étais incapable de me taire.

– Croyez-vous que ce soit une bonne chose que Julie y emmène sans arrêt Debby ? demandai-je un jour à Marian.

J'étais passé après avoir pris le courrier et l'avais trouvée sur le patio occupée à préparer des fraises. Il flottait une odeur de confitures en train de cuire. De là-haut, on pouvait voir le hongre noir et le pie dans l'enclos nouveau. Des accords de guitare nous arrivaient de l'autre côté de la combe. Assise sous l'ombrage parfumé, tandis que ses doigts poissés séparaient la fleur du fruit et laissaient tomber la première dans une casserole et le second dans une autre, Marian leva les yeux vers moi avec cet air mi-sérieux, mi-amusé qu'elle avait, comme pour laisser à une observation ridicule, avant que d'en rire, toutes les chances de paraître un peu sensée. Elle secoua la tête.

– Lui et sa petite bande ne sont pas méchants. Je dirais même qu'ils sont un peu, à leur manière, des saints.

– Des saints ! Comme vous y allez…

– Ils sont gentils. Ils ne rudoient personne. Ils traitent les enfants comme des personnes à part entière. Debby les adore.

– Naturellement. Ils sont tous à peu de chose près du même âge.

– Quel mal y a-t-il à cela ? Vous ne croyez donc pas à ce qui est dit au sujet des petits enfants et du royaume des cieux ? Tenez.

Allongeant le bras, elle me déposa une grosse fraise entre les lèvres. Dès que j'en eus dégusté la chair délicieuse, je lui opposai :

– Un des dangers avec les petits enfants montés en graine est qu'ils ont le jugement d'un enfant et la capacité de nuire d'un adulte.

– Quel mal voulez-vous qu'ils fassent à Debby ?

– Ma foi, je n'en sais rien. Lui faire boire de la bière ?

– John en fait autant.

– Ou bien lui faire fumer de l'herbe. Ils jurent tous leurs grands dieux que c'est inoffensif, et puis ils sont si gentils.

Sur le point de répondre, elle entendit ou sentit quelque chose venant de la cuisine, posa ses casseroles et se précipita à l'intérieur. Elle revint quelques instants plus tard et, se remettant à son ouvrage, dit avec beaucoup de sérieux :

– Peut-être qu'ils en fument. J'incline à le penser car cela semble très répandu chez les gens de leur âge. Mais je suis bien sûre qu'ils ne lui en donnent pas.

– Comment pouvez-vous en être aussi sûre ?

– Je ne peux pas en avoir l'absolue certitude. Simplement, j'ai confiance.

– Et pour ce qui est de Julie ?

Marian avait continué de consacrer une bonne partie de son temps à prendre soin de sa santé. Ses bras, ses mains et ses jambes étaient tout bronzés, elle s'était encore remplumée, le blanc de ses yeux bleu clair tranchait sur son visage hâlé.

– Oui, je sais, dit-elle comme saisie de dégoût. Cela m'a pas mal souciée. Ils les traitent, elle et Dave, un peu comme des mascottes, des novices. Il se pourrait bien qu'ils trouvent très drôle de les initier. Mais si ce n'est pas dangereux, et John est plus ou moins de cet avis, ce n'est pas plus méchant, non ? que s'ils buvaient deux ou trois bières d'affilée.

– La police pourrait trouver cela un peu plus méchant.

– Oui, mais que voulez-vous que j'y fasse ? Je peux difficilement lui interdire d'aller là-bas.

– Sa mère le pourrait.

– J'en doute fort. Cette gamine peut parfois se montrer tellement intraitable. Elle est la rébellion personnifiée, elle va s'attacher à faire exactement le contraire de ce que dit sa mère.

– Est-ce que Fran sait où elle passe son temps ?

– Je l'ignore. Je suppose qu'elle la croit ici en train de s'occuper de Debby – elle me regarda avec une mine perplexe. Si je ne l'avais pas prise comme baby-sitter, elle irait quand même là-bas. Il est peut-être préférable qu'elle ait Debby à surveiller.

– Ma foi, dis-je, c'est à ses parents de gérer le problème. Et il est peut-être insoluble.

– Bah, lança Marian en souriant, elle s'en tirera. Nous finissons tous par grandir. Julie a envie d'être considérée comme un égal et non comme un enfant. C'est pour cela qu'elle trouve la petite bande de Peck beaucoup plus intéressante que sa mère. Vous savez, Joe, ce ne sont pas des voyous. Tout le mal qu'ils font, c'est de s'asseoir en rond pour parler de la vie telle qu'elle devrait être. Cela ne risque pas de dépraver les plus jeunes, qu'en pensez-vous ?

– Tout dépend de la façon dont ils la voient, cette vie idéale.

– Pour eux, c'est la liberté. Une liberté absolue.

– C'est bien ce que je pensais, dis-je. Tout est permis, c'est ça ?

– Pas exactement. Enfin, techniquement peut-être, mais, en gros, ils ont l'air de croire à la vertu intrinsèque de l'individu primitif. Une approche toute romantique : l'homme est naturellement bon, mais il est corrompu par la société – elle se mit à rire et me regarda comme si elle s'attendait à me voir exploser. Je ne vous ai pas dit : ils ont peint une devise sur une planche et ils l'ont clouée à l'arbre ? SOIS TOI-MÊME. LE BIEN, C'EST LA LIBRE EXPRESSION DU MOI. LE MAL, C'EST SON OPPRESSION.

– Comme c'est bien tourné ! C'est Peck qui a pondu ça ?

– Je suppose. Ou bien il l'aura emprunté quelque part. Eh quoi, vous ne croyez pas à la liberté ?

– Je ne la tiens pas pour la panacée. Que fait Peck quand il pratique le yoga ? Il s'exprime librement ?

Me considérant d'un air perplexe, elle débarrassa trois ou quatre fraises de leur fleur, chassa une guêpe qui tournait autour de la casserole.

– Oui, mais le yoga est une autodiscipline, m'objecta-t-elle. C'est cela que vous voulez dire ? Qu'il est en contradiction avec lui-même ? Ils n'ont rien contre l'autodiscipline ; ce qu'ils rejettent, ce sont uniquement les formes de coercition traditionnelles communément admises et dont ils pensent qu'elles sont contraires à la vie.

– Ses exercices, il les improvise, non ?

Elle me considéra un instant en plissant le front, puis me demanda :

– Où le grand débatteur veut-il en venir ?

– Nous ne sommes pas en train de débattre. Je voudrais juste recentrer la conversation. Le yoga est une pratique comportant des règles très strictes, dont aucune n'a été inventée par Jim Peck. Liberté absolue, mon œil. On ne peut ouvrir la bouche ou remuer la main sans se conformer à des règles, et généralement édictées par autrui. Et cela vaut également pour ces crânes de piaf, là-bas, de l'autre côté du torrent. C'est le début de la sagesse que d'admettre que le mieux que l'on puisse faire est de choisir à quelles règles on va se conformer ; et c'est de l'imbécillité persistante et aggravée que de prétendre pouvoir vivre en dehors de toute contrainte. Si j'ai parlé d'eux, c'est que j'avais espoir qu'ils constituaient une nuisance pour vous.

Souriante, partagée entre le désir de m'entendre jusqu'au bout et une nouvelle situation d'urgence aux cuisines, elle se dirigeait lentement vers la porte. Sitôt ma phrase terminée, elle se jeta à l'intérieur. Elle reparut au bout d'un moment, un pot de confiture dans une main, une grande cuiller dans l'autre, levant de rouges cuillerées en l'air, les laissant retomber, testant la cuisson.

– Oh, zut ! s'écria-t-elle.

Et de vider la cuiller en la tapotant sur le bord du pot pour ensuite repêcher la guêpe qui y avait plongé. Elle l'emporta jusqu'à la pomme d'arrosage et l'aspergea copieusement. Puis elle rinça la cuiller, y reposa l'insecte encore trop poissé de sucre pour remuer les ailes, et entreprit de le laver une seconde fois, avec beaucoup de minutie, avant d'aller enfin le mettre à sécher sur l'appui de la fenêtre.

IV

Je continuai donc de ramasser chaque jour sur le sentier les boîtes de bière qu'y balançait le commando de la liberté, et, chaque jour ou presque, sur le chemin bitumé, près des boîtes aux lettres, je faisais un petit feu de joie avec les feuilles locales, prospectus publicitaires, exemplaires gratuits et autres courriers sans intérêt qui commencèrent d'arriver jusqu'à Peck, comme jusqu'au commun des mortels, dès l'instant qu'il eut déclaré une adresse officielle. Il n'ouvrait jamais ni n'emportait aucune de ces paperasses et se contentait de les laisser dédaigneusement tomber à terre, où elles demeuraient, parfois un peu dispersées par le vent, jusqu'au moment où je les rassemblais et les brûlais.

Tout comme s'il s'agissait de gens ordinaires et non d'adolescents marginaux, je faisais bonjour à ces garçons débraillés et à ces jeunes squaws qui arrivaient et repartaient, la plupart à bord du bus Volkswagen de l'Illinois, qui avait refait son apparition, apparemment pour rester. Je les voyais régulièrement descendre le chemin en file indienne, les bras chargés de sacs de courses et de packs de bière, contourner le manège de Debby et prendre la direction du pont. Ils affichaient invariablement un air exalté, comme à la perspective de bientôt paraître devant le Très-Haut. Sa Hauteur en personne évoluait parmi eux avec une majesté léonine toute nouvelle, sourire traquenard et regard hypnotique en batterie, autorisant et invitant avec bienveillance tout un chacun à user et jouir de la liberté absolue.

Mais les nouveaux venus – Julie le dit à Marian qui me le répéta – n'étaient pas nécessairement admis en l'auguste présence. Il pouvait leur arriver de passer l'après-midi et la soirée sans voir le bienheureux, qui demeurait dans sa hutte en la compagnie de quelques élus. La réserve du saint homme me parut si fantastique que je m'en appliquai une grande claque sur mon crâne chauve. Et je demandai à Marian ce qu'était devenue la règle de la liberté absolue. Pourquoi les néophytes, s'exprimant librement et ne laissant rien opprimer leur moi, n'escaladaient-ils pas l'échelle de corde pour faire tout de bon irruption dans la hutte ?

Question de retenue, me répondit-elle, malicieuse.

Oui, dis-je, mordant à l'hameçon et même me jetant dessus pour le gober d'un coup. Oui, une retenue imposée par une règle ou par un tabou, ce qui était pire. Encourait-on la mort pour avoir mangé son bol de riz ou effleuré son cafetan ?

Elle se contenta de me rire au nez. Elle les voyait comme des gosses jouant à l'utopie. Ce que j'aurais peut-être admis si j'avais pu oublier le tort qu'ils étaient capables de causer.

Tantôt à deux ou à trois, tantôt plus nombreux, ils passaient leur temps assis ou allongés sur le plancher mal tenu, par-delà le réseau de cordages et la longue boucle irrégulière du pont de singe, à l'abri de toute intrusion, évadés de Babylone, en rupture d'université parentale, absolument libres de s'abandonner au charisme de Peck. Je voyais les élus siéger avec lui sous l'auvent de la cabane, jetant leurs bières vides dans les broussailles. Laissez vos filets et suivez-moi.

Lorsque leur université ferma ses portes en juin, le groupe se stabilisa aux alentours de six à huit réguliers, dont la bande Volkswagen. Ils étaient à demeure tout autant que Peck. La Honda avait quitté son abri hivernal pour stationner maintenant sous une bâche au pied du laurier. Ledit abri était désormais rempli de matelas, tables et chaises pliantes, cartons de livres, corbeilles à papier pleines d'objets divers, tout un bric-à-brac miteux et indispensable qui se transmet d'étudiant à étudiant avec parfois un crochet par chez le revendeur, et qui, à intervalles réguliers, remplit les besoins en sièges et literie de générations de jeunes sans le sou. Peut-être toutes ces choses étaient-elles entreposées là pour la durée de l'été dans l'attente de la prochaine rentrée, peut-être aussi s'inscrivaient-elles dans le projet d'agrandir le campement. Chaque fois que je longeais ce fourbi, me prenait un sentiment de malaise mêlé de nostalgie. Avoir si peu, et de si peu de valeur, vous rendait singulièrement libre.

Souvent le soir, nous les entendions chanter autour d'un feu. (Pas de feu, c'est bien compris ? Mais c'était là une règle imposée du dehors.) La première fois, la colère me prit de plus belle face à cette remise en question systématique de chaque restriction que j'avais édictée. Mais même alors je ne crois pas avoir envisagé de descendre le lui faire éteindre. Je me représentai que les broussailles du terre-plein avaient été suffisamment piétinées ; qu'après tout le torrent ferait coupe-feu ; que le passage répété des chevaux sur la berge y avait mis le sol à nu ; que Peck trouverait dans mon puits toute l'eau nécessaire pour combattre un éventuel départ d'incendie. En réalité, je ne souhaitais pas de confrontation ; et je m'en gardais non parce que cela l'aurait chagriné, mais parce que cela m'aurait trop tracassé.

C'était un campement de romanichels. Le matin, des sacs de couchage entouraient la tente comme autant de gros cocons kaki. Au moment des repas, de la fumée s'élevait et des filles en jean évoluaient autour du foyer. (Il flottait souvent une odeur de hamburgers, soit que Peck eût renoncé à son régime végétarien, soit qu'il ne voulût pas l'imposer à ses disciples.) Parfois l'après-midi, on pouvait voir une foule de pieds nus ou chaussés de sandales alignés sur les barres inférieures du corral : les chevelus étaient venus regarder Julie donner son cours d'équitation à Debby. Enfourchant tour à tour le vieux pie, les jeunes squaws montraient leurs cuisses à l'envi. Des garçons peu soignés sautaient sur le vénérable canasson ébaubi et, à grands coups de talon, le faisaient trotter dans le chemin, cherchant à épater ces demoiselles comme l'auraient fait des adolescents normaux, cependant que Julie restait résolument sur le dos de son cheval pour éviter que quelqu'un d'autre ne le montât, et que Peck, alangui devant sa hutte, contemplait la scène avec bénignité. Amusez-vous, mes enfants. Tout est permis, même de prendre du bon temps.

Il était si insolite de voir ces rescapés d'un *coffee-house* enfumé s'adonner à des plaisirs champêtres que je ne les trouvais plus aussi rebutants, ceci en dépit du fait qu'ils étaient probablement de mœurs aussi relâchées qu'une colonie de singes hurleurs. Je commençais à reconnaître les visages. Il y avait deux filles qui étaient toujours là et qui, autant que je sache, n'étaient avec personne en particulier, ou alors avec tout le monde. John m'apprit, non sans amusement, que la dénommée Margo avait fondé un certain Comité en faveur de la liberté sexuelle qui possédait des antennes dans toutes les universités de la région et avait organisé, ce printemps-là, des happenings dans certains de ces établissements. Nous ne voyions pas leur photo dans les journaux à l'occasion des sit-in et autres manifestations qui fleurissaient cet été-là dans toute la région de la Baie comme les sels alcalins dans le lit d'un étang asséché. Ils n'allaient pas défiler contre la guerre au Vietnam, ils n'allaient pas occuper les fabriques de napalm. Ils allaient droit au cœur des choses : la liberté sexuelle. La seule fois où je vis le minois de Margo dans le journal, elle avait été photographiée alors qu'elle présidait un grand rassemblement en faveur de la légalisation de l'avortement.

– Ma parole, dis-je à Ruth. Ils nous rejouent la colonie Oneida[1]. Tu vas voir qu'ils vont se mettre à confectionner de l'argenterie. Chaque fois que je pense que c'est nous qui parrainons la bande, je me pose des questions sur mon état de santé mentale.

– Nous ne les parrainons pas, me répondit-elle. Nous sommes de simples observateurs. Alors, observons.

– Va pour l'observation. Seulement, si j'étais Marian, je verrais les choses d'un œil un peu moins complaisant. Si j'étais à la place des LoPresti, je me ferais sérieusement des cheveux. Et si j'étais à celle de Tom Weld, l'horreur et l'incrédulité me les feraient dresser sur la tête. As-tu vu en quoi est en train de se transformer son ado-

1. Communauté utopique fondée en 1848 à Seneca Lake (État de New York) et privilégiant la production de biens manufacturés plutôt que l'agriculture. Lorsque l'expérience s'interrompit en 1881, une société fut créée, l'Oneida Community Ltd, qui fabriqua de l'argenterie de table.

nis rural de fiston ? L'as-tu vu, l'autre jour, sur son bulldozer, en train de niveler le chemin ?

Car il ne faisait aucun doute que Peck, qui n'apparaissait jamais dans le journal et n'avait d'autre cause que la liberté absolue, avait entortillé la jeunesse du coin. Plus d'une fois, après que Debby eut enfin consenti après moult protestations à remonter pour le dîner, je vis Julie assise en tailleur avec les bohémiens, en train de rire aux larmes ou d'apprendre laborieusement les accords d'un morceau de guitare. Plus d'une fois, en rentrant à la maison en fin de journée, nous vîmes la Mercury de Dave Weld garée près de la barrière. Muni de la tronçonneuse paternelle, il venait leur faire un tas de bois, mettant à profit ses muscles, son savoir-faire (et mes arbres) en guise de ticket d'entrée dans la société où il voulait être admis. Gagné à la cause non violente, il ne trimballait plus son sempiternel pistolet. Et quand arriva la fin du mois de juin, ses cheveux, naguère si courts que son crâne en bronzait, étaient une tignasse poil de carotte. Je voulus parier avec Ruth que cela se terminerait par une coupe au bol à la saint Jean-Baptiste, et, qui plus est, j'aurais gagné. J'éprouvais fascination et frustration lorsque j'essayais d'imaginer les commentaires que tous ces chevelus inspiraient à Tom Weld, dont, quoi qu'il fût par ailleurs, ce n'était pas vraiment le style. D'un autre côté, il ne remarquait probablement rien ; il n'était pas homme à prendre garde aux choses.

Le clan Peck, jeunes du voisinage et de l'extérieur confondus, défilait chez les Catlin tout comme les foules estivales que je voyais jadis déferler sur les berges des lacs du Vermont. Ils étaient complètement à l'aise avec Marian et avec John quand il était là. Ils affichaient avec nous, ou tout au moins avec moi, un air de politesse circonspecte – *non timeo sed caveo* [1]. Tous sauf la dénommée Margo, une de ces créatures qui ont constamment hyperconscience de chaque pouce carré de leur corps. Elle était, me semblait-il, provocante, mais je résistais à ses charmes.

Quant à Peck, et encore si je ne me méprenais pas sur son attitude à mon endroit, il devait beaucoup s'amuser en me voyant dans la position où j'allais laisser entrer le chameau sous la tente

1. « Je ne crains pas, mais je me méfie. »

plutôt que de passer pour mesquin. Il était du genre qui vole les riches pour donner aux pauvres. Son sens moral, dont j'étais bien certain qu'il ne lui venait pas tout entier des *Upanishad*, devait lui susurrer qu'il y réussissait et que c'était faire le bien. D'un autre côté, il semblait aussi soucieux que moi d'éviter une confrontation, car jamais il n'aborda en ma présence le sujet de sa théosophie à deux sous et de ses illuminations à deux watts. Lorsque j'étais dans les parages, il se montrait discret, poli, pondéré dans ses propos, tout en souriant de l'air de n'en penser pas moins. Marian, qui écoutait patiemment ses régurgitations philosophiques, me faisait ensuite son rapport. Si je dis philosophiques, c'est qu'il arrivait qu'un philosophe fût sa source. Ses entichements avaient plus souvent pour origine de vieux films de James Dean et des poèmes de Ginsberg. C'était chez lui une des choses que l'on avait le plus de mal à gober. Il y avait tellement de Dean dans son Ginsberg !

V

Un beau matin que je remontais avec le courrier, je vis Peck enfourcher sa Honda sur la petite aire de stationnement des Catlin. Il vint dans ma direction au bas de la colline, torse nu, jambes nues dans son Levis coupé, le casque blanc lui faisant une tête d'insecte. Passant à ma hauteur dans une bouffée d'air chaud, une odeur d'huile et de poussière, il me gratifia à travers sa barbe de son étincelant sourire entendu. Dix pieds plus loin, il donna un coup d'accélérateur et (fut-ce un effet de mon imagination ?) la moto fit entendre comme un reniflement narquois. Je me retournai pour le suivre des yeux. Il était en train de franchir le pont, attentif à l'étroit longeron que suivaient ses roues. Arrivé de l'autre côté, il regarda par-dessus son épaule et nous échangeâmes une espèce de message muet, puis il ouvrit les gaz et eut bientôt disparu derrière les arbres.

Poursuivant mon chemin, j'avisai Marian allongée, un livre à la main, sur une chaise longue du vieux salon de jardin qu'elle avait installé dans le bosquet. Elle me fit signe de la rejoindre, et j'obtempérai, quoique je ne fusse pas excessivement ravi de succéder à Peck. Et je ne pus passer la chose sous silence, ce qui eût sans doute mieux valu.

– On vient d'avoir une petite conversation avec notre ami ? lui lançai-je.

– Pourquoi faites-vous une tête pareille ? N'est-ce pas une merveilleuse journée ? Il n'y a aucun mal à converser. Je crois bien qu'il cherche à me convertir.

Elle montrait le livre.

Je déposai par terre ma liasse de courrier et de magazines et m'assis dans un fauteuil en osier. Pourquoi en effet faire une tête pareille ? Cette escale retour de la boîte aux lettres était la meilleure demi-heure de ma matinée. Les fois où Marian était absente, où Debby était rentrée de l'école, où j'apercevais la voiture d'un visiteur arrêtée devant la maison, je sentais invariablement mon cœur sombrer comme une pierre plate dans un baril d'eau. Et le seul fait de la trouver là, toute pétillante telle une bouteille de champagne ouverte et inépuisable, suffisait, en dépit de Peck, à rendre cette journée merveilleuse.

– Vous convertir ? Cela a dû être quelque chose. Est-ce qu'il y aurait une activité cérébrale sous cette masse de poils ?

– Si je vous disais que oui, vous ne me croiriez pas.

– En effet. Et je ne crois pas non plus que vous allez prétendre une chose pareille.

– Écoutez, c'est drôle, mais je ne saurais me prononcer ni dans un sens ni dans l'autre, dit-elle avec ce brusque plongeon dans le sérieux qui me faisait souvent regretter d'avoir choisi le mode badin. La plupart du temps, il est absolument prévisible. Un peu comme une séquence de réflexes conditionnés – tous les tics du jeune qui se dit anarchiste –, vous voyez ce que je veux dire. Il dit avoir vingt-quatre ans, mais il a un côté très gamin. Puis parfois, il donne l'impression d'évoluer dans un brouillard de notions abstraites, et d'autres fois encore, il refait littéralement le monde. Il pense que l'on pourrait tout changer en mieux et il y met beaucoup d'enthousiasme – elle me regarda sous l'avancée de ses longs cils – quand il sait que l'on ne va pas le tourner en dérision. S'il a l'impression qu'on se moque, il se crispe. Là, tout à l'heure, il m'a lu un passage, histoire de m'expliquer sur quoi il se fonde.

Elle reprit le livre et se mit à le feuilleter avec cet air lumineux et rieur, cet air « surtout-écoute-bien » qu'elle avait. Elle retrouva le passage et en entreprit la lecture d'une voix artificiellement haute, comme un enfant qui dit sa récitation :

– « La communauté des masses humaines a produit un ordre de vie en canaux organisés qui relie les individus au sein d'une organisation fonctionnant techniquement, mais non pas de façon intériorisée à partir de l'historicité de leur âme… »

– *L'historicité de leur âme?*

Elle me fit taire d'un froncement de sourcils sans que sa bouche cessât pour autant de sourire.

– « Le vide causé par l'insatisfaction née de la simple réussite sociale, joint au désarroi qu'a entraîné la rupture des canaux interrelationnels, a produit une solitude de l'âme comme il n'en avait jamais existé auparavant, une solitude qui se voile la face, et recherche en vain une rémission dans le sexe ou l'irrationnel, jusqu'à retrouver au bout du compte une profonde compréhension de l'importance qu'il y a à établir une communication entre les individus. »

Elle se tut. Apparemment, j'étais censé faire un commentaire.

– D'après la qualité de la prose, il doit s'agir de Kierkegaard, ou peut-être du vieux Jaspers.

– Joe, vous êtes incroyable ! *C'est* Jaspers.

– Oui, et alors ? Un des quatre évangiles fumeux. Un jour, cela m'a pris : je les ai tous lus. Et je n'ai pas été fichu d'y entendre goutte. Vous comprenez, vous, ce qu'est l'historicité de l'âme ? Ou cette solitude de l'âme tellement pire que tout ce qu'a connu l'histoire humaine ? Vous réfugiez-vous, vous aussi, et vainement, dans le sexe et l'irrationnel ? La réussite sociale est-elle quelque chose qui, à vos yeux non plus, n'a pas de sens ? – la formule suffisait à me faire monter sur mes grands chevaux. La *simple* réussite sociale ! Ce qu'il ne faut pas entendre ! En tout cas, vous avez répondu à ma question. Il ne s'agit pas d'un esprit autonome, mais plus simplement d'un enregistrement phonographique découpé dans du papier de tournesol.

A la façon dont elle riait, je compris qu'elle ne m'avait donné lecture de ce passage que pour m'entendre rugir. (Je l'ai présentement sous les yeux, et il est toujours aussi ronflant que banal.)

– Le problème avec les gens qui croient déceler de la profondeur dans ce style de verbiage, c'est que l'idée de réussite sociale les laisse insatisfaits avant même qu'ils se soient risqués à faire le moindre effort dans ce sens. Est-ce que Peck serait en train de caler sur son grand livre, est-ce la raison de cette insatisfaction ?

– Qui vous en a parlé ?

– Personne. Alors, c'est bien ça ?

Marian me considéra un moment, tête inclinée sur le côté.

– Vous savez que vous feriez grande impression si seulement vous n'étiez pas aussi irascible. Il se trouve en effet qu'il a laissé tomber son livre. Il dit que ce n'était de toute manière qu'un exercice préliminaire devant servir à lui clarifier la conscience. Cela s'inscrivait dans sa phase de repli sur soi. L'écriture est un art moribond. L'avenir appartient aux relations interpersonnelles – la communication entre les individus, comme il est dit ici.

J'aurais sans doute dû y voir de l'eau apportée à mon moulin, puisque Peck semblait accomplir les prophéties que j'avais formulées à son sujet. Mais je n'éprouvais que ma vieille exaspération fatiguée – fort ancienne et de loin antérieure à ma rencontre avec Jim Peck.

– Sa toute récente sociabilité est à caractère philosophique et ne doit rien au hasard, c'est ça ? demandai-je à Marian. Il renonce à la contemplation ? Cela entraînait trop de solitude de l'âme ? Comment compte-t-il amorcer le flux de la communication entre les individus ?

– Il va organiser une école, m'annonça-t-elle.

– Vous avez dit *organiser* ?

– Bon, improviser. Il a déjà commencé à improviser. La dernière fois que John est rentré, avant son départ pour l'Alaska, Jim, Margo et ce garçon blond, Peter je ne sais plus comment, ont passé toute une soirée à la maison. Ils voulaient lui demander comment il convient de prendre contact avec les différentes fondations.

– Cela va de soi. C'est à l'ordre établi de financer le désordre. J'espère que John n'a pas fait l'erreur de les aider.

– Oh, il leur a donné quelques noms. Il les trouvait touchants : ils sont si sérieux et en même temps si naïfs ! De toute façon, ça n'a pas une chance de marcher.

– Allez savoir… J'ai connu des gens qui se trouvaient à la tête de telles fondations. Ils sont tous atteints de maladie du projet. L'idée de Peck pourrait bien être juste assez farfelue et inclassable pour qu'un conseil d'administration la trouve intéressante. A quel genre d'école pense-t-il ?

Elle eut un petit rire.

– Vous voyez bien : pas de cours, pas de critères d'admission, pas d'administration, pas de diplômes, pas de corps enseignant.

– Pas de profs, hein ? On touche ici à la racine du mal. Ils se dispenseront un enseignement mutuel, c'est bien ça ?

– Bien sûr.

– Sous un figuier des pagodes [1] ?

– Sans doute. A la campagne et autant que possible en plein air. Il y a chez Jim quelque chose de l'esprit Frontière. Ici, il se sent un peu comme un pionnier.

– Un squatter, rectifiai-je.

– Pardon ?

– Un squatter. Intrus. Violateur. Importun.

– Si vous voulez. Toujours est-il qu'ils projettent de se construire une bibliothèque et une salle de réunion, c'est tout ce dont ils auront besoin.

Je restai un moment à ruminer. J'avais bien sûr lu des choses sur cette mode des « universités alternatives ». Naturellement, attendu que cela se développait comme une épidémie parmi ses semblables, Peck allait y voir une idée brillamment originale. Ce garçon n'était immunisé contre rien.

– Hormis le bâtiment et les étagères à bouquins, dis-je, il me semblait qu'ils avaient déjà leur école, là, de l'autre côté du torrent. L'académie aux champs du professeur Peck.

Étendue sur sa chaise longue comme si elle y avait été précipitée et qu'elle eût conservé la position, jambes repliées sous elle, bras bruns ballant de chaque côté, elle me regarda avec l'expres-

1. L'arbre *(ficus religiosa)* sous lequel le Bouddha reçut l'illumination.

sion impie d'un enfant qui attend qu'éclate le pétard glissé sous la chaise de tata, et demanda :

– Avez-vous posé les yeux sur sa boîte aux lettres ce matin ?

– J'ai fait brûler son rebut quotidien. Avec mon irritation quotidienne. Mais, non, je ne crois pas avoir fait attention à sa boîte. Pourquoi ?

– Vous n'avez pas vu les initiales sous son nom ? UEL.

– Ubu Est Là ? Utopie des Ébouriffants Lendemains ?

– Université de l'Esprit Libre, dit Marian en réprimant difficilement un fou rire. Vous n'êtes pas tombé loin ! Les démarches sont faites. Le dossier a été envoyé aux fondations Ford, Rockefeller et Carnegie. C'est une affaire qui roule, puisqu'on compte déjà dix étudiants. Dont Julie et Debby.

Son rire était si communicatif que j'y succombai. J'étais toujours disposé à rire avec elle, et même de moi. Allston, dindon de la farce. Une affaire qui roule, oh, ha, ha, ha.

Nous baignions comme des vairons dans les ombrages mordorés. John se trouvait aux îles Pribilof depuis dix jours. Debby était partie je ne sais où, peut-être en train de monter à cheval avec Julie. Je n'avais pas vu, en descendant, de bus Volkswagen garé près de la barrière. Aucun son ne nous arrivait du campement de Peck, caché derrière un épais rideau d'arbres et de broussailles. Peut-être étaient-ils tous partis voler des livres pour leur bibliothèque.

– Une affaire qui roule, oui, dis-je d'un ton sardonique, mais qui pourrait bien tourner court dès demain.

– Vous feriez une chose pareille ? Avez-vous aussi peu de sympathie pour cet idéalisme juvénile ?

– Cela fait six mois que l'idéalisme juvénile me tient pour une pauvre dupe.

– C'est juste qu'ils sont un peu irréfléchis. Si vous vous décrispiez un tout petit peu et que vous appreniez à les connaître, il est probable que vous les aimeriez bien. Moi, je les aime bien.

– Oui, mais vous, vous aimez tout ce qu'effleure votre regard.

Elle souriait et son regard était sur moi.

– Et vous, pareil au vieux Scrooge, vous détestez les jeunes. D'où vous vient une telle férocité ?

– Écoutez – voilà que, sans préavis, mes mains s'étaient mises à trembler et que je butais sur les mots. Je connais tout ça en long et en large pour l'avoir déjà vécu. Je pourrais prédire toutes les inepties dans lesquelles ce bouffon va trouver le moyen de se lancer !

Je regrettais de n'avoir pas su maîtriser mon émotion, même si, je le comprenais tout à coup, il y avait longtemps que je brûlais de lui parler de ces choses. Lui en parler à elle, pour me gagner sa sympathie. A la fois honteux et plein d'espoir, je la regardai sans plus rien dire. Une compassion instantanée avait effacé son rire, ses traits s'étaient rembrunis. J'y vis la compréhension que j'avais espérée, et, en arrière-plan – ou bien était-ce un effet de ma confusion ? –, une sorte de jugement un peu réservé. La pensée me traversa que, peut-être, elle m'écoutait moi aussi avec cette tolérance scrupuleuse et amusée qu'elle témoignait à Peck. Mais je ne pus le croire : son regard exprimait affection et tristesse.

– Votre fils, dit-elle.

– Oui, mon fils.

– Ruth m'a tout raconté.

– Que vous a-t-elle dit d'autre ? Que j'ai été un père trop rigide, que c'est moi qui l'ai poussé à ce qu'il a fait ?

– Non, parce qu'à l'évidence ce n'est pas ce qui s'est passé. Seulement que vous vous ressembliez beaucoup, trop pour pouvoir vous entendre, et qu'il n'a jamais trouvé sa voie.

– Et qu'il l'a cherchée dans les pires endroits. Tout comme l'autre borgne, là-bas, qui règne sur des aveugles.

Je m'en voulais de m'être laissé aller à un tel exhibitionnisme. En m'exposant de la sorte, je pouvais paraître donner une explication trop personnelle de mon aversion pour Peck. Je me dis que j'aurais jugé ses idées et ses initiatives insensées et dangereuses même si je n'avais jamais eu de fils ou si celui-ci n'avait pas pitoyablement renoncé face à la vie.

– Peck a lui aussi un père. Un père qu'il accable, je suppose, de reproches. Papa était sévère; foin, donc, de toute discipline. Je voudrais bien qu'il vienne me vider son sac, j'arroserais le tout d'essence et craquerais une allumette.

Elle avait de ces gestes charmants, brusques et juvéniles, comme celui qu'elle fit en remontant ses jambes hâlées pour ramener sur ses genoux la jupe de jean.

– Il s'en doute bien, vous ne pensez pas ? C'est pour ça qu'il vous évite.

– Il m'évitait déjà, pour ainsi dire, avant de faire ma connaissance. La première fois qu'il est venu ici, il avait un copeau sur l'épaule [1] et il n'a pas cessé de me mettre au défi de le lui ôter.

Marian me regardait en souriant. Chaque pensée qui lui traversait l'esprit passait sur son visage comme ombre de nuage courant sur une prairie.

– Peut-être, dit-elle, était-ce sa façon à lui d'ôter le copeau que vous, vous aviez sur l'épaule.

– Peut-être, lâchai-je, vexé.

Mais elle n'allait pas me laisser bouder. Elle se pencha vers moi et, sans se départir tout à fait de son air sérieux et pressant, eut tôt fait de m'amadouer avec son grand sourire.

– Comme c'est dommage ! Un homme comme vous pourrait lui faire découvrir des tas de choses si seulement vous et lui pouviez opérer un rapprochement.

– Oui, à condition qu'il ne soit pas hermétique à l'expérience d'autrui. Vous venez de reconnaître qu'il m'évite.

– C'est vrai, dit-elle en se laissant aller, pensive, contre son dossier. C'est vrai, c'est ce que j'ai dit. Il y a ce lieu commun qu'ils reprennent tous : on ne peut faire confiance à qui a passé trente ans. Il faudrait quelqu'un qui soit plus proche de son âge.

– A l'évidence, quelqu'un dans votre genre.

– Pas de problème, j'y suis toute disposée. Les jeunes me font de la peine. Ils semblent avoir de plus en plus de mal à croire que le monde tient à eux ou qu'ils y ont leur place.

– C'est ce qui arrive quand on méprise la notion de réussite sociale. Le monde a une place pour quiconque veut s'en faire une.

– Joe, dit-elle, je pense que vous tenez à vos préjugés à l'encontre de ce garçon un peu paumé.

– Un peu paumé, dites-vous ? Bon sang, mais il est le mahatma, il a le culot d'un bandit de grand chemin !

– Ah, vous trouvez ? S'il était vraiment tel que vous le décrivez, croyez-vous qu'il feindrait l'assurance comme il le fait ? Je pense

1. Cette expression sert à caractériser les aigris, les vindicatifs.

pour ma part qu'il est on ne peut plus dans le brouillard. Il suffit de voir de quelle façon il passe son temps à rechercher dans toutes ces philosophies sans grande consistance quelque chose en quoi croire. Moi, il me fait un peu pitié. Les gens de son âge ont toutes les raisons d'être horrifiés par le monde tel qu'il est, la bombe et le reste.

– Est-ce qu'un Peck saurait nous organiser un monde meilleur ? Et pour ce qui est de la bombe, suspendue à un fil au-dessus de nos têtes, j'en suis aussi malade que n'importe qui. Mais, si quelqu'un appuie un jour sur le bouton, ce sera un timbré dans son genre, un exalté au regard fiévreux, dépourvu de tout sens de l'histoire. C'est son tempérament que je n'aime pas, cette posture de vrai croyant et cette foi en l'émancipation individuelle. L'histoire humaine est, dans sa totalité, sociale et non pas individuelle. Nous avons peu à peu appris à convertir l'énergie vitale en organisation sociale. En dehors de cette société que tous ces jeunes mettent plus bas que terre, l'individu n'existe pas ; il ne possède pas de langage, de rôle, d'arts, d'idées, et j'en passe, qu'il ne tienne du groupe social. L'individu est un animal inculte. C'est à la société qu'il doit jusqu'au cheminement de sa révolte.

C'est le spécimen de tirade que je lui balançais pour le seul plaisir de discuter avec elle. Il me sembla, cette fois, croire vraiment à ce que je disais, même si, parce que j'étais encore agacé, je m'exprimais avec plus de pétulance que de gravité. Marian, véritable caméléon des humeurs, me regardait de ses grands yeux obliques.

– D'accord, il en va peut-être ainsi, me dit-elle. Mais si c'est toujours de Jim que nous parlons, reconnaissez-lui au moins une certaine bonne volonté. Ce n'est sûrement pas lui qui appuiera sur le moindre bouton. Il hait la violence. Et n'êtes-vous pas d'accord avec lui pour dire que la race humaine a parfois travaillé à des choses épouvantables ?

– C'est vrai, lui concédai-je. Nous avons appris à œuvrer ensemble pour la technologie et la guerre, et pour pas grand-chose d'autre. Qu'est-ce qu'il envisage de faire, démissionner ? Il en est toujours allé à peu près ainsi. Je ne vois pas en quoi les modernes différeraient des anciens, sinon par leur technologie. Quant à savoir si cela crée une solitude de l'âme sans précédent, je ne saurais me prononcer.

– Et vous ne la croyez pas capable de progrès ?

– La technologie ? Elle progresse sans cesse.

– Voyons, Joe Allston. Je parle de la race humaine.

La lumière brune jouait en tons chauds sur sa peau. Il me sembla que, dès que notre goût pour la joute verbale et la provocation était en veilleuse, elle était le seul être au monde à qui je pusse confier ce que j'éprouvais au plus profond de moi. C'est pourquoi je lui demandai :

– Vous voulez savoir ce que je pense de la race humaine ?

– Oui.

– Ça va être copieux, je vous préviens.

– Allez-y, je suis tout ouïe.

– Bon, alors voilà. Je pense que l'espèce va croître et multiplier car elle est malheureusement très prolifique. Attendu que le mariage fait partie des conventions que les Peck s'emploient à détruire, il y aura de plus en plus d'enfants illégitimes ou privés des douteux avantages de ce que l'on appelle un foyer. Ce fait, ajouté à d'autres inhérences, fera que de plus en plus d'adultes deviendront des voyous, des criminels, et iront grossir les rangs de ceux qui n'ont rien. C'est chez eux que nos démagogues et nos romanciers tendront à aller puiser leurs valeurs, leur vision du monde et leur jargon. Dans un premier temps, on contribue à faire naître ces sous-cultures et ensuite, par un phénomène de culpabilité et de compassion, on les épouse.

– Alors là, je vous arrête !

– Pas question. N'oubliez pas : vous êtes tout ouïe. Donc, c'est par pitié qu'on s'y conforme, et c'est du fait de cette pitié que le processus fait boule de neige. Toute civilisation florissante comporte des perdants – une des raisons de son succès est qu'elle sait distinguer ses perdants de ses héros. Nous avons renoncé aux héros – ils en tiennent pour la réussite. Nous nous retrouvons donc avec de plus en plus de perdants, que nous imitons parce que nous n'avons pas le cœur à les débarquer tout à fait. Vous m'écoutez toujours ?

– Pas sans tiquer.

– Je sais. Vous êtes une personne compatissante. Tout comme moi. Seulement, je m'efforce de compatir tout en gardant les idées claires. La loi, y compris la loi morale, n'est ni juste ni miséricordieuse. Elle n'est que nécessaire. C'est pourquoi les tenants résiduels de l'ordre, de la stabilité, de la loi et de la réussite persisteront à rigidifier la discipline imparfaite de leur société contre la subversion des artistes criminels et des saints séditieux. Vous suivez ?

Elle hocha la tête, élève attentive, sérieuse, un rien narquoise.

– Où vous situez-vous ? interrogea-t-elle.

– Ni d'un côté ni de l'autre. J'ai démissionné. J'ai fait ce que Peck croit avoir fait. Mais attendez que j'en termine. Nous allons continuer de synthétiser des hydrates de carbone et de nouvelles protéines pour nourrir nos milliards de bouches. Nous déploierons des trésors d'ingéniosité pour traiter la masse toujours croissante de nos déchets, mais sans toutefois y parvenir pleinement. Nous mettrons au point de nouvelles armes et les parades qui iront avec. Nous inventerons de nouvelles formes de chantage et de nouveaux moyens de pression politique – ou plutôt non : tout ça est déjà pas mal au point; dans ce domaine, il n'y a rien de nouveau sous le soleil. Et puis un beau jour, nous arriverons à faire ce vers quoi nous nous dirigeons depuis qu'au fin fond de la Tanzanie le premier zinjanthrope a ramassé une pierre ou un bâton. Quelqu'un appuiera sur le bouton ou bien un de nos bricolages technologiques nous pétera à la figure et, au bout du compte, détruira toute vie et nous avec.

Elle secouait la tête avec un grand sourire.

– Je n'en crois rien.

– Attendez que j'en termine. Tout a été balayé, il ne reste pas même un virus. S'écoule alors un intervalle de temps géologique – que dis-je, géologique ? Astronomique, cosmique –, et puis Dame Nature va reprendre tout à zéro, à supposer que nous ayons laissé de l'hydrogène et quelques autres éléments, et commencer de faire rouler son rocher de Sisyphe en direction du sommet, partant de l'atome pour composer la molécule, puis le polymère, puis la cellule. Partant de la simple cellule, elle passera aux colonies de cellules, puis à des formes comportant des organes spécialisés, et elle en expérimentera des millions jusqu'à ce qu'elle tombe sur quelque chose qui convienne pour le bricolage de haut vol – dans notre cas, ce fut un cerveau et un pouce opposable, mais ce pourra être autre chose. Ensuite, la conscience fait son apparition et avec elle les outils, les inventions, les langues, les arts, les différentes symboliques. Et l'histoire commence, des nations se constituent, la science entre en jeu, enfile ses lois les unes aux autres. La créature consciente manie de plus en plus brutalement son environnement, bientôt y pullule. La compétition intervient, l'hostilité prévaut. Quelqu'un appuie sur le bouton et boum, fait le rocher en redescendant au bas de la colline. Voilà ma vision de la race humaine.

Elle me regardait maintenant sans ciller, sans plus sourire. Étendue sur la chaise longue, encore mince bien qu'elle fût enceinte de cinq mois (nous devions être à la fin du mois de juin), elle avait l'air d'avoir avalé un pamplemousse. Si elle n'avait pas eu ces traits parfaits, pommettes hautes, yeux obliques d'un bleu saisissant, elle aurait pu paraître à la limite du grotesque, comme ces Èves médiévales pourvues d'un beau visage minaudier et d'un bidon tout rond. Elle avait la main posée sur le ventre, comme en un geste protecteur.

– Vous me surprenez, dit-elle.

– C'est que jamais encore vous ne m'aviez entendu délivrer un sermon.

– Non, je suis sérieuse. Parce que nous ne sommes pas si éloignés que vous semblez le penser, à ceci près que vous voyez les choses en noir et que vous faites entrer la conscience en scène beaucoup plus tardivement que moi. Selon moi, elle pourrait être présente même dans l'atome, puisqu'il est la première manifestation que nous sachions détecter d'une ordonnance. C'est drôle, mais je suis d'accord avec vous, même sur ce point : l'ordre est la base de tout. John et moi rejoignons un peu Teilhard de Chardin quand il dit que toute évolution n'est qu'un perfectionnement de la conscience. Pas vous ?

– Je ne l'ai pas lu.

– Et si la conscience connaît un perfectionnement progressif, alors, n'est-ce pas, le champ des choix s'en trouve peu à peu agrandi. C'est pourquoi, si je crois en l'ordre, il me faut également avoir foi en la recherche, même si cela peut sembler un peu niais, comme dans le cas de Peck. L'alternative est une pétrification, vous ne pensez pas ? Tout s'arrêterait. C'est pourquoi nous devons risquer le désordre pour que l'ordre universel continue de s'affermir et la conscience de croître. Est-ce que cela ne vous fait pas quelque chose de penser que, par toutes petites touches, nous sommes peut-être en train de progresser vers une conscience de plus en plus élargie, jusqu'au jour où l'homme finira par sortir du tunnel et déboucher à l'air libre ?

– C'est ce à quoi certains des jeunes de notre époque croient s'employer avec la drogue.

– Non, dit Marian. Je veux dire, oui, je sais bien qu'ils le croient, mais je ne pense pas que cela les mène quelque part. Ce ne peut être aussi facile. Pour que cela ait un sens, il faut le gagner. Il s'agit d'un cheminement très, très lent. Mais nous sommes incapables d'interrompre le processus, de même que nous ne pouvons demeurer coincés dans le degré de conscience qui est le nôtre à l'heure actuelle et qui, semble-t-il, nous vient en droite ligne des chasseurs du néolithique. Non, je ne crois pas que nous nous autodétruirons, je pense que nous finirons par progresser.

– Si cela reposait sur des gens comme vous, dis-je, cela ne ferait pas l'ombre d'un doute.

– Non, soyez sérieux.

– Je ne l'ai jamais autant été.

– Bon, je vous crois. Si je pouvais vous faire une petite révérence sans avoir à me lever, vous y auriez droit. Je suis donc du genre à sauver le monde et racheter l'humanité. Seulement, vous pensez qu'il y en a trop peu, des comme moi.

– Il n'y en a qu'une.

Elle renversa la tête en arrière et son rire envahit le boqueteau.

– Vous faites un vieux birbe tellement affable ! Comment vous débrouillez-vous pour être à la fois aussi courtois et, dès qu'il s'agit du monde qui nous entoure, aussi sombre ? Et comment pouvez-vous reprocher à Peck de se sentir aliéné et de chercher à y porter remède ?

Je n'étais pas mécontent d'en revenir à Peck. Dès que nous frôlions le chapitre de la biologie et de la reproduction, je pensais avec gêne à sa grossesse et aux mutilations qu'elle cachait ce jour-là sous une chemise d'homme à carreaux. Je la trouvais et trop attachée à faire ce bébé et trop systématiquement gaie.

– Je crois bien que c'est cette stupide assurance qui me gêne le plus chez lui. Je ne supporte pas les gens sûrs d'eux – c'est le signe certain d'un défaut de cervelle. Il est bête au point de s'imaginer qu'il va tout révolutionner.

– S'il est bête, vous devriez éprouver de la commisération à son endroit. Est-ce que vous en éprouvez pour moi ? Parce que je crois au moins autant que lui à un avenir meilleur.

– Son genre d'optimisme, je connais. Le vôtre est quelque chose de nouveau pour moi, et il va falloir que j'y réfléchisse. Au moins n'est-ce pas un moyen bien commode de justifier des plaisirs. Le problème de Peck, c'est qu'il n'a pas vu que le monde qu'il habite ne tient debout que grâce à des rafistolages, des colmatages et des bouts de sparadrap, et que ce monde a besoin du soutien de tous ses membres. Il pense vivre dans une société hostile, faite de bigots, d'encroûtés et de coincés qui conspirent à limiter sa liberté et ses ébats. J'aimerais bien qu'une telle conspiration existe, j'y tiendrais le rôle de Brutus.

– C'est bien ce que je disais. Vous lui avez déclaré la guerre, vous ne voulez pas lui laisser le temps de faire ses preuves.

– Je n'ai déclaré la guerre à personne. C'est lui qui a déclenché une révolution, lui et ses semblables. Cette société brutale et en bonne santé que j'évoquais il y a un instant leur dirait de rentrer dans le rang ou sinon gare. Notre société a peur d'eux. Mais je ne vois aucune raison de leur ouvrir les portes du palais pour qu'ils pillent les caves à vin et transforment la grande galerie en latrines. La jeunesse est barbare, qu'on lui donne le pouvoir et ce sera la catastrophe.

– Il n'empêche que parfois elle trouve dans tout ce désordre et ce tâtonnement l'idée miracle qui nous sauve.

– Peut-être bien. Mais vous parlez là d'une jeunesse que je n'ai pas encore rencontrée.

Elle me considéra un moment, tête penchée sur le côté, de l'air de se demander si j'étais vraiment aussi réactionnaire que j'en avais l'air. Puis son sourire refleurit.

– N'empêche que vous lui avez permis de vivre dans votre arbre.

– Eh oui…

– Pourquoi ?

– Pourquoi ? Parce que vous me laissez entendre à tout bout de champ que, si je ne le faisais pas, je serais un monstre au cœur de pierre – vous et Ruth. Et aussi parce que je suis le type du faible d'esprit qui dans un désaccord ne va pas défendre sa position mordicus, de crainte de passer pour mesquin et borné.

Nous nous mîmes à rire de bon cœur. Notre sérieux de tout à l'heure était dissipé et oublié. J'étais toujours parfaitement heureux en sa compagnie, même lorsque nous n'étions pas d'accord ou que la discussion portait sur un sujet aussi vain que Peck, et même quand, avec son côté direct, elle me forçait à parler de choses que je n'avais pas l'intention d'aborder, encore qu'il m'arrivât de les effleurer afin de gagner sa sympathie.

– J'aurais une autre question à vous poser, lui dis-je. Comment faites-vous pour rester à causer avec lui, maintenant que l'été est arrivé ?

Elle ferma à demi les paupières et son sourire de fillette espiègle lui plissa le nez.

– Oh, en plein air, ça va. Vous savez, il fait beaucoup d'exercice et il n'a pas tout le confort question sanitaires.

– Erreur. Il a un tuyau raccordé à mon arrivée d'eau.

– Peut-être qu'il ne se rend pas compte.

– Enfin, voyons ! Vous ne pouvez croire ça. Il est délibérément et résolument crasseux. Je lisais un livre l'autre jour où il était dit que tous les terriers et tanières des animaux carnivores ou omnivores étaient infects. Une étape de ce progrès auquel vous croyez a été de rendre les habitations humaines un peu moins dégoûtantes. Et voilà ce bon vieux Peck, tout végétarien qu'il est, en train de faire son possible pour effacer ce petit pas en avant. A mon avis, son objectif est d'empester encore plus que les abattoirs de son papa. Comment ces demoiselles font pour frayer avec lui, et ce qui les y pousse, est un véritable mystère pour moi.

– Il est assez beau garçon, dit Marian, et puis il a une voix merveilleuse.

– Si vous le dites… N'empêche qu'on croit rêver pour ce qui est de sa vie amoureuse.

– Je ne suis pas certaine qu'il en ait une. Je ne sais pourquoi, mais ça ne me semble pas être le genre.

– Je vous assure que si. Il cherche un réconfort – en vain, j'espère – dans l'érotisme et l'irrationnel tout en luttant contre sa solitude de l'âme et en encourageant la communication entre les individus et tout particulièrement entre l'homme et la femme. Or, contre toute probabilité, il ne met pas tous les atouts de son côté. La prochaine fois que vous le verrez, dites-lui que j'ai une nouvelle devise pour son ashram.

– Laquelle donc ?

– Sois toi-même. Le mal, c'est un bain et une coupe de cheveux. Le bien, c'est un fumet à couper au couteau et du radada à profusion.

Elle riait.

– Je devrais peut-être glisser à John de lui suggérer un déodorant.

– Un déodorant ? M'est avis qu'il utilise Putois de chez Fauve. Mais parlons d'autre chose. Quand John revient-il ?

– Bientôt. Sans doute dans une quinzaine de jours.

– En ce cas, il va rater la fête du 4 juillet chez les LoPresti.

– C'est plus que probable. Il reste là-bas jusqu'à ce qu'il ait récolté toutes les données qu'il lui faut. Ensuite, il va passer le reste de l'été avec nous.

– Parfait. Nous passerons vous prendre pour la fête. Mais nous serons contents de le voir rentrer. Il n'est pas bon que vous restiez seule aussi longtemps, surtout avec le père Tignasse et sa bande à proximité.

Elle trouva cela d'une irrésistible drôlerie.

– Seigneur ! dit-elle. Vous avez vraiment une imagination sans limite. Je peux avoir peur d'une foule de choses, mais pas de James McParten Peck.

– Je suis content de l'apprendre. Et cela me fait également plaisir de vous voir vous prélasser un peu, pour une fois. Vous en faites trop. Comment se porte le bébé ?

Elle se tapota l'abdomen.

– Il va bien.

– A quand le grand jour ?

– Vers la fin d'octobre.

– Je vais faire une croix au calendrier.

Nous demeurâmes un moment silencieux, détendus, à échanger des sourires un peu gênés. Quand je me levai, Marian posa précautionneusement les pieds par terre pour s'extraire de la chaise longue. Elle cligna des yeux et lissa le devant rebondi de sa jupe de jean.

– Ne vous mettez jamais en tête de porter un bébé, Joe, dit-elle d'un ton plaintif. Vous n'avez pas idée du pénible de la reproduction vivipare.

– Qu'est-ce que vous me chantez là ? Vous le voulez très fort, cet enfant.

– Oui, dit-elle joyeusement en me lançant un regard de biais dans l'ombrage éclaboussé de soleil. Oui, très très fort !

VI

Vendredi 3 juillet dans la soirée

Ma chère Marian,

Peut-être vous enverrai-je cette lettre, peut-être pas. Mais plus je songe à notre conversation de l'autre jour, plus je suis enclin à l'écrire. Vous m'avez trouvé plutôt sévère à l'égard de Peck, et j'ai l'impression que, selon vous, je reporte sur lui une blessure mal refermée que m'aurait laissée mon fils. Ce n'est pas impossible, après tout – si peu de choses le sont. Mais comme je vous le disais, depuis la mort de Curtis, j'ai retourné tout cela des millions de fois dans ma tête. Si je parvenais à me convaincre que tout a été ma faute, me croyez-vous incapable d'en assumer la culpabilité en sus du chagrin ? Pensez-vous que, délibérément, je répéterais les mêmes erreurs avec ce jeune Peck, qui me rappelle tant Curt ? Je puis trouver pas mal de choses regrettables dans mon tempérament ou bien dans mes actes, mais je n'y discerne pas les éléments capables d'expliquer Curt. Je vois mal ce qui a pu produire un Peck, je soupèse ses convictions et les miennes et je ne puis conclure que c'est moi qui ai tort. J'en arrive à croire, en fait, qu'il est de mon devoir moral – même si je ne l'exerce pas autant qu'il conviendrait – de lui tenir tête.

Je serais fort embarrassé de vous confier de vive voix certaines des choses que je m'apprête à coucher sur le papier. Je ne suis pas très porté sur le divan, je ne m'épanche pas facilement. S'il arrive à ma conscience de me rendre visite la nuit, c'est, je suppose, qu'elle préfère me rencontrer en privé. Faire ensuite état de nos conciliabules s'apparenterait trop, à mon goût, à une tentative d'autojustification. Je vais néanmoins tenter de vous les rapporter en me gardant autant que possible de cet écueil.

En ce qui concerne Curt, l'une des difficultés tenait au fait que, sitôt que j'agissais selon mes principes, j'entrais en guerre avec lui. Chaque fois que je les mettais en veilleuse, ou que je laissais Ruth me persuader de lâcher du lest, j'en éprouvais de la honte. Pour autant que je sais, je n'ai pas changé depuis sa disparition, ce qui ne veut pas dire que je ne passe pas, encore aujourd'hui, de sales moments en évoquant son souvenir, ou qu'aucun regret ne m'assaille. Cependant, je ne suis pas taraudé par le remords. Il s'agirait plutôt d'un sentiment de culpabilité, mais auquel je ne parviens pas à trouver de fondement. S'il me fallait recommencer, je ne vois pas comment je pourrais m'y prendre autrement.

Je suis certainement la dernière personne à pouvoir dire ce qu'était Curt, vu que je n'ai jamais compris ce qu'à son idée il essayait d'être, si tant est qu'il essayât d'être quelque chose. Peut-être justement s'efforçait-il à n'être pas quelque chose.

Trente-sept années durant, il s'est tenu en travers du cours de sa vie – c'est dans cette position qu'il s'est présenté à la naissance. Je ne suis pas le moins du monde un homme de mon temps, mais il était, lui, un jeune de son temps à la puissance sept. C'est là un stade qu'il n'a jamais pu dépasser. Il fut cryptocommuniste à la fin des années 30, pacifiste internationaliste dans les années 40, et, alors qu'il n'était déjà plus tout jeune, il vira au beatnik dans les années 50, tout cela de façon superficielle et transitoire. Quand je songe à lui avec le recul, je m'aperçois qu'il n'était pas pour de bon ceci ou cela, il était simplement contre. Vingt fois, je me suis penché sur sa vie et l'ai mise en forme comme en vue d'une publication, et j'en reviens toujours à l'image d'un rebelle en uniforme, d'un anticonformiste grégaire qui rabâche les slogans de sa génération. Enfant buté, petit garçon renfrogné, délinquant en culottes courtes, l'armée le déclara inapte au service et les années d'après-guerre le virent tomber dans l'ivrognerie. A qui la faute ? Les parents accablés acceptent communément la responsabilité que nos psychologues ont vite fait de rejeter sur eux, et il me semble que Ruth et moi l'accepterions si elle nous paraissait établie. Il nous est arrivé de l'accepter, allant en cela à l'encontre de notre propre jugement, et de chercher une solution au problème en nous remettant nous-mêmes en cause. Mais la politique de la main tendue était sans effet, et je pouvais bien tenter n'importe quoi pour le persuader de mon intérêt et de mon affection, je ne le vis jamais baisser la garde, et j'étais à bout de patience avant d'avoir réussi à le renvoyer dans les cordes. Mon manque de patience, voilà un tort que j'admets volontiers. Peut-être y verrez-vous un début d'explication. Moi, pas. Il est peut-être à ranger parmi les facteurs en jeu, mais il est loin de tout expliquer.

Nombre de nos amis ont dû, à propos de Curt, avoir recours au lieu commun sur le fils dont le père occupe une position de pouvoir, me faisant ainsi l'honneur de me supposer plus puissant que je ne suis. C'est peut-être l'inverse qui s'est produit : s'il avait ressenti une secrète honte à l'idée que j'étais, en somme, la nounou d'écrivains, et non point écrivain moi-même ? L'appartement en était continûment rempli, il a grandi parmi les célébrités, et il pourrait bien avoir établi des comparaisons. Mais cela l'aurait conduit à me traiter avec mépris ou condescendance, voire avec pitié. Pas à me haïr.

Les principes, ai-je dit à l'instant. Les valeurs – vocable bien passé de mode, puisque si vous en avez quelques-unes vous êtes amené à dénier toute validité à leurs contraires, au risque d'être taxé d'intolérance. Honnêtement, je tiens que les règles de vie que j'ai transmises à Curt étaient en grande partie sensées, et je ne pense pas avoir beaucoup péché par tartuferie. Après tout, nous vivions dans le monde, non dans un presbytère. J'ai essayé de lui donner un code auquel conformer sa vie. Il n'en a jamais accepté la moindre bribe, pas une des idées que je tenais pour essentielles ne trouvait grâce à ses yeux. J'avais été les pêcher là où nous les trouvons tous, au hasard de l'existence, dans les livres, au gré de rencontres avec des individus qui forcent l'admiration ; les siennes, il les a acquises exactement de la même façon, à ceci près qu'il était immunisé contre les miennes. Mes valeurs étaient, disons, de bonnes vieilles bactéries. Les siennes étaient virales et si m'en croyez, virulentes. Il choisissait immanquablement des attitudes dont il savait que je les réprouvais, que je les avais en aversion, et la seule façon de vivre en paix avec lui eût été de se rendre à ses convictions. Ruth y était plus disposée que moi – après tout il était son seul enfant et elle l'aimait – mais le tour qu'il prenait ne lui plaisait pas plus qu'à moi.

Il était hors de question pour moi d'adopter ses idées. Je croyais, je crois toujours que certaines périodes de l'histoire de l'humanité et certains stades du développement culturel sont meilleurs que d'autres, et qu'on n'a pas affaire à ce mouvement lent mais continu vers la perfection auquel vous voulez croire. Certaines éthiques sont meilleures que celles qui les remplacent ; et je suis convaincu que notre époque est pourrie parce qu'elle opère un nivellement par la base, et qu'elle attache plus de prix au plaisir qu'à la tempérance. Je dirais que, chez les Romains, je tiens en plus haute estime la République que l'Empire. La première croyait en une vertu austère, quand le second avait, tout comme nous, le pain et les jeux.

Il y a un livre de Ford Madox Ford[1], premier volet de sa copieuse tétralogie, auquel il a donné le titre fort disgracieux, et bien dans sa manière, de *Some do not* (*Certains s'abstiennent*). Il souffrait des végétations, et il paraît qu'il puait comme Jim Peck, mais il avait quelque chose. Certains s'abstiennent, ne serait-ce que pour montrer qu'ils savent tenir leurs pulsions par la bride. Nul besoin, pour démontrer sa force de volonté, de se brûler la cervelle comme un intellectuel à la Dostoïevski. Nul besoin, pour affirmer son libre arbitre, de commettre des crimes gratuits. Mais l'on peut apprendre à se dominer, comme on dresse un cheval, et c'est allier plaisir et moralité.

1. Écrivain anglais, 1873-1939.

Je n'ai jamais réussi à en persuader Curtis. Comme pédagogue ou comme exemple, je ne fus pas assez convaincant. Suivre une formation, pour quoi faire ? demandait-il. Pour vendre des actions ? Devenir un bon col blanc ? Vanter à la télévision, entre deux mi-temps de football, les mérites d'une mousse à raser ? S'en mettre plein les poches ? Apporter sa contribution à ce cauchemar petit-bourgeois qu'on appelle civilisation ? Acquérir des choses ? Mais non, lui disais-je, et ce faisant je commençais, Dieu me pardonne, à rugir. Pour être un homme. Cela ne te paraît pas suffisant ? Pour être un homme de parole, un homme sur la générosité de qui on peut compter, et qui n'exige rien sans donner quelque chose en retour. Loi de l'offre et de la demande, me rétorquait-il alors. Inviolabilité des contrats. Morale des marchés boursiers, pour lesquels le client est intouchable, mais qui grimpent au moindre feu de broussailles et montent en flèche dès que ça chauffe pour de bon.

Que faire ? Si Ruth avait tant soit peu réussi avec lui, je me serais dit qu'il avait besoin de sacrifier, provisoirement, aux divinités antipaternelles le temps que l'homme en lui se révèle, selon ses critères à lui. Ruth lui témoignait une douceur sans faille, alors qu'au naturel elle est plutôt du genre acerbe. Elle ne le harcelait pas, mais le suivait jusqu'en ses derniers retranchements, s'efforçant de comprendre ; elle pardonnait toujours, elle était la force d'interposition quand nous nous dressions l'un contre l'autre. Et il lui manifestait plus d'animosité encore et de dédain qu'à moi. Ses façons infectes à l'égard de sa mère étaient d'ailleurs l'une des causes de conflit les plus fréquentes entre nous. Je me suis demandé parfois s'il ne la malmenait pas ainsi justement parce qu'elle prenait son parti – il ne voulait pas de médiation entre nous.

Bien sûr, la rébellion du fils contre le père est un phénomène banal, mais cette certitude ne me soulage en rien. Le respect mutuel, si peu répandu soit-il, existe – il m'est arrivé de le rencontrer. Il n'est rendu impossible que lorsque les systèmes de valeurs des deux antagonistes se révèlent inconciliables, exemple, semble-t-il, Fran LoPresti, si conformiste, et sa fille, si soucieuse de se distinguer.

Curtis aurait bien pu être en désaccord sur tout avec nous, si nous avions senti chez lui une intégrité qui eût donné quelque poids à son opposition. Mais rien de tel. Je plaide coupable de n'avoir pas trouvé le chemin qui m'aurait permis de l'approcher, mais je ne puis me persuader que Ruth ou moi-même ayons grand-chose à voir dans sa corruption. Le vingtième siècle l'a pourri, l'Amérique qu'il méprisait tant l'a pourri, la civilisation industrielle l'a pourri en introduisant chez lui les vices qu'il croyait honnir. Elle l'a incité à rechercher l'à-peu-près, le matériel, le facile, le criard et le vulgaire, à nommer ces choses liberté, et à les placer au-dessus de la vertu romaine qui, Dieu m'est témoin, est la seule posture morale que je puisse admirer sans réserve. Et, tout comme Peck, il a toujours eu recours à des écrans de fumée, politiques ou esthétiques, pour dissimuler son hypocrisie au regard des autres, et peut-être au sien.

Il buvait, il menait une existence dissolue, il avait des relations douteuses, tout cela depuis la prime adolescence. Nous y aurions peut-être vu des divagations naturelles, expérimentales en somme, s'il avait manifesté ne fût-ce que des accès de contrition; mais il s'y complaisait comme s'il se fût agi d'une obligation, comme si son amour-propre en dépendait. *Non serviam.* Eh bien soit, nous aurions pu passer sur cela aussi, si nous avions décelé en lui la sublimité d'un ange déchu. Mais il nous fallait bien nous rendre à l'évidence : il était sans générosité, il ne donnait rien et prenait tout ce qu'il pouvait, il ne se reconnaissait aucune responsabilité, n'avait d'amour pour personne. Il avait un tel don pour trouver les pires fréquentations qu'il semblait juste de penser que c'était lui qui exerçait la mauvaise influence, plutôt que le contraire. Il avait un corps vigoureux, qu'il maltraitait, et un esprit délié dont il n'usait que pour rechercher de nouvelles formes de défi et d'insubordination, de nouveaux plaisirs, de nouveaux moyens de se soustraire à toute forme d'obligation. Il vivait aux crochets des gens, des femmes surtout; il trahissait ses amis, surtout les femmes; et il s'est entiché pendant une vingtaine d'années de toutes les modes esthético-intellectuelles les plus fêlées et les plus groupusculaires.

Entre quinze et seize ans, il était en plein dans sa phase politique, il faisait les piquets de grève, se rendait aux réunions des Jeunesses communistes, collectait des fonds pour les républicains espagnols. Rien à dire. Un temps, malgré les inquiétudes que cela nous causait, nous en fûmes même plutôt fiers : au moins montrait-il enfin les signes d'une conscience sociale soucieuse du sort d'autrui. Mais la politique ne l'intéressait pas plus, en fait, qu'elle n'intéresse le lapin de garenne et ses lumières en économie étaient celles d'une sauterelle. Ce qui lui plaisait, c'était le secret et la rébellion, les sous-sols poussiéreux où se tenaient les réunions, les filles émancipées en socquettes blanches et le bruit des ronéos déglinguées débitant à tour de bras les slogans insurrectionnels et jusqu'au-boutistes.

Puis vint la guerre, et il bascula tout naturellement dans le pacifisme – les rapides l'emportaient déjà dans cette direction, il n'avait même pas besoin de pagayer. Plus tard, quand il évoquait ses ennuis au lycée, il aimait à laisser entendre qu'il avait été viré à cause de ses opinions pacifistes, et il est exact qu'il fit partie d'un groupe d'élèves qui, en 1941, défilèrent avec casques et masques à gaz, brandissant des pancartes vengeresses, sous les fenêtres d'un professeur impatient d'en découdre avec Hitler. Mais ce n'est pas pour son objection de conscience que Curt fut viré, et plus souvent qu'à son tour. Un établissement le renvoya pour avoir été ramassé ivre mort sur la pelouse trois week-ends d'affilée, et pour avoir répondu insolemment à des enseignants qui le réprimandaient. Un autre le mit à la porte pour avoir, avec deux autres garçons, fait entrer une fille en douce dans le dortoir et l'y avoir gardée trois jours. Un professeur venu leur faire une observation modérée à propos du piquet de grève pacifiste la trouva là, enfermée à clef dans l'une des chambres, avec une pile de magazines coquins, un sachet de caramels et une bouteille de liqueur de prunelle.

En 1944, Curt intégra l'armée pendant quelques mois, mais il ne fut pas long à en sortir, réformé pour cause d'homosexualité. D'après ce que je sais de l'armée, on ne vous y fiche pas dehors pour ce motif, à moins, bien sûr, que vous n'en fassiez des tonnes. Je ne crois pas une seconde que Curt « en était », comme on dit. Il voulait se sortir de là et son amour-propre s'accommoda de cet expédient.

Que voici une chronique douloureuse, et la coucher par écrit ne peut que raviver cette douleur. Il y eut deux mariages bâclés suivis de deux divorces qui le furent tout autant. Il y eut la période joueur de banjo et la période mystique en sandales. Il traversa le continent à moto, il essaya le zen et la poésie, le Village et Sausalito. Je lui trouvai des emplois qu'il laissait tomber au bout de quelques semaines ou quelques mois. Une fois, il réussit à travailler six mois de suite comme mécano dans un garage, apparemment sans déplaisir (est-ce que c'était assez crasseux à son goût, ou bien trouvait-il un étrange sentiment de sécurité, qui me fend l'âme quand j'y pense, dans ce métier simple et peu exigeant ?). Cela se termina par un accident de la circulation et une amende pour conduite en état d'ivresse. L'essentiel de ses ressources lui venait de nous et de la petite rente que la mère de Ruth avait eu la mauvaise idée de lui laisser avant de mourir. C'était juste ce qu'il lui fallait pour être libre. Vous me demandiez l'autre soir si je ne croyais pas à la liberté et je vous ai répondu que non, pas plus que ça. La liberté était la pire chose qui pouvait arriver à Curt.

De temps à autre, une fois entré dans la trentaine, quand il ne put désormais prétendre qu'il attendait simplement pour se lancer dans la vie le moment où il se sentirait « en prise avec le réel », où il « se serait trouvé » – mon Dieu, les poncifs dont usent les apologistes de ces âmes perdues ! – il déployait des efforts convulsifs et à peine convaincants pour faire, apprendre ou être quelque chose. Ces crises survenaient quand, malade ou fauché ou en pleine brouille amoureuse, il réintégrait l'appartement familial pour une cure de veau gras. Il se montrait alors enjoué et plein d'énergie ; nous l'entendions chanter sous la douche ; il portait manteau et cravate quand il avait une démarche à faire. Un vrai crève-cœur, car nous savions bien que ce n'était que de la poudre aux yeux, et cependant nous avions un aperçu de ce qu'aurait été un fils avec lequel nous nous serions entendus.

De tels faux départs, il y en eut bien une douzaine. Ainsi, il s'inscrivit un jour à un cours d'écriture littéraire à Washington Square – avez-vous remarqué comme les gens de cette espèce se convertissent à n'importe quoi dès qu'est prononcé le mot créatif ? – mais il trouva le formateur ennuyeux et se retira dans le chalet d'un de nos amis, quelque part dans la Housatonic Valley, pour écrire sans directives. Lui et ses invités mirent la maison à sac et nous coûtèrent un ami. Une autre fois, il s'agissait d'étudier l'architecture – il avait alors trente ans passés –, et il réussit à convaincre un cabinet d'architectes de l'embaucher comme dessinateur, sous prétexte qu'il avait un bon coup de crayon. L'expérience dura deux semaines – il argua qu'il ne pouvait pas supporter d'avoir à exécuter les dessins des autres. Une certaine année, il fit un long séjour au Village, occupé à peindre, disait-il, et à suivre un cours du soir de je ne sais quoi. Cela aussi ne dura qu'un temps. Il y eut une longue année relativement paisible où il s'en fut à l'étranger, habitant une pièce sans chauffage sur le Nyhaven à Copenhague, endroit qu'il avait eu un besoin irrépressible de connaître parce que quelqu'un lui avait dit qu'il s'agissait du port européen le plus dur. Pourtant je me demande. J'ai eu moi aussi ma période danoise et suis allé là-bas en quête de quelque chose que je n'ai pas trouvé. Je me demande si Curt ne cherchait pas à remonter le fil de son labyrinthe intime… Songer à cela m'attriste, car à coup sûr le fil s'est rompu, et lui s'est retrouvé perdu dans les mêmes vieux dédales.

Chaque fois qu'il essuyait un échec, ou perdait son emploi, ou se lassait de quelque chose, il se rabattait sur le Village ou sur tout autre endroit où il pouvait poser son sac. Et c'était de nouveau la déglingue. Ses motivations se nommaient liberté et plaisir, notions qu'il interprétait de travers.

Et puis, il y a presque trois ans de cela, à trente-sept ans, avec une scolarité secondaire avortée, mais un mépris souverain pour pratiquement tout ce que l'humanité a jamais tenu pour valide, il fut à nouveau saisi d'une de ces douloureuses résurgences de volition. Parce qu'il avait eu de bons résultats aux tests d'aptitude, et parce que certains de mes amis acceptaient encore de lui faire des lettres de recommandation, il décrocha son admission à l'université de San Diego. Il s'attendait à ce que nous applaudissions, ce que nous fîmes. En définitive, nous étions repentants : il était clair que nous n'étions pas et n'avions jamais été les parents qu'il lui fallait. Tout établissement universitaire assez téméraire pour accepter sa candidature avait notre gratitude, toute initiative un peu sérieuse de sa part redonnait vigueur à nos espérances.

En septembre, il partit pour la Californie en voiture avec un ami. Contrairement à l'accoutumée, et dans un délai si court que nous y vîmes un bon signe, une lettre arriva. L'université était à sa convenance, il était heureusement surpris. Les cours de première année étaient bien un peu scolaires, mais il avait glandé pendant trop longtemps et, cette fois, il allait s'accrocher : il comptait en mettre un bon coup, s'inscrire aux sessions d'été et ainsi décrocher le diplôme en trois ans. Il s'était trouvé un appartement au-dessus d'un garage, agréable et tranquille. Le climat était comme dans les publicités, la plage magnifique. Le gros truc là-bas, c'était le surf : tout décrépit qu'il était, il s'y essayait. Maman allait être ravie d'apprendre qu'il s'était rasé la barbe – au bord de l'eau, elle semblait un peu déplacée.

Il exagérait l'importance que nous prêtions à ces signes superficiels. Je ne suis pas un fanatique de la pilosité faciale, mais j'aurais applaudi à une barbe à la Rip Van Winkle[1] si seulement j'avais été sûr que Curt, enfin, après s'être tant gaspillé, était en train de ficeler les éléments épars de sa vie pour en faire un paquet qui ressemblât à quelque chose, fût-ce l'Athlète-bronzé-de-Californie-du-Sud.

Il n'y eut pas d'autres lettres. En novembre, un ami à qui nous avions demandé d'aller aux nouvelles nous rapporta que Curtis n'assistait plus aux cours et qu'il avait quitté son appartement. Ayant mené son enquête, notre informateur l'avait retrouvé dans un village de caravanes en bordure de plage où il vivait en compagnie d'une fille et d'une planche de surf. D'après notre ami, cette communauté n'était guère reluisante et tenait plus du campement de motards débraillés que d'un rassemblement de surfeurs : cuir noir à profusion, jeans graisseux, cheveux longs, nuits agitées et descentes de la brigade des stupéfiants à la recherche de plantations de cannabis dans les friches et sur les appuis de fenêtre.

Et voilà… ainsi, plus il changeait plus il restait le même. Nous reçûmes ces nouvelles sans en être autrement surpris. Ce garçon était un instable ; comment avions-nous pu imaginer qu'il se tînt à ce qu'il avait dit ? C'est là, je suppose, que nous avons une bonne fois tiré un trait sur lui, après mille tentatives pour le faire. Un soir pourtant, Ruth, qui parcourait un article sur le surf dans un magazine, leva le nez et me dit :

1. Dans le roman homonyme de Washington Irving, 1918.

– Tu sais que ça n'a pas l'air mal, le surf ? Et ce n'est pas qu'un loisir, c'est un véritable culte. Il y faut une réelle habileté, et aussi du sang-froid.

Je lui répondis qu'en effet on m'avait dit ça. Et elle d'ajouter :

– Ce doit être une vie très saine, tu ne crois pas ? Plus saine en tout cas que celle qu'il menait au milieu de toute cette faune du Village.

– Ah, Ruthie, soupirai-je. Ruthie, Ruthie, Ruthie !

Mais en secret, j'avais formé la même pensée. Au moins dans le surf n'y avait-il pas d'imposture, rien de méprisable, même si cela ne semblait pas exactement la plus haute fin à laquelle un homme pût prétendre.

Cette conversation doit se situer aux alentours de Noël. En février, nous reçûmes un coup de fil de la police de La Jolla. Curtis était mort, noyé dans un accident de surf, on avait retrouvé son corps.

Ruth relevait d'une opération. Je la persuadai de rester chez sa sœur à Bucks County et pris l'avion pour rapatrier le corps de Curt. Je vis sa petite amie – petite chose bronzée, insignifiante, le cheveu raide, prête à se dresser sur ses ergots si je me montrais désagréable. Mais pourquoi aurais-je été désagréable ? Elle pleurait, répétait qu'il était le type le plus formidable qu'elle eût jamais connu, qu'il exigeait le meilleur de la vie ; et tout en me dévisageant de ses yeux pleins de larmes et affectés d'un léger strabisme, elle murmura :

– Parfois je me demande s'il a réellement perdu l'équilibre. Parfois je me demande s'il ne l'aurait pas fait exprès. Il en était bien capable.

Je m'étais posé la même question, mais ne jugeai pas opportun de m'associer à ses spéculations. Quand je l'ai laissée, elle a dû s'en aller retrouver un autre de ces types formidables, quelque part dans le fouillis de caravanes, de tentes, de camionnettes bricolées éparpillées le long de la misérable petite ravine. Ou bien encore est-elle restée dans celle de Curt, que j'ai vendue à un couple de motards à rouflaquettes.

On ne m'a pas montré Curtis, là-bas. Je ne l'ai vu que lors des funérailles, à Bucks County. A travers la brûlure des larmes, il me semblait contempler le désastre de sa vie et de la mienne. Je lui trouvai un beau visage viril. Sans la barbe qu'il avait portée sans désemparer depuis l'époque où les barbes s'étaient imposées comme complément indispensable des oripeaux de l'aliénation, il me faisait penser à l'aurige de Delphes sur son char. La vie au grand air lui avait fait du bien. Il avait l'air svelte et musclé, juvénile, et ses cheveux bruns étaient parcourus de mèches décolorées. Soleil ou eau oxygénée ? Taraudante, impossible à chasser, cette question dérisoire me faisait honte. Car enfin, il avait trente-sept ans.

Encore aujourd'hui, je ne puis évoquer sans un serrement de cœur son visage tranquille sur le satin du dernier sommeil. La chevelure était peut-être un emblème aussi faux que l'avait été la barbe, mais sa physionomie avait perdu ses affectations et semblait simplement jeune, incroyablement jeune, bien plus jeune qu'elle ne pouvait y prétendre ; exempte des rides de la réflexion comme des stigmates de la souffrance, elle était le visage de la jeune Amérique vouée au plaisir ; des années de dépravation assidue ne l'avaient pas même marquée ; la vie n'y avait pas laissé de traces – la mort non plus, d'ailleurs – hormis un léger pli de contrariété au coin des lèvres. Je ne m'expliquai pas l'amertume et l'insatisfaction que suggérait cette moue. Peut-être, si le soupçon de sa jeune compagne avait quelque fondement, avait-il voulu tâter de la mort comme il l'avait fait de tous les emplois et projets de sa vie, pour découvrir, mais trop tard, qu'il ne pouvait pas s'y soustraire comme il s'était soustrait à tout.

Ruth et moi avions toujours cru contre toute évidence qu'il s'en tirerait. Le garçon qui avait tant de mal à devenir un homme allait bien finir par franchir l'obstacle. Une fois qu'il aurait jeté sa gourme, notre fils allait cesser de se sentir obligé de renifler chaque réverbère où un existentialiste camé, un traîne-savates de beatnik, un clochard céleste, avait levé la patte. Le temps viendrait où il n'aurait plus besoin de montrer les dents face aux tendres remontrances de sa mère, où lui et moi pourrions parler, aller voir un match ensemble, boire un verre, discuter d'un livre, sans cette pénible tension, cette méfiance père-fils, cette conscience toujours en éveil de nos différences. Sans jamais nous l'avouer l'un à l'autre, nous avions misé sur le temps, et voilà que le sablier était vide. Plus jamais, jamais, jamais, jamais. Si Lear est un vieux fou, et j'en suis bien d'accord, c'est à la fin un vieux fou contrit et douloureux. Et moi aussi je l'étais, car je ne pouvais me défaire de l'idée que peut-être, là-bas au cœur des cathédrales liquides, dans la lumière violine des bancs de varech, Curt avait regardé les choses en face et avait lâché sa planche. Son corps ne présentait ni plaie ni ecchymose. La plupart des suicides, c'est ma conviction, sont suscités par le dépit. Si Curt s'était vraiment suicidé, était-il parti la haine au cœur ou bien l'âme en peine ? Dans les deux cas, cela signifiait qu'il était à bout. Et, si j'y réfléchis bien, je dirai que j'en étais moi aussi arrivé au même point.

Quelque temps après les obsèques, la jeune femme – il y avait quelque chose d'humain et de touchant dans cette humble initiative – nous adressa un colis contenant les effets personnels de Curt, et parmi ceux-ci, ses livres. J'aurais pu en dresser la liste sans même ouvrir la boîte : Miller, Albee, Kerouac, Sartre, Genet, le marquis de Sade, Ginsberg, Burroughs – un florilège vénéneux tout droit sorti du Grove[1]. Je n'aurais su vous dire alors, et ne le puis davantage à présent, si ces ouvrages l'ont réellement dévoyé. Je pense qu'ils n'ont fait que le conforter obscurément dans ses opinions, sans lui donner tout à fait la force de ses convictions.

Ainsi finit l'histoire de Curt. Il me faut poursuivre un peu avec la mienne, il me semble. Je me suis dit alors je devais garder la tête sur les épaules, ne fût-ce que pour Ruth, et pendant quelque temps je tins le coup. Mais finalement elle supporta le choc mieux que moi, car j'avais beau y songer sans cesse, rien ne pouvait me réconcilier avec la façon irresponsable et dérisoire dont notre unique enfant était mort, en réussissant l'assemblage incongru, en sa seule personne, d'un adorateur du soleil et d'un adepte de la nausée ; et s'il avait été malheureux, c'était parce qu'il l'avait voulu. Je le jugeais et, oui, le condamnais jusque dans sa mort et même au moment où m'atteignait de plein fouet le sentiment de sa détresse ; je m'en voulais de le condamner, mais je ne pouvais faire autrement.

Février et mars s'écoulèrent interminablement, mornes et lugubres. J'avais perdu le sommeil mais, quand Ruth prétendit me

1. Grove Press est le nom d'un groupe éditorial ; l'auteur lui associe la connotation de ce mot, « bouquet d'arbres ».

faire prendre des somnifères, je fis vertu d'un vieux préjugé contre les tranquillisants. Je me punissais, c'est probable. J'ai déjà admis que je croyais au remords, non comme une facilité, mais comme un cautère de l'âme. L'ennui était que je me sentais coupable sans pour autant réussir à me persuader que j'aurais pu agir différemment.

Ainsi donc, je broyais du noir en mon tréfonds. Je m'étais exilé dans l'ancienne chambre de Curt au prétexte que je ne voulais pas troubler le sommeil de Ruth, mais ce que je voulais en réalité, c'était me trouver seul avec le fantôme de Curt. Ce furent les pires moments de mon existence. Nuit après nuit j'improvisais des dialogues, corrigeant sa vie et la mienne, tâchant de démêler le pourquoi de notre brouille avec des arguments qui ne me convainquaient pas vraiment, me montrant plus avisé dans ces fictions que je ne l'avais été dans les faits, posant en termes clairs ce choc des valeurs, la nécessité d'une autodiscipline, d'un amour-propre, d'un dessein bien arrêté, et tout et tout. Je trouvais des trésors de persuasion pour exprimer ce qu'un jour ou l'autre j'avais formulé avec colère ou sans y croire. Et chaque fois je finissais par me prendre moi-même en dégoût. Je n'arrivais pas à croire que je l'aurais convaincu. Je me sentais incapable de laisser son fantôme en repos comme il y avait droit. Pourquoi ? Parce que, mort ou vif, je ne pouvais l'accepter tel qu'il avait voulu être. J'aspirais certes à une réconciliation, mais selon mes propres termes, parce que je n'arrivais pas à me convaincre que ceux-ci étaient erronés. Je m'accusais d'intolérance sans que pour autant mes convictions en fussent ébranlées.

Les semaines passant, les traits de son visage avaient commencé de céder la place à une poignée d'expressions comme figées dans la cire : un petit garçon espiègle (que lui était-il arrivé, où était-il passé ?) saisi sur le vif en train de jouer avec un terrier sur une vaste pelouse du New Hampshire ; un beatnik chaussé de sandales, la tête appuyée contre un mur et levant vers le ciel pour le contempler une barbe roussâtre et peu soignée ; l'athlète dont le beau visage calme à l'expression amère tranchait sur le satin blanc, la chevelure aux mèches blondes brossée avec soin.

A ces visions évanescentes ou figées qui masquaient le secret désormais hors d'atteinte de mon fils, j'essayai d'ouvrir mon cœur, avec l'avantage de pouvoir raturer et corriger à l'infini ; mais le mort n'était pas plus réceptif que ne l'avait été le vif. Il ne voulait pas de mon amour, ou alors il fallait que cet amour fût inconditionnel, sans réserve, et résistât à toutes les provocations – et c'est étrange de voir à quel point je retrouve cet état d'esprit en Jim Peck, qui bien entendu n'a rien à faire de mon amour, mais qui assurément tente par tous les moyens de me coincer sans y laisser de plumes. Ce n'est pas le genre d'amour que je serai jamais en mesure d'offrir. Je ne pense pas qu'aucun être humain ait le droit d'y prétendre, et de toute façon, je ne puis dissocier amour et respect. Curt exigeait de moi ce que je ne pouvais lui donner, et j'essayais de lui imposer ce qu'il ne voulait pas accepter. Jamais, jamais, jamais, jamais.

Lors de ces tentatives de mise au point, je lui parlais de ma vie, y compris de certains épisodes dont je ne suis pas fier, avec pour seul effet de raviver toutes sortes de souvenirs douloureux que j'avais évacués des années auparavant, et de me remémorer d'anciennes fautes qui n'étaient pas sans similitudes avec celles de Curt. Ces ruminations emplissaient mes journées d'ennui et mes nuits d'exécration. La mort de mon fils me fit prendre conscience de mes imperfections et de mon échec personnels, et cependant je ne voyais pas les moyens que j'aurais pu mettre en œuvre pour ne pas faillir.

Il arrivait qu'au bureau, devant quelque chicane touchant un contrat, le dégoût me submergeât ; ou bien je dictais une lettre, et ma voix me parvenait comme un pépiement de moineau. Fin mars, Ruth en vint à me dire :

– Joe, il te faut des vacances. Tu as besoin de prendre l'air pendant quelque temps.

J'aurais très bien pu trouver matière à un déplacement à Rome, Londres ou Paris. Mais dans chacune de ces villes de rêve, j'étais sûr de tomber, à un coin de rue, sur l'un ou l'autre de mes auteurs. Je me dis aussi que ce dont j'avais besoin, ce n'était pas de lever le pied pendant une quinzaine pour mieux retourner ensuite à mes dossiers. Je voulais faire le grand nettoyage du tableau noir, non pas avec un patin gorgé de poussière de craie, mais au chiffon imbibé de pétrole, comme nous le faisions chaque vendredi après-midi à Northfield dans le Minnesota, aux jours où ma mère était femme de ménage d'un professeur de Saint Olaf College et où je fus pour un temps encore un petit Danois, fort d'une identité inattendue, entre les Suédois qui regardaient les Norvégiens de travers et les Norvégiens qui regardaient de haut les Suédois. Un tableau noir aussi net que celui de la classe de huitième de Miss Tidemann le vendredi après-midi, l'esprit débarrassé de tout ce sur quoi il n'était désormais plus possible de revenir, une totale retraite de l'âme.

Nel mezzo del cammin di nostra vita
Mi ritrovai per una selva oscura...

Nel mezzo ? Quasi alla fine, oui. J'avais dépassé la soixantaine, largement l'âge où j'aurais dû avoir déjà tranché les questions premières. C'étaient les seules que j'eusse encore envie de me poser ; peut-être allaient-elles détourner mon attention de Curtis, pour qui il n'y avait désormais plus rien à faire ni à redouter, et la recentrer sur moi, qui me sentais obscurément mais douloureusement responsable.

Est-ce l'insistance de Ruth à me vanter les bienfaits d'un voyage qui m'incita à penser que le remède à mon malaise m'attendait quelque part ? Je n'avais jamais eu d'endroit où je me sentisse vraiment chez moi, j'avais passé ma vie en déplacements, même quand j'arrivais à me convaincre que je m'étais enfin posé. Le chien errant domestiqué. Appelez-moi Ulysse, mais ayez soin d'ajouter : Pénélope m'a embrassé. N'ayant ni feu ni lieu, je me faisais de la stabilité l'idée que peut en avoir un chat de gouttière. Pendant trente-sept ans nous avions campé à Manhattan, avec au moins chaque année un séjour à l'étranger. Quand je commençai à réfléchir à l'éventualité de remonter en arrière jusqu'à la croisée des chemins (*Che la diritta via era smarrita!*), je ne vis aucun point de chute possible.

Si j'avais eu une ville natale, je m'y serais rendu tout droit pour l'un de ces pèlerinages qu'on effectue entre deux âges, à la recherche du petit garçon qu'on a été, de l'homme qu'on avait eu l'intention de devenir, et je n'aurais pas été plus surpris que cela de me retrouver pieds nus, canne à pêche à la main comme sur une couverture de Norman Rockwell pour le *Post*. L'Amérique en culottes courtes, pleine de santé et de taches de son, récolte de premier choix poussée sur le terreau de nos institutions démocratiques. Mais j'avais été élevé, toujours sur la brèche, par une malheureuse femme dont le premier mari, mon père, s'était tiré un coup de fusil dans la grange, et le second, cheminot alcoolique, atteint de délirium tremens et périodiquement frappé de paralysie, fut finalement renversé par une motrice en gare de triage de Saint Paul. Après sa mort – j'avais alors six ans –, ce furent des changements de domicile incessants. Ma mère, avec son accent danois à couper au couteau, une scolarité qui ne s'était pas poursuivie au-delà de ses douze ans, n'avait ni métier ni beauté : elle n'avait que ses mains de femme dure à la tâche. Elle faisait le ménage chez les autres et s'occupait des enfants des autres.

Notre existence était une succession de routines laborieuses et précaires. Lorsqu'elle sortait la tête de l'ornière, ma mère voyait toujours poindre une aurore, un arc-en-ciel, le genre d'embellie qui l'avait amenée aux États-Unis, à la différence que désormais celle qu'elle voyait était toujours annonciatrice de quelque chose de meilleur pour moi. En général elle attendait que le trimestre scolaire fût fini, et nous nous mettions en route pour quelque nouvel endroit où une lettre, une rumeur, une conversation autour d'un café, l'avait persuadée qu'elle devait se rendre – une autre ville, une autre maison, un autre emploi, des visages étrangers, des pièces inconnues, des odeurs nouvelles, des rues étrangères à mémoriser. Je me suis dit parfois que je pourrais refaire à l'envers le chemin de ma vie, rien qu'au flair, d'une maison étrangère à l'autre, comme un chien égaré qui retourne chez lui, grâce à de petites marques laissées sur un érable, un orme, un réverbère. Je reconnaissais un endroit à son parfum de mûres écrasées, un autre à ce qu'il empestait le lard rance, un autre encore à l'odeur du linge humide pendu au séchoir sous lequel je me tiens caché tout en écoutant, au-dessus de moi, glisser les conversations des adultes. Il n'y a ni projet à long terme, ni continuité, ni permanence. Mes seize premières années, passées à arpenter le pays en tout sens, furent une série de passages d'un vide à un autre vide.

Mes professeurs me trouvaient doué ; je finis par décrocher une bourse assortie d'un travail à temps partiel à l'université de l'Illinois – ce pays donne vraiment sa chance à chacun et il existe vraiment une chose qui a nom gentillesse désintéressée. Du moins le désir de gentillesse, car comme nombre de bonnes intentions, le soutien du directeur eut des effets mitigés. Je perdis complètement le nord, entre les livres, les idées, la compagnie de gens si différents de ceux que j'avais fréquentés du temps des chambres de bonne ou des pensions de famille qu'ils me semblaient appartenir à une autre espèce. J'étais toujours près de déborder, comme un verre empli à ras bord. Je découvris qu'en effet j'étais brillant, et cette découverte m'enivra. Et pas un instant il ne me vint à l'esprit, bien que j'eusse déjà travaillé pendant les congés d'été depuis mes douze ans, qu'au lieu de boire les paroles de mes professeurs ou de dévorer des livres j'aurais pu être en train de gagner quelque argent pour soulager un peu ma mère. Jeunes gens, nous acceptons avec une telle désinvolture tous les sacrifices que nos aînés font pour nous ! Moi, en tout cas. Mais je sais aussi que si l'idée m'en était venue à l'esprit, ma mère n'aurait pas voulu en entendre parler. Pour elle une interruption d'une année, ou même d'un semestre, eût été un catastrophique gaspillage de mes talents, et pourtant j'aurais bien pu perdre une année : j'avais à peine seize ans.

J'avais été un enfant extrêmement discret, j'avais dû apprendre très tôt à me faire oublier. Je me postais dans un coin, embrasure de fenêtre, arrière-cour ou resserre, avec mes livres et mes projets d'avenir ; à sept ou huit ans j'avais déjà compris qu'on tolérerait le fils de l'employée de maison, qu'on pourrait même lui manifester parfois quelque affection, mais qu'on ne lui passerait rien. Quand l'université fit voler en éclats toutes ces inhibitions, j'ai dû être particulièrement insupportable, le petit morveux qui me taperait sur les nerfs aujourd'hui. Quiconque n'acquiesçait pas aux idées que j'avais adoptées dans l'instant, ou que j'avais découvertes dix minutes auparavant dans un livre, ou avancées dans la discussion parce que manifestement elles s'y imposaient, était un imbécile ; d'ailleurs, de vous à moi, le monde était peuplé d'imbéciles. Vous me connaissez, je n'ai pas fondamentalement changé. Je me souviens, entre autres, d'une résolution que j'avais prise à l'époque de vivre sans émotions. J'eus quelques discussions enflammées à l'occasion desquelles je dénigrais la poésie au motif qu'elle était irrationnelle et, de ce fait, sujette à caution. Une émotion, affirmais-je, était une pensée non aboutie. Je vivrais quant à moi dans l'air raréfié de la raison pure. (Qu'on me couvre la tête de cendres – j'étais grotesque. Et pourtant on reconnaît bien là l'ancêtre du vieux schnoque exalté que vous connaissez.)

Ma mère ne put trouver d'emploi à Champaign-Urbana, du moins c'est ce qu'elle prétendit. Après être venue d'Elgin [1], où nous avions vécu, pour mon installation, elle passa la journée à parcourir le cœur en joie les bâtiments, le stade, les pelouses où folâtraient étudiants et écureuils, et puis une fois de plus elle s'en alla, par pure délicatesse, car elle avait remarqué que sa présence m'embarrassait, et s'en fut prendre un emploi dans une pension de famille de Chicago.

Je la vis partir avec soulagement. Plus tard je dissimulai à l'étudiant qui partageait ma chambre ses lettres écrites au crayon de bois : son papier quadrillé, son mélange de danois et d'anglais, ses fautes d'orthographe, tout me faisait honte. Même si je croyais l'aimer, et me voyais voler à son secours pour la ramener dans ma propriété cossue dès que j'en aurais terminé avec les études et que je serais entré dans la vie par la grande porte, je n'aurais pas voulu pour tout l'or du monde, et pour tous les lauriers que je comptais bien récolter, qu'on sache que ma mère était bonne à tout faire dans une maison de rapport, la servante d'employés de bureau et de petites vendeuses.

Des lettres à lire en toute hâte et à faire disparaître au fond d'un tiroir, il n'y en eut pas beaucoup. Au mois de décembre de ma première année à l'université, en descendant à la cave pour recharger la chaudière, elle se prit le talon dans une marche vermoulue et fit une chute. La seule fois que je revins à Chicago, ce fut pour son enterrement.

Après une vie de malchances et de privations, elle repose dans un cimetière du South Side, dans une tombe sur laquelle personne jamais ne s'incline, petite domestique sans grâce venue du Danemark, et, à part moi, sans le moindre parent sur le continent américain. Elle avait épousé, tenu à bout de bras et enterré deux pauvres bougres de maris, pour ensuite se vouer corps et âme à son

1. Petites villes de l'Illinois.

enfant. Tout ceci vous a une formidable allure de cliché. Mais sans doute l'amour et la peine sont-ils toujours des clichés, l'ambition, l'égoïsme et le remords des clichés, la mort un cliché. Il n'y a que les gendelettres, toujours avides de nouveauté, pour redouter le cliché, et je ne fais plus partie de la tribu.

En vingt ans, je n'avais pas songé dix fois à ma mère, mais pendant les sales moments qui suivirent la disparition de Curt, elle vint toutes les nuits se joindre au fantôme de mon défunt fils. A eux deux, ils me mirent le cœur à vif et l'esprit sens dessus dessous, car il me fallut bien comparer la dévotion de ma mère à mon endroit, la meilleure chose que la vie m'eût donnée avant ma rencontre avec Ruth, et mon incapacité à accepter Curt, à lui pardonner. M'eût-elle condamné, quelque degré d'égoïsme et de découragement que j'eusse pu montrer ? Si elle s'était trouvée à ma place, aurait-elle su se réconcilier avec un bon à rien et lui offrir l'amour inconditionnel que Curt, j'en étais à demi convaincu, avait exigé de moi ? Et si oui, l'aurais-je approuvée ? Au secret de mon cœur, est-ce que je ne l'aurais pas taxée de sensiblerie, est-ce que je ne lui en aurais pas voulu de cet amour que je savais n'avoir pas mérité ?

Mes deux fantômes se glissèrent entre Ruth et moi, et je me rendis malade à la pensée du tort que j'avais fait à des êtres chers que j'aimais. Si je pardonnais à Curt, je devais me pardonner à moi aussi. Et il y avait les talents qui m'étaient échus au jeu de la Grande Pêche miraculeuse – je n'avais pas su en tirer parti, mais je ne voyais pas à qui ou en quoi j'avais failli, je ne pouvais me référer à rien – origine, tribu, famille, région, nation, tradition, atavisme ou autre – au regard de quoi le gaspillage de ma vie eût pu constituer une perte. J'en vins à haïr la dispersion clairsemée de ma parentèle, ma mère sous la terre de Chicago et mon fils à Bucks County, seuls au milieu d'étrangers. Et j'étais là, paumé et sans enfant désormais, à décrire des orbites dépourvues de sens dans le vide sidéral de Madison Avenue.

Perdez un chien au fond d'une forêt, même très *oscura*, il reviendra sur ses traces jusqu'à son point de départ. A plus de soixante ans, et au cœur d'un bois inextricable, je levais le nez parmi l'humus et les champignons en quête d'une piste fraîche qui me conduirait quelque part. Mais impossible de trouver un lieu que je pusse dire mien. Toutes ces bifurcations dans l'existence de ma mère avaient brouillé les odeurs.

Finalement nous essayâmes, l'une après l'autre, les deux possibilités qui s'offrent aux Américains et aux chiens perdus. La truffe en alerte, nous fîmes retour au vieux pays et musardâmes quelque temps du côté de Copenhague et autour de la petite île de Taasinge au sud-ouest de la Baltique, où ma mère vit le jour. Nous apprîmes quelque chose, sans doute, mais ceci est une autre histoire. Ce qui importe, c'est que je ne sentis pas une odeur qui me fût familière ou m'évoquât quoi que ce soit, pas une personne, pas un écho, pas un effluve du passé. J'étais coupé de mes racines, le vieux continent ne m'était plus rien.

Nous fîmes alors l'autre chose qui s'offre aux Américains et aux chiens perdus, nous abandonnâmes l'idée du retour en arrière et partîmes de l'avant. Tournant le dos à tous nos souvenirs, nous décidâmes de faire un nouveau départ en Californie. Il n'y avait rien là, somme toute, de très radical. C'était un acte naturel, conforme à ce que vingt générations d'Américains ont vécu. Nous aurions allégrement ricané à l'idée que le mythe du jardin d'Éden fonctionnait encore pour nous, et pourtant c'était vrai, ça l'est encore. Nous nous sommes dit qu'en vivant plus retirés nous serions moins coupables. Nous avons secoué la poussière de nos vêtements et avons fait tomber de nos cheveux, d'un coup de brosse, la confusion et la perplexité, comme autant de brindilles : nous étions sortis du bois. J'ai la ferme intention désormais de ne plus me battre contre des ombres, ni de rester assis comme une vieille demeurée à démêler l'écheveau de la culpabilité et de la faute. Je ne serais pas surpris que Peck et moi tombions d'accord sur le principe de non-agression, au moins en théorie. Je ne veux faire de mal à personne, je ne veux laisser personne me faire du mal.

Vous voyez maintenant pourquoi ce Peck m'exaspère ? Il me rappelle des choses auxquelles je n'ai pas envie de repenser. Il constitue une menace pour moi, il met ma paix en danger. Si lui et Curtis sont l'avenir, alors je suis à fond pour le passé. Ils ne me laissent rien, pas même le confort de la cécité, parce que je ne les vois que trop clairement – aussi clairement que ma propre incapacité à les accepter ou à avoir affaire à eux.

Et, bien entendu, je ne peux pas faire comme s'ils n'existaient pas, pas plus que je ne puis me résoudre à virer Peck de mon chêne.

Voilà deux heures que je vous écris, en essayant de formuler de manière un peu plus intelligible certaines des choses que j'ai énoncées avec trop d'intransigeance l'autre jour. Je suis venu pleurer dans votre giron comme un vieux pilier de bar, je vous ai coincée, j'ai pris votre main dans ma main moite et vous ai raconté la triste histoire de ma vie. Je me surprendrai toujours : jamais je n'aurais pensé être du genre à m'épancher de la sorte. D'ordinaire, je m'entends mieux aux remarques ironiques et aux réponses évasives qu'au petit jeu du confessionnal. Sauf pour moi, rien de ce que je vous ai écrit ne revêt aucune espèce d'importance. Mais c'est personnel et c'est grave, deux choses que j'ai toujours trouvées embarrassantes.

J'ai retrouvé cette lettre il y a quelques jours dans mon bureau sous une pile de vieux papiers. Je ne l'avais pas finie, ni signée, ni expédiée. Mais elle me remet en mémoire que déjà au milieu de l'été Marian, par force ou par cajolerie, avait commencé de me faire sortir du terrier où je vivais avec les thomomys, les taupes et autres créatures de l'obscurité.

Si Peck était une menace pour la paix, qu'est-ce qu'elle était, elle ?

CINQUIÈME PARTIE

I

Ici au milieu de l'été, il est des jours qui commencent dans la grisaille, avec une froide transpiration de rosée sur le feuillage, des odeurs d'avoine mouillée et des ombres d'humidité dans les angles des barrières et sur les caillebotis du patio. Le ciel est assombri par le plafond immobile et uniforme d'un brouillard d'altitude qui va brûler aux alentours de dix heures. Ensuite, le restant de la journée sera chaud jusqu'à la tombée du serein.

Il nous arrive cependant, deux ou trois fois chaque été, d'ouvrir les yeux sur un matin sans nuage aucun mais tout laiteux, avec un soleil rouge et, même ici dans les collines, un smog de teinte vineuse. La vallée est noyée, les premiers escarpements sont à peine visibles, les plus lointains reliefs effacés. S'il y a un soupçon de vent, c'est un souffle léger venu des vallées de l'intérieur. Les journaux parlent alors de renverse climatique et rapportent un taux de pollution en hausse, jusqu'à ce que, après trois ou quatre jours de chaleur croissante et d'yeux irrités, le climatiseur ancré au large du littoral vienne dans les terres et, posté au-dessus de l'horizon en volutes de brumes cotonneuses, nous envoie instantanément une atmosphère rafraîchie.

Le 4 juillet fut une de ces journées à aube rouge. A sept heures, lorsque je me levai, le soleil était une orange à l'autre bout du verger de Weld. L'air était immobile et suret. Les lattes des caillebotis du patio étaient toutes gauchies à chaque bout. Songeant à la chaleur que dégageraient quelques heures plus tard les dalles de mâchefer dont il était carrelé, j'eus un instant de déloyale nostalgie pour les frais herbages et les ombrages de climats plus humides.

Catarrhe n'avait rien déposé sur le paillasson. Il n'est guère chasseur l'été. La première année, il avait mangé beaucoup de lézards, mais, ayant manifestement quelque difficulté à les digérer, il a fini par les rayer de son menu. Il est trop paresseux pour battre un grand territoire et c'est pourquoi, après avoir, au printemps, éliminé les nuisibles vivant aux abords immédiats de la maison, il était retombé dans une douce somnolence au milieu des massifs de fleurs, ne se levant plus que pour dévorer l'oiseau qui de temps à autre venait se briser le cou contre la baie vitrée.

Je me félicitai de ce qu'au moins, l'adobe ayant durci comme du ciment, les exterminations printanières de Catarrhe allaient croître et embellir. Puis je fis le tour de la maison pour découvrir qu'au cours des dernières vingt-quatre heures un thomomys avait creusé une galerie sous l'allée, laissant dans son sillage des briques sens dessus dessous, et était déjà en train de s'attaquer à la roseraie.

Ces bestioles me font jurer comme un charretier. Elles sont vraiment fortiches, elles savent trouver votre talon d'Achille avec l'efficacité d'un missile à tête chercheuse. Cette allée était mon dernier point faible. En effet, dans les six mois qui avaient suivi la réalisation du patio – briques posées sur un lit de sable et, conformément au code paysager, jointoyées au sable –, je m'étais aperçu que ce type d'assise ne vaut rien en pays thomomys où il est vite sapé, ni sur un sol d'adobe où, à la saison sèche, s'ouvrent de si larges crevasses que tout le sable se retrouve directement en Chine, provoquant l'affaissement des briques. J'avais donc démonté la totalité du patio – neuf mille pièces, et une à la fois – pour reposer le tout sur une chape de béton. Las, je n'avais pas encore appliqué le même traitement à l'allée. Presto, cette saleté repère la chose.

Il n'est pas facile de prendre le thomomys au piège dans le sol meuble d'un parterre. Le plus souvent, il va bourrer ledit piège de terre et tellement tasser l'entrée de la galerie qu'il sera même impossible de le récupérer. Mais pas question de laisser cette vermine s'en donner à cœur joie dans les rosiers ; j'allais m'occuper de son cas sitôt le petit déjeuner. Je rentrai brancher la cafetière électrique, préparai rôties et jus d'orange, fis griller une paire de petits steaks et emportai le tout dans la chambre, où Ruth commençait de s'étirer et d'ouvrir les yeux. Pour une femme qui a tendance à mépriser la mollesse, elle trouve un plaisir suspect dans la dernière et voluptueuse demi-heure de sommeil matinal. Nous prîmes comme à l'habitude le petit déjeuner au lit, Catarrhe pelotonné sur la couverture électrique, puis nous lûmes à haute voix pendant près d'une heure *Le Guépard* dans le texte. Ruth tient à pratiquer ce genre d'exercice pour l'entretien de nos cellules grises. Ce n'est qu'au terme de notre séance d'italien que je ressortis et gagnai la roseraie, muni d'une fourche à bêcher et de quelques pièges. Il faisait déjà très chaud.

On détermine la direction générale suivie par un thomomys à l'orientation de ses monticules latéraux. Il suffit de creuser en travers de leur alignement pour tomber pile sur la galerie principale. C'est là qu'il convient de poser les pièges, un de chaque côté. Son instinct le pousse à reboucher le trou. Reculant en direction du piège tout en ramenant de la terre sous lui avec ses pattes de devant, il pose l'arrière-train sur la platine et se fait embrocher à hauteur des omoplates par les mâchoires d'acier effilées.

Les monticules se succédaient irrégulièrement en direction du coin de la maison. Tout en posant les dents de ma bêche sur le sol pour évaluer le tracé de la galerie, je donnai libre cours à une idée fantasque et me demandai ce qui arriverait à un thomomys ambitieux, fouissant allégrement suivant les indications de ce radar ou sonar qu'ils semblent posséder non moins que les marsouins, s'il rencontrait la paroi bétonnée d'une piscine. Ho, ho, se dirait-il, on protège là quelque chose de véritablement très précieux. Voyez-moi comme c'est solide, inébranlable, et profond avec ça. J'ignore ce qu'il y a derrière, mais ils y tiennent beaucoup. Ce n'est pas cela qui va m'arrêter ; des griffes capables de creuser l'adobe ne vont pas s'émousser sur du ciment. Et que je te fore sur une longueur, puis deux. Il s'arrête un moment pour souffler un peu, puis repart de plus belle. Son sonar lui indique que le mur s'amincit. Le matériau devient humide, puis franchement mouillé, et il se dit : ouais, j'y suis presque. Je parie qu'il s'agit d'un parterre de fleurs qui vient d'être copieusement arrosé, plein de succulentes racines, à moins que ce ne soit un châssis froid de tomates, ce que je préfère. Et, *gloup*, il se reçoit toute la piscine sur le paletot.

Oh, l'heureux dénouement ! Oh, comme ce serait bien fait ! Mais celui-ci, je le voyais bien, allait me donner du fil à retordre. Je montai sur ma bêche, l'enfonçai entièrement dans le sol et retournai une grosse motte.

C'était lourd, cela remuait. La terre s'en détacha et retomba, révélant un nœud d'anneaux noir et blanc enserrant les dents de l'outil. D'un coup d'un seul, alors que j'avais seulement espoir de pratiquer une ouverture dans la galerie, voilà que je venais de remonter une grande couleuvre, l'instant d'avant encore secrètement tapie sous mes pieds.

Ses contorsions transmettaient des secousses au manche de l'outil. Planté là à tenir cette chose tellement vivante, je n'étais plus que chair de poule des pieds à la tête. Elle était horrible et belle à la fois, long câble anthracite barré de diagonales blanches, le ventre crème. Elle était blessée, une des dents l'avait traversée de part en part et du sang se voyait sur ses vigoureux anneaux. Et par-dessus tout, paradoxale : cette créature marquée par une extrême visibilité venait d'être frappée parce qu'elle se trouvait sous terre, où cette caractéristique ne lui servait de rien. Nul faucon n'aurait fondu sur ce serpent comme au printemps dernier le queue-rouge sur la coronelle. La seule vue de ce long fouet noir et blanc l'en eût dissuadé : un trop dangereux client. Le sort a fait de moi son prédateur, moi, aveugle comme la taupe, et il ne vit pas arriver le coup fatal.

Je l'abattis violemment sur le sol et dégageai mon outil. Il lova son corps brisé, épaissi en son centre par la forme bien nette du thomomys avalé quelques heures plus tôt, et darda sur moi des yeux adamantins et une langue bifide. Je ne lui laissai pas le temps de me défier. Ma fourche frappa à coups redoublés jusqu'à ce qu'il ne fût plus qu'une masse sanglante encore agitée de contractions réflexes. Sans attendre, j'agrandis le trou et l'y enfouis. J'avais réagi comme face à un ennemi implacable, voire une incarnation du mal. Pourtant, cet animal endogé était le destructeur naturel des thomomys, mulots, taupes et serpents à sonnette, tous les nuisibles préjudiciables à mon jardin comme à moi-même. Bien qu'il eût œuvré dans les ténèbres et m'eût fortement secoué par la soudaineté de son apparition, il venait, au moment où je le tuai, de me rendre service.

Tout retourné et tourneboulé, ruisselant de sueur sous l'effet combiné de la chaleur et de l'émotion, je ressortis du parterre piétiné avec la pensée angoissée que ce serpent était un présage ou un symbole dont le sens aurait dû m'apparaître. Aujourd'hui, je le déchiffre comme la révélation du tort que tous nous commettons par inadvertance, comme si jusqu'à nos hardes étaient à redouter, comme si le mal n'avait pas seulement pour origine la méchanceté, la haine, l'amour et autres passions exacerbées, mais aussi le contact le plus fortuit et l'action la plus banale. On sort contempler le couchant et l'on écrase un scarabée, par exemple. Mais cela, c'est ce que je dis aujourd'hui. Sur le moment, j'en fus malade et tourmenté. Une journée qui n'avait de toute manière pas bien commencé était déjà gâchée.

Enfin, tournons la page. J'allai à la cuisine me servir un gin-tonic afin de me remettre l'estomac d'aplomb. Ruth, arrivant sur ces entrefaites, me tomba dessus : elle me prenait à boire de l'alcool à pareille heure, alors que j'allais très certainement m'enfiler une dizaine de verres à la soirée des LoPresti. Pense un peu à ton foie.

Je m'en fus passer le restant de la matinée assis sur la terrasse à penser à mon foie tout en prêtant l'oreille aux détonations montant des zones pavillonnaires qui s'étendent à l'est de chez nous. Toutes les municipalités de Californie ont beau interdire les feux d'artifice privés, il ne s'écoulait guère plusieurs minutes sans que vînt retentir à mes oreilles l'explosion de grosses fusées suivie du crépitement façon mousqueterie de chapelets de pétards. Chaque fois, les beagles du chenil en contrebas couraient en tout sens, se dressaient contre le treillage et pointaient le museau vers le ciel. *Ouuuuh. Ouuuuh.*

– Enfin quand même, tu ne crois pas qu'un de ces crétins de Weld pourrait finir par se dire que ces foutus clébards sont une nuisance ?

Ruth leva le nez de son magazine.

Notre petit différend regardant mon verre matinal avait été plus vif qu'à l'accoutumée et nous étions un peu en froid depuis lors. Et elle s'était mise en short, bien que je lui eusse moult fois représenté que cette tenue convenait aux femmes de moins de cinquante ans.

J'y voyais non une concession à la chaleur, mais la volonté de m'être désagréable.

– Je ne sais pas, me répondit-elle. Pourquoi n'appelles-tu pas chez eux pour le leur dire ?

– Le leur dire ! Tu te doutes bien de la réponse que j'obtiendrais.

Indifférente au possible, elle haussa les épaules.

– Tu n'as plus qu'à ronger ton frein ; console-toi à la pensée que, si le feu prend chez eux en ce 4 juillet, tu ne lèveras pas le petit doigt.

– Tu es faite pour lire dans les pensées, grinçai-je. Et la divination dans les feuilles de thé, tu as essayé ?

Elle me considéra en faisant la moue pendant une bonne demi-minute, puis elle dit :

– Du thé. Ce n'est pas une mauvaise idée.

Elle me fit un sourire – m'ayant bien tapé sur le système, elle était de nouveau en mesure de sourire avec assez de naturel – et s'en fut à l'intérieur. Elle reparut peu après avec un verre de thé glacé mêlé de jus de fruits. Peut-être entendait-elle se rabibocher, mais je voulus y voir une façon de me signifier ce qu'il m'était permis de boire avant cinq heures du soir. Je le pris et le déposai sur les briques au pied de ma chaise longue, où il resta jusqu'à l'heure du déjeuner, glaçons bientôt remplacés par quelques guêpes venues s'y noyer.

Vers midi, j'entendis un bruit de sabots descendant le chemin. C'était Julie allant donner un coup de main à Marian ou rendre visite à ses copains arboricoles. Sous l'ombrage immobile régnait une chaleur poisseuse. Sur le coteau d'en face, l'amas hideux du pigeonnier et du chenil m'offensait la vue. *Boum*, faisait par intermittence l'air croupi ; *ouuuuh*, faisaient les chiens. Accoté à la rambarde avec les jumelles, je vis que Tom Weld avait hissé un drapeau devant chez lui. Hé, dis, m'as-tu vu ?

S'il avait consulté un chaman, Lou LoPresti n'aurait pu choisir pire jour pour son potlatch.

II

Lorsque à trois heures je m'éveillai de ma sieste, l'atmosphère de la chambre était aussi inerte et saturée d'humidité que le fond d'une mare. J'avais la peau moite, la tête cotonneuse et un arrière-goût de smog sur la langue. Les rideaux tirés sur les fenêtres fermées en rempart contre la chaleur empêchaient du même coup le moindre souffle de vent coulis d'entrer. Une fois dehors, je constatai qu'il n'y avait pas plus de brise qu'à l'intérieur et qu'une brume de chaleur avait investi les collines. Le soleil était descendu au-dessous de la rambarde de la terrasse pour figer et recroqueviller le feuillage des chênes et des photinias. Au fond des combes, la végétation mijotait dans un air gris comme une eau de vaisselle. Dans le chenil, les beagles étaient allongés sur le flanc. Les patriotes étaient à court de munitions, mais le drapeau était toujours en place.

Warte nur, soufflait le fantôme de Goethe à mon âme désenchantée, *balde ruhest Du auch*[1].

Je trouvai Ruth à la lisière du patio, pieds nus et en short, parcourant une étroite bande d'ombre pour ôter les fleurs fanées des géraniums. Entre elle et le massif de pyracanthe, les briques flamboyaient, décolorées par la chaleur. Se redressant pour me regarder, elle posa accidentellement le pied au soleil, et son expression, lorsqu'elle bondit en arrière, fut éloquente. Un fakir accoutumé aux charbons ardents eût trouvé ce patio conforme au cahier des charges.

– Le jour idéal pour un barbecue, observai-je.

Sans piper, elle se remit à couper les rameaux défleuris pour les jeter dans la brouette. Apparemment, il m'incombait entièrement de hasarder une réconciliation ; ce thé auquel je n'avais pas touché l'avait à l'évidence rendue folle de rage. C'est que de mon côté je n'avais pas projeté de me l'aliéner définitivement – sans bonne intelligence il n'est pas de modus vivendi avec une femme. C'est

1. « Patience, bientôt toi aussi tu connaîtras le repos. »

pourquoi je dévidai le tuyau de son touret, ouvris l'eau, qui au début arriva si chaude que l'on aurait pu s'y faire la barbe, puis devint plus fraîche. Mouillées, les briques fumaient et, quand j'en écartais le jet, je pouvais voir en disparaître l'humidité comme la buée d'une haleine s'évapore sur une vitre.

Je me débarrassai de mes chaussures et m'arrosai pieds et chevilles. Un délice. Ensuite, au moment propice où Ruth se pencha une fois de plus sur ses géraniums, j'orientai le jet droit sur son dos. Elle se redressa dans un cri.

– Mes cheveux ! Ça ne va pas, non ?

– Dans ce bain de vapeur, ils seront de toute façon comme des baguettes de tambour. Encore un coup ?

– Non, ça suffit ! Arrête, je te dis !

Je la fis danser en lui aspergeant les pieds et, quand elle me tourna le dos, je lui envoyai encore un bon coup sur le derrière pour lui faire bien comprendre que les shorts ne méritaient pas de quartier – toute dame au-dessus de soixante ans ne sera en sécurité que correctement vêtue. Afin de prévenir d'éventuelles représailles, je levai le tuyau et laissai l'eau retomber en pluie sur moi jusqu'à ce que ma chemise et mon pantalon fussent entièrement mouillés. L'hygrométrie était si élevée que même trempé j'avais chaud.

– Mets la fontaine en marche, me dit Ruth. Au moins aurons-nous le bruit de la fraîcheur.

J'allai dans le garage actionner l'interrupteur ; le moteur électrique se mit à ronronner dans son logement. Le temps pour moi de revenir dans le patio, le jet arrosait la vasque de métal surmontant le bassin, et cette dernière ne tarda pas à déborder. Notre torride sommet de colline s'agrémenta d'un bruissement de grotte ombreuse. A plusieurs reprises nous traversâmes l'étendue de briques chaudes et, la tête en plein soleil, restâmes un long moment debout dans le bassin avec de l'eau à mi-mollet. Nous nous tenions là, tout mouillés et raisonnablement à notre aise, quand Marian déboucha au détour du chemin.

Je la vis entre les longerons de la barrière s'arrêter un moment pour souffler. Elle s'était fait une queue de cheval semblable à celle de Debby, sa robe était un de ces vêtements de grossesse que l'on s'enroule autour du corps, convenant pour tous les stades de corpulence, garanti pour n'être jamais seyant et, en l'occurrence, d'un ton de vert qui ne lui allait pas particulièrement. Je lui trouvai un air fatigué. Une femme construite avec des allumettes, une bille en guise de tête et une autre, plus grosse, pour faire le ventre. Et pas même son sourire, éblouissant comme un héliographe quand elle vit que je la regardais, ne put effacer cette impression de lassitude et de tristesse.

Elle s'en vint vers nous à pas lents, contourna le bassin et s'affala comiquement sur le fauteuil que je venais de lui avancer. S'y étendant de tout son long, elle laissa échapper une profonde expiration.

– Il me faudrait un apport supplémentaire en oxygène quand je m'attaque à cette montée.

– Vous êtes folle, la réprimandai-je. Pourquoi êtes-vous venue à pied ? J'allais passer vous chercher.

Le vert de son vêtement rendait plus ternes ses cheveux châtains. Elle avait sous les yeux des ombres plus foncées que son hâle. Comme se demandant si j'étais vraiment fâché, elle me regardait du coin de l'œil.

– Je ne vais pas tarder à reprendre mon souffle. Oui, je sais, vous aviez dit que vous passeriez, seulement… Je ne sais pas, Debby est partie avec Julie se baigner chez les Casement et j'ai eu tout à coup l'impression d'étouffer, là en bas toute seule, comme si on m'avait brusquement jetée dans un bain-marie. Alors, je suis montée.

Ruth la considérait avec l'expression absolument inexpressive qu'elle arbore lorsqu'elle se concentre sur quelque chose qui la tracasse.

– Vous êtes sûre que ça va, Marian ?

– Mais oui, voyons !

Le regard de la jeune femme passa sur Ruth, puis revint sur moi. Elle eut un petit tremblement du côté de la bouche, un tressaillement implorant des lèvres, si fugace qu'il aurait aussi bien pu ne pas se produire. Et elle dit d'une voix égale, affectant de se délasser merveilleusement sur son fauteuil :

– Cela ira encore mieux quand j'aurais retrouvé mon souffle.

– On peut dire que vous avez choisi votre jour pour partir en promenade !

Elle changea de position. Je voyais renaître son goût pour l'argumentation et pensai à un jeune chien résolu mais fourbu que l'on essaierait de faire jouer encore.

– Vous trouvez ? dit-elle. Cette chaleur n'est pas pour me déplaire, vous savez.

– Vous avez quand même attrapé un léger coup de bambou, dis-je. Tenez, ôtez vos sandales.

– Pour quoi faire ?

Elle nous regardait tour à tour d'un air soupçonneux, comme nous découvrant seulement.

– Mais vous êtes tout trempés. Qu'est-ce qui vous est arrivé, vous êtes tombés dans la fontaine ?

– Nous avons réagi de façon sensée aux conditions météorologiques.

J'ouvris l'arrivée d'eau et lui arrosai les pieds sans me soucier de savoir si elle était toujours chaussée ou non. Elle les recula d'un mouvement sec, puis étendit de nouveau les jambes tout en remontant sa robe au-dessus de ses genoux.

– Hé, c'est délicieux ! C'est comme Keats qui mangeait des piments rouges, puis buvait du vin frappé.

– Le premier de ces jeunes olibrius, observai-je. Toute personne ayant un peu la tête sur les épaules aurait laissé le piment.

L'air hagard qu'avait Marian en arrivant s'estompait peu à peu, à croire qu'il n'était dû qu'à la chaleur et à la montée. Je cherchais l'expression apeurée ou angoissée ou implorante que j'avais cru noter un peu plus tôt, et ne voyais que son habituelle combativité amusée.

– La douleur est une forme de plaisir, vous ne saviez pas ça ?

– Quand elle s'arrête, vous voulez dire.

– Non, la douleur en soi.

– Uniquement pour les sadiques et les masochistes, dis-je. Pour vous comme pour moi, le plaisir s'arrête à la lisière de l'inconfort.

Réfléchissant, elle avait déjà commencé de secouer la tête.

– Oui, mais quand c'est l'été, n'aimez-vous pas qu'il fasse une chaleur vraiment étouffante, et en hiver qu'il gèle à pierre fendre ? La douleur donne du relief aux choses. Comment croyez-vous que réagiraient les femmes si faire des bébés était aussi facile que cueillir des pommes ? Est-ce que vous ne retirez pas du plaisir – de la satisfaction… non, je dis bien du plaisir – de tout ce qui est rude, brûlant, âpre, rugueux, dur, malaisé ?

– Non.

– Mais bien sûr que si !

– Non, bien sûr que non. Et je ne crois pas que John serait d'accord pour que vous preniez tout ce plaisir à grimper des côtes sous la canicule.

– Joe a mille fois raison, Marian, renchérit Ruth.

Cette fille, même engagée dans une de ces disputes pour rire, avait une façon bien à elle de paraître consulter un fonds de gravité, tout comme une demoiselle occupée à rire de quelque chose jettera, afin de vérifier l'état de sa coiffure, un rapide coup d'œil vers le miroir devant lequel elle passe. Du plat de la main, elle lissa la robe sur ses genoux, faisant apparaître le dessin de ses cuisses. Elle sembla momentanément étonnée de la rotondité de son abdomen. Puis elle leva vers nous son regard bleu, limpide, scrutateur.

– J'étais bien au frais en bas et cela ne m'a pas empêchée de me sentir esseulée et cafardeuse, et de regretter l'absence de John. C'est pour cela que je suis montée. A présent, je me sens mieux. C'est ce que John souhaiterait. Il veut que je fasse les choses qui sont bonnes pour mon moral. Il y a ce poème de Frost que vous connaissez sûrement.

– Oui, lequel ?

Elle eut une expression de bonheur parfait.

– Bon, d'accord. Je ne m'en rappelle pas le titre. Rien que la fin. Il y est question des plaisirs âpres.

Sur son quant-à-soi, un peu crispée, prête aussi à éclater de rire, à rire non du poème mais du spectacle qu'elle donnait d'elle-même assise là à le débiter, elle nous signifiait tacitement qu'il fallait être ouvert à la poésie comme à tout le reste, qu'il n'y avait aucune raison d'éprouver de la gêne à dire des vers sur le patio de ses voisins. Et maintenant, *écoutez*, disait son lumineux visage, tandis que embarras, amusement et enthousiasme menaçaient de la submerger, *écoutez bien* :

Quand, engourdie, douloureuse,
Marquée de l'empreinte de l'herbe et du sable,
Je retire la main
Sur laquelle j'étais appuyé,

La douleur n'est pas suffisante :
Je voudrais le poids et la robustesse
Qui me feraient éprouver de même la dureté de la terre
Sur toute la longueur de mon corps.

Elle s'était avancée tout au bord de son fauteuil. Cinq minutes après avoir gravi notre colline, hors d'haleine, muette d'épuisement – avec en plus cette chose qu'elle gardait par-devers elle –, elle s'avançait au-devant de nous. Existe ! Souffre ! Savoure ! Réveille-toi ! Dans ce corps, assurément, l'esprit était maître de la chair.

– Je suis tombée dessus l'autre jour ! s'exclama-t-elle gaiement. Cela exprime exactement ce que j'ai éprouvé toute ma vie.

– Je vous crois, dis-je. Je vous crois sans réserve. Seulement, Marian, il faut que vous sachiez qu'à soixante ans les vaisseaux ne se dilatent plus comme ils le devraient et que le sang bout à basse température. Vous vous adressez à une paire de vieux croûtons rassis qui, par une chaude journée comme celle-ci, ne peuvent que rester à l'ombre à se manger le nez.

– Oui, et s'arroser l'un l'autre comme une paire de gamins de six ans.

(Comment décrire un sourire tel que le sien ? De belles dents, blanches et bien rangées. De grands yeux, très bleus, et dont le coin extérieur s'étire vers le haut. Un visage fin et délicat. Une peau hâlée et lisse, d'où émane comme un reflet. Les détails physiques ne disent rien et ne m'évoquent pas, à l'heure présente, la magie essentielle de ce sourire. C'était son âme qui souriait, qui débordait d'elle comme de la vasque l'eau étincelante de la fontaine. Je serais capable, lorsque j'y repense, de me cogner la tête contre le mur.)

Sa jolie tête, encadrée par ses cheveux tirés en arrière, était inclinée sur le côté, attentive. Son regard fit rapidement le tour du patio.

– Et voyez quel bel ombrage vous vous êtes fait pour vos chamailleries !

Nous calquions notre attention sur la sienne. Elle avait le don de vous faire regarder, écouter, humer, goûter les choses. La pompe ronronnait dans son coin, presque imperceptible. Le jet s'élevait de cinq ou six pouces au-dessus du bec, puis vacillait et retombait avec un glouglou atone. Je pouvais voir qu'il essayait, contrarié en cela par l'interférence de ses retombées, de tourner dans le sens inverse des aiguilles d'une montre, comme tout fluide dans l'hémisphère boréal du fait de la rotation de la terre. De temps en temps, la vasque émettait une note basse qui allait se répercutant telle la résonance d'un gong. Passé le rebord, le film liquide s'incurvait, puis se rompait pour tomber en cascade dans le bassin, et les ondes concentriques s'étalaient, se chevauchaient, faisaient danser l'unique lis jaune dressé sur son flotteur vert, et jouer des reflets de soleil sur le bois de la barrière et les feuilles lancéolées de la clématite. Un moqueur vint frôler l'oranger et s'en fut d'un coup d'aile.

– Jamais vous n'auriez conçu un endroit aussi délicieux si cela ne vous faisait pas plaisir, observa Marian. Et vous ne le goûteriez pas autant s'il ne faisait pas tout autour aussi chaud et aussi sec. Vous vous rappelez la discussion que nous avons eue ce printemps, la première fois que John et moi sommes venus ici ? Je vous avais reproché de ne pas laisser les choses dans leur état naturel. Eh bien, ce serait toujours ma façon de faire, mais la vôtre donne de tels résultats que je me laisserais pour un peu convaincre. Qu'est-ce qu'une oasis sans un désert autour ? Qu'est-ce qu'un jardin si on n'y pénètre pas en venant d'une rue malpropre ou en sortant d'une maison confinée ? La canicule est la raison d'être de ce patio. Vous ne feriez pas marcher cette fontaine sous la pluie.

Sa vivacité agissait sur l'espace environnant comme le trait coloré du moqueur sur le coin de l'oranger. Je la regardais en souriant, tout en faisant couler un filet d'eau sur ses sandales, et, comme elle écartait les mains en un geste de triomphant CQFD, je notai la légère raideur de son bras gauche.

Une onde glacée descendit sur moi. Je ne pus m'empêcher de regarder à la dérobée le renflement du faux sein au-dessus du vrai bombement de la grossesse. Aurais-je eu une telle tendresse pour cette jeune femme si elle n'avait pas été mutilée et menacée ? Était-ce elle-même ou bien le péril où elle se trouvait qui m'inspirait autant d'inquiète sollicitude ? Parlant du besoin de contrastes dans un jardin, elle était elle-même, si l'on adhérait à sa théorie, un rappel du danger et de la souffrance nécessaires à la consécration de ce sanctuaire. Elle voyait des étoiles en plein jour parce qu'elle vivait au fond d'un puits, et elle les contemplait avec passion parce que le couvercle pouvait s'abattre d'un jour à l'autre, l'enfermant à jamais dans les ténèbres.

Durant cet instant aussi bref qu'intense, l'image de la grande couleuvre pesa sur moi, avec ses anneaux ensanglantés ballonnant en leur centre comme ballonnait Marian. Je revoyais le serpent écrasé et convulsé, fourré dans un trou et bientôt enseveli. Ce n'était rien de plus qu'une association de formes, mais le nœud glacé au centre de mon ventre se resserra et, sur mes avant-bras, chaque poil se dressa dans son cratère de chair de poule. Accablé par la violence de mes émotions, je lâchai avec humeur – mais quel était au juste l'objet de cette irritation ? Un peu tout à la fois, je suppose, le danger où elle se trouvait, sa vivacité, son courage :

– La douleur, c'est très bien quand on peut l'interrompre. Il se peut même qu'elle soit bénéfique pour l'âme, tout comme la strychnine l'est à petites doses pour les cœurs malades. Seulement, elle n'a pas en ce bas monde la propriété de pouvoir être interrompue à volonté. Éprouver la dureté de la terre sur toute la longueur de son corps… oui, bien sûr, tant que vous voudrez. Mais, de grâce, ne cultivez pas la douleur. Ne voyez-vous pas, misérable folle exaltée dont je suis follement épris, que la douleur est un poison ? Un poison, oui ! Ne la recherchez pas. Ne lui tressez jamais de louanges. Évitez-la autant que vous le pourrez, endurez-la s'il le faut, mais ne la prenez jamais, jamais, m'entendez-vous, pour quelque chose de désirable !

Cela m'était sorti presque malgré moi. Toutes deux ouvraient de grands yeux. Confus de la façon dont j'avais lâché la bride à mes émotions, je leur arrosai méticuleusement les pieds, puis éteignis l'eau. Le corsage de Ruth, encore un peu humide, était plaqué sur sa peau, révélant la forme sèche de son buste et l'ombre blanche du soutien-gorge – Ruth, robuste et bien portante. Mais la chair de ses cuisses était un peu flasque, ses cheveux étaient d'une blancheur intense encore soulignée par la noirceur intacte de ses sourcils. Je sentis monter une bouffée de tendresse, moins parce qu'elle était ma femme et ma compagne depuis une quarantaine d'années que parce qu'elle était mortelle et menacée à l'instar de la jeune femme assise auprès d'elle. Toutes deux me rappelaient combien nous sommes impuissants et vulnérables. Et ni l'une ni l'autre n'avait la moindre idée de l'effort que je faisais pour ne pas avancer la main et les toucher l'une après l'autre, recherchant le contact à la manière d'un hippopotame ou d'un morse, espèces dont les membres ne peuvent vivre sans se frotter à leurs congénères.

Je croisai le regard de Marian. Elle me sourit timidement, ne demandant visiblement pas mieux que d'oublier ce moment embarrassant pour reprendre l'aimable badinage sous lequel nous avions coutume de travestir nos pensées. Peut-être avait-elle entendu ce que j'avais essayé de dire à travers mon emportement ; après la longue lettre écrite la veille, j'avais comme le sentiment que les masques étaient tombés pour de bon. Mais non, je voyais bien qu'elle n'avait pas compris, et je dus me représenter qu'elle n'avait pas eu connaissance de cette lettre ; je m'étais épanché sans auditoire, j'étais tombé dans la forêt sans qu'il y eût une oreille pour entendre le bruit de ma chute. Marian à présent, je le sentais, aurait volontiers émis quelque chose de gai pour peu qu'elle eût su ce que j'avais voulu dire ou ce dont j'avais besoin.

Mais, pour me remonter le moral en cet instant précis, il aurait fallu qu'elle abolît sa mortalité, celle de Ruth, la mienne, celle de chaque organisme qui, à la surface de ce monde indifférent, était affecté d'un système nerveux et fuyait les sensations trop violentes, identifiées comme de la douleur.

Quelle tâche fut abattue lorsque nous franchîmes la frontière entre polymère et cellule, et commençâmes de progresser tant bien que mal vers cette conscience supérieure dont Marian était si certaine que nous finirions par l'atteindre !

Le téléphone sonna, et c'est avec soulagement que je m'en fus répondre. C'était Fran LoPresti, qui n'avait apparemment pas d'autre motif d'appeler que l'envie de faire la causette, alors qu'une centaine d'invités allaient arriver chez elle d'un moment à l'autre. Elle est redoutable au bout du fil. Sa voix vous absorbe comme sables mouvants. Melliflue et caressante, pleine d'onctueuses accentuations et de molles emphases, elle se mit à me parler de la chaleur, de qui venait et qui n'avait pu se libérer, de ce qu'il convenait de faire pour empêcher Ansel Sutton de boire. Le combiné était tout moite, une mouche n'arrêtait pas de venir se poser sur ma calvitie, et cette voix à l'autre bout qui continuait de sourdre. Arriva le moment où, miséricordieusement, un petit fusible en plomb fondit à l'intérieur de mon crâne surchauffé, un branchement se mit en court-circuit, et la communication ne fut plus qu'un apaisant murmure.

Je n'arrivais pas à me figurer pour quelle raison elle appelait. Toute personne un peu sensée aurait dû être assise dans un tub d'eau fraîche. Mais peut-être Fran téléphonait-elle après tout du fond de sa baignoire. Je me la représentai toute blanche et rose, remuant l'eau d'un bout d'orteil rose, ses lèvres bécotant un blanc combiné. De là, je passai, je ne sais trop comment, à la vision de souriceaux nouveau-nés, tout roses, soulevés par la queue, trempés dans le miel et avalés tout rond. Mais je m'aperçus tout à coup que le ronronnement s'était interrompu.

– Moui ? fis-je.

– Sur tout le pourtour du patio, dit-elle. Nous avons travaillé comme des malades. Absolument toutes les œuvres murales et tous les bois flottés, et jusqu'à la grande sculpture, celle en métal. Je l'ai terminée hier soir, à l'extérieur. J'en avais la sueur qui me dégoulinait le long du nez. Des insectes se jetaient sur la flamme du chalumeau. Vous n'imaginez pas à quel point je souffre pour mon art.

– Tout art est souffrance, dis-je.

– Pas pour vous, j'espère ! s'écria-t-elle. Je meurs d'impatience de voir ce que vous en penserez, surtout de la grande.

Je lui répondis qu'il me tardait en effet de voir tout cela. L'écouteur ronronna, soupira, roucoula contre mon oreille.

– Ah, et… oui, Joe, reprit-il. Je savais bien qu'il y avait autre chose que je voulais vous demander. Est-ce que par hasard vous auriez vu Marian ? Julie m'a dit qu'elle allait garder la petite, mais j'ai appelé et appelé, et ça ne répond pas.

– Marian est ici. Elle nous a dit que Julie et Debby sont parties se baigner chez les Casement.

– Oh ! Elle est donc bien avec Debby.

Elle paraissait légèrement secouée, comme si elle avait descendu une marche qui n'existait pas.

– C'est ce que Marian nous a dit.

– Bon, alors, c'est parfait, marmonna-t-elle.

Puis sa voix crût en volume et perdit son onctuosité, et je me pris à penser que dans une situation de crise Fran devait pouvoir aller jusqu'aux cris.

– Parce que j'aurais juré qu'elle était encore allée retrouver cette bande de beatniks. Figurez-vous que je me suis aperçue qu'elle y est toujours fourrée. Et elle me raconte des bobards. Seigneur, ce que cette enfant peut être menteuse ! C'est l'âge le plus terrible : je ne fais rien de bien, je ne peux pas ouvrir la bouche sans qu'elle me lance un regard haineux. Et elle est dix fois pire depuis qu'elle fréquente cette bande. Joe, à qui appartient au juste ce bout de terrain en bas de chez vous ? Est-ce qu'on ne pourrait pas se renseigner et voir s'il n'y aurait pas moyen de les faire partir ?

– Le ciel nous aide, c'est chez moi, lui avouai-je.

– Chez vous ? Mais comment se fait-il que ?…

– J'étais d'accord pour un seul individu et il est devenu sept ou huit par un phénomène de mitose ou est-ce que je sais.

– Mais vous ne tenez pas à ce qu'ils restent là ?

– Pas particulièrement.

– Ah, bon ! dit-elle. Formidable ! En ce cas, on doit sûrement pouvoir faire quelque chose. On ne peut tout de même pas les tolérer dans le voisinage : ils sont dépravés au possible, et crasseux, et tous ces barbus chevelus… pouacre ! Ah, écoutez, là vous me rassurez ! Il va falloir qu'on voie ça – pas ce soir : je tiens à ce que vous passiez un bon moment, et je tiens aussi à ce que vous regardiez très attentivement mon travail. Mais plus tard, très bientôt. D'accord ? Oh, j'entends une voiture, ça commence à arriver. A tout à l'heure. Vous venez de bonne heure, hein ? Allez, bisous.

Je regagnai le patio.

– Qui t'a retenu si longtemps ? interrogea Ruth.

– Fran. Elle s'inquiétait surtout à l'idée que Julie était peut-être avec la bande à Peck.

Je regrettai aussitôt d'avoir dit cela, car Marian était consternée.

– Oh, mon Dieu ! Est-ce qu'elle s'en fait beaucoup ?

– Oui, pas mal. Elle voudrait que je les chasse.

– Et vous allez le faire ?

– Je n'en sais rien. L'inquiétude de Fran est à mes yeux la moindre de plusieurs bonnes raisons que j'aurais de le faire.

– Çà, il va falloir que je lui en touche un mot, et à Julie également. Peut-être vaudrait-il mieux que je n'aie plus recours à elle.

– Cela ne l'empêchera pas d'y aller, comme vous me le disiez vous-même. Allez, ne parlons plus de cette rébarbative jeunesse. Je lisais l'autre jour sous la plume d'un éducateur que la seule chose qui soit pire que la condition de parent est celle d'enfant. Il inversait les termes. Est-ce que nous nous mettons en route ?

– C'est quand on veut, dit Ruth. Selon toi, le soleil est-il assez haut au-dessus du bout de vergue ?

Elle avait dit cela d'un ton un peu provocant, mais le regard qu'elle m'adressait était plaisant et ne trahissait rien. Sans doute jugeait-elle l'heure suffisamment avancée pour que je m'autorise un verre. Elle a de ces menues règles et, lorsqu'on y satisfait, elle est satisfaite. Et je la soupçonne d'avoir compris mon petit éclat au moment où Marian avait tenté de nous – ou de se – persuader que la souffrance avait des vertus.

– Est-ce que nous y allons à travers champs ? demanda-t-elle. Oh, et puis non. Prenons la voiture.

Marian nous regarda tour à tour et dit :

– Honnêtement, si de votre côté cela ne vous fait pas peur, j'aimerais autant y aller à pied.

– Bien sûr que non, ça ne nous fait pas peur, lui répondit Ruth. C'est à vous que je pensais.

– Sous prétexte que j'étais essoufflée en arrivant en haut de votre côte ! s'écria Marian, visiblement émotionnée. Il faut que je marche, c'est le docteur qui l'a dit. Et puis si je veux être cohérente, est-ce que je ne dois pas de toute façon choisir l'option malaisée ?

Tout doux, me dis-je. N'engage pas la discussion. Elle est, pour je ne sais quelle raison, sur la défensive, et un peu à côté de la plaque, comme lors de notre première rencontre.

– C'est entendu, lui répondis-je, comme si la chose était sans importance. Est-ce que vous avez quelque chose à vous mettre sur les épaules quand nous rentrerons à la nuit tombée ?

– Je vais prendre un châle supplémentaire, dit Ruth.

Un frémissement léger, pas vraiment un sourire, passa sur les lèvres de Marian.

– Joe, vous êtes fâché ? Parce que, vous savez, ça m'est bien égal. Ce n'est pas parce que je suis une méchante fille et que j'aime me punir…

– Je suis d'accord avec John, dis-je. Il faut que vous fassiez ce qui est bon pour votre moral.

– Si, si, je vois bien que vous êtes fâché.

– Je suis assez remonté, c'est vrai, mais ce n'est pas après vous. Je l'ai été toute la journée pour une chose ou pour une autre. Allez, trempez vos petits pieds dans l'eau et détendez-vous pendant que nous allons nous changer.

Quelques minutes plus tard, nous formions une petite procession entre herbes et ciel cuivrés, menus coolies en chapeaux de paille, votre serviteur absurdement chargé d'un chandail et de deux châles. Il faisait si chaud que j'en tremblais et qu'il me venait comme des éblouissements. J'avais les narines nappées de l'odeur de poussière et de fumier du chemin. Des bractées de bardane se prenaient à mes manches de chemise, des épillets de queue-de-renard me picotaient les chevilles. Très haut au-dessus des escarpements embrumés, le faucon à queue rouge se laissait porter par les courants ascendants. Plutôt que chasser, il paraissait rechercher un peu d'air.

Passé la pâture des Shields, un raccourci nous fit quitter le sentier étouffant pour le petit bois de saules entourant une station de pompage et sa citerne. Il flottait là un parfum d'hamamélis, illusion de fraîcheur qui m'éclaircit un peu les idées. Franchissant un échalier, nous longeâmes le poulailler désert, dont le grillage tordu était un souvenir du chien du frère de Weld, puis suivîmes le chemin en pente douce, bordé de chênes presque entièrement défoliés par les chenilles et tout chargés de touffes de gui. Naturellement, étant un parasite, le gui n'est goûté par aucun nuisible. Et plus l'arbre est affaibli, plus l'autre est resplendissant.

A mesure que nous montions, la rumeur de la fête croissait en volume, aussi volubile et inintelligible qu'une prise de bec entre automobilistes italiens. Nous atteignîmes le sommet et elle s'étala devant nous sur l'immense patio.

Un pique-nique à la Renoir sur un chantier de construction. Au milieu de piles de chevrons, tas de sable et palettes de carrelage disséminés au petit bonheur, entre bétonnière, établi et chevalets de sciage, des femmes en robes de couleurs vives et des hommes en chemises bariolées allaient, venaient ou stationnaient par groupes. Il n'y avait en tout et pour tout comme ombrage naturel que trois petits figuiers, mais un vaste parasol de plage rouge avait éclos comme un coquelicot au centre du grand flamboiement. L'ombre de l'aile occidentale de la maison recouvrait un tiers du patio. Là, contre le mur, derrière une table blanche, un personnage vêtu de blanc dispensait le népenthès. Comme il levait un verre pour le tendre à une dame, les glaçons accrochèrent un rayon de soleil et me firent un clin d'œil bleuté.

Marian se retourna vers moi. Son sourire fut aussi éblouissant que cette œillade au curaçao, mais, quand nous commençâmes de descendre vers la petite foule, je contemplai son dos sous le soleil tacheté par l'ombre des arbres désolés. Elle avait les épaules tombantes. Parce qu'elle était restée trop longtemps assise, sa robe verte était toute fripée par-derrière. Même si j'avais grande envie d'une boisson fraîche et d'un peu de compagnie, elle m'avait tout l'air de quelqu'un qu'il eût mieux valu par bonté d'âme emmener jusqu'à une chambre obscure et mettre au lit.

III

L'autre jour, entre deux averses, Ruth et moi avons bravé la bouillasse pour nous rendre chez les LoPresti avec un petit cadeau de Noël, histoire de rafistoler un peu nos relations, sérieusement mises à mal le 4 juillet. Nous n'avons trouvé personne à la maison hormis les sculptures, auxquelles j'eusse pu, je suppose, imputer une partie des griefs de Fran à mon endroit. La totalité du vaste patio sur lequel elles étaient, qui posées, qui dressées, qui suspendues, avait été coffré, carrelé, jointoyé, planté, nettoyé, terminé. Bétonnière, établi, compresseur, bouteilles de gaz et chalumeau, tas de sable et empilements de tomettes, tout avait disparu. Et, à part les nôtres, nulle empreinte de pas dans la boue ; rien qui indiquât que, depuis que le vent les avait amenées là, les feuilles mortes massées dans les angles eussent été remuées par quoi que ce fût de plus gros qu'un perce-oreille ; aucune activité alentour à l'exception d'un défilé de fourmis le long des joints du carrelage. Tout cela vous avait une atmosphère de désolation morne et ordonnée. Le « dessein » avait quitté cet endroit naguère bruissant d'activité ; on pensait à une femme malheureuse qui serre les lèvres pour ne pas pleurer. De cela, j'étais en partie responsable.

Il paraît qu'il y a plus de gens vivant actuellement sur la terre qu'il n'en vécut dans tout le cours de l'histoire humaine. J'ai peine à le croire. Il s'agit d'une si longue histoire et si laborieuse et si lourdement prégnante. Vivant pour quoi ? avais-je envie de demander, avec, jusqu'aux chevilles, des fourmis que, d'un simple coup de bombe insecticide, j'eusse pu réduire en bouillie. Et occupés à quoi ? Là-dessus, j'avais mon idée. Nous nous agitons parce que nous nous agitons, nous bâtissons parce que nous bâtissons, nous nous reproduisons parce que nos reins nous l'intiment, et ensuite nous reportons sur nos enfants, qui ont les leurs et ne veulent pas des nôtres, les espérances que nous ne pouvons plus évoquer à notre sujet sans faire la grimace. Debout dans la cour de Lucio face à la sculpture de mauvais augure de Fran, j'ai été saisi de l'envie aussi subite que risible de rentrer à la maison pour m'employer à quelque chose d'utile – poser par exemple quelques pierres sur le mur de retenue que je suis en train de construire le long de l'allée.

Ce chantier avait été interrompu trop sèchement et on ne relevait aucun signe d'une reprise prochaine des travaux. Pourtant Lucio s'était éreinté à sans cesse entamer de nouvelles tranches. La bétonnière, son emblème héraldique, tournait toujours furieusement au-dessus d'un cône de sable renversé. Empilements de madriers, amas de matériaux et d'objets divers, tout cela se fondait dans la routine quotidienne, un peu comme l'on tire parti sur une aire de pique-nique des souches et affleurements rocheux. Ainsi m'est-il arrivé de voir Fran, de cet air pénétré qu'elle avait, aplanir le sommet d'un tas de deux tonnes de sable, y étendre une nappe et s'en servir comme table à café ; de même, Lucio avait coutume, les jours de grand raout, de remplir la bétonnière de glace pour y mettre la bière à fraîchir. Les outils hors d'usage étaient recyclés : à l'aide de son chalumeau, vraie antiquité du type qui produisait son propre acétylène par réaction de l'eau sur le carbure de calcium, Fran les transformait en compositions artistiques.

Nous étions en train de regarder son œuvre majeure droit dans les yeux, du moins eût-ce été le cas si elle en avait été pourvue, et je me suis aperçu que je la rendais, précisément, par les yeux. Facteur de discorde, présomptueuse, représentation grotesque de quelque chose de triste et de rébarbatif – chez sa créatrice ? chez le public ? les deux, probablement –, cette chose nous toisait d'un air maussade, exhibant son buste où les traits de soudure luisaient comme autant de vilaines cicatrices. La majeure part de l'art de Fran consistait en ramas de ferrailles assemblées à la diable (elle discourait beaucoup sur son souci de penser en termes de matière) et autres mosaïques à base de vieilles cuillers à café, épingles de sûreté, pièces de monnaie et tortillons de fil de cuivre, le tout enrobé de verre fondu, productions évoquant les détritus abandonnés par les visiteurs indélicats dans une source chaude de Yellowstone. Toujours est-il que ce machin était franchement, et je dirai sombrement femelle. Si, le 4 juillet, mon humour d'ivrogne s'était donné libre cours à ses dépens, voici qu'elle paraissait aujourd'hui me guigner méchamment et avec un air entendu, sinistre, triste et accusateur.

Une variété de bonne femme, grandeur nature ou peu s'en fallait. En guise de jupe, un stérilisateur galvanisé, raccourci d'un tiers, avec des rivets qui faisaient comme une rangée de boutons de la taille à l'ourlet. En sortait, tel un pelvis placé un peu haut, le fer d'une pelle hors d'âge dont le manche figurait une épine dorsale reliant bassin et thorax, comme un squelette remonté sur fil de fer.

Mue par une inspiration qui m'échappe, mais à laquelle je m'intéresserais si j'étais son psychiatre, Fran avait percé un trou à mi-hauteur de cette colonne vertébrale pour y enchâsser un verre de lunettes. Pour une raison mal définie, on éprouvait un sentiment d'obscénité à regarder à travers cet ombilic à double foyer. Des rayons X cochons.

La cage thoracique était une machine à écrire portative récupérée à la décharge. Organes mobiles soudés par la rouille, son clavier était un placard de viscères gangreneux et son collier de caractères rubigineux pendait entre deux seins rudimentaires figurés par les bobines. Afin de renforcer la ressemblance, pensant en termes de ce qu'on voudra sauf de matière, Fran avait déposé au centre de celles-ci un étincelant mamelon de brasure.

Fait d'un manche de marteau enveloppé de cuir, le cou évoquait celui des femmes-girafes africaines. Le visage n'était composé que de la panne fendue, recourbée vers le bas, de ce marteau. Le tout était coiffé, en manière d'auréole ou de charlotte, d'un râteau en bambou dont quelques rayons étaient brisés. Venant couronner un corps à l'aplomb impeccable, marteau et râteau étaient légèrement inclinés sur le côté, ce qui conférait à ces deux dents sans visage abritées sous leur bavolet un indicible air de coquetterie. On s'attendait à ce que cette chose s'approchât pour proposer d'une voix à la Mortimer Snerd[1] : « Ça vous dirait de regarder par mon nombril, ha, ha, ha ? »

– A ton avis, qu'est-ce qu'elle pouvait bien avoir en tête ? ai-je demandé à Ruth après trois ou quatre minutes de contemplation muette. Elle n'a pas pu arriver à ce truc par hasard. Et puis ce n'était pas de la gnognote à ses yeux, sinon je ne l'aurais pas vexée à ce point, le soir de la fête.

– Va savoir. Fran est une personnalité assez nébuleuse. J'imagine que c'était au départ un bricolage sans but précis et que cela a ensuite donné cette chose macabre.

– Tu sais ce que je me dis ? Je pense que c'est un portrait de Julie.

– De Julie ou de ce que lui inspire Julie.

1. Pantin animé par le ventriloque, célèbre dans les années 50, Edgar Bergen.

– Oui, mais est-ce que chaque portrait n'est pas un autoportrait ?

– Fran n'aimerait pas cette idée, a dit Ruth – puis elle m'a posé une question étrange, teintée d'acrimonie : Si tu faisais un portrait de Curtis, est-ce qu'il te ressemblerait ?

Nous nous sommes dévisagés avec presque de la haine. Elle a détourné les yeux, ses lèvres ont dessiné une ombre de sourire comme si elle me priait de tenir sa sortie pour une boutade, puis elle s'est remise à étudier la caricature dressée devant nous sur son piédestal.

– Cet air hostile que tu lui trouves, est-ce qu'il ne proviendrait pas de ce marteau ? m'a-t-elle demandé. Tu sais, elle ne l'a pas fait, elle l'a juste trouvé qui traînait dans un coin.

J'ai jugé plus simple d'adopter le même ton spéculatif et détaché.

– Si elle avait été inspirée par de l'amour, elle aurait trouvé autre chose, je ne sais pas, peut-être une casserole un peu cabossée. Et pourquoi ces mamelons chauffés à blanc ? Pour faire ressortir une image dangereuse et déplaisante de la féminité ? Ou que dire de ces seins à peine ébauchés, formes naissantes, tellement intimidantes, d'une enfant qui entre en puberté ? Et cette masse de tripaille corrompue, et ce nombril en œil-de-bœuf ? Est-ce que l'on n'entend pas la voix d'une mère soupçonneuse et furibarde qui dit : « Je vois clair en toi » ?

– Là, tu fais de la libre association. N'oublie pas qu'elle a commencé ce machin longtemps avant.

– En ce cas, il avait valeur de prophétie.

– Qu'est-ce que nous en savons ? a fait Ruth à la limite de l'agacement. Elle n'avait pas peur de Julie en tant que fille. Elle craignait de la voir tourner beatnik ou adopter le genre d'Annie Williamson. Elle aurait voulu une enfant bien sage, douce et féminine, en jupe plissée, figurant au tableau d'honneur, assise au piano, s'occupant à de menues activités artistiques.

– Chastes, les activités artistiques.

– Bien sûr. Peut-être un rien préraphaélites bon genre.

– Et elle s'est retrouvée avec cette créature ombrageuse qu'elle ne pouvait ni comprendre ni accepter.

– Oui.

– Et qui ne la comprenait ni ne l'acceptait, ni ne lui reconnaissait la moindre autorité…

– Tout à fait.

– Comme c'est le lot de beaucoup de parents, ai-je fait observer.

C'était le pot autour duquel nous tournions depuis un moment, comme me le confirma le coup d'œil oblique de Ruth.

– Pourquoi ne dis-tu pas : de tous les parents ?

– Parce que je ne le crois pas. Il doit y avoir par-ci par-là une relation parents-enfant qui fonctionne. Quand ça coince, la faute en revient à l'une ou l'autre des parties.

– Et tu penses que c'est le plus souvent celle de l'enfant.

– Je n'ai pas dit cela. Je ne l'ai pas même sous-entendu. Si j'ai voulu dire quelque chose, c'est que l'on a trop tendance à faire porter le chapeau aux parents.

Une bouffée de vent balayait le patio désert et glacial. L'air était saturé de l'humidité de pluies à venir. Cette grande étendue de carrelage luisait comme des thermes désaffectés. C'eût été un endroit rêvé pour s'ouvrir les veines. Et j'ai demandé à Ruth :

– Tu as vu dans le journal ce gamin de quinze ans qui a assassiné père et mère l'autre jour ? Il prend la voiture, il la bousille, suite à quoi ses parents lui font retirer son permis probatoire. Le soir même, il entre dans leur chambre et leur défonce le crâne à coups de hache. A qui la faute dans cette histoire ?

– Un tel garçon est manifestement un psychopathe.

– Et donc d'autant plus à surveiller, non ? En le privant de son permis, ils ont fait la seule chose possible. Pourtant, il va se trouver une foule de gens pour prendre cette petite brute en pitié. On l'a frustré dans ses aspirations légitimes. Tous ses copains avaient une bagnole. La société lui a appris à associer permis de conduire et passage à l'âge d'homme. Et puis les délinquants sont des malheureux qui méritent notre compassion. Eh bien, ce sera sans moi ! Je réserve, moi, ma sympathie pour ces pauvres gens recrus d'angoisse qui s'efforçaient de mettre un peu de plomb dans la caboche de leur rejeton et qui, pour prix de leurs efforts, ont fini baignant dans leur sang.

– Oh, écoute, Julie n'a quand même pas assassiné Fran et Lucio.

– Peut-être bien. Mais songe à tout le sang qui a coulé métaphoriquement ! Pourquoi ? Parce que sa mère ne voulait pas lui laisser faire tout ce que lui soufflaient ses hormones et ses révoltes d'adolescente. Fran est un peu fêlée, je te l'accorde, mais sa gamine est un monstre. Et ne viens pas me dire que les conséquences l'ont rattrapée. C'est arrivé aussi à pas mal d'autres gens.

– Elle n'est pas si mauvaise. Sans doute est-elle du genre qui n'apprend qu'à travers ses erreurs.

– Il faut donc acquiescer à tout et les laisser mener leur vie à leur guise ? Les jeunes, tu veux que je te dise ce que c'est ? Une horde de barbares. Si je me suis retranché de cette putain de société, c'est pour la seule et unique raison qu'elle a abdiqué toute autorité et qu'elle s'aplatit devant de petites terreurs qui croient avoir la science infuse et ne savent rien, absolument rien de rien !

Ruth faisait la moue, ses sourcils étaient haussés, sa physionomie exprimait doute et tristesse. J'ai entendu l'écho de ma voix s'éteindre entre les ailes aveugles de la maison. J'avais vociféré. Elle a avancé la main pour me tapoter l'avant-bras, deux fois, très vite.

– Eh oui, a-t-elle dit comme dans un soupir. Je crois que nous ferions mieux de rentrer, il ne va pas tarder à pleuvoir. Dommage qu'ils ne soient pas là. Lou nous aurait fièrement montré son patio terminé, cela nous aurait peut-être aidés à nous rabibocher.

Elle s'est agenouillée pour placer notre petite offrande entre le battant de la moustiquaire et la lourde porte en madrier, elle aussi réalisée par Lucio. J'ai vu la même expression, pensive, marquée par le regret et l'abattement, à des gens venus déposer des fleurs sur une tombe. Nous aimions vraiment bien les LoPresti. Mon idée – et je sais que Ruth pense de même – est qu'il vaut mieux se serrer les coudes plutôt que de s'éviter.

– Il y a un truc sur lequel je serais prêt à parier, ai-je dit, c'est que Lou préférait cent fois mieux l'époque où le coin ressemblait à un chantier, défoncé comme un champ de lave, plein d'outils, de monde et de bruit.

IV

Ce qui était encore le cas, le soir du 4, lorsque, du chemin aux chênes rabougris, nous l'embrassâmes du regard. Nous fîmes une courte halte sous le dernier arbre, à une cinquantaine de pas du bar. C'était comme à la fin d'une partie de base-ball, quand vous vous trouvez au centre du terrain, tourné vers l'aire du batteur, et que la foule des spectateurs se déverse des tribunes. Des gens nous voyaient, des têtes se tournaient, c'étaient des sourires, des saluts. Une voiture de police était stationnée derrière le coin de l'aile orientale de la maison. Je la repérai lorsque son récepteur, laissé allumé, émit une suite de crachotements. Je me dis que l'on avait peut-être déjà des problèmes, puis j'avisai, debout sous le parasol rouge en compagnie d'un gros promoteur et entrepreneur, le premier adjoint d'une municipalité voisine, qui gardait une oreille tendue vers la radio, combinant visiblement plaisir d'être là et vigilance de mise un 4 juillet. J'aperçus Bill et Sue Casement, tous deux recuits par le golf estival, ainsi que notre ballon-d'or résident et son épouse de porcelaine, qui se tenaient à côté du bar en compagnie de notre dictateur résident, cet homme en spencer blanc que j'avais pris pour un extra. J'aurais dû m'en douter. Les réceptions de Lucio fonctionnent sur le principe du chacun se sert.

J'avisai derrière eux, plutôt incongrues, deux vestes sombres, les seules en plus de celle du dictateur. Des étrangers visiblement, et qui restaient collés l'un à l'autre comme une paire de bonnes sœurs. Je reconnus également Annie Williamson, notre vétérinaire, grande chasseresse devant l'Éternel, éleveuse de beagles, de barzoïs et de Tennessee walkers[1], juge à toutes les épreuves de jumping et expositions canines de la région, créature aux poignets de maréchal-ferrant, aux épaules de welter et à la voix de rogomme.

Et puis des universitaires, des gentlemen-farmers, de braves fermiers (mais non pas Tom Weld, jamais de Tom Weld sur ce patio, encore qu'il y fût représenté par la descendance de son

1. Race de chevaux de selle.

labrador), des généraux en retraite, des pilotes de ligne, des publicitaires, la veuve d'un géologue pétrolier de renommée internationale, l'épouse (en pleine procédure de divorce) d'un architecte de renommée internationale, un lauréat du prix Nobel de médecine, plus beaucoup de gens qui m'étaient inconnus, un grand fourmillement que j'évaluerais au nombre de trois mille six cent trente-deux, sans compter les petits enfants, qui étaient encore en train de se baigner dans la piscine des Casement.

Mais voici que Fran venait à notre rencontre à travers le patio écrasé de soleil. Nous lui fîmes un signe en retour et abandonnâmes notre ombrage afin qu'elle n'eût point à exposer inutilement son épiderme délicat, mais elle continua d'avancer et notre jonction eut lieu près de la bétonnière, qui, sur mon terrain de base-ball imaginaire, se trouvait à droite de la seconde base, à peu près au niveau où se serait tenu le *shortstop*. Avec sa robe à taille haute et manches courtes, son épaisse et longue natte blonde ramenée sur le devant de l'épaule, elle avait tout d'une Gretchen. Des bras, une gorge blancs, lisses, marqués de pâles éphélides ; des yeux de cocker marron et mouillés. Sa voix se porta vers nous en même temps que ses mains pour nous effleurer comme d'une caresse. Lorsqu'elle recevait, Fran adoptait (Ruth dixit) sa consistance de blanc-manger : on avait l'impression que si une mouche s'était posée sur sa personne, elle s'y serait enfoncée pour disparaître sans laisser de trace. Et avec cela chaleureuse, d'une féminité exacerbée à la limite de la pénibilité, aussi affectueuse qu'affectée. Se lamentant à propos de la chaleur, espérant que nous n'allions pas tout simplement *mourir sur place*, elle me gratifia d'un regard de reconnaissance attendrie lorsque je lui passai un de mes châles sur les épaules. J'avais fait cela en manière de plaisanterie ; elle le perçut comme une prise en compte attentionnée de son hypersensibilité aux radiations actiniques.

– Vous ne pouvez savoir combien j'en ai marre de cette canicule ! Je comptais sur une chouette expo, et voilà que personne ne peut rester au soleil suffisamment longtemps pour contempler mes œuvres à loisir.

Je m'y pris mal d'entrée. Me tournant vers la bétonnière, dont le bac plein de glace fumait, je déclarai :

– Oh, mais c'est que j'ai pris le temps d'admirer celle-ci ! Non, ne me dites pas ce que cela représente. Mais peut-être n'est-ce pas figuratif ? Dois-je l'appréhender en termes de matière ?

– Venez un peu par ici, espèce de chameau, dit Fran en m'accrochant le bras. Il y a là-bas quelque chose sur quoi je tiens à avoir votre avis.

– Il faudrait que je conduise ces dames à l'ombre.

– On va passer devant, c'est l'affaire d'une minute. Et puis je voudrais qu'elles y jettent un œil, elles aussi.

Tandis que nous traversions à pas précautionneux une dalle de béton brut parsemée de poutrelles et de matériaux divers, les invités, massés à l'ombre, nous lançaient des *Salut*, des *Comment ça va?* et des *Seigneur, vous êtes venus à pied? Les malheureux. Hé, Joe, c'est pour quoi faire, ces petites laines? Vous êtes tombé sur la tête ou quoi? Bonsoir, Ruth. Bonsoir, Marian. Où est donc votre séduisant mari? Toujours là-bas avec Mmes les otaries?*

Nous nous arrêtâmes devant la silhouette en jupe tubulaire et je la regardai droit dans les dents. Je la regardai jusqu'à travers son nombril. Je détaillai ses viscères oxydés. J'observai les petites flammes de ses mamelons. Nous nous trouvions sous le grand parasol rouge, mais il y faisait presque aussi chaud qu'en plein soleil. Je voyais Marian se décomposer, j'étais moi-même en nage, c'est pourquoi j'étais passablement irrité de devoir, sitôt arrivé, me plier à cet exercice de flagornerie. Je ne pensais qu'à refermer la main autour d'un verre tout embué de fraîcheur. Nonobstant, ma langue fourchue commença de s'agiter :

– C'est une nouvelle orientation. Quelque chose de véritablement *neuf*.

– Qu'est-ce que vous en pensez ? disait Fran, sa natte dans la main. Honnêtement, comment trouvez-vous ?

– C'est différent de tout ce que j'avais vu de vous.

– Oui, je crois que là, je…

– De plus, vous n'avez pas amalgamé tout ça au petit bonheur. On sent une vraie intention. Ce n'est pas le genre de travail qui se regarde en cinq minutes.

– Oh, mais regardez tout votre soûl !

– Il y a aussi un côté sinistre, continuai-je. Est-ce que cela ne se veut pas un peu effrayant ? Parce que c'est aussi l'impression que j'en retire.

– Eh bien, oui, je crois que cela se veut un peu effrayant. Alors que je travaillais dessus, cela m'a comme emportée…

Je vis approcher Lucio, son visage hâlé tout luisant de sueur, chemisette collée au corps. Fran, aux anges, poursuivait :

– Et je vous prie de croire que, question soudure, avec ce vieux chalumeau, cela n'a pas été de la tarte ! Lou n'arrête pas de me répéter que je devrais renouveler mon matériel. Mais, que voulez-vous, quitte à en baver un peu, j'aime à batailler avec la matière.

– C'est à croire que toutes les femmes de ma connaissance ont un côté masochiste. Cependant, j'en vois deux qui ont souffert leur content pour le moment. Vous m'excusez, Fran ? Marian a besoin d'aller s'asseoir. Je verrai votre travail un peu plus longuement tout à l'heure et nous aurons tout loisir d'en discuter. Je pense en tout cas que vous avez toutes les raisons d'être satisfaite.

Là-dessus, je m'esbignai, emportant avec moi son lumineux sourire fondant et son expression – frétillante en serait l'épithète – qui voulaient dire : « N'oubliez pas, hein ! Nous nous voyons tout à l'heure ! »

– J'ai été à deux doigts de vous appeler ce matin, me dit Lucio. Pour vous demander de verser votre écot en venant m'aider à creuser la fosse pour le barbecue, puis je me suis souvenu que vous êtes un vieux bonhomme à la retraite et que ç'aurait sans doute été trop pénible pour vous. Que faisiez-vous sur les coups de neuf, dix heures ? Vous vous prélassiez à l'ombre ?

– Je creusais, lui répondis-je en repensant à ma couleuvre.

– Bon sang, si j'avais su…

– Et moi donc.

Je servis un gin-tonic à ces dames, m'en préparai un autre bien tassé, puis les conduisis vers le coin d'ombre en quête de quoi s'asseoir. Le dictateur fit la preuve de sa bonne éducation en se levant prestement pour céder sa chaise à Marian, et un homme que je ne connaissais pas en fit autant, encore que de moins bon gré, pour Ruth. Sue Casement s'approcha juste comme, glissant chandail et châles sous un siège, je disais à Marian :

– A présent que la souffrance est terminée, essayez donc, par contraste, de goûter le soulagement.

– Souffrance ? sursauta Sue, un nuage d'inquiétude passant sur son visage vermeil. Est-ce que quelque chose…

– Joe joue les mères poules, dit l'intéressée.

– Va t'ébattre, me fit Ruth. Sue et moi allons prendre soin d'elle.

Je bavardai un moment avec Sue, puis, dangereusement livré à moi-même, je m'en fus vagabonder à travers la fête.

Pour une fête, c'en était une. Par cette chaleur, lampant verre sur verre, tout le monde eut tôt fait d'avoir un coup dans le nez, et le moins prompt à suivre le mouvement ne fut pas Joseph Allston, qui avait commencé la journée de traviole et n'avait eu de cesse de la remettre sur ses rails. Le vieux Hollandais avait raison, *nous defenons fieux trop tôt et afisés trop tard.*

Je parlai à des connaissances, prêtai l'oreille à quelques anecdotes. J'appris bientôt que les deux complets sombres étaient des « étudiants » russes, quadragénaires au visage fermé de membres du Parti, que Fran avait rencontrés dans quelque comité et capturés pour la journée. Elle voulait leur montrer à quoi ressemblait en Amérique un petit raout entre voisins, et quelle meilleure occasion que la fête de l'Indépendance ?

Je suis tout autant disposé que n'importe quel autre vieux corniaud à aller vers les étrangers en agitant la queue, mais avec ces deux-là ce n'était pas de la tarte. Notre échange porta en majeure partie sur la vodka, pour en arriver à la conclusion que l'américaine était moins forte que la russe. Mais nous parlâmes également langues étrangères. J'appris ainsi que tous les Russes maniaient au moins l'anglais, l'allemand et le français, alors que peu d'Américains connaissaient autre chose que l'anglais, et aucun d'entre eux le russe. Après quelques minutes de ce régime, je leur faussai poliment compagnie et regagnai le bar pour un second verre de ce gin-tonic américain de qualité inférieure. Jetant un coup d'œil en direction de Ruth et de Marian, je vis qu'elles faisaient cercle avec plusieurs autres femmes. Marian avait étendu ses jambes bronzées et, la tête renversée en arrière, comme à demi assoupie, elle écoutait paisiblement la conversation.

Quatre deux, fit la voiture de police garée sur le *right field* de mon terrain de base-ball. *Quatre deux. Accident à l'intersection de ffffrrr et de ffffrrr-ffffrrr.* Le premier adjoint, qui s'était retourné pour tendre l'oreille, reporta son attention ironique sur les deux Russes. Le promoteur, appuyé de tout son poids sur deux femmes qui hurlaient de rire, était en train de montrer comment boire en tenant son verre entre les dents.

Évoquée dans le calme, l'allégresse d'hier peut être déprimante. En ce qui concerne cette forme particulière d'alacrité, je suis dans la position de ce personnage, imaginé par Don Marquis[1], qui se souvient à quel point il était convaincu, lors de la réception de la veille, que le visage de Mrs. Simpkin était une machine à sous et les macarons des pièces de monnaie. Il me semble bien qu'en cette fête du 4 juillet je pris plusieurs Mrs. Simpkin par les oreilles pour tenter de faire tomber du chewing-gum ou des timbres-poste de leur double menton. Faites boire le vieux Joe Allston, et il va vous faire mourir de rire. L'impayable vieux farceur. Dans son genre, un prince – à épeler comme nous le faisions dans mon jeune temps lorsque nous l'appliquions à quelqu'un que nous admirions particulièrement : *Prince, p-r-i-c-k*[2].

Que je vous vide mon sac. Mon père, j'ai péché. J'ai laissé un principe mauvais parler par ma bouche et me dérober mes deux sous de cervelle. J'ai fait la honte de mes cheveux blancs. J'ai si bien moqué une amie que plus jamais elle ne m'aimera ni ne me fera confiance. J'ai voulu faire le malin au milieu des imbéciles et des ivrognes.

Quelques exemples. Le promoteur, qui depuis un bon moment était insensible à la douleur, ne l'était pas en revanche à diverses autres choses, dont le bas du dos de certaines dames. Le premier adjoint et moi, accroupis pour examiner cette relique qu'était le chalumeau de Fran, observions sa main baladeuse. L'adjoint me regarda, puis tourna vers ledit outil son visage de pince-sans-rire. Je me montrai à la hauteur de la situation. Affectant de lui expliquer comment fonctionnait ce chalumeau, je fis tomber un peu de

1. Auteur nord-américain, 1878-1937, créateur de personnages humoristiques qu'il mettait au service d'un sens aigu de la satire sociale et politique.

2. « Tête de con. »

carbure dans le réservoir et y ajoutai les glaçons de mon verre. Lorsque j'ouvris la valve et craquai une allumette, il advint, figurez-vous, que le bec se trouvait tout près du postérieur du promoteur et que, pof, la flamme bleue mit le feu au pan de sa chemise. Son copain l'adjoint l'éteignit d'une grande claque qui le projeta à six pieds de là.

Un peu plus tard, Lucio et moi confectionnâmes un canon à acétylène à partir d'une longueur de tuyau d'évacuation, et l'on vit bientôt Lucio, votre serviteur, le premier adjoint, le prix Nobel, le ballon-d'or, Bill Casement, plus une demi-douzaine d'autres occupés à joyeusement expédier des boîtes de bière vides et autres tronçons de piquets dans la ravine cinquante pieds plus bas. J'entendis Fran expliquer aux Russes qu'il était de tradition de tirer des feux d'artifice le 4 juillet, même si, pour raison de sécurité – et les Américains étaient beaucoup plus pointilleux sur ce chapitre que l'opinion mondiale ne le leur accordait, il n'était pour s'en apercevoir que de comparer les statistiques sur les accidents de la circulation en Europe et ici –, on ne pouvait le faire sans autorisation. Nous nous le permettions du fait de la présence parmi nous du premier adjoint, encore qu'il ne fût pas *notre* premier adjoint.

Je n'entendis pas la réponse des Russes, mais je crus pouvoir la paraphraser : *Belliqueux, barbares, technologiquement avancés, les Américains font montre jusque dans leurs jeux et amusements d'un esprit destructeur et va-t-en-guerre, encore que leur artillerie improvisée paraisse tout à fait inférieure à la nôtre...*

Passant près d'eux après que nous eûmes épuisé la provision de carbure de Fran, je les saluai chaleureusement en italien, mais ils me regardèrent d'un air vacant.

L'intolérable chaleur commençait de décroître avec le soir ; avec l'heure d'été, le soleil pesait encore comme une crème pâtissière sur les chênes et leur gui ; l'ombre avait gagné les trois quarts du patio. J'emportai mon verre vide, s'il s'agissait bien du mien, du côté de mes femmes auxquelles cela faisait une heure que je ne m'étais pas intéressé. Quelqu'un avait eu soin de remplir le leur, à moins qu'elles ne l'eussent fait durer, et leur petit groupe était toujours en grande conversation sur tels sujets que les femmes affectionnent – toilettes, enfants, association de parents d'élèves, politique locale, préservation de l'environnement, état de la planète, art, musique, livres, que sais-je ? Elles me regardèrent d'un air amusé et me firent gentiment signe de passer mon chemin. Je remplis mon verre et me retournai pour voir quel nouveau divertissement proposait la soirée.

Mon œil fut accroché par Annie Williamson en train de fouiller à l'intérieur de la bétonnière, sûrement en quête d'une bière. Même sur la pointe des pieds et le bras entré jusqu'à l'épaule, elle ne parvenait pas à en atteindre le fond. En désespoir de cause, elle prit une petite impulsion et y engagea la tête et les deux épaules. C'est alors que j'avisai derrière elle le premier adjoint, rallonge électrique à la main. Suivant du regard la direction qu'il m'indiquait frénétiquement, j'avisai une prise. Il me lança le câble et je me dépêchai de le brancher.

La bétonnière grinça et se mit à tourner, les orteils d'Annie quittèrent le sol, sa croupe se souleva. On entendit des bruits assourdis évoquant des ours attaquant des taureaux, des castrations de dinosaures, puis la malheureuse réussit à reprendre pied et sa tête reparut, dégoulinante, cramoisie, furibarde.

Le premier adjoint était, on l'a dit, de genre pince-sans-rire, mais là il se tenait les côtes.

– C'est ça, allez-y, rigolez ! rugissait Annie. Ma parole, c'est pas vrai !

Je lui tendis mon mouchoir en disant :

– Une vraie farce de gamin. C'est quand même triste de voir les gens boire comme ça s'ils ne tiennent pas la bouteille. Et des élus, qui plus est. Que vont penser nos amis soviétiques ?

Visage impassible, regard de glace, ils étaient campés l'un à côté de l'autre en bons membres du Parti, et je lisais dans leurs pensées. *Parmi les Américains privilégiés, l'ivrognerie semble être la règle. Si anodins que soient leurs alcools, ils les supportent mal. Bien loin d'apporter le bonheur qu'ils disent rechercher, leur système capitaliste encourage sybaritisme et déportements éthyliques…*

La voiture de police fit entendre des crachotements. L'œil noyé de larmes, parcouru de grondements et secousses sismiques, le premier adjoint tendit l'oreille. Il sautilla à travers le champ de poutrelles, se pencha à l'intérieur de l'habitacle, prit le micro sur le tableau de bord et parla. La radio lui répondit inintelligiblement. Il se glissa au volant et claqua la portière, lança le moteur et mit le gyrophare en batterie. Toujours rigolard, il nous cria quelque chose, nous gratifia d'un petit coup de sirène mutin, puis, faisant patiner ses roues sur les feuilles de chêne, il remonta l'allée entre les deux rangées de voitures, grand gosse partant pour une mission d'homme, accident, incendie, bagarre de gangs ou autre. *Pravda* rapporte : « En Amérique, alcooliques chargés faire respecter loi. »

Plusieurs fois au cours de cette poisseuse après-midi, j'avais surpris le regard de Fran posé sur moi ou l'avais vue en train de se faufiler dans ma direction. Mon boniment l'avait à l'évidence laissée sur sa faim. Elle avait retourné les cartes du bonneteur et n'y avait pas trouvé ce qu'elle cherchait ; elle allait exiger du vieux filou qu'il recommençât son numéro. Non, j'étais injuste. Elle ne me soupçonnait pas de l'avoir roulée dans la farine ; simplement, elle pensait n'avoir pas tout saisi. Le grand pontife, voilà ce que j'étais à ses yeux ; or elle n'avait pas su déchiffrer ma bulle… de savon.

Seulement, je ne me voyais pas, moi, en pontifex maximus. Je me sentais plutôt dans la peau de Josephus Arbiter, ordonnateur des saturnales, et c'est pourquoi je me dérobais à sa traque nullement agressive mais fort pressante. Je maintenais entre elle et moi des attroupements de convives, j'évitais de croiser son regard, j'opérais des replis stratégiques aux toilettes.

Quand je finis par échouer de nouveau devant la sculpture, je sentais parfaitement l'effet de l'alcool sur mon équilibre et mon élocution. J'étais derechef en compagnie d'Annie Williamson. Le patio s'était un peu dépeuplé car beaucoup de gens étaient allés regarder Lucio et quelques autres découvrir la fosse où cent livres de viande de bœuf cuisaient en papillotes depuis midi. Quelques dames, dont Ruth et Marian, étaient en train de débarrasser la table du bar pour mettre le couvert. J'observai l'activité de Marian suffisamment longtemps pour en concevoir de l'exaspération : assieds-toi donc et borne-toi à être enceinte, laisse les autres se charger de cela. Mais mon œil fut bientôt capté par l'ombre sur le mur de la denture farouche de la statue, vision propre à flanquer une peur bleue, et mon ouïe était réglée sur le murmure confidentiel d'Annie, qui eût fait bruire des frondaisons de palmiers à quarante perches de distance.

– Maintenant, je veux savoir, décréta-t-elle. Dites-le-moi, vous. De quoi s'agit-il ?

– Enfin, Annie, vous avez été juge à trop d'expositions canines pour être déconcertée devant une œuvre d'art. Faites-en le tour. Passez ses qualités en revue.

Annie a le cheveu dru, coupé court et coiffé en brosse. Son visage était, ce jour-là, aussi brun et luisant qu'un marron d'Inde, ses bras, ses jambes étaient marron. Quant à son regard, il commençait à se faire un tantinet vitreux. Elle me lança un coup d'œil à travers de bleues cataractes, fit passer sa bière en appui sur son coccyx et se mit à tourner autour de la statue. Elle en examina longuement la face postérieure, mains toujours croisées dans le dos, tête enfoncée dans les épaules, avançant une lippe perplexe. Si elle avait tété un cigare, on eût dit un Winston Churchill travesti et affublé d'un postiche en scalp de blaireau. Elle se pencha en avant, et son œil, grossi et dédoublé, me toisa à travers le nombril. Elle se redressa et secoua la tête.

– Ça me dépasse. Le sujet a certes d'indéniables qualités, comme vous dites. Il pourrait prétendre au ruban de l'exposition. Seulement, à quelle race peut-il bien appartenir ?

– Moi y en a penser ça être un golley, baragouinai-je.

Annie écarquilla les yeux d'un air de dédain. Son cuir chevelu hérissé se plissa vers l'avant, se remit en place. Revenant de mon côté, elle leva les yeux pour regarder derrière la panne du marteau.

– La denture est saine, observa-t-elle – puis, s'animant : Dites, le palais est violet. Il y a du chow-chow là-dedans.

– Oui, objectai-je, mais si c'est une chow-chow, est-ce qu'elle ne devrait pas avoir le poil fauve ? Or vous pouvez voir qu'elle n'a pas de poil du tout. Et voyez-moi ce poitrail. Pourrait-il s'agir d'une chihuahua topless ?

– Ouah ! éructa Annie.

A s'y méprendre le son de ces trompes – une poire en caoutchouc et un cornet – qui équipaient dans le temps les Ford Model-T. Elle était maintenant en train de toucher la manette de renvoi qui pendait tel un bras atrophié à l'épaule de la machine à écrire.

– Un chien d'arrêt ? Peut-être un pointer ?

Elle se pencha pour tenter de lire la marque sur le carter rouillé, et secoua de nouveau la tête.

– A-t-on jamais entendu parler d'un pointer Royal ?

Elle toqua une fois, à titre expérimental, contre la jupe galvanisée qui rendit un *la* sonore. Alors, renversant une partie de son verre, le vieux Joe Allston, ce boute-en-train déplumé, leva l'index en l'air.

– Annie ! Grâce à vous, nous avons trouvé !

Elle attendit, me regardant d'un œil torve.

– Mon cher Watson, repris-je, vous avez devant vous *Lessiveuse, chien fidèle*.

Gargouillement, ferraillement, hoquets et fracas, Annie partit à rire comme qui tomberait à travers une verrière. Elle s'abattit sur moi et me serra dans ses bras en rugissant. Alors, la caméra changea son angle de prise de vues et, tout comme le fit Joe Allston pardessus la brosse grise et humide d'Annie, cadra le visage de Fran LoPresti, debout à quatre ou cinq pas de là. Dans l'instant où nos regards se trouvèrent, ses yeux flamboyèrent comme le bec de son chalumeau. Sa douce physionomie arbora toutes les expressions que je n'aurais jamais pensé lui voir : dépit, fureur, vanité horriblement boursouflée, et puis de la haine et encore de la haine. Très vite son air d'hôtesse impeccable redescendit sur ses traits, le sourire débonnaire, caoutchouteux, vint adoucir et moitir son visage. Mais oui, bien sûr. Ce n'était que ce vieux Joe se livrant à une de ses facéties. Cette apparence de dragon ? Une illusion. Comment voulez-vous qu'un blanc-manger se mue en harpie ?

Mais là, durant une fraction de seconde, j'avais entrevu le succube qui avait créé Miss Besaiguë. Et qui donc l'avait fait sortir en rase campagne ? Nous, Pontifex Maximus, avec notre infaillibilité pontificale.

La peste soit des gens qui se piquent de faire de l'art en assemblant des bouts de ferraille dans leur arrière-cour et se prennent pour Léonard. Pourquoi cette bécasse de Fran LoPresti ne fréquentait-elle pas comme vous et moi un club d'arts d'agrément ? Pourquoi ne pas consacrer tout son temps à des Russes en visite ? Ou encore à la culture des camélias ? Mais je m'en voulais terriblement car je l'aimais bien, cette espèce de niaise. A jeun, j'eusse tout fait pour la protéger des loustics dans mon genre.

Car quelque part sous le doux sourire, la voix suave, les gestes tendres, enfoui derrière cet emphysème cultivé, cet épiderme qui ne supportait pas le soleil et ces mains qu'elle gantait pour la plus menue tâche, il y avait un rêve. Il était une fois, disait ce rêve, une femme qui travaillait tranquillement dans son coin, satisfaisant à ses propres critères sans se soucier de reconnaissance ni de gloire. Elle accumulait sur son patio statues, bustes, hermès, figures, mosaïques, groupes, modelages, formes, jusqu'au jour où un pontife en chapeau de feutre parvenait en ce jardin de l'art. Comment s'en trouvait-il ? Il s'en trouvait stupéfié. Que ne pouvait-il en croire ? Il ne pouvait en croire ses yeux. Il sortait son carnet de chèques, il voulait ceci et ceci et cela. Motus, disait-il, et faites-moi confiance. Et il fonçait informer collectionneurs, propriétaires de galeries et conservateurs de musées. En l'espace de quelques semaines, le jardin devenait un lieu de pèlerinage à l'instar du domicile de Milles [1] dans les environs de Stockholm, et il était peuplé de copies et moulages de ses œuvres, plus quelques originaux dont elle ne voulait pas se défaire même si le monde les lui réclamait à grands cris. Quelques années plus tard, elle recevait, affable et brillante, et sa fille, délicieuse et calme, se levait, sortait sans bruit et reparaissait avec un plateau, ayant grand soin de ne pas entrechoquer tasses et soucoupes tant que tournaient les magnétophones des visiteurs.

Seigneur Jésus ! Fieux trop tôt et afisés trop tard.

Annie s'écarta de moi en se tamponnant les yeux.

– Joe, vous me ferez mourir. Qu'est-ce que vous étiez déjà, avant de prendre votre retraite ? Un des Marx Brothers ?

– Chut, lui intimai-je. Nos amis russes se vexent d'un rien.

Et, la laissant à son gros rire, je pris la tangente.

1. Sculpteur danois, 1875-1955, renommé surtout pour ses fontaines.

V

Adossé contre un arbre dans la partie longeant la touche gauche, j'eus le temps et suffisamment de lucidité pour comprendre que je venais d'infliger à Fran précisément ce que je détestais que l'on me fît. Je repensai à ce coach assistant qui, à l'université de l'Illinois il y aura bientôt un demi-siècle de cela, entra dans le vestiaire un jour que j'y étais seul, tout nu, en train de m'escrimer sur la porte coincée de mon placard. Il me considéra avec un petit sourire, avança une main qui n'eut aucun mal à se refermer sur mon biceps et s'en fut en s'esclaffant, sur un sardonique : « Vas-y mollo, monsieur Muscle, sinon tu vas tout arracher. » Rien de ce qu'il aurait pu dire par la suite, aucune marque ultérieure de bienveillance, n'aurait été en mesure d'infirmer à mes yeux l'idée qu'il avait exprimé là le fond de sa pensée, ni en conséquence de me faire revenir sur le sentiment de haine entier et définitif que je lui vouai à compter de ce jour. Et, planté là à l'écart de la fête, je me haïs comme j'avais haï cet homme.

Me revint ensuite le souvenir de cette fête de charité qui eut lieu au lycée. Les filles devaient apporter à manger pour deux et passer tour à tour entre un drap tendu et un projecteur, de sorte qu'au vu de ces ombres chinoises les garçons misaient cinq, dix, quinze dollars pour un dîner en tête-à-tête. Après qu'une demi-douzaine de demoiselles eurent défilé, s'arrêtant chacune derrière l'écran le temps que montât l'enchère, puis, au coup de marteau, venant, gloussante et rougissante, rejoindre son acquéreur, se profila une forme presque aussi large que haute, et qui avait trois pieds gauches. Ce fut un éclat de rire aussi général que spontané. Huées, lazzis, sifflets, quelqu'un offrit un quart de dollar, un autre surenchérit de trente *cents* et ce fut une nouvelle crise de rigolade. L'ombre resta un moment figée, parut tituber, envahit tout l'écran dans un bruit de pas précipités et disparut. On entendit une porte claquer. Un grand silence s'abattit sur la salle. Nous étions assis face au drapeau poussiéreux, notre hilarité n'était plus qu'une grimace bientôt effacée de chaque visage, nous n'osions pas nous regarder.

Je voyais cette fille chaque jour à la boulangerie où elle travaillait après la classe. Empressée, perdant facilement ses moyens, rougissant violemment. Temps et silence ne l'auront pas guérie. Si elle est toujours de ce monde, je gage qu'il est des soirs où le souvenir de ces trente secondes lui gronde aux oreilles, lui glace les sangs et rend ses mains moites. Pourquoi en serait-il autrement ? J'éprouve bien la même chose, moi qui fus de ceux qui rirent le plus fort. Tout comme Il le fit subir au plus faible d'entre ceux-ci, et même s'Il me prit pour instrument, Il me l'infligea également.

J'allais devoir rattraper le coup, aller trouver Fran, la faire rire ou bien me lancer dans des explications ou bien battre ma coulpe (incriminer la boisson), puis la ramener devant sa sculpture et la gaver de commentaires et d'aperçus sagaces. J'allais devoir mentir comme un perdu, car il n'y avait en l'espèce que le mensonge pour être bon. J'allais peut-être devoir me porter acquéreur de ce sacré machin. Et si jamais la transaction avait lieu ? Un tel épouvantail dans notre patio allait chasser jusqu'aux busards.

Les enfants, cheveux mouillés par la baignade, dévalèrent l'allée comme une nuée de sauterelles. Olives et chips disparurent en quelques secondes, les raviers de cacahuètes salées furent promptement vidés. Pendant que les plus jeunes cherchaient du coca dans la bétonnière, les aînés se servaient à boire sous l'œil indulgent de leurs parents. Je vis Debby filocher comme un vif-argent à travers la presse pour se jeter dans les genoux de sa mère, et discourir avec animation autour du goulot d'une bouteille de coca. Ainsi entourée par les bras maternels, elle composait un tableau charmant : celui d'une enfance heureuse, authentiquement acclimatée à la campagne. Marian n'avait plus à s'en faire pour elle.

Se présenta ensuite à ma vue un autre personnage, disgracieux, le visage fermé, en pull bleu délavé et jeans coupés au genou. Ses cheveux noirs, humides, pendaient comme des baguettes de tambour, elle avait la jambe épaisse, le bassin trop large. Sur son postérieur, la tache d'usure lustrée causée par la monte à cru semblait faire partie de sa coloration naturelle, un peu comme ce cercle de pelage plus clair au derrière des cervidés. La composition ne s'intitulait pas cette fois *Heureuse enfance*, mais plutôt *Aliénation pubertaire.* Je vis Fran LoPresti, de l'autre côté de la table, prendre note de la présence de sa fille. Les mains pleines de couteaux et fourchettes, elle resta une seconde ou deux en suspens avant de se remettre à disposer à intervalles des piles de couverts. Julie longeait le bord du patio comme pour éviter les gens, elle les regardait du coin de l'œil afin de recenser et de mieux exécrer ceux qui la suivaient des yeux ou la saluaient. Les traits dénués d'expression, elle m'avisa et m'exécra.

Elle alla se poster auprès de Marian pour lui parler. Elle avait, posture bien peu féminine, les mains glissées dans ses poches revolver, son arrière-train était renflé comme la croupe d'une jument percheronne. Opulente à sa façon, elle était un vase de fécondité en cours de maturation. Donnez-lui un an et elle découvrirait qu'elle était femme ; alors, Fran regarderait ses présentes difficultés comme un âge d'or révolu. Marian levait un visage interrogateur vers l'adolescente. Elle paraissait préoccupée. Elle dit quelque chose en secouant la tête. Debby abaissa le goulot de sa bouteille de coca pour ajouter un mot. Julie haussa les épaules en regardant ailleurs.

Mais voici qu'arrivait une petite troupe d'hommes et de garçons transportant sur une plaque de contreplaqué un monceau de papillotes fumantes. Ils déposèrent leur fardeau au bout de la table. Lucio repassa son couteau et, du bout de la lame, ouvrit le papier d'aluminium dont était emballé un imposant rôti. Des femmes fourraient des assiettes en carton entre les mains des petits enfants et les faisaient se mettre en file indienne. Le promoteur sortit de la maison avec un jéroboam dans chaque main. Le brouhaha des conversations, exacerbé par l'alcool, montait du triangle carrelé comme les aboiements d'un millier d'otaries. Lorsque je la repérai de nouveau à travers la cohue, Marian s'était levée. Elle plaçait Debby dans la file. Julie avait disparu.

Là-bas, du côté de l'aile ouest, Ruth m'adressait des signaux : à table ! Mais mon poste était ici, à gauche de la troisième base, et, levant mon verre, je lui fis comprendre que j'entendais d'abord le terminer. Je vis Fran, déployant son meilleur *blanc-manger*, slalomer à travers la presse pour remettre une assiette à chacun des Russes, qui se replièrent contre le mur et s'assirent sur un tas de madriers non sans s'être préalablement assurés qu'il n'y avait pas de pointes fichées dedans. Le temps de suivre des yeux leur installation, puis de me remettre sur la piste de Fran, je voyais déjà celle-ci se diriger à grands pas vers le fouillis de voitures garées devant la maison.

C'est un moment que j'aimerais autant ne pas me rappeler. Je suis dans l'état du supporter regardant le lundi matin le résumé du match perdu par son équipe favorite ; c'est la seconde où le quarterback arme son bras pour faire la passe qui, interceptée, va donner lieu à une contre-attaque adverse et se solder par l'essai de la défaite. Garde le ballon ! l'entend-on gémir devant son poste de télévision. Surtout, ne t'en va pas la suivre, m'intimé-je après coup. Mais, à moitié ivre, j'étais convaincu de la nécessité d'opérer ma délicate réconciliation.

Cet épisode, comme tant d'autres, me revient par le truchement de l'odorat. J'ai une mémoire qui, tel un beagle, se déplace au flair dans un festival de senteurs : l'arôme puissant de la viande que Lucio est en train de découper, une trace d'acétylène, le léger parfum de chlore que les jeunes ont apporté dans leurs cheveux humides, le piquant du gin et du citron dans mon verre. Il y a dans ces odeurs l'ensemble du patio surpeuplé, il y a cette fin d'après-midi poisseuse. Et voilà mon Joseph Allston, crâne chauve hâlé, chemisette de sport, qui, tout guilleret, tourne le coin de la maison sur les talons de Fran LoPresti, qu'il vient de gratifier d'un cuisant camouflet. Par une inadvertance proprement géniale, il tombe en plein sur la mère et la fille en train de se manger furieusement le nez.

Julie était coincée contre la calandre d'une voiture, mais elle paraissait sur le point de bondir toutes griffes dehors. Fran était campée devant elle, la tête dans les épaules pour amener son visage à hauteur de sa fille, moins grande. Sa gorge et ses joues étaient marbrées, elle déversait ses griefs d'un chuchotement rauque et tendu, aussi différent de sa voix habituelle que le crépitement d'une ligne à haute tension tombée à terre peut l'être du gargouillis d'une cafetière électrique. « … donnée en spectacle… habillée comme ça… trop supérieure pour dire bonjour, c'est ça ?… pas levé le petit doigt… cent invités, toute seule… les filles des autres… partie retrouver ces sales beatniks, hein ?… alors, écoute-moi bien et ne me fais pas cette tête-là… plus jamais, tu m'entends ? Tu m'as bien comprise ? J'attends une réponse… »

Elles m'entendirent ou me virent, leurs deux têtes se tournèrent vers moi, elles me fusillèrent du regard, Méduse et basilic. Les lèvres toujours pointées comme un bec, Fran empoigna sa tresse de Gretchen et poussa une exclamation. Son regard me quitta pour quelque chose à quoi je tournais le dos. Je vis les yeux de l'adolescente me fixer, ces yeux où un feu couvait sombrement. L'instant d'après, Fran avait tourné les talons et se dirigeait vers la porte d'entrée. Julie, s'écartant du radiateur de la voiture d'une poussée des fesses, s'en fut d'un pas lourd dans la direction opposée, vers l'écurie. Opérant un demi-tour sans trop savoir si j'allais prendre mes jambes à mon cou ou m'esquiver sur la pointe des pieds, je vis les deux Russes monter à bord d'une vieille Plymouth. C'était sur eux que l'attention de Fran s'était portée une seconde après mon apparition. Cela venait encore alourdir sa croix. A l'évidence, ces deux-là n'avaient pas été fascinés par les festivités du 4 juillet.

Je tentai de me convaincre que mon intrusion n'avait pas été un mal. Quoi que Fran eût été en train d'exiger de Julie, celle-ci ne m'avait pas semblé d'humeur à y déférer ; leur dispute aurait fort bien pu dégénérer et attirer du monde. Mais je ne me convainquis pas. Je voyais bien que la chose essentielle, venant en sus de mes railleries touchant son art, était que j'eusse encore fait la démonstration de mon infaillibilité en survenant au moment où les masques étaient tombés. Elle devait détester ce genre d'étalage autant qu'elle craignait le ridicule. Je me fondis discrètement parmi les invités, me fis servir une assiette, m'insinuai entre Ruth et Marian et me mis à mastiquer comme un cuir bouilli la délicieuse viande préparée par Lucio. Avec le repas, le bruit avait diminué, mais restait encore considérable.

– Avez-vous parlé avec Fran ? me demanda Marian.

– De quoi donc ?

– De Julie.

– Non. Pourquoi ?

– Je me demandais. Julie m'a proposé de ramener Debby à la maison dans un moment et de la mettre au lit, afin que je puisse rester ici.

– Que lui avez-vous répondu ?

– Que nous allions rester jusqu'au début du feu d'artifice. J'ai pensé qu'elle cherchait peut-être un prétexte pour filer chez Peck.

– Vous, on ne peut rien vous cacher.

– Et Fran ? Comment est-elle ?

– Je dirais qu'elle est dans tous ses états.

Son regard limpide s'assombrit d'une grimace.

– Mince ! Y a-t-il quelque chose que je puisse faire ?

– Rien. Cela ne ferait qu'envenimer les choses. C'est à elle de faire face.

La nuit tombait, mais il ne faisait pas sombre au point de me rendre invisibles le pli de fatigue de sa bouche, l'affaissement de ses épaules, cet air de grande tristesse qui était descendu sur elle. Elle n'avait pratiquement pas touché à son assiette. J'étais fâché de voir qu'elle s'en faisait pour cette gamine antipathique – pour tout dire, en cet instant, la seule existence de la famille LoPresti m'était odieuse –, mais j'étais moi-même trop accablé pour envisager de lui remonter le moral. Le seul éclairage provenait de l'encadrement de la porte d'entrée. A l'intérieur, s'efforçant, rasades à l'appui, de se sentir aussi jeunes que leurs enfants, deux couples dansaient le twist, le jerk ou Dieu sait quoi à vous disloquer les articulations. Le rythme heurté de la musique envahissait le patio et je le sentis entrer en phase avec les mornes pulsations d'un début de migraine.

Quelqu'un actionna un commutateur. Des cônes de lumière enveloppèrent les formes de métal et de bois flotté. En face de nous, la femme en ferraille se dressait de toute sa hauteur dans le faisceau rayé de phalènes d'un projecteur. *Ahhh!* fit l'assemblée, ravie de cette diversion. Je plissais les yeux, essayant de repérer Fran, espérant qu'elle se montrerait et entendrait quelques insincères compliments capables de lui mettre un peu de baume au cœur. Aucune trace d'elle.

– Vous tenez vraiment à rester pour le feu d'artifice ? demandai-je à Marian.

– Il ne faut pas compter emmener Debby avant.

– Nous pourrions vous raccompagner et je reviendrais la chercher avec la voiture.

– Joe, intervint Ruth, debout derrière Marian, les mains posées sur les frêles épaules, les sourcils haut levés en accent circonflexe, pourquoi n'irais-tu pas chercher la voiture maintenant ? Comme cela, nous serons prêts à lever le camp dès que la petite aura vu quelques fusées.

– Mais oui, approuvai-je. Excellente idée. Que n'y ai-je pensé moi-même ?

Quand je me levai, mes jambes me rappelèrent que j'étais loin d'être à jeun, et mon crâne m'annonça une gueule de bois toute proche.

– Mais Joe est l'âme et le boute-en-train de la fête ! protesta Marian. Seigneur, j'ai eu tort d'insister pour que nous venions à pied, ça va gâcher votre plaisir. Je suis vraiment désolée. Je vous en prie, ne partez pas à cause de moi, vous vous amusez tellement.

– Une véritable débauche d'allégresse, dis-je sombrement.

Son sourire, compatissant, affectueux, amusé, éclaira son visage à la lueur diffuse du projecteur.

– De quoi s'agit-il ? demanda-t-elle. Un verre de trop ? Fran a peut-être de la vitamine B. John dit que c'est souverain en pareil cas.

– Non, non, dis-je en m'éloignant. La gueule de bois est un plaisir. C'est pour elle que je bois. Ne vous en faites pas pour moi. Je suis de retour dans une petite demi-heure.

Sous les chênes il faisait noir comme au fond d'une mine de charbon. Redescendant à l'aveuglette en direction de la station de pompage, j'entendis sur la droite un bruissement de tissu et discernai vaguement deux présences assises sur le talus – pas les visages, seulement quelques contours à peine esquissés.

– Bon sang, dis-je en affectant de trébucher, c'est comme de chercher son chemin dans les intérieurs d'un éléphant. Il doit quand même bien y avoir une sortie.

Ils ne rirent pas, ne prononcèrent pas un mot. Qui cela ? Le ballon-d'or et la femme de l'architecte ? Je n'avais aucune preuve et m'en fichais éperdument.

Le temps que je débouche du bois de saules, mes yeux avaient accommodé. Arrivé dans le pré, je pouvais distinguer les herbes dorées. Des étoiles clignotaient faiblement d'un horizon à l'autre. J'entendais, derrière moi, la rumeur de la fête battant de nouveau son plein.

Soudain, d'autres bruits, devant moi en contrebas. Je m'immobilisai pour tendre l'oreille : des coups sonores, des battements répétés qui bientôt cessèrent, déclenchant une clameur faite de cris et de rires; quand celle-ci s'apaisa je perçus un son de guitares électriques, Beatles ou autre. Natchez-under-The-Hill[1] fêtait lui aussi l'Indépendance.

M'engageant à travers les herbes sèches, j'allai jusqu'à la clôture. De mon promontoire, je vis un halo de lumière entre les arbres, j'entendis des voix des deux sexes et, à la faveur d'une accalmie, quelques notes de banjo. Puis ce furent de nouveau trois ou quatre minutes de ce formidable martèlement, comme si quelqu'un était en train de redresser un pare-chocs cabossé. Que diable fabriquaient-ils ? Je ne distinguais rien hormis la lueur dansante d'un feu.

Dans la nuit complice, je les espionnais à l'oreille tout en repensant avec dérision à l'opinion de Marian selon laquelle ils passaient leur temps à parler de la vie telle qu'elle devrait être. Si ce n'était pas une orgie qui se déroulait là en bas, je ne m'y connaissais pas. Je me représentais sans peine des dents et des yeux réfléchissant la lueur des flammes, des joints passant de main en main, et, sur les abords obscurs, les bruits du rut, de jeunes squaws riant et courant nues dans les fourrés jusqu'à ce que, leurs cheveux pris dans le sumac, elles se fissent empoigner par des mains velues. Et pour finir, peut-être, la survenue du divin chèvre-pied et le sacrifice d'une victime afin de se rouler dans son sang et se repaître de sa chair. C'était peut-être à cet usage que Peck réservait des mascottes comme Julie et Dave Weld.

Que se passait-il lors de leurs réunions nocturnes ? Hystérie collective ? Fornication en série ? Ou bien seulement soûlographie, chahut et conduite déraisonnable, comme cela avait cours dans la fête que je venais de quitter ? Je me trouvais à mi-chemin entre les réjouissances que je fustigeais sans savoir ce qui s'y passait, et celles que je blâmais pour y avoir pris part. Et j'entendais à

1. Ville située sur le cours inférieur du Mississippi qui, au début du siècle dernier, était un lieu de perdition fréquenté par la faune des marins, contrebandiers et autres aventuriers.

quelque distance dans les collines, par salves véhémentes et sporadiques, des aboiements de chiens de chasse. Les beagles avaient dû s'échapper. Ainsi, tous les fichus facteurs de désordre de l'univers étaient donc lâchés, cheveux au vent, bave aux lèvres. Et moi, je me tenais là près d'un poteau de clôture à remâcher de mornes pensées, tout en resserrant mes muscles oculaires autour d'une migraine grandissante.

Était-ce là tout ce que l'on pouvait faire ? Étais-je tout ce qu'il était possible d'être ? Étions-nous venus dans l'Ouest sans autres buts que mettre le feu à des pans de chemise, s'amuser aux dépens d'amis hypersensibles, et chambouler périodiquement habitudes, mœurs, ordre et tranquillité lors de sauteries que rien ne distinguait de celles qui avaient lieu au sein de l'université de l'Esprit Libre ? Avions-nous été arrachés, à notre corps défendant, à la vie suburbaine pour être précipités sur son remède, qui est la débauche ? J'éprouvais une puissante aversion pour la vie telle que la préconisait un Jim Peck, je vomissais son goût pour le désordre et l'irrationnel, sa foi dans le chaos. Mais qu'avais-je de meilleur à proposer ? Ma marginalité était encore plus pointilleuse que la sienne et je préférais l'alcool à la marijuana. Là était la vraie différence. L'herbe, à ce que j'en savais, ne provoquait pas de lendemains difficiles. Peut-être était-ce là la raison essentielle pour laquelle je ne voulais pas de ce meilleur des mondes selon Peck. Il est déjà assez douloureux comme cela de vivre en compagnie de soi-même en gardant un passé à vomir.

Les ténèbres s'enfuirent, tout devenait soudain visible : ma main sur le poteau, les poils sur mon avant-bras, les herbes couchées. Je me retournai pour sentir sur mon visage la caresse douce et lourde d'une onde de choc et voir le ciel ruisseler de feu. L'apocalypse, et jamais avec plus d'à-propos. Les chaussettes pleines d'épillets de queues-de-renard, je suivis la clôture à tâtons jusqu'à l'échalier et me retrouvai bientôt sur notre chemin. Fusées et acclamations éclataient derrière moi dans la nuit. Un moqueur arraché au sommeil se mit à s'égosiller dans l'écran d'*Eucalyptus globulus* entourant la citerne.

VI

Lorsque j'entamai la portion de chemin plane au bas de la descente, le camp bachique m'apparut : feu rougeoyant, coins et recoins de la tente et de la hutte détourés en clair-obscur, formes mouvantes. Une fusée verte suspendit au-dessus des frondaisons sa lumière de Jugement dernier, et leurs acclamations s'élevèrent criardes comme les vociférations d'une bande de sauvages. Mes phares éclairèrent le corral et, à l'intérieur, le hongre noir de Julie, menton posé sur l'encolure du pie de Debby. Elle était donc venue, n'en déplût à maman. Les deux chevaux pivotèrent comme au ralenti sur la base de leurs ombres étirées. Un fouillis de pattes démesurées, de troncs boursouflés, de barres et de poteaux dont les angles se refermaient, balaya très vite le coteau d'en face pour aller d'un bond se fondre aux lueurs dansantes environnant le feu. Le faisceau pivotant de mes phares éclaira le minibus Volkswagen, la Mercury de Dave Weld, puis alla frapper le mur gris, à l'air abandonné, de la maison de Marian.

Ce mur, dans mon souvenir, respire l'attente. Il se dresse là, obscur, immobile et patient, cependant que les bois alentour résonnent du tohu-bohu et que, de l'autre côté de la hauteur, de joyeux noceurs appartenant à la classe moyenne nantie caquettent à qui mieux mieux en contemplant les chandelles romaines qu'ils tirent vers les cieux. Il y a à l'intérieur de cette maisonnette quelque chose qui attend – peut-être une sérénité, peut-être un asile.

Arrivant un quart d'heure plus tard chez Lucio après avoir parcouru les cinq milles de route tortueuse, je trouvai l'endroit en pleine effervescence. Une fourmilière retournée. Les artificiers d'un soir avaient mis le feu aux herbes sèches. Une partie d'entre eux était en train de battre à coups de pelles et de semelles les abords de l'aire de stationnement, cependant que Lucio et quelques autres projetaient des pluies argentées dans la lumière de mes phares. Il n'y avait pas de vent, tout était déjà terminé, mais quelqu'un, apercevant de loin la lueur des flammes, avait donné l'alerte. Je n'avais pas encore trouvé de place où me garer qu'un camion de pompiers arrivait déjà derrière moi avec, à sa suite, huit ou dix voiturées de quidams en quête d'émotions fortes. Il ne se passa guère de temps avant qu'une de ces autos reculât dans le fossé en faisant demi-tour. Le chemin fut bientôt noir de joyeux dépanneurs, de voitures immobilisées en tout sens, et de membres du corps des sapeurs-pompiers auxquels échappait, semble-t-il, le comique de la situation. A l'évidence, il pouvait s'écouler une heure avant qu'il nous fût possible de partir.

Mais la clôture de Lucio comportait une sortie au-dessus de sa station de pompage. J'allai faire un tour dans son garage pour y dénicher une paire de pinces coupantes. Pour la troisième ou quatrième fois, je capturai Debby et l'enfermai dans la voiture. Je rameutai Ruth et Marian, qui attendaient un peu à l'écart, leur châle sur les épaules, et nous partîmes à petite vitesse sur le sentier. Après avoir franchi deux barrières et traversé la prairie en cahotant, nous arrivâmes devant chez nous. Il ne me restait plus qu'à découper le treillage pour récupérer notre chemin. Je travaillais en observant un silence morose et migraineux, uniquement soucieux de mettre un terme à la journée. Ruth se lamentait à propos du grillage et du cheval de Julie qui risquait de s'échapper. Je lui répondis non sans irritation qu'il y avait des choses plus importantes que ce canasson. Dès le lendemain, je rafistolerais la clôture et, au besoin, rattraperais la bestiole. Marian ne disait rien ; Debby, appuyée contre elle, était déjà endormie.

Comme nous arrivions au bas de la descente, Ruth aperçut la lueur du feu de camp de l'autre côté de la combe.

– Oh, regardez, Peck donne lui aussi une petite fête.

– Ouais, grognai-je. Petite mais bruyante. On va en profiter jusqu'à ce que l'aurore aux doigts de rose se glisse hors de la couche de Tithon.

Je m'arrêtai devant chez Marian. Deux voitures étaient garées à côté de son break.

– Ça alors ! lâchai-je. Ils se croient partout chez eux.

– Ce n'est pas grave, dit Marian. Ils ne me dérangent pas.

– Ils vont faire la foire toute la nuit et actionner leurs démarreurs sous vos fenêtres à cinq heures du matin.

– Non, je vous assure. De toute façon, je n'ai pas sommeil. Je vais sans doute me mettre au lit avec un bouquin.

Précautionneusement, elle redressa Debby, puis tendit la main vers la poignée. Je sortis en hâte pour lui ouvrir la portière. Alourdie par sa grossesse, elle s'aida de mon bras pour descendre.

– Vous n'entrez pas un moment ? demanda-t-elle.

– Il est tard, il faut vous reposer, dit Ruth.

– Tard ? Il n'est que dix heures et demie.

– Peut-être, dis-je, mais pour ce play-boy sur le retour, c'est comme deux heures du matin.

Je soulevai Debby et la jetai comme un sac sur mon épaule. Ses bras pendaient dans mon dos comme deux cordes lâches. Marian me regardait d'un drôle d'air dans la lumière jaune des phares.

– Si ça ne vous ennuie pas… J'aimerais bien que vous entriez une minute, le temps que je mette Debby au lit.

Je jetai un coup d'œil à Ruth. Tailler une bavette était bien la dernière chose au monde dont j'eusse envie, même avec Marian. Je ne me sentais pas vraiment d'attaque : j'avais une barre de fer qui me traversait la tête de part en part ; Debby, dont je sentais le souffle tiède dans mon cou, commençait à me sembler lourde.

– Mais oui, bien sûr, dit Ruth. Ce sera avec plaisir.

Ma foi, peut-être avait-elle peur d'entrer seule dans la maison toute noire. Cela aurait dû me traverser l'esprit. Maussade mais obligeant, je remontai la fillette endormie qui avait peu à peu glissé, et la transportai à l'intérieur. Marian alluma un lampadaire du bout du pied, puis alla actionner un interrupteur mural qui m'éclaira le couloir menant à la chambre de Debby. Elle m'y attendait déjà, couvertures entrouvertes. Lorsque je me penchai pour déposer la petite, elle me fit un grand sourire.

– J'arrive tout de suite, me dit-elle, visiblement très fatiguée.

Je regagnai le séjour, où Ruth était assise. Le lambris de séquoia était si ancien qu'il en était presque noir. Il absorbait la lumière et s'en trouvait encore assombri à la manière d'un buvard humide.

– Je ne m'en étais jamais rendu compte, dis-je, mais cette pièce est positivement sinistre.

Ruth hocha pensivement la tête. Elle se frottait les pouces l'un contre l'autre. Nous entendîmes des sons ténus de l'autre côté de la cloison, puis des pas dans le couloir et Marian entra, refermant doucement la porte derrière elle.

– Voulez-vous prendre quelque chose ? Une bière ?

Merci, sans façons. Pas pour moi, du moins. Je me tournai vers Ruth. Elle fit la grimace et secoua la tête d'un air agacé. Elle ne quittait pas Marian des yeux et son air d'extrême contention me tira de ma torpeur. Avec comme de la timidité, Marian se posa dans un fauteuil recouvert de velours. Les mains croisées sur son giron, les yeux baissés, elle avait tout d'une fillette qui se repasse mentalement la récitation qu'elle va devoir dire d'un moment à l'autre. Puis elle nous regarda. Une rougeur violente, douloureuse lui monta brusquement au visage, reflua presque aussi vite, comme par un effort de volonté. Ruth et moi ne la quittions pas des yeux dans la lumière parcimonieuse.

– Marian, dis-je, pour l'amour du ciel, qu'y a-t-il ?

– Je tenais à vous mettre au courant, commença-t-elle d'une voix posée. J'ai vu mon médecin hier. C'est reparti. Je n'en ai sans doute plus que pour deux ou trois mois.

Nous reçûmes avec stupeur cette nouvelle tant redoutée à laquelle, pourtant, nous nous attendions à moitié. Sous sa belle peau bronzée, Marian avait les traits tirés, avec des cernes violets aux yeux. Tout le jour, tout au long de cette soirée mouvementée, elle avait gardé cela par-devers elle. Elle l'avait transporté avec elle jusque chez nous, elle le portait en elle alors même qu'elle nous citait des vers sur les plaisirs de l'inconfort.

L'atmosphère de cette pièce était épaisse comme du sirop, la touffeur de la journée s'y était concentrée. Les mains de Marian, toujours posées sur son giron, étaient graciles, os et tendons tout en longueur, gainés d'un épiderme aussi fin que de la soie. Elle les retourna. Les paumes en étaient d'un rose peu naturel. Elle s'empourpra comme si elle avait honte de ce sinistre stigmate.

Je m'aperçois que je ne puis me représenter cette nuit-là que sous la forme d'un engourdissement, comme un rêve refoulé dont il ne subsiste qu'un sentiment de malaise. Lorsque j'essaie de me souvenir de nos paroles, j'en arrive malgré moi à des choses que nous nous dîmes à d'autres moments. Lorsque j'essaie de me rappeler ce que j'éprouvai, je suis comme un homme qui se réveille en sursaut, étreignant ses couvertures ; pourtant, ce qui lui fait battre le cœur et ce à quoi il se raccroche n'ont déjà plus rien à voir avec ce qu'il a vécu dans la réalité de son cauchemar. J'imagine qu'au cours de la minute qui suivit l'annonce brutale de sa mort prochaine, nous jugeâmes nécessaire de démentir, de douter, de réconforter. Si nous ne versâmes pas de larmes, ce fut uniquement pour la ménager. Elle-même ne pleura pas. Elle arbora une seule et même expression qui ne varia pas d'un iota : la force d'âme venait d'être allumée et brûlait en veilleuse.

Je suppose que nous avons évoqué les traitements de dernier recours par lesquels nous avions vu passer d'autres de nos amis dans l'espoir de renverser l'inéluctable – le cobalt, les hormones, les rayons.

Elle répondit qu'elle ne ferait pas de radiothérapie. A cause du bébé.

Elle attendit patiemment que j'eusse fini de tempêter, de lui reprocher son côté bêtement sentimental, de la traiter de folle. Je lui assenai qu'on ne voyait que les héroïnes de mauvais romans opter pour pareil choix. Quand j'en eus terminé, elle me dit :

– Ce n'est pas un choix, Joe. C'est une course de vitesse.

Je refusai cette idée comme je la refuse encore aujourd'hui. Je lui dis que je ne pouvais croire que John lui laisserait jouer sa vie contre une vie qui n'existait pas encore. C'était là une idée qui me dépassait.

Alors, d'une voix égale et tranquille, nous regardant tour à tour en quête de confirmation ou d'approbation, elle nous expliqua la chose. Les médecins ne lui laissaient aucun espoir. La radiothérapie ne pouvait que ralentir le processus. Ces rayons étaient très éprouvants pour le patient, ce qui n'avait guère d'importance à ses yeux ; en revanche, nul n'était en mesure de dire quels en seraient les effets sur le fœtus. Il était possible qu'un tel traitement lui permît d'aller jusqu'au terme de sa grossesse, mais il se pouvait que le bébé fût un monstre ou qu'il eût souffert d'une manière ou d'une autre. Si elle ne suivait aucun traitement, peut-être ne tiendrait-elle pas le coup jusqu'au neuvième mois, mais au moins son enfant serait-il normal et l'on pourrait sur la fin, si nécessaire, procéder à une césarienne.

Elle usa du mot « fin » sans montrer la moindre émotion, mais il me fit, à moi, le même effet qu'un fracas de verre brisé. Toute velléité d'argumenter m'abandonna d'un coup : je ne pouvais croire qu'elle s'en tiendrait à une décision prise à la va-vite lorsqu'on lui avait soumis les intolérables alternatives, mais je savais en revanche qu'elle pensait ce qu'elle disait, et j'aurais jugé cruel de l'obliger à défendre sa position. Nous nous en remettions à John. Nous insistâmes pour que Ruth restât pour la nuit, mais Marian refusa. Elle ne voulait pas faire l'autruche, elle entendait regarder le problème en face, et cela lui serait plus facile dans la solitude.

Nous l'embrassâmes, trouvâmes des sourires pour répondre à celui dont elle nous éblouissait, lui fîmes promettre à plusieurs reprises d'essayer de joindre John dès le lendemain matin et de faire en sorte qu'il rentrât toute affaire cessante, son programme de recherches dût-il en pâtir. Nous lui recommandâmes de nous appeler sans se soucier de l'heure si jamais elle se sentait trop seule ou se mettait à avoir peur. Nous lui dîmes que nous passerions sitôt le petit déjeuner. L'instant d'après, nous étions dehors et la porte où elle s'était encadrée pour nous souhaiter une bonne nuit se referma.

– Oh, merde, merde, merde, grondai-je.

Nous ne montions pas en voiture et demeurions là comme dans l'attente de quelque chose. Ruth s'approcha, glissa son bras sous le mien et je le serrai très fort. La nuit était anormalement tiède, l'air doux et humide. La lampe du séjour s'éteignit, puis une autre, plus lointaine. La maisonnette était maintenant une forme noire tapie devant nous. Je me représentai Marian gagnant à pas feutrés la chambre du fond, où elle allait dénuder son corps mutilé, puis s'allonger. Allait-elle se regarder dans le miroir pour rechercher des signes de ce qui se jouait à l'intérieur ?

C'est alors que je repris conscience des forces non diminuées du désordre. Les deux voitures étaient toujours abusivement stationnées près du vieux break, les chiens de chasse continuaient de donner de la voix dans les collines obscures, les olibrius de la bande à Peck, accompagnés des accords d'une guitare, se mirent à brailler allégrement :

Give me that old-time religion,
Give me that old-time religion,
Give me that old-time religion,
It's good enough for me[1].

Dans l'air qui s'écoulait paresseusement au long de la combe, je flairai l'odeur primitive de leur feu. Tout ce qu'il y avait dans ce paisible coin de pays de sang bouillant et agité était de sortie et divaguait, faisant de la nuit le jour, clamant à tue-tête les délices du chaos, les joies mystiques et curatives du dérèglement. Et à l'intérieur de la maisonnette obscure, au centre de la chambre silencieuse, dans les organes et le flux sanguin de la jeune femme qui goûtait les choses âpres et douloureuses car elle en retirait la certitude d'être pleinement vivante, et qui tenait que l'univers était réglé et tendait vers la perfection de la conscience, des cellules, dressées contre l'ordre qui les avait créées, continuaient de se diviser sans bruit pour former leurs fatals isotopes.

VII

Les chanteurs beuglèrent un nouveau couplet, puis reprirent le refrain. Debout près de la voiture, Ruth et moi écoutions, accablés. Quand cela parut devoir s'arrêter, nous échangeâmes un regard indécis, puis je lui ouvris sa portière. C'est alors que le battement formidable que j'avais entendu de la hauteur reprit, cette fois au rythme du chant. *Gimme that* BANG BANG BANG, *Gimme that* BANG BANG BANG, *Gimme that* BANG BANG BANG BANG BANG BANG BANG!

– Nom de Dieu, c'est pas vrai !

Je pris la lampe torche dans la boîte à gants et fis signe à Ruth de se glisser au volant.

1. « Oh, baillez-moi cette bonne vieille religion (*ter*), Elle fera amplement l'affaire ! »

– Avance jusqu'au pied de la côte et attends-moi là. Je m'en vais te les calmer, ces énergumènes.

– Joe, tu crois vraiment que… Elle a dit que cela ne la dérangeait pas.

– Peut-être n'a-t-elle pas l'intention de dormir, mais il se peut qu'elle ait besoin de réfléchir. Elle a pas mal de sujets de réflexion, il me semble.

Le temps qu'elle fît son demi-tour, j'avais déjà franchi la barrière. Je n'allumai pas ma lampe car les phares me montraient les voitures en stationnement, le minable abri, le sentier et, plus loin, l'enclos. Quant au feu, avec ses ombres bondissantes, il constituait un but parfaitement visible.

Le faisceau balaya le chemin et m'abandonna dans la nuit. L'intolérable vacarme cessa d'un coup, faisant place à un charivari de rires et de cris. « Au suivant ! Au suivant ! Hé, Miles, amène-toi, viens libérer ton moi ! Putain, mec, ce truc t'*explose* la tête ! »

Suivant le sentier au jugé, je butai contre la palissade du corral et m'immobilisai le temps que le rougeoiement du feu s'effaçât de mes rétines. Ici, dans le bas-fond, cela sentait comme dans un campement navajo – cheval, fumée, crottin, cuir, poussière. Les deux bêtes s'ébrouèrent doucement, leurs sabots faisaient résonner sourdement le sol poudreux. Je vis des oreilles et une encolure se profiler sur le ciel, le reflet d'un œil. Avançant la main, j'effleurai un chanfrein velouté et sentis un souffle chaud et humide. La grosse tête s'écarta, un fer tinta sur une pierre. De mon repli de ténèbres et de bruits feutrés, je pouvais voir la lueur rouge et les ombres noires, là-bas de l'autre côté de la combe, et entendre la cacophonie de leurs voix.

Je n'allumai pas une seule fois ma lampe : je voulais voir ce qu'ils fabriquaient et j'étais curieux de savoir ce qui avait produit le tapage de tout à l'heure. Ils passaient un nouveau disque de guitares amplifiées. Avaient-ils un problème auditif, qu'il leur fallût ce niveau sonore ? S'ils ne pouvaient prendre du bon temps sans s'entourer d'un vacarme d'aciérie, cela venait-il de ce qu'ils avaient grandi dans un environnement bruyant et surpeuplé ? N'avaient-ils donc pas conscience que les gens vivant à portée d'oreille de ce tintamarre pouvaient y prendre moins de plaisir qu'eux ?

Je me guidai le long de l'enclos jusqu'à l'endroit où il était le plus proche du laurier. Entre moi et le feu, qui lâcha une nuée d'étincelles lorsque quelqu'un l'attisa, la passerelle courbe et le labyrinthe de cordes et de câbles installé par Peck semblaient autant de lianes sur fond de jungle fantasmagorique. Des bandes de grands singes allaient à tout moment y grimper main sur main. Mais les primates, ainsi que, sans doute, leur Tarzan, paraissaient occupés à tout autre chose. Plusieurs étaient groupés à l'écart sur la droite de la tente, cependant que les autres, rassemblés sur le plancher ou grimpés dans la hutte, les observaient. Je me déplaçai légèrement de côté afin de mieux voir ceux de droite.

C'était une grappe serrée de silhouettes où il était difficile sous cet éclairage de distinguer les garçons des filles – à ce propos, déterminer le sexe de certains des jeunes que je voyais aller et venir en plein jour eût requis une visite médicale. Ils étaient attroupés autour de quelque chose, un genre d'abri ou de tente basse. Soudain, leur masse se scinda en deux et je pus voir le reflet terne d'une buse en tôle ondulée de peut-être quatre pieds de diamètre sur cinq ou six pieds de longueur. On avait à l'évidence fait nuitamment une descente sur un chantier d'autoroute et cela n'avait pas dû être une mince affaire que de ramener cette chose jusqu'ici et de lui faire passer la ravine. Des débauches d'énergie pour des causes fumeuses, tel était Peck. Quant à savoir ce qu'ils en – ou y – faisaient ? J'en vis un, puis un autre s'y introduire à quatre pattes. Quelque mystère érotique, une réplique grossière de la caverne d'Éleusis ? Quelque raffinement dans le goût du marquis de Sade ? J'observai que plusieurs dans le groupe tenaient à la main un bâton ou une baguette.

– On y va, lança quelqu'un. Attention, ça va décoiffer.

La musique jaillit de nouveau, assourdissante, de la tente, et, alignés de chaque côté de la buse, les officiants commencèrent de la marteler à l'aide de leurs bouts de bois. *Blam! Blam! Blam!* BLAM! BLAM! BLAM! Le cylindre de tôle bourdonnait comme un clocher, les coups éclataient et se réverbéraient, les vociférations s'organisèrent en une psalmodie rythmée. Rien d'étonnant à ce que j'eusse entendu cela de là-haut. Cela devait s'entendre jusqu'à San Jose. A l'intérieur, là où les amateurs de sensations nouvelles étaient accroupis la tête entre les mains, qu'est-ce que cela devait donner ! C'était insupportable là où je me tenais, soit à une trentaine de pas ; et il n'était pas douteux que cela faisait résonner les vitres de la chambre de Marian.

BLAM ! BLAM ! BLAM ! Les bâtons s'abattaient, d'un côté, puis de l'autre. Ceux qui les maniaient se livraient à des cabrioles, des cris aigus déchiraient la nuit, la lumière du feu faisait briller des yeux et des dents, luire le cuir bronzé de ceux qui étaient dénudés jusqu'à la taille. Vous n'auriez pu trouver la pareille ailleurs qu'en Nouvelle-Guinée.

L'un de ceux qui se trouvaient à l'intérieur de la buse en ressortit précipitamment, suivi de près par son compère. Le martèlement s'amenuisa, se réduisit à des coups épars, puis cessa. La psalmodie s'effilocha de même pour n'être bientôt plus que le chevauchement de quelques voix discordantes par-dessus le ronflement d'une musique à elle seule suffisamment forte pour faire trembler les feuilles des arbres. Les deux victimes chancelaient deci de-là, poussant des *waouh !* et des genres de ululement sans cesser de se tenir la tête à deux mains. L'un d'eux alla s'asseoir en abord de l'entrée de la tente et se mit à se frapper la tempe à la manière d'un nageur qui a de l'eau dans le conduit auditif.

– Comment t'as trouvé, mec ? C'est le grand pied, non ?

– Putain, j'étais sur orbite. Et ça dure encore. Merde, ce truc te fait complètement disjoncter !

C'était grandement assez de tohu-bohu pour une seule soirée. Je fis un pas en direction de la passerelle et allumai ma torche.

Le fuseau lumineux monta le long du talus, s'évasa sur l'espace de terre battue et frappa crûment le tronc gris du chêne. Ce fut un mouvement précipité de bras et de jambes, de peau nue, d'yeux blancs sur des visages éberlués, un envol de cheveux noirs. Ils roulèrent, se mirent à quatre pattes, se jetèrent derrière l'arbre et eurent bientôt disparu dans les fourrés. Mais j'avais eu le temps de reconnaître, en ce minois encadré aile de corbeau, l'enfant difficile de Mr. et Mrs. LoPresti.

Je m'étais figé instantanément, tout aussi stupéfait qu'eux ; mon pouce avait repoussé le bouton de la lampe pour leur permettre d'échapper à ce trait de lumière qui, durant une seconde d'épouvante, les avait cloués contre l'arbre. Et je me tenais là, indécis, à deux doigts de tourner les talons. Je crois que j'étais proprement choqué d'avoir pris Julie en situation de coitus alarmus. D'une part, j'avais eu suffisamment de maladresse pour la journée et je détestais chez moi cette propension à gaffer. D'autre part, révolution sexuelle ou pas, avènement de la pilule ou pas, je pense que la société devrait empêcher les jeunes de cet âge de jouer avec quelque chose dont ils ne peuvent envisager les explosives conséquences. Et enfin, j'étais navré de constater que mes commentaires sur Peck et sa bande, exprimés dans un esprit plus qu'à moitié facétieux, se révélaient contenir une grande part de vérité. Ils étaient bien de mœurs aussi relâchées qu'une colonie de singes hurleurs, et ils ne se souciaient pas de borner leurs activités à des individus raisonnablement mûrs.

J'étais navré pour Fran, j'avais de la peine pour Lucio, j'étais exaspéré par Julie, furieux contre Peck, et je gardais présent à l'esprit que, pendant que cette bacchanale battait son plein, Marian était allongée là-bas dans sa chambre obscure, en tête-à-tête avec la mort. Tout cela me valut un accès de fureur.

D'un bond, du moins à ce qu'il me sembla, je me retrouvai au bord du talus, torche en batterie, éclairant tour à tour les visages qui entouraient le feu, ceux qui étaient juchés dans la hutte et ceux qui se trouvaient près de la buse. Je voulus leur aboyer une injonction, cassante, impérieuse, sans réplique, mais j'étais si crispé côté mâchoire que je ne pus émettre qu'un rugissement rauque, et qui alla se perdre dans le vacarme sortant du tourne-disque.

Ma voix ou la lumière – mais plus probablement cette dernière – les ramena à la réalité comme une injonction d'avoir à lever les mains en l'air. Toutes les têtes se tournèrent vers moi, tous regardaient dans ma direction, il y en eut un qui se dressa comme pour prendre ses jambes à son cou. Ils étaient peut-être une douzaine, des barbes et des visages imberbes, des cheveux longs et des cheveux courts, des il et des elle. Je reconnus deux garçons que j'avais vus se servir à boire à la fête des LoPresti; ils avaient eux aussi abouti à Pecksville, détonnant un peu en chemisette et pantalon tuyau de poêle blanc, preuve que, du voisinage, il n'y avait pas que Julie et Dave Weld qui se fussent laissé entraîner. Peck s'était construit une fameuse tapette à souris. J'avisai également Miles, garçon plutôt gentil qui comptait parmi les disciples les plus assidus, ainsi que Margo, la déesse du sexe. Aucune trace en revanche de Dave Weld. Était-ce sa tignasse que j'avais entrevue au pied de l'arbre, à côté de Julie ? Et le sieur Peck, où était-il passé ? Au cœur d'un fourré ou bien là-haut dans son aire, en train de présider à un des arcanes les plus occultes ?

Celui qui s'était dressé comme pour se carapater s'esquivait tranquillement vers l'arrière de la tente. Je braquai ma torche sur lui pour lui faire savoir que je l'avais repéré. Il déguerpit. Pour aller prévenir quelqu'un ? Planquer la réserve d'herbe ? Dans ma colère, je tirais quelque satisfaction de leur trouille manifeste. A la manière d'un agent en patrouille ou d'un gardien de nuit, je les éclairais tour à tour en plein visage, et eux, semblables à des perceurs de coffres-forts pris sur le fait, regardaient fixement l'œil accusateur de la lampe. Certains maintenant se mettaient la main en visière pour tenter d'y voir quelque chose. La musique n'avait pas cessé.

– Qu'est-ce qu'il y a ? hurla l'un d'entre eux. Qui êtes-vous ?

Je l'éclairai. C'était un des Volkswagen boys, celui qui avait une barbe rousse éparse.

– Éteignez la musique.

– Quoi ?

– Arrêtez-moi ce foutu vacarme !

L'un d'eux noircit le triangle de la tente et la musique se tut dans un crissement. Des paupières se plissaient, des têtes se dévissaient, interrogations, chuchotements. *Putain, mais c'est qui? Tu vois quelque chose? C'est les flics ou quoi?* Un visage s'encadra à l'entrée de la hutte, je levai ma lampe : une fille, inconnue. Je revins à la barbe follette.

– Vous faites trop de raffut, dis-je. Mettez-la en veilleuse.

Ils commençaient de se dégeler. Le groupe qui se trouvait du côté de la buse revenait peu à peu vers le feu, cherchant à mieux voir. Alors, quelqu'un braqua une torche sur moi. Le tison blanc me vrilla les yeux. Non, ce n'était pas la police, mais un vieux type chauve en chemisette. Quoique aveuglé, je perçus des bruissements et soupirs de soulagement. L'insolente lumière descendit sur mes pieds, remonta vers mon visage : on découvrait maintenant à qui on avait affaire.

– Qui c'est qui cause ? fit sur l'arrière une voix haut perchée, teintée d'incrédulité.

Une fille pouffa.

Pan ! fit ma médullosurrénale déchargeant son adrénaline. C'était reparti pour un coup de gueule. La situation requérait l'autorité morale, digne et équanime, d'un homme fait. Au lieu de cela, je rugis :

– C'est moi ! Alors, maintenant, vous la mettez en veilleuse ou vous êtes partis dans la demi-heure !

– Partis ? fit la voix de fausset. Mince, mais c'est que j' suis déjà vachement parti, moi.

Il y eut des rires, puis de nouveau des échanges à voix basse. *Mais qu'est-ce que ça peut lui faire ? Merde, il est même pas onze heures.*

Je comptai jusqu'à dix avant de demander :

– Où est Peck ?

Il me sembla que des têtes se retournaient. A travers mes paupières plissées, je crus voir la lueur du feu se refléter dans les yeux levés d'une fille du premier rang. Puis j'orientai ma torche vers la hutte et, jambes grêles, poitrine velue, tête en broussaille, le dieu Peck m'apparut en personne, négligemment accoté à la rambarde.

– Bonsoir, monsieur Allston, fit-il d'une douce voix.

Oh ! çà, très douce, égale, tranquille, amicale, histoire de stigmatiser mes vociférations. Je sentis tout le ridicule du côté descente de police, mais je n'allais sûrement pas faire machine arrière.

– Votre petite fête est trop bruyante, lui signifiai-je.

Il eut l'air étonné.

– Bruyante ? Ça se peut bien. On ne pouvait pas mener cette expérience sans faire un peu de boucan. Mais qui est suffisamment près pour que ça le gêne ?

– Toute personne dans un rayon d'un mille et demi.

Il eut un rire.

– Oh, allez, on est à la campagne.

– Où, précisément, les gens entendent être au calme. Et puis Mrs. Catlin n'habite pas au diable, mais à cent yards d'ici.

– C'est elle qui vous envoie ?

– Que ce soit elle ou non n'y change rien. Je ne tolérerai pas qu'on la dérange plus longtemps, et je vous demande en conséquence de maintenir votre fête dans les limites de l'acceptable pour ce qui est de son niveau sonore.

J'avais les mains qui tremblaient et c'est pourquoi j'éteignis ma torche. Le garçon qui se tenait près du feu braqua la sienne sur moi. Là-haut dans l'arbre, la silhouette de Jim Peck s'obscurcit, se fondit presque dans le noir, puis reparut, touchée par la lueur rouge des flammes. Il posa les deux mains sur la branche qui se trouvait devant lui et s'y appuya, l'air de réfléchir. Le visage de la fille flottait derrière lui sur le pas de la porte.

– Écoutez, monsieur Allston, dit-il après un temps, vous vous faites une fausse idée de la chose. Ceci n'est pas à proprement parler une fête, nous ne sommes pas simplement en train de nous amuser. Nous sommes en train de mener une expérience et tout près de déboucher sur quelque chose de très fort, psychologiquement parlant.

– Et ce faisant, vous faites trop de bruit.

– Comme je vous le disais, monsieur Allston, fit-il patiemment, cela ne peut se faire sans bruit.

– En ce cas, vous annulez.

Silence.

– Je ne puis croire que vous pensiez ce que vous dites, monsieur Allston, laissa-t-il suavement tomber du haut de son arbre. Car enfin, vous m'avez donné la permission de m'établir ici.

Je le cite à la lettre. C'est exactement ce qu'il m'a sorti, l'animal. La permission, qu'il a dit, oubliant l'eau et l'électricité resquillées, les ordures non enterrées, le feu, la boîte aux lettres et l'abri pour sa moto, les papiers gras, les boîtes de bière. Et, pour couronner le tout, cette musique insupportable et, pour l'avancement de la science, ce tintamarre assourdissant sur une buse volée je ne sais où.

Je me demande encore aujourd'hui, quand j'y repense, ce qui se serait passé si je m'étais lancé dans des explications. Si je lui avais dit : « Écoutez, Mrs. Catlin est souffrante et la dernière chose dont elle ait besoin est bien qu'on l'empêche de fermer l'œil. » Si j'avais emprunté le pont de singe pour venir boire une bière avec eux. Si j'avais engagé la discussion et que je les eusse laissé m'expliquer en quoi consistait cette fameuse expérience. Je me demande s'ils auraient accepté de parler avec moi et si je serais remonté à la maison ce soir-là en les comprenant un peu mieux ou en les aimant un peu plus. Je ne le crois pas, mais je regrette presque de n'avoir pas essayé.

Car au lieu de cela, la colère me prit, ce dont je ressors toujours tout tremblant et nauséeux. Et c'est un adulte, ou ce qui passait pour l'être, que je me suis mis à engueuler, ce qui n'est en rien une partie de plaisir.

– La permission ? lançai-je. Eh bien, je vous la retire. Je vous avais autorisé à camper chez moi, pas à y monter un ashram pouilleux. Donc, n'en parlons plus. Vous avez une semaine pour tout démonter et débarrasser le plancher. Quant à votre petite sauterie, elle est terminée.

J'étais planté là comme un piquet. Peck, là-haut, était toujours appuyé sur sa branche. Les autres ne pipaient pas, ils laissaient le mahatma faire front. Et le mahatma ne me répondit pas tout de suite – il avait le chic pour garder son sang-froid –, en sorte que mon coup de gueule alla se perdre dans le silence. Pour finir, il dit avec douceur :

– Vous avez l'air tout sens dessus dessous, monsieur Allston. D'accord, pas de problème, on va baisser le son si ça vous ennuie tant que ça.

– Vous arrêtez la musique, oui. Sinon, vous allez voir arriver des hôtes en uniforme, et je doute que cela soit à votre goût. Par ailleurs, il y a deux voitures garées dans l'allée de Mrs. Catlin. Je vous demanderai de les enlever immédiatement.

– On passe la nuit ici, objecta quelqu'un.

– Quand bien même vous resteriez toute cette dernière semaine, enlevez-moi ces voitures de là. Vous n'aviez pas à vous garer là pour commencer.

– Tout de suite, vous voulez qu'on les enlève ?

– Tout de suite.

Ils regardèrent Peck. Il n'avait pas bougé et affichait toujours le même détachement, mais je sentais maintenant entre lui et moi des lignes de forces négatives aussi intriquées que la toile d'araignée de cordages qui partait de l'arbre. Il finit par hausser les épaules.

– Entendu, on va les enlever. A qui sont-elles ?

Deux garçons, un des pantalons étroits et une des barbouzes, sortirent du groupe et s'engagèrent sur la passerelle. Derrière eux s'éleva un murmure de récriminations. Le mahatma n'avait pas été à la hauteur, le système pouvait le faire plier. Au lieu d'un sentiment de triomphe, une espèce d'amertume me gagna lorsque je me représentai son impuissance face à la propriété, à l'autorité, et face à la loi, à laquelle je pouvais faire appel contre lui. J'aurais de beaucoup préféré représenter quelque chose qui forçât son respect par sa consistance et sa valeur intrinsèque, non par son pouvoir. Et de cela, qui était à blâmer ? Peck, avec sa compulsion à enfreindre les lois et refuser toute férule, ou bien moi, avec mon incapacité épidermique à accepter aucune des vues qu'il défendait ? L'avais-je opprimé de la façon dont il souhaitait obscurément l'être ? Quelque chose du style « ils nous haïssent, nous autres les jeunes » ? Quelque chose qu'il avait à prouver, et qui faisait qu'il poussait et poussait le bouchon jusqu'à ce qu'il obtînt le résultat recherché ?

Les deux garçons passèrent devant moi l'un derrière l'autre en me lançant un regard noir. L'un d'eux avait une rangée de badges épinglés sur sa chemise comme autant de décorations militaires. JÉSUS ÉTAIT UN MARGINAL, proclamait l'un de ceux-ci. Et un autre : TENTÉS PAR LA TÉLÉ COULEURS? ESSAYEZ LE LSD.

Sans plus rien dire à Peck, je suivis ces deux-ci et me postai près de la barrière pendant qu'ils mettaient en route leurs voitures et allaient les garer près des boîtes aux lettres. Ils s'en revinrent en silence et filèrent retrouver leurs pairs.

– Merci bien, leur dis-je au passage.

Ils ne répondirent pas. Plus aucun bruit ne m'arrivait du campement, hormis un murmure de conversations assourdies. La lumière qui franchissait les rideaux de la chambre de Marian éclairait faiblement le chêne du patio. Aucun bruit de ce côté-là non plus. Je me demandai si elle m'avait entendu leur passer un savon. Sans allumer ma torche, je remontai le sentier et me laissai tomber sur la banquette à côté de Ruth.

Tout compte fait, ce 4 juillet avait été à la hauteur des augures. L'air, tandis que nous traversions le patio pour gagner la porte d'entrée, était saturé de smog. Le moqueur, qui avait été dérangé par les feux d'artifice, accueillait par des piaulements chagrins une lune en son dernier quartier.

SIXIÈME PARTIE

I

Le 6 juillet, je me présentai à l'aéroport de San Francisco quarante-cinq minutes avant l'arrivée de l'avion de John, et me trouvais au premier rang lorsqu'il sortit du tunnel avec les autres passagers. Il avait dû quitter l'île Saint-Paul au pied levé car il portait encore un pantalon kaki, des pataugas et un blouson de ouatine tout taché. Outre son sac de voyage, il transportait un étui à cannes de lancer, et j'éprouvai à son encontre un sentiment d'antipathie aussi fugace qu'irrationnel à la pensée qu'il avait eu la légèreté de s'adonner à la pêche pendant qu'à la maison Marian était confrontée à ses tristes choix.

Il me vit, m'adressa un signe de tête assorti d'un sourire. Il était toujours aussi bronzé, même après trois semaines de brumes aléoutiennes ; ses vêtements, quand il arriva en haut du tapis roulant et fit passer ses bagages dans sa main gauche afin de me tendre la droite, avaient une odeur fauve, un parfum de gibier et de grand air.

– Joe, dit-il en scrutant mon visage, c'est sympa d'être venu me chercher. Comment est-elle ?

– Comment elle est ? lui répondis-je. Courageuse. Intrépide. Ce qui ne veut rien dire, parce qu'elle a renoncé à se battre.

Je sentais son regard sur moi tandis que nous contournions la cohue pour aller retirer ses bagages. Il avait les yeux injectés de sang, et ce visage carré, solide, à la peau un peu rude, qui fait que les sportifs de haut niveau paraissent plus vieux que leur âge.

– Elle a renoncé à se battre ? Qu'entendez-vous par là ?

– Elle ne veut pas suivre le moindre traitement. Elle dit que cela pourrait être préjudiciable au bébé.

Je m'attendais à des signes d'étonnement ou de consternation, mais il ne montra rien, se contenta de froncer légèrement les sourcils et continua d'avancer sans rien dire. Toujours silencieux, il s'engagea sur l'escalier mécanique et s'immobilisa, une main sur la rampe de caoutchouc. Arrivé en bas, je lui demandai :

– Est-ce que ça ne vous paraît pas… insensé ? Totalement aberrant ?

– C'est une chose dont elle a parlé comme d'une possibilité, dit John.

– Dont elle a parlé avec vous ?

– Oui.

– Et vous n'avez rien fait ? Vous auriez pu l'en dissuader avant que ça ne devienne une idée bien arrêtée ! Est-ce que par hasard vous tiendriez plus à cet enfant que vous ne tenez à elle ?

Debout près d'un pilier cependant que les bagages commençaient de se déverser sur le tapis roulant, il me lança un regard aigu teinté d'animosité.

– Absolument pas, fit-il sèchement.

Son sac de marin apparut bientôt. Il me prit de vitesse, mais me laissa porter les cannes à pêche. Son irritation fit place à une expression grave mais amicale. De sa main libre, il m'appliqua une petite tape sur l'épaule et nous nous dirigeâmes vers le parc de stationnement.

– Quand lui a-t-on annoncé ça ?

– Le 3.

– Pourquoi n'a-t-elle pas cherché à me joindre plus tôt ?

– Vous me demandez ça à moi ! fis-je amèrement. Tout me dépasse chez elle. Je suppose qu'elle ne voulait pas vous interrompre dans votre travail. Quand elle nous a mis au courant, le 4 au soir, nous lui avons fait promettre de vous appeler.

– Je vois.

– Vous ne vous êtes donc pas parlé ? Comment a-t-elle fait pour vous avertir ?

– Le message a été retransmis par radio à partir d'Anchorage.

J'ouvris la voiture. Il jeta son sac à l'arrière et resta un moment à danser d'un pied sur l'autre, défroissant machinalement du plat de la main son treillis chiffonné.

– Tout ce qu'il disait, c'est que les médecins ont perdu espoir. Est-ce que c'est ça ?

– C'est ce qu'elle nous a dit.

Je suivis les flèches jaunes autour de l'aérogare, gagnai la bretelle de sortie et m'insérai dans la circulation fluide s'écoulant en direction de la rocade.

– Enfin quand même, John, lançai-je, m'appliquant à éviter de le regarder, mais incapable de me contenir, rien ne l'oblige à prendre ça pour argent comptant ! Comment peuvent-ils affirmer une telle énormité, qu'elle n'a pas la moindre chance de s'en tirer ? Qu'est-ce qu'ils en savent, d'abord ? Ils sont comme tout le monde, ils peuvent se tromper.

– Elle a dû considérer qu'ils avaient tous les éléments pour se prononcer.

– D'accord, admettons. Seulement, les miracles, ça arrive tous les jours. Qui vous dit que demain un chercheur ne va pas faire une percée capitale ? Prolongez-la de soixante jours supplémentaires et elle vivra encore un demi-siècle.

Il avait la joue aussi patinée qu'une vieille planche de bois. Seul le blanc rougi de ses yeux montrait qu'il y avait peut-être une limite à sa taciturne impassibilité. Lorsqu'il passa la main sur les cheveux courts et drus de son crâne, son épaule heurta pesamment la mienne. J'avais envie de hurler et de le frapper : ce garçon me paraissait incapable de comprendre ce qui le ramenait chez lui ; il me semblait fait d'un seul bloc, imperméable aux sentiments, voire carrément stupide.

– Peut-être se trompent-ils, dit-il. Peut-être se trompe-t-elle. Il faut voir. Vous savez, elle n'a jamais été du genre à se bercer d'illusions.

Quand il se contorsionna pour prendre une cigarette, ses yeux fatigués rencontrèrent presque fortuitement les miens et je compris qu'il n'avait sans doute pas fermé l'œil de la nuit en dehors d'un somme par-ci par-là dans les aéroports d'Anchorage et de Seattle. D'une voix un peu rauque, où l'accent du Maine était plus marqué, il ajouta :

– C'est une idée à laquelle on ne se fait pas tout de suite, même lorsque l'on est armé de courage.

Il ne décrocha plus une parole du reste du trajet. Ce n'est qu'une fois dans les collines, alors que nous suivions la route secondaire qui remonte le petit canyon, qu'il parut revenir à la vie, un peu comme le chien qui, reconnaissant son paysage familier, se met à gémir, museau collé à la fenêtre. Il avait le buste penché en avant quand nous franchîmes le pont branlant, et je n'avais pas encore arrêté la voiture dans l'allée que sa portière était déjà ouverte.

Personne en vue. Puis la porte d'entrée alla cogner contre le mur et Debby jaillit de la maison pour venir se jeter dans les jambes de son père.

– Papa ! Papa ! Papa !

Il la souleva de terre pour la serrer dans ses bras.

– Mon amour ! Comment va ma petite chérie ?

Je sortis à mon tour, descendis le sac et le posai à ses pieds.

– John, plaçai-je entre baisers et babillages, il faut que vous la fassiez changer d'avis. Il le faut, vous m'entendez.

Les lèvres toujours posées sur la joue de sa fille, il tourna vers moi un visage grave. Puis son regard pivota et se figea : Marian venait de s'encadrer sur le seuil, elle lui souriait.

J'ébauchai un petit signe, remontai en voiture et démarrai sans attendre, les laissant seuls avec le problème.

Arrivé là-haut, je ne parvenais pas à chasser de mon esprit le tableau de leurs retrouvailles. Il ne fallait pas songer à en parler avec Ruth : elle avait tenu compagnie à Marian durant un jour et demi et se trouvait présentement dans son lit, rideaux tirés, avec une migraine. A défaut d'autre chose, je m'en fus réparer la clôture, suite à quoi je tournai en rond autour de la maison. Catarrhe se mit deux tours sur mes talons, puis se posa sur les briques pour me regarder passer et repasser devant lui. Depuis le 4, le temps avait changé du tout au tout : un épais brouillard pesait sur l'horizon et par chaque col déversait des langues de brume dans les vallons ; même s'il faisait encore soleil, le vent était frisquet. Je tournais, tournais toujours.

Puis j'entendis le bruit d'une motocyclette montant la côte et, débouchant sur le patio, j'avisai Peck, casqué et revêtu de sa combinaison orange, qui se laissait couler vers la maison. C'était la toute première fois que je le voyais ici. Je me dépêchai d'aller à sa rencontre. S'il avait sonné, il aurait dérangé Ruth.

Il avait coupé son moteur en haut de la montée et, m'ayant aperçu, attendait à califourchon sur sa machine, la maintenant en équilibre de la pointe de ses bottes. Le fouillis pileux était fendu d'un sourire. Douce, chaude, presque aussi caressante que celle de Fran LoPresti, sa voix était celle qu'il s'était mis à cultiver depuis qu'il avait renoncé à la méditation transcendantale au profit des relations interpersonnelles. Il s'en servait comme les femmes de leurs yeux, et je ne doutais pas qu'il l'assortît à l'occasion des paumes jointes du salut hindou. L'amour, l'amour, il n'y a que cela de vrai.

– Ah ! monsieur Allston, dit-il.

– Monsieur Peck.

Son sourire s'élargit. S'il n'avait pas été assis sur sa moto, il m'aurait peut-être serré dans ses bras et embrassé comme du bon pain. Il suintait la bonne volonté et la cordialité. Sa tête casquée était légèrement inclinée sur le côté, ses yeux vifs étudiaient ma physionomie.

– Je répugne à venir vous importuner, commença-t-il. Je sais que vous tenez tout autant que moi à votre tranquillité. Mais j'ai pensé qu'il serait bon que je vienne vous présenter des excuses si nous vous avons dérangé l'autre soir, et m'assurer que vous ne parliez pas sérieusement à propos de notre départ.

Pourquoi fallait-il que j'eusse affaire à lui chaque fois que j'avais en tête un tout autre problème, et généralement déprimant ? Décidément, ce garçon avait le don d'arriver comme un cheveu sur la soupe – un peu comme moi, à l'occasion, mais j'avais trouvé mon maître… Pourtant, puisque je ne voulais pas me représenter Marian et John en train de se parler en ce moment même, que depuis une heure j'arpentais le jardin pour les chasser de mes pensées et voir mes émotions se dissiper, j'aurais sans doute dû me réjouir de cette diversion. Du tout : elle ne fit que m'irriter.

– Supposons que si, lui répondis-je.

Il eut un rire. A croire que j'en avais sorti une bien bonne.

– Je ne vous en veux pas d'être un peu remonté, dit-il. J'ai pensé que le mieux était que je vous donne quelques explications.

Bien que sa voix fût réglée sur le mode « conversation détendue, l'après-midi, entre amis qui se comprennent », tout chez lui était en mouvement. Il haussait les épaules, plissait les paupières, inclinait la tête, étirait la bouche, bondissait sur la selle de sa Honda, et ses mains quittaient le guidon pour faire des gestes évoquant des lâchers d'oiseaux. Mettant en équation cette approche doucereuse et craintive avec le Peck dont je connaissais le côté faraud, narquois et toujours sur ses gardes, je conclus qu'il était dans ses petits souliers et craignait vraiment de me voir passer aux actes. Je sentais posé sur moi son œil alerte et vif.

J'attendis la suite.

– Je vous l'ai dit. Nous étions en train de mener une petite expérience.

– Je m'en souviens, en effet.

Voussure des épaules, mains écartées, pli comique des lèvres.

– Rien de bien nouveau. Cela se fait depuis des siècles avec des tambours. L'idée, c'était d'accroître le niveau sonore. Histoire de voir si cela pouvait aider les gens à surmonter leurs complexes, dépasser la jalousie, évacuer l'agressivité, vous voyez ce que je veux dire ? Et de comparer ça avec d'autres techniques, comme…

Avec le soleil en pleine figure, il était éclairé comme pour un gros plan. Il souriait et souriait, plissait les paupières, roulait les épaules. Je me dis qu'il était le bouffon le plus inepte qu'il m'eût été donné de rencontrer, et d'autant plus insupportable qu'il était convaincu de me circonvenir et d'offrir au vieux con un aperçu de la vraie foi.

– Vous savez ce que c'est, les gens ont des blocages, surtout parmi les jeunes. Leurs parents sont sur leur dos, ils n'y arrivent pas à l'école, ils ont des déboires sentimentaux, ce genre de truc. Ils sont renfermés, environnés d'interdits, complètement paumés, quoi. Il faut tout de même bien qu'ils s'en sortent, qu'ils sortent du carcan qui les étouffe, je veux dire. Pour ça, il existe toutes sortes de méthodes. Nous avons pas mal travaillé sur certaines d'entre elles, là en bas. Diététique, yoga, jeûne, musique rythmée genre folk rock – yeux plissés, sourire crispé, il se balançait d'avant en arrière. Certains recourent à la drogue. On prend un trip, on part pour un voyage planétaire, on laisse derrière soi ce monde dégueulasse, enfin vous voyez…

Il se fendit d'un grand sourire à moitié insane, de l'air de me pousser du coude pour me remémorer des choses qu'il savait que je savais.

– … L'orgasme est encore un autre moyen. L'amour est la base de tout. Se laisser porter par les grandes vibrations de l'univers plutôt que de chercher à les traverser. Lire des poèmes d'amour, cela fait sortir le lexique amoureux du ghetto des mots orduriers. Il y a toutes sortes de techniques. Nous en avons expérimenté quelques-unes, mais il reste beaucoup à faire. Ce que vous avez entendu l'autre soir n'était qu'une étape.

– Moi, ça m'a fait l'effet d'une bringue extrêmement bruyante.

Il parut peiné de mon refus de comprendre. Ses mains quittèrent le guidon, il se mit à les agiter, paumes tournées vers le ciel, doigts écartés, comme s'il comptait y recueillir les paroles qui allaient m'éclairer.

– Monsieur Allston, reprit-il, je ne sais pas si vous allez me croire. Mais j'ai pris des notes, j'ai interrogé chaque sujet. Tous m'ont dit des choses très différentes – les personnalités sont diverses, je veux dire, elles n'appréhendent pas les choses de la même manière –, mais chaque individu qui est passé dans le tube l'autre soir m'a assuré qu'il en est ressorti purifié. Oui, c'est ça, purifié.

Je soutenais son regard ; il ne tremblait pas. Fantastique escroc ? Vrai croyant ? Parfait cinglé ? Voix prêchant dans le désert : « Préparez le chemin de l'Éternel » ? Toujours est-il qu'il souriait, la tête inclinée de côté.

– Et ensuite ? demandai-je. Après en être ressortis purifiés, qu'avez-vous fait ? Est-ce que chacun est rentré chez soi, a embrassé ses parents, pardonné à ses ennemis, s'est rabiboché avec sa petite amie ? Est-ce que Julie LoPresti est allée faire la paix avec sa mère ? Est-ce que vous retournez à Chicago pour serrer la main de votre père et lui demander sa bénédiction ?

Ni cinglé ni escroc. Et, à supposer qu'il fût vrai croyant et prophète, il était alors également mon Adversaire avec un grand a. Notre incomparable et irrémédiable propension à l'aversion réciproque se dressa entre nous comme un nuage de poussière. Ses lèvres remuaient secrètement derrière le poil foisonnant, comme s'il était en train de goûter quelque chose.

– Pas tout à fait, dit-il. Avant de songer à se réconcilier avec le système, il faut voir tout ce qu'il y a à y changer…

– Donc l'hostilité survit à la thérapie.

– Je n'attends pas de vous que vous adhériez à la théorie, repartit Peck. Je suis juste venu vous expliquer que tout ce bruit servait un but sérieux.

– Vous parlez sérieusement, là ?

– Vous ne me croyez pas ?

– Non.

Court silence. Ses yeux brillants luisaient au soleil comme des galets humides. Il les détourna, fixa le lointain tout en comprimant ses lèvres rouges, puis me regarda de nouveau. Nonchalamment, il haussa les épaules et les laissa retomber.

– D'accord, vous en avez parfaitement le droit. N'empêche qu'on a tout arrêté quand vous nous l'avez demandé.

– Oui, c'est vrai. Mais ce n'est pas quelque chose dont vous puissiez beaucoup vous prévaloir. Dans la mesure où ce n'était pas une demande, mais une injonction. Vous auriez eu des ennuis si vous n'aviez pas obtempéré.

– Oui, sans doute, fit Peck tout en me regardant fixement. Je ne sais pas si je vais réussir à vous expliquer ça assez bien pour que vous compreniez. Si vous nous faites partir, nous sommes mal. Cela ficherait tout par terre. J'ai investi beaucoup de temps, de réflexion et d'argent, là en bas. Cela commence tout juste à se débloquer pour ce qui est de l'école. Un ami à moi, avocat, vient de faire une demande pour que nous bénéficiions du statut d'association à but non lucratif, et nous avons trois personnes qui sont disposées à mettre de l'argent pour nous aider à démarrer. Nous venons juste de…

– Une école ? Quelle école ?

La question l'agaça manifestement. Il ne répondit pas.

– Monsieur Peck, je ne sais pas pour qui vous me prenez. Vous commencez par me raconter que vous travaillez sur une thérapie par le bruit, et ensuite j'apprends que, sans m'avoir consulté ni même m'en avoir informé, vous êtes en train de fonder une école. Sachant que je me suis tout de suite opposé à ce boucan, il ne vous a pas traversé l'esprit que je réagirais de même s'il s'inscrivait dans un programme d'enseignement ?

– La thérapie par le bruit n'est pas essentielle, dit-il. Et puis nous avons conduit l'expérimentation fondamentale. Nous pouvons passer à autre chose.

– A la bonne heure ! Mais, pour en revenir à cette école, vous ne m'avez pas demandé si vous pouviez fonder une école en bas de chez moi. Si vous l'aviez fait, je vous aurais répondu par la négative. Je ne veux pas du passage, je ne veux pas du risque d'incendie, je ne veux pas des ordures, je ne veux pas de la responsabilité civile, je ne veux pas de la nuisance que cela constituerait pour les Catlin.

– Je viens d'en parler avec Mrs. Catlin. Elle n'a émis aucune objection.

– Vous lui en avez parlé ? Quand cela ?

– Là, à l'instant.

– A l'instant ? John n'était donc pas là ?

– Si. Ils étaient tous là.

– Oh, misère ! Vous êtes allé sonner à leur porte, là, il y a quelques minutes ?

– Mais oui. Où est le problème ?

– Peu importe, dis-je. Cela n'en rend votre départ que plus nécessaire. Je vous avais donné une semaine. Il vous reste cinq jours.

Il se laissa peser sur sa selle, tête basse, mains sur le guidon. Il serra les poignées de frein, les relâcha. Il posa de nouveau sur moi son regard de dément.

– Pourquoi nous haïssez-vous ? interrogea-t-il à voix basse.

– Je ne vous hais pas.

– Oh que si !

– Je vous désapprouve, je suis en désaccord avec vous, je pense que vous êtes dangereux. Vous voulez savoir pourquoi ?

– Pas spécialement, dit-il avec une moue. Mais allez-y, dites, si cela peut vous libérer.

Je dus me faire violence pour ne pas lui sauter à la gorge.

– Me libérer ? Cela se pourrait bien. C'est pourquoi je vais vous le dire. Dès la première minute où vous êtes arrivé dans le coin, vous m'avez défié. A vos yeux, je représente le système. Est-ce que par hasard je vous rappellerais votre père ou quelque chose comme ça ? Vous avez éprouvé, pour une raison qui m'échappe, le besoin de me provoquer. Vous m'avez demandé si vous pouviez venir camper ici, et vous avez opéré de telle sorte que je vous y autorise à contrecœur. Vous avez accepté certaines conditions que vous avez ensuite délibérément enfreintes. Vous avez agrandi vos quartiers, vous avez construit un abri pour cet engin, posé une boîte aux lettres, vous avez fait venir votre bande, vous vous êtes mis à balancer vos ordures un peu partout, vous faites du feu, vous êtes branché sur ma ligne électrique et sur mon puits, et voilà que maintenant vous lancez une école. Est-ce que vous ne trouvez pas que j'ai quand même quelque raison de renauder ?

– C'est ça, c'est cette histoire de permission ? dit-il. Il faut toujours vous demander. Vous voulez que votre autorité soit reconnue.

– J'aimerais que mes droits soient reconnus, ainsi que ceux de quelques autres personnes.

Il étudiait le gravier de l'allée et ne montrait plus aucune trace de ce sourire dont j'avais cru qu'il était une caractéristique permanente de son visage.

– Parlant de droits, dit-il, que faites-vous des améliorations que j'ai apportées à votre propriété ? Est-ce qu'elles ne sont pas à prendre en considération ?

Parvenu à ce point, dégoût et lassitude s'abattirent sur moi. Ce personnage m'écœurait comme personne. Il me faisait penser à Curtis, mais en pire, en plus cinglé et plus accrocheur. Je ne le comprenais pas plus que je n'eusse compris un Martien ; je mesurais bien en revanche le mal qu'il me faisait, cette façon bien à lui de me diminuer.

– C'est fantastique, dis-je en tournant les talons. Il va falloir que j'y mette le feu pour tout désinfecter.

Je me dirigeais vers la maison.

– Attendez, dit-il précipitamment. Quelle est votre réponse ?

– La réponse à quoi ?

– Nous pouvons rester ou pas ? Dites vos conditions.

– Il n'y a pas de conditions puisque la question ne se pose plus. Bien sûr que vous partez.

Il sursauta si furieusement sur sa machine que je crus qu'il allait la laisser tomber pour bondir sur moi. Il resta un moment à réfléchir, le regard perdu vers sa roue avant. Ses mains se crispèrent sur les poignées, il pencha le buste en avant d'un mouvement brusque où se lisait toute sa fureur. Il lança le moteur d'un coup de kick et démarra en faisant gicler une pluie de gravillons dans ma direction. Il était l'image de l'innocence outragée, de l'idéalisme bafoué, de la science contrecarrée, de l'aspiration contrariée. Comment me sentais-je de mon côté ? Soulagé ? Conforté ? Que non pas. Malade, à demi nauséeux de colère, désemparé, inquiet et vaguement culpabilisé.

II

Peck ne resta pas jusqu'à la fin de la semaine qui lui avait été allouée. Un matin de grisaille, je me promenais sur le sentier – tout à fait par hasard, même s'il n'en eût rien cru –, quand le minibus Volkswagen franchit la barrière avec un plein chargement de bricoles diverses, suivi de près par la Honda. Je m'immobilisai afin d'éviter la rencontre, mais Peck s'arrêta en haut du chemin pour coiffer son casque. Il était assis là sur sa selle, à ajuster la mentonnière sous sa barbe, cependant que la moto crachotait au ralenti. Les Catlin étaient partis passer quelques jours à Carmel, initiative que j'approuvais sans réserve, même si elle nous laissait, Ruth et moi, malheureux et désemparés. Nous voilà donc, mon Peck et moi, face à face, reliés par des lignes de force à haute tension.

Il tourna vers moi sa face hirsute – il avait tout de suite eu conscience de ma présence. Ses yeux luisaient sous le bord circulaire du casque, mais le sourire qui depuis des mois avait été sa marque de fabrique était absent. Spationaute, fêlé, bienheureux va-nu-pieds, chercheur, découvreur, rebelle, ivrogne, haschischin, idéaliste, intellectuel maboul, jeune d'aujourd'hui, quel qu'il fût, il me regarda droit dans les yeux durant un bref instant où s'inscrivit notre aversion réciproque.

– On ne peut pas tout emporter d'un coup, m'informa-t-il. Je laisse une partie de mes affaires sous l'abri, je repasserai les prendre. D'accord ?

Bien loin d'une requête, c'était toujours de la bravade, mais j'eus un haussement d'épaules.

– D'accord.

– Merci à vous.

Ainsi je lui accordai une ultime faveur, non sans répugnance, et il me remercia d'un ton ironique. Il mit les gaz et sortit de ma vie aussi abruptement qu'il y était entré. J'avais l'impression d'avoir fait tomber une chose visqueuse venue se poser sur ma personne ; et cependant il me semblait qu'au cours de tous ces mois qu'il avait passés ici j'avais laissé filer une occasion. Mais de quoi faire ?... De tenter de former ce jean-foutre ? De me former, moi, à ses professions de foi jargonnantes ? De chercher à toucher du doigt ce qu'il pouvait avoir de sens des responsabilités ? De jeter sur cette friche les bases d'une nature morale ? Il n'y avait jamais eu entre nous de véritable rencontre, juste une poignée de confrontations. Que se serait-il passé si, dans les débuts, j'avais franchi le pont ?

Ce matin-là, me trouvant seul dans le bas-fond tranquille, en avance sur le courrier, je passai pour la première fois de l'autre côté du torrent. Je m'engageai sur la passerelle, qu'ils avaient laissée abaissée, et lentement mais sûrement progressai vers l'autre berge tout en me demandant pour quelle raison Peck ne l'avait pas démontée. Valait-il mieux, plutôt que de le détruire, abandonner aux philistins le fruit de son labeur ? Avait-il laissé tout le bataclan pour que Debby en fît son terrain de jeu ? Ou parce que l'idée ne l'avait jamais traversé qu'il convenait de nettoyer avant de s'en aller ? Ou bien avait-il voulu marquer ainsi son indifférence face à mes exigences ?

Quels qu'eussent été ses motifs, c'était un bien peu reluisant cadeau qu'il faisait là à Debby et, à mon adresse, une nique efficace. Descendant de la passerelle, je pris pied sur un sol d'épaisse poussière. Devant moi, le plancher, couvert de taches, marqué en son centre par le rectangle plus clair de la tente, était jonché de vêtements usagés, papiers, livres passés entre trop de mains, boîtes de bière et bouteilles de vin, éponges à gratter, feuilles mortes, chaussettes dépareillées, sans oublier un mocassin de femme et les restes d'un fauteuil en osier. Retournant une corbeille à fruits du bout de ma chaussure, je fis s'égailler une douzaine de répugnants perce-oreilles. Des fourmis faisaient la navette sur l'écorce du chêne et se massaient autour d'une flaque de miel ou de sirop répandue sur une tablette clouée à même l'arbre. Juste en dessous, leur devise, abandonnée là, peut-être dépassée, m'accueillait sur sa planche dont un bout manquait. SOIS TOI-MÊME. LE BIEN, C'EST LA LI.

L'échelle de corde avait été laissée en place tout comme le reste. J'y grimpai et passai la tête à la porte de ce qui avait été le Saint des Saints, l'Arche d'alliance, le nid d'amour et j'en passe : un réduit mal fichu avec un vieux pull-over accroché à un clou et, sur le plancher, un tapis de plumes sûrement échappées d'un sac de couchage déchiré.

Vaguement déçu – mais qu'est-ce que je m'attendais à trouver en venant fouiner là où durant la tenure de Peck je n'avais pas condescendu à me transporter ? –, je me glissai à l'intérieur. Ce faisant, je donnai du pied dans un fil, suscitant une gerbe d'étincelles bleues, suivie de picotements dans les orteils et d'une forte odeur d'ozone. Ils avaient récupéré leur équipement électrique en l'arrachant tout simplement du câble d'alimentation. Du peckisme à l'état pur. Si c'était bien en pensant à Debby qu'il avait laissé le pont de singe et la hutte – ce dont je n'excluais pas tout à fait la possibilité –, il s'était également arrangé pour qu'elle s'électrocutât la première fois qu'elle y viendrait jouer.

Ma colère était aussi brûlante que ces étincelles. J'allais devoir nettoyer tout son foutoir, et ce ne serait pas la première fois. Quelques minutes plus tard, cependant, posté au bord du plancher, je me pris à contempler les marronniers dénudés, les chênes au feuillage jauni et les lauriers tout verts qui garnissaient le vallon en direction du sud, et il m'apparut que Peck, tout dérangé qu'il était, avait éprouvé une réelle affection pour cet endroit, y avait déployé une certaine créativité et l'avait quitté à regret.

Au pied du coteau qui dressait sa pente abrupte derrière la tente, le sumac avait perdu beaucoup de ses feuilles et virait déjà au rouge; au milieu de cet enchevêtrement de sarments luisaient des douzaines de boîtes de bière. Cependant, même cette preuve supplémentaire de laisser-aller ne put m'enlever de l'idée que, privés de leurs hominoïdes, ces lieux respiraient la déréliction. Debout au milieu des restes dérisoires du commando de la Liberté, je fus saisi d'une impression de déjà-vu bientôt identifiée : la chambre de Curtis, les matins où j'y entrais et contemplais avec dégoût les effets d'une semaine de séjour de son occupant.

C'est en pensant à Debby ou peut-être pour d'autres raisons que je balayai le sol de la hutte à l'aide d'un bout de carton, rassemblai le plus gros des détritus traînant sur la plate-forme et alentour, arrachai la planche portant la devise ainsi que la tablette, puis brûlai le tout, attendant près d'une heure que le tas fût consumé. Quand j'y abattis mon poing, la buse, abandonnée à la limite des broussailles, résonna comme la créature en ferraille de Fran LoPresti. J'envisageai un instant de la pousser dans le lit du torrent afin qu'elle fût moins visible, ne souhaitant pas être soupçonné de l'avoir volée; mais, pour finir, je la laissai là.

J'allai ensuite déconnecter le câble que Peck avait posé en amont de mon compteur électrique. Je trouvais cette activité assez plaisante, c'était un peu comme de faire le ménage dans le jardin quand des enfants d'amis y ont passé la journée. Je voulus débrancher également la prise d'eau, puis me ravisai, considérant que Debby serait peut-être ravie, plus ou moins fidèle à l'esprit des précédents occupants, de jouer à confectionner des gâteaux avec de la boue. Durant un instant, je me pris même à repenser à ce vague projet que nous avions eu, Ruth et moi, de construire sur cet emplacement un petit pavillon auquel on aurait accédé par un pont japonais, et j'eus une vision fugace des Allston et des Catlin prenant le thé ensemble par une après-midi humide de l'hiver, tandis qu'en contrebas le torrent s'écoule secrètement sous sa voûte de ronces et de sumac. Fugace, très fugace, car je me souvins de la raison du séjour des Catlin à Carmel ainsi que de ce qui nous attendait tous.

Voyant au bout d'une semaine que Peck et compagnie n'étaient pas venus la chercher, j'enlevai la boîte aux lettres et achevai de nettoyer le coin sans toutefois toucher à l'abri où ils avaient laissé tout un bric-à-brac. Je n'étais pas malgré tout pleinement satisfait d'avoir fait fermer l'université de l'Esprit Libre. D'abord, cela s'était fait suite à un coup de sang et non pas après mûre réflexion.

Ensuite, je savais que Marian regretterait leur départ. Par une sorte de confiance mystique, elle pensait qu'en cherchant tous azimuts ils allaient bien finir par découvrir quelque chose que nous, qui ne tentions rien, n'apprendrions jamais. Tout en lui concédant plus d'un point, je lui faisais malgré tout remarquer qu'ils oubliaient et dilapidaient dans le même temps plus de choses que nous, qui n'étions pas révolutionnaires, n'en oublierions ni n'en gâcherions. Toujours est-il qu'il ne me plaisait guère d'avoir à expliquer pourquoi l'ashram s'en était allé si brusquement ; et même si la petite plate-forme de l'autre côté du torrent était maintenant accessible, j'évitai d'y remettre les pieds. Pis, je n'aimais pas, en rentrant d'une promenade, passer le gué qui se trouvait juste en dessous. Et lorsque le vent s'y engouffrait, il me semblait que le cylindre de tôle, creux et résonant, parfait monument à la mémoire de Peck, emplissait le bas-fond d'un bourdonnement ténu et insistant.

III

La diligence avec laquelle j'avais réglé le problème Peck ne m'avait pas fait rentrer en grâce auprès de Fran. Les rares fois où nous étions en présence, l'onctueuse aménité de naguère avait désormais fait place à une politesse distante. Toutes sortes de rapports semblaient rompus. Je ne voyais pratiquement plus Dave Weld. Il avait, apprit-on, localisé l'endroit où s'était transporté l'ashram, quelque part sur les hauteurs, et, motorisé qu'il était avec sa vieille Mercury, il allait y passer tout son temps libre. Une ou deux fois, j'aperçus Julie assise à côté de lui dans la voiture ; plus fréquemment, je la rencontrai chez les Catlin ou bien chevauchant sur le chemin en compagnie de Debby. Dans la maison, elle passait aussitôt dans une autre pièce. Dehors, dès qu'elle me voyait venir dans sa direction, elle engageait son cheval dans le maquis.

Ce sympathique vieux Joe Allston, aimé de tous. Était-ce ma faute ? Beaucoup de gens le pensaient – et jusqu'à Marian, j'en avais peur. Son idée était que j'avais pris Peck trop à cœur, comme si j'en avais été moralement responsable. Là-dessus, elle avait tout à fait raison. Mais nous ne parlâmes guère de lui, même quand son nom apparut dans les journaux. Marian était la plupart du temps recentrée sur elle-même. Tout ce battage autour des je-m'en-foutistes et autres contestataires devait lui paraître aussi dénué de sens que les bruits des allées et venues dans le couloir qu'un malade peut entendre de sa chambre d'hôpital. Durant la seconde moitié de juillet et tout le mois d'août elle se prépara en effet à mourir. Et, parce qu'elle menait de front cet autre préparatif, ce bébé auquel elle faisait le don de sa personne, elle voulait rester en bonne santé jusqu'aux portes de la mort.

Partagés entre tristesse et fascination, nous la regardions se dorloter. Sans pour autant renoncer à ses tâches quotidiennes, elle multipliait les pauses, se mettait au lit de bonne heure, se forçait à ingurgiter des mixtures diététiques, laits de poule et autres, dont elle pensait qu'elles lui apportaient le plus de calories par gorgée. Quand je me trouvais auprès d'elle durant une de ses périodes de repos et que je la voyais étendue dans le bosquet sur un vieux transat en séquoia, absorbée, traits légèrement crispés, je me figurais qu'elle concentrait sa volonté sur son organisme et cherchait par la suggestion à accélérer ce qui poussait dans son utérus et ralentir ce qui se développait dans ses foie et pancréas.

Cette fonction d'observateurs était à peu près la seule qui nous fût dévolue. Il ne servait de rien de parler à John. Plus d'une fois, dans les débuts, j'étais venu lui faire des suggestions – pourquoi pas des hormones mâles ? On les disait efficaces dans certains cas. Quelle importance si elles induisaient des traits masculins ? Est-ce qu'il n'eût pas préféré que Marian portât une barbe à la Jim Peck plutôt que de la voir… renoncer… dépérir ? Mais ils avaient fait le tour de la question pendant leur séjour à Carmel. Ils partageaient une solidarité secrète et résolue qui nous excluait de leurs décisions cependant que nous étions toujours bienvenus auprès d'eux et que leur affection nous était définitivement acquise.

Ayant opéré ses choix, elle ne nous en laissa aucun. Réduit au rôle de simple témoin, je veillais sur elle avec la vigilance inquiète d'un jeune homme transi d'amour. S'il se passait une journée sans que je la visse, je m'angoissais. Il m'arrivait certains jours de descendre et remonter la côte à trois ou quatre reprises avec l'espoir de l'apercevoir et d'en prendre prétexte pour m'arrêter. Plus je les voyais faire bloc, plus je détestais mes intrusions et moins j'étais capable de les refréner, surtout après qu'ils eurent envoyé Debby camper pour trois semaines au ranch des Canaday et qu'il devint plus facile de voir Marian seule. De plus en plus, j'épiais son visage en quête d'indices. Mais il demeurait le visage de Marian Catlin, il nous rendait l'hommage habituel d'un vif intérêt, d'une attention entière, de sa chaleur et de sa tendresse. Il était toujours aussi rieur.

Trop rieur ? Recru de nervosité ? Tenaillé par la peur ? Mais à peine commençais-je de m'interroger que je surprenais son regard si tendre, si rassurant, posé sur moi, et refoulais aussitôt mon angoisse comme une parfaite obscénité. Elle méritait mieux de notre part que ces scrutations morbides.

Nous notions quand même des changements. Comme elle s'exposait moins au soleil, son hâle pâlit peu à peu pour donner une sorte de doré transparent, ce teint que l'on voit parfois aux jolies Eurasiennes. Reposée, elle semblait parfaitement sereine, purgée de toute impureté, et elle vaquait à ses occupations tranquillement et sans peiner.

Un jour que nous nous trouvions près des boîtes aux lettres à attendre le facteur qui avait du retard, nous les vîmes, John et elle, venir dans notre direction. Ils marchaient lentement en se donnant la main, les yeux au sol mais absorbés l'un par l'autre, attentifs et complices. Ruth se tourna vers moi, se demandant si j'avais vu la même chose qu'elle. Ses yeux étaient pleins de larmes. Elle se mordit les lèvres, se détourna, et c'est à peine si elle put les saluer quand ils levèrent la tête et nous virent.

Marian accepta que John ne fît qu'un mi-temps au labo, mais pour elle il n'était pas question de s'exempter des tâches que la mort même ne saurait interrompre sans passer pour un contretemps, quand des choses autrement importantes sont en jeu. Je suppose que ces routines du quotidien la soutenaient, bien que cela nous affligeât de la voir vaquer aux courses, au ménage, s'occuper du linge et des repas, et, lorsque Debby était là, faire sans désemparer le taxi entre la piscine, le jardin public, les leçons de piano ou le domicile de telle ou telle petite camarade. Nous détestions les obligations qu'elle se mettait sur le dos, comme par exemple de retenir à dîner des gens, confrère ou femme de confrère de John, venus pour un simple bonjour. Dès que nous apercevions des voitures étrangères devant chez eux, nous passions notre chemin, nous sentant exclus et lésés.

En y repensant, cependant, il me semble que nous la voyions souvent seule, comme si elle s'arrangeait pour éloigner John et Debby afin de recevoir ses deux amis du premier cercle. Aux alentours de midi, lorsque je descendais prendre le courrier, et surtout durant la période où Debby fut en colonie de vacances, il m'arriva fréquemment de la trouver se reposant dans le boqueteau, paupières closes, mains croisées sur son abdomen rebondi, silhouette par ailleurs gracile et fine de gisant, visage tourné vers le ciel, veilleuse dont la flamme tremblotait sous les ombrages desséchés. Dès qu'elle entendait mon pas, sa tête se tournait, ses yeux s'ouvraient, son sourire étincelait, le rhéostat de son esprit franchissait plusieurs crans. C'est peut-être pour cela que je ne perdis jamais espoir. Je ne pouvais croire qu'elle attendît vraiment ce qu'elle attendait.

Un jour que je m'étais arrêté de la sorte, je voulus savoir si elle souffrait.

– Non, Dieu merci, me répondit-elle. C'est quelque chose à quoi je pense. Je ne sais pas si je pourrais supporter cette sorte de douleur qui survient parfois.

– Il me semble que vous pouvez tout endurer.

– Apparemment, le pire, c'est dans les os. Ça, personne ne peut le supporter. Mais chez moi, ce ne sont pas les os qui sont atteints.

Braquant sur moi son lumineux sourire, elle toucha ostensiblement le bois du transat.

– Si seulement vous acceptiez de suivre un traitement, dis-je sans espoir.

Elle leva la main et contrefit plaisamment un soupir d'exaspération.

– Joe, je vous en prie. Cela ne servirait à rien. Je ne veux pas abdiquer ma lucidité et ma sensibilité, ni être maintenue en vie à grands frais et finir en légume bourré de morphine. Tout ce que je demande – non, je voudrais beaucoup plus, bien sûr –, c'est de durer assez longtemps pour avoir le bébé. Et, quand la fin approchera, j'espère avoir la force de la regarder en face. J'espère que je serai suffisamment consciente pour ne pas chercher à la retarder, ce qui serait absurde. C'est pour cela que je m'inquiète de la douleur. J'ai peur qu'elle ne soit trop intense et ne me fasse rater ça.

– Rater ça ?

– Cette expérience. Cela doit être une des plus saisissantes, et c'est assurément la dernière.

– Oh, Marian !

– Oh, Joe ! fit-elle pour se moquer – et de frapper du plat de la main le cadre de sa chaise longue. Nous avons tous le cuir si épais ! Nous nous protégeons tellement ! Vous ne pouvez pas me reprocher de trop y penser. Nous savons à peine de quoi la vie est faite, nous la traversons comme un rêve. La naissance et la mort sont les expériences les plus formidables qu'il nous est donné de connaître, et nous les affadissons à coups de calmants et d'anesthésies.

– Oui, les plaisirs âpres. Tout à l'heure, vous allez me dire que vous avez eu Debby derrière un buisson.

Si je n'avais pas émis une boutade, je crois bien que je m'en serais allé. Elle secoua la tête avec un demi-sourire de réminiscence.

– Je n'ai pas été assez forte. Je refusais l'idée de l'anesthésie, mais le médecin ne voulait rien entendre ; il craignait que cela ne se passe mal : je suis si étroite. Alors je lui ai demandé d'installer un miroir pour que je puisse tout voir. Quand la douleur est devenue trop intense, j'ai levé un petit fanion et l'anesthésiste m'a mis le masque jusqu'à ce que je me sente partir ; là, j'ai refait le signal et il me l'a enlevé. J'ai assisté à une partie de l'accouchement, mais je n'ai pas été assez forte pour le vivre dans son entier.

Forcé de se détourner de son visage lumineux et grave, mon regard alla se perdre vers le fouillis de sumac, ronces et fougères qui dissimulait le cours du torrent. Il faisait chaud, le soleil était à son zénith, toute chose semblait au point mort. La chaleur et le smog de la vallée étaient en train de s'insinuer dans les replis des collines, et les ombrages mordorés me faisaient suffoquer.

– Joe, dit-elle en posant sa main fraîche sur le dos de la mienne, ne soyez pas triste. Je suis heureuse que vous m'aimiez autant, mais je voudrais que vous et Ruth ne me pleuriez pas. Il est juste que la mort existe, c'est tout aussi naturel que le fait de venir au monde. Nous faisons tous partie d'un grand fonds commun de la vie, nous sommes débiteurs de l'espace que nous occupons et des substances chimiques qui nous constituent. Dès lors que l'on admet qu'il ne s'agit pas d'une abstraction, mais bien de quelque chose dont on est redevable à titre personnel, cela ne devrait plus être un drame.

– Mais vous aimez tant la vie, protestai-je. Vous êtes plus vivante que qui que ce soit de ma…

C'était plus que je n'en pouvais supporter. Rester assis là à évoquer tranquillement son oblitération était au-dessus de mes forces.

– Encore, si vous aviez mon âge, je pourrais peut-être me faire une raison.

Elle ne dit rien de quelque temps. Quand je pus de nouveau la regarder, elle me sourit d'un air enjôleur, m'invitant à venir la rejoindre sur ce plateau d'impossible sérénité auquel elle était je ne sais comment parvenue.

– C'est quand même compliqué, vous ne trouvez pas, d'être un humain ? reprit-elle. Les animaux semblent renoncer à la vie de si bonne grâce. Même quand c'est violent, cela n'en paraît pas moins naturel. Ils atteignent l'âge adulte, ils se reproduisent, beaucoup des jeunes meurent, mais quelques-uns survivent, de sorte que le phylum est préservé et que les aînés peuvent mourir, comme le saumon épuisé par son périple ou le vieux caribou assailli par les loups, et c'est bien, c'est ce à quoi ils s'attendent et c'est ce qu'exige la nature.

J'eus un geste vague – assentiment, dénégation, *nolo contendere*[1], quelque chose.

– Et en définitive, poursuivait Marian, c'est ce que j'ai fait. J'ai grandi, j'ai épousé John, j'ai eu Debby. Donc, le fait de savoir cela, d'être en mesure de le comprendre, de l'envisager, voire de prédire approximativement une date, ne devrait pas y changer grand-

1. Je refuse de disputer.

chose. Je crois que la conscience fait de nous des individus, et que, parce que nous sommes des individus, nous avons perdu cette faculté d'accepter notre sort.

J'avais les yeux levés en direction des reflets dorés qui jouaient sur le coteau. Une buse planait au-dessus de la hauteur, glissant sur une aile puis sur l'autre, caressant délicatement les filets d'air. Je pouvais voir sa tête et son cou tendus vers le sol. Soudain, elle vira et disparut derrière les frondaisons.

– La seule chose, dit Marian d'une voix tout à coup tendue et fluette, ce que je peux à peine supporter par moments, c'est que je ne la verrai pas grandir. Elle devra se passer de ce que j'aurais pu lui apporter.

Elle se mordit la lèvre inférieure et, fuyant mon regard, ses yeux allèrent se perdre vers la cime des arbres. Sur sa gorge tendue, un pouls désordonné battait la chamade. Mais cela ne dura qu'un instant. Lorsqu'elle reprit la parole, sa voix avait recouvré le ton de la conversation, un peu haut, modulé et musical.

– Le temps, aussi, dit-elle en levant les yeux au ciel. Le temps et tout ce qu'il permet de faire, et la possibilité de le perdre à des riens ou même de ne pas avoir conscience de son écoulement. S'il nous est si important, c'est que nous avons le nez dessus. Nous sommes des individus, nous sommes pleins de nous-mêmes, ce qui fait de nous de piètres historiens. Nous nous affolons, nous nous angoissons parce qu'il nous reste tout à coup si peu de temps pour être affectionnés et généreux comme nous voudrions l'avoir toujours été et comme nous avons toujours voulu l'être. John dit toujours que l'ontogenèse est la réplique de la phylogenèse. A votre avis, si j'ai le sentiment de la brièveté du temps, est-ce parce que j'ai envie de connaître et d'expérimenter tout ce que l'espèce a connu et expérimenté ? Est-ce parce qu'il y a tant à découvrir et que je suis avide ?

Je ne pus lui répondre. Autour de nous, le silence se révélait n'être pas du tout le silence, mais un bourdonnement profond et vibrant, le rugissement lointain de cette société âpre au gain que nous avions tous les deux à moitié rejetée, avec, par-dessous, la rumeur ténue et rassurante du monde naturel. Un jet couvrit tout qui arrivait du sud et amorçait déjà sa descente vers San

Francisco. Lorsqu'il fut passé, les bruits menus nous revinrent. Parmi les feuilles de chêne qui nappaient le sol, sèches et racornies comme des mues de petits crabes, un lézard créa une agitation soudaine. Les oiseaux, je le découvrais à l'instant, se remettaient à chanter après s'être longuement préoccupés de leurs nids ou de leurs petits. Quelque part sur la colline, une alouette émettait des sons flûtés. Et j'entendis, assez loin dans les fonds de la combe, les trois notes plaintives d'un troglodyte. Il me semblait que personne ne pouvait envisager calmement de quitter un tel foisonnement de vie.

– Vous rendez-vous compte de l'être magnifique que vous êtes ? dis-je d'une voix mal assurée. Avez-vous idée du nombre de personnes qui, dans votre situation, se raccrochent au plus petit plaisir égoïste ? Du nombre de ceux qui sont, au sens propre, avides ? Qui perdent complètement les pédales ou bien se murent et rejettent tout ce qui les entoure ? Et vous, vous êtes là à évoquer le peu de temps qu'il vous reste pour être aimante et généreuse.

– Avec ma fille, dit-elle. Avec mon mari. Avec mes amis, quelques personnes comme vous et Ruth. Ils sont mon plaisir, après tout. Si je parvenais à être ce que je voudrais être, alors moi aussi, ce plaisir, je ne me le refuserais pas.

Ne me sentant pas la force de la voir me sourire ainsi une seconde de plus, je me levai, me penchai à l'aveuglette pour l'embrasser et m'en fus. Mais par la suite, ces quelques minutes furent notre secret, et je compris qu'elle s'était épanchée et confiée à moi parce qu'elle entendait me consoler et me rasséréner. Je suis certain qu'elle fit le même effort pour chacune des personnes qu'elle aimait, et que chacune de celles-ci le tint par-devers elle comme quelque chose d'intime et de précieux, et ne s'en ouvrit pas plus que je ne le fis. Quand nous lui rendions visite, c'est nous qui repartions réconfortés de l'entrevue. Elle nous associa tous à ses préparatifs, et je sais que Ruth et moi, au moins, en sortîmes plus forts. Elle avait tant à donner. Sa foi dans le biologique était si sereine qu'elle pouvait accepter le ver nécrophage comme une part essentielle du biote.

IV

Changements, symptômes, stigmates – nous les guettions, c'était plus fort que nous ; et lentement, touche après touche, ils apparaissaient.

– As-tu vu comme elle devient indifférente à la petite ? me demanda Ruth un jour, une de ces journées indistinctes et brouillées où l'été suivait son cours languissant, cependant que Marian allait de mal en pis. Tout se passe comme si, obnubilée par l'enfant qu'elle porte, elle en oubliait celui qu'elle a déjà.

Je répondis que je n'avais rien remarqué de tel. Si elle avait l'air indifférent, cela venait de ce qu'elle était tout le temps fatiguée, et qui pouvait lui en faire reproche ?

– Je ne lui reproche rien. Simplement, c'est quelque chose que j'ai noté. Ça a commencé tout à coup. Il s'agit de bien autre chose que de la fatigue.

– Cela ne lui ressemble pas. Elle adore sa fille.

– Elle l'adorait, rectifia Ruth. Elle a changé. Observe-les bien. C'est John, maintenant, qui s'occupe le plus de Debby.

– Bien sûr. Il fait tout son possible pour ménager Marian.

– Cela n'explique pas qu'elle se montre aussi distante. C'est à croire qu'elle la rejette.

– Si j'étais à sa place, je ne penserais sans doute qu'à moi et c'est tout. Je ne vois pas d'autre explication. Comment vont-ils s'organiser quand John va devoir reprendre les cours ?

– Je croyais que tu étais au courant. Il a demandé sa mise en disponibilité pour le trimestre.

Je restai un moment silencieux, tentant de me représenter l'effet que cela devait faire de mener sa vie comme l'on roulerait en voiture, tranquillement, prudemment, bien en deçà de la vitesse limite et en respectant toutes les règles de la circulation, en direction d'une intersection déjà en vue, où l'on sait qu'un chauffard en état d'ébriété va vous percuter de plein fouet. Et que l'on ne me dise pas que nous conduisons tous notre vie de cette manière : la plupart d'entre nous n'aperçoivent pas l'intersection et peuvent donc faire comme si elle n'existait pas.

– Ils estiment que c'est l'affaire de trois mois, c'est ça ? fis-je avec amertume. On dirait un complot, c'en est presque obscène. Tu crois qu'ils vont convenir d'un système de signaux, de sorte que, quand elle en sera à son dernier soupir, elle abaissera un petit fanion et John pourra dire aux toubibs : « Allez-y, les gars, ouvrez, sortez-moi ce lardon » ?

– Joe !

– Dieu de Dieu, tout ça me fait horreur.

– Tu préférerais qu'ils fassent comme si de rien n'était ?

Non, bien sûr que non. Faire comme si, beaucoup de gens prenaient ce parti et cela n'y changeait rien. Tout défaire eût été la seule solution. Je me dis que j'eusse volontiers donné les dix ans qu'il me restait possiblement à vivre pour être Dieu le père pendant dix petites minutes afin de rembobiner leur cauchemar et débrouiller tous leurs préparatifs.

Qui plus est, je ne comprenais rien à toutes ces dispositions. Certaines, comme ces petits présents à fendre l'âme qu'elle nous apportait et qui étaient pareils aux cadeaux qu'une fillette affectueuse et réfléchie ferait avant de rentrer chez elle aux amis qui l'ont reçue un été à la mer ou à la montagne, certaines, disais-je, quoique douloureuses, allaient de soi. En revanche, pourquoi laisser John interrompre son travail pour la durée du trimestre ? Il eût été plus dans sa manière de l'envoyer chaque matin à son laboratoire de recherches et cela jusqu'au jour où il lui faudrait la conduire à l'hôpital. Sa carrière avait au moins autant d'importance pour elle que pour lui, et puis cela aurait été servir la vie et non la mort. Et aujourd'hui ce rejet de Debby, à un moment où je me serais attendu à la voir plus possessive et protectrice que jamais. Que devenait en l'occurrence son désir de se montrer généreuse et aimante ? Allait-elle déjà si mal qu'elle n'eût plus de prise sur sa vie ?

Car dès que Ruth m'eut alerté sur ce point, je constatai qu'elle disait vrai. Marian repoussait systématiquement sa fille. De plus, John cautionnait la chose : c'était une espèce d'accord entre eux.

A la place des deux queues de cheval que nous avions coutume de voir cahoter sur le pont à bord du break en route pour l'école ou la leçon de piano, c'était maintenant coupe en brosse et petite queue de cheval. La silhouette gracile et lumineuse de Marian, accotée au corral pour regarder la petite monter à cheval, avait là aussi fait place à celle de John. Tôt le matin, lorsque les bruits montaient avec netteté du fond de la combe, je pouvais entendre le père et la fille bavarder tout en jetant de l'avoine dans la mangeoire ou en détachant une ou deux fourchées d'une botte de foin. Marian restait désormais à l'intérieur, au lit ou assise dans la cuisine, à moins qu'elle ne fût allongée sous le bosquet avec un livre. Naguère, avec ou sans ses petites amies, Debby passait tout son temps libre à la maison ; désormais, le soir après l'école, le samedi et le dimanche, John l'emmenait fréquemment dans les collines au prétexte de faire du bois de chauffage sur les arbres tombés. Il n'avait pas besoin de tout ce bois, il en avait déjà deux ou trois cordes. Mais il y allait, et la petite l'accompagnait.

Lorsqu'elle s'écorchait le genou, qu'une ronce lui égratignait le mollet ou que le cheval lui marchait sur le pied, c'était John qui répondait à ses pleurs et la conduisait dans la salle de bain pour le cérémonial du mercurochrome et du sparadrap. Si elle tentait de monter sur les genoux de Marian, celle-ci la repoussait jusqu'à ce que John pût la prendre sur les siens, ce qui ne se passait pas toujours sans grincements de dents. Nous l'entendions parfois appeler sa mère à grands cris pour qu'elle vînt voir un triton, un orvet ou une salamandre dans la mare aux grenouilles ; or à présent, même si Marian avait autrefois passé des heures et des journées entières à l'intéresser à toutes ces petites créatures au bord de ce bassin construit de ses mains, nous remarquions que, si John n'était pas dans les parages, les appels de la petite restaient sans réponse.

Ces manifestations se multiplièrent. Un jour que nous passions prendre Marian pour aller faire des courses, Debby arriva en courant, criant qu'elle voulait venir. Marian lui ferma la portière au nez.

– Veinarde, lui dit-elle. Tu vas rester à la maison avec papa.

Elle me fit un signe et je démarrai. Dans le rétroviseur, je vis la petite éclater en sanglots au bord du chemin et John jaillir de la maison pour venir jouer son rôle de consolateur suppléant.

Une autre fois, un dimanche après-midi, ils étaient montés boire un verre à la maison. Un brouillard était descendu des hauteurs et il soufflait un vent frisquet. Nous nous étions donc installés du côté abrité, sur le patio. Debby, nue comme un ver, barbotait dans la fontaine et faisait voguer un petit bateau en plastique que John – et non pas Marian – avait pensé à lui apporter. Elle se faisait tout en jouant de petits discours, plaisant arrière-fond à notre conversation, qui était calme et détendue, brièvement oublieuse du cinglé fonçant vers l'intersection. Ici, à l'abri du vent, le soleil était chaud. Tout comme au jour de leur première visite, le moqueur s'égosillait au-dessus de la terrasse.

C'est pour cela que nous étions venus ici, pour cette tranquillité. Nous l'avions cultivée avec autant d'énergie que Marian la vivacité. Chaque fois que ce sentiment de paix descendait sur nous dans toute sa pureté, j'inclinais à penser que si c'était là ce que Peck et compagnie obtenaient avec un morceau de sucre [1], j'étais tenté de rejoindre leurs rangs. C'était, cet après-midi-là, comme une fine poudre d'or qui nous aurait recouverts, nous et tout particulièrement la fillette, gracile et tendre, baguette de saule écorcée, ployée dans la fontaine. Elle était absorbée, sans affectation aucune. Son corps était pain d'épice à l'exception du triangle de peau blanche que le maillot de bain avait protégé des rayons du soleil. Virevoltant, se penchant, poussant le petit bateau, elle était la plus gracieuse des créatures, parfaite et lisse, dodue comme un amour.

Puis mon regard se porta sur Marian. Elle couvait sa fille des yeux avec tant d'intensité qu'elle ne put dissimuler son embarras lorsqu'elle vit que je la regardais.

– Ah ! s'écria-t-elle en allongeant langoureusement les jambes. Comme on est bien ici !

Elle se pencha pour prendre Catarrhe qui passait contre son fauteuil en arquant l'échine. Une petite rougeur était venue colorer sa pommette satinée. Elle savait ce que sa physionomie avait trahi, et ce n'était ni de la fatigue ni de l'indifférence, mais un amour dévorant.

– Hé ! lança tout à coup Debby, le visage tout près de la surface du bassin. Il y a des poissons ! Des tout petits ! Maman, viens voir !

– Des pœciliidés, dis-je. Je m'en suis fait livrer l'autre jour par le

1. Souvent le support d'une dose de LSD.

service de démoustication du comté : on commençait à avoir pas mal de larves.

Caressant Catarrhe d'une main si ferme que cela lui étirait les yeux en arrière, Marian me suppliait du regard de lui faire la conversation. Le rose de ses pommettes fonçait. Elle ne répondait toujours pas à sa fille. John se leva.

– Maman ! s'écriait Debby. Il y en a des millions !

Son père s'accroupit près d'elle, une main posée sur son petit dos. J'avais remarqué combien il la touchait souvent depuis quelque temps ; il lui caressait la tête, passait un bras autour de ses épaules.

– Ces petits poissons sont aussi féroces que des requins, lui dit-il gaiement. Tiens, on va attraper une mouche, tu vas voir.

Cela ne traîna pas. Il attendit, toujours accroupi, qu'une des mouches dont nous sommes infestés en été se posât sur son genou. Il la cueillit d'un geste prompt, fit jouer ses doigts, puis ouvrit la main et laissa tomber l'insecte blessé à la surface de l'eau. De l'endroit où j'étais assis, je vis le remous de sauvagerie miniature provoqué par les poissons qui déchiquetaient leur proie.

– Oh là là ! s'exclama Debby.

Elle sortit du bassin et s'immobilisa pour tendre un orteil hésitant en direction de l'eau.

– Tu as tout intérêt à ne pas y retourner, lui dit John. Ces bestioles te dévoreraient jusqu'aux genoux.

Il tapota ses petites fesses blanches, mais elle était déjà partie tirer sa mère par le bras. Catarrhe sauta à terre et s'esquiva.

– Maman, viens voir. Des vrais goinfres !

Se redressant sur son fauteuil, Marian balaya d'un revers de main les gouttes d'eau que la petite avait fait tomber sur son vêtement.

– Regarde, tu m'as toute mouillée.

– Viens voir, je te dis !

– Je les ai déjà vus, chérie.

– C'est pas vrai.

– Pas ceux-là, mais d'autres exactement pareils.

– Pourquoi tu veux pas ? fit Debby avec colère. Je veux que tu viennes voir !

Marian eut un mouvement de recul.

– Mademoiselle, si nous nous tenons mal, nous allons rentrer à la maison.

– Viens voir !

– Tu te conduis fort mal, dit Marian. Maman n'a peut-être pas envie de se déranger. Maman est peut-être fatiguée. Va les regarder tout ton soûl.

Ruth et moi assistions à la scène comme nous aurions suivi la résolution d'un problème dont l'énoncé nous eût échappé. John intervint une nouvelle fois. Il souleva l'enfant nue et considéra en souriant son petit visage furibond.

– Écoute, ma chérie, j'ai une meilleure idée, lui dit-il. Tu vas remettre ta culotte pour éviter de choquer les voisins, et toi et moi allons faire le tour du pré pour voir si Jeannot Lapin ne serait pas de sortie.

La retenant entre ses genoux, il lui enfila son slip. Puis il la jucha sur ses épaules.

– Excusez-nous, dit-il. J'ai promis de montrer à Debby où habite un lièvre de nos amis.

Marian était sous le feu croisé du regard plein de reproche de sa fille et de celui, tranquille et interrogatif, de son mari. Elle ferma les yeux et ils s'éloignèrent. Quand ils furent à une cinquantaine de pas sur l'allée et qu'ils obliquèrent en direction de l'échalier donnant sur la pâture, elle se mit à dodeliner doucement de la tête contre le bois de son dossier.

– Je suis désolée, dit-elle, paupières toujours closes.

– Marian, interrogea Ruth, est-ce qu'elle vous devient trop pesante ? Pourquoi ne pas nous la confier ? Nous serions ravis de l'avoir à la maison. Elle vous verrait tous les jours, mais cela serait moins prenant pour vous comme pour John.

Le pouce sur la pommette, les doigts posés sur le front, Marian fixait le sol du regard. Elle leva vers nous, entre l'éventail de ses doigts, une ombre de sourire.

– Vous êtes adorables, mais cela ne servirait pas le but recherché.

– Le but ? Quel but ?

– Oh, c'est ce qui est le plus cruel ! – elle se passait le bout des doigts sur le pli vertical entre ses yeux. Nous ne voulons pas qu'elle soit malheureuse, qu'elle se sente rejetée, mais il faut qu'elle se détache de moi. Elle a toujours été trop dépendante. John a été si souvent absent. Et je l'ai trop gâtée.

– Et vous cherchez quoi en ce moment ? demandai-je plus abruptement que je n'aurais voulu. A réduire l'affection qu'elle a pour vous ?

– Pas son affection, Joe. Sa dépendance. Je ne veux pas qu'elle se retrouve complètement perdue et anéantie une fois que je ne serai plus là. L'idée que je lui manquerai n'est pas pour me déplaire, mais je sais que ce n'est pas souhaitable. C'est pourquoi nous essayons de nous substituer l'un à l'autre : je suis de plus en plus en retrait et John est de plus en plus présent. Mais, oh, si vous saviez comme c'est difficile ! Je suis obligée de me changer en un bloc de glace !

Je me tournai vers Ruth :

– Voilà la réponse à la question que tu te posais.

J'aurais voulu me prendre la tête entre les mains. A toujours vouloir vivre – ou mourir – selon une théorie plutôt que de se laisser guider par ses sentiments ou par le sens commun, cette fille avait décidément le chic pour me mettre hors de mes gonds. Je ne pus m'empêcher de demander :

– Est-ce que John pense qu'il faut la priver du souvenir d'une mère aimante ?

– Il est d'accord avec moi. Cela lui est odieux, mais il est d'accord.

– Eh bien, moi aussi, je trouve ça odieux. Et je ne suis pas du tout d'accord. Bon sang, Marian, c'est impossible pour la petite et crucifiant pour vous ! Il faut que vous lui manquiez. Elle sera, toute sa vie durant, plus riche de ce chagrin.

Je pouvais voir entre ses doigts, toujours déployés sur son front, le regard d'un bleu limpide qu'elle posait sur moi. Elle dut remarquer à cet instant la rougeur anormale de sa paume, car elle eut une grimace et plaqua sa main sur sa cuisse.

– Mes deux parents ont trouvé la mort alors que j'avais à peu près le même âge, dit-elle. Je ne veux pas qu'elle connaisse ce sentiment de déréliction.

– Vous avez survécu. Et vous ne vous en êtes pas si mal tirée.

– J'ai fait des cauchemars pendant des années. Je rêvais que j'étais perdue dans la forêt ou dans une immensité déserte genre toundra.

– Et vous les avez surmontés, ces cauchemars. Ce n'est pas là votre discours habituel. Vous dites toujours qu'il faut faire front, prendre les choses comme elles viennent. Et puis il y a ce que veut Debby. Est-ce que ce n'est pas à prendre en compte ?

– Elle veut de l'amour. Elle est en train d'apprendre que c'est auprès de lui qu'elle le trouvera. Il n'y a pas sur terre d'homme plus tendre que John, elle va devoir le découvrir. D'ici peu, c'est vers lui qu'elle se tournera et non plus vers moi. Ainsi, quand je partirai, ce sera plus facile pour l'un comme pour l'autre.

Des préparatifs, des projets comme pour une année sabbatique. Ce comportement me mettait hors de moi. Ses explications me laissèrent égaré et tout tremblant, comme chaque fois que je la voyais chercher à faire prévaloir sa volonté contre l'inéluctable. Parfois, j'étais à deux doigts de lui en vouloir de ce désir de planifier les circonstances de sa mort ; à la voir se flatter de régenter la vie de ceux qui lui survivraient, j'en venais à me demander s'il ne fallait pas la taxer d'égoïsme. Et d'illogisme : si toute expérience, y compris la souffrance, lui était bénéfique, il devait en aller de même pour Debby. Et enfin de présomption. Encore que, Seigneur, le mot fût faible.

Agacé par cette présomption, j'en voulais obscurément à John de s'y soumettre. Mais peut-être lui aussi m'en voulut-il de ne pas me résoudre à accepter l'inacceptable. Ainsi, je ne sais plus quel jour de septembre, je l'adjurai de la convaincre de se faire avorter, de se défaire de ce maudit fœtus qui abrégeait sa vie.

La réponse qu'il me fit était sans doute la seule possible, et il me la livra avec cette maîtrise émotionnelle, ce sang-froid marmoréen qui m'avait tant dérouté le jour où j'étais allé le prendre à l'aéroport. Ce jeune Américain actif, costaud, propre sur lui, bien élevé, cultivé et affable, ce garçon dont on eût pu voir le visage sur des affiches, ce *mens sana in corpore sano*, ni fanfaron ni poltron, mais énergique et décidé, avide de connaissances nouvelles et confiant en l'avenir ; cet homme sur lequel on pouvait compter pour prendre soin d'un enfant, présider une commission, conduire une enquête impartiale, qui était capable de prendre la mesure d'un important problème et de mettre au point le système de recherche qui permettrait peut-être de le résoudre ; ce scientifique dont la discipline était la vie et qui, face à la vie, était aussi profond et tendre que quiconque de ma connaissance hormis sa femme ; cet homme comblé en toute chose excepté la plus importante me regarda sombrement et dit :

– Elle est en droit de mener les choses comme elle l'entend. C'est sa mort.

C'était vrai, c'était on ne peut plus vrai. Et chaque matin un peu plus proche.

V

L'attente est une des formes de l'ennui, comme elle peut être une des formes de la peur. Ce que l'on attend ramène encore et toujours les mêmes images, les mêmes émotions, qui sont autant d'éléments répétitifs de l'uniformité des jours. Ici, même le temps qu'il fait est un agent de cette monotonie. Les matins s'enchaînent une, deux, trois semaines durant sans que varient la température, la lumière, les couleurs, l'humidité, ou, si variations il y a, elles s'opèrent par d'infimes gradations prévisibles et parfaitement négligeables. Jamais une tempête, un orage, un coup de vent ; jamais, à cette époque de l'année, le moindre cumulus. Guère de signes indiquant que l'été fait place à l'automne, si ce n'est le vert intense des madias, qui, aussi avant en saison et comme en se riant de la sécheresse, apposent leurs taches crues sur les versants recuits par le soleil. Le parfum de cette herbe s'impose en même temps que sa couleur ; il recouvre bientôt tout le coin, se laisse porter par les petits courants d'air, vous entête, imprègne chaussures et pantalons, le chat qui y a musardé, les placards où l'on a rangé chaussures et pantalons, les mains qui ont caressé le chat.

Avec le recul, ces semaines d'attente se télescopent dans mon esprit comme toute période morne et triste. Elles s'écoulaient interminablement ; aujourd'hui pourtant, elles me paraissent s'être déroulées en accéléré, n'avoir duré qu'un moment, une heure imprégnée de ce parfum des madias. Quand août se fut transmué en septembre et que, avec la rentrée des classes, John eut commencé, comme naguère Marian, de véhiculer Debby matin et soir entre la maison et l'école, cette odeur était dans chaque bouffée que nous respirions.

La plupart du temps, nous suivions la tragédie vécue par les Catlin d'aussi près que si nous avions dérivé ensemble sur un radeau. Les autres voisins, le restant des soucis croisaient largement hors de portée de voix, bien loin de la latitude de notre obsession. Tom Weld allait et venait à bord de son pick-up, arpentait le coteau avec des géomètres. Des piquets blancs sortirent de terre et nous apprîmes par le journal qu'un projet de subdivision en lots constructibles passait devant la commission. En temps normal, cela nous aurait atterrés ; obnubilés comme nous l'étions par Marian, nous n'y vîmes qu'une trahison de plus de ce que nous étions venus chercher ici, et c'est à peine si cela nous fit sourciller. Septembre vit Mrs. Weld se pavaner à bord d'une Impala flambant neuve : sûrement un acompte sur la prospérité à venir. Lou LoPresti, rencontré lors d'une promenade, nous opposa un front plissé et un air confus, comme s'il lui eût été défendu de nous parler. C'était peut-être le cas. Nous ne voyions pratiquement jamais Fran ni Julie ; les rares fois où nous aperçûmes cette dernière, elle n'était pas sur son cheval, mais à bord de la Mercury de Dave Weld et le plus souvent se dirigeant vers la ligne de crête. Il m'arriva une fois de croiser Peck sur la route de la vallée, filant sur sa Honda, messager du nirvana, barbe plaquée par le vent comme par une lance d'incendie. Il ne me fit pas bonjour.

Apparitions fugitives, ombres de nuages s'effilochant. Tout cela n'avait pas plus d'importance à nos yeux que la dernière révolte estudiantine à Tokyo ou le putsch de la veille en Syrie.

Nous tenant à l'entière disposition des Catlin, nous n'acceptions ni ne lancions aucune invitation. Du fait qu'ils n'avaient pas de proches parents auxquels faire appel, et que, arrivés de fraîche date en Californie, ils n'y connaissaient pas grand monde, notre aide leur était précieuse. J'aime à croire que leur force d'âme n'était pas aussi adamantine qu'il y paraissait, et que notre présence leur mettait un peu de baume au cœur. La commisération y avait sa part : nous prenions la maladie de Marian tellement à cœur que tous deux en éprouvaient de la pitié à notre endroit.

Ruth s'occupait de la cuisine, du ménage et du linge. Je jouais le rôle de chauffeur et de factotum. Souvent le matin, quand John était au centre de recherches, nous nous arrêtions pour voir ce qu'il y avait à faire. Grâce à Ruth, qui couvrait l'ensemble des travaux domestiques, Marian put se consacrer à d'autres tâches, plus éprouvantes. Passer en revue les vêtements de Debby. Dresser l'inventaire de ses placards à provisions. Ranger son bureau, classer des photos, trier du courrier, brûler certaines lettres, en renvoyer d'autres à leur auteur. Elle écrivait à des gens qu'elle avait bien aimés puis perdus de vue au fil de ses trente années d'existence. Lentement, de façon réfléchie, en se ménageant de fréquentes plages de repos, elle archivait les détails de sa vie. D'un jour sur l'autre, nous n'observions guère de changement en elle. Cependant, quand retentissait la sonnerie du téléphone, nous nous précipitions pour répondre, craignant, avec chaque fois la même décharge d'adrénaline, que ne fût arrivé, là, maintenant, le moment tant redouté.

Un soir de la mi-septembre, il se mit à sonner alors que nous étions en train de dîner sur le patio. Je courus à l'intérieur et décrochai au milieu de la troisième sonnerie.

– Allô ? haletai-je.

J'identifiai la voix de Fran, non plus sirupeuse, mais sèche et tendue, pleine de haine et de venin. Pour un peu, elle me l'eût injecté dans le conduit auditif.

– C'était juste pour vous informer de la dernière de vos beatniks.

– Fran, ce ne sont pas *mes* beatniks. Je vous rappelle que je les ai fichus dehors. Je les porte aussi peu dans mon cœur que vous.

– Tu parles ! A côté de ce qu'ils m'ont fait… les sales bêtes crasseuses ! Vous savez ce qu'ils ont fait à ma pauvre petite ?

Je le subodorais, hélas, mais je répondis par la négative.

– Ils l'ont mise enceinte ! dit Fran d'une voix qui s'enfla au point que je dus éloigner le combiné. Enceinte ! Elle n'a pas seize ans et elle se retrouve enceinte ! Et pas gênée pour deux sous, en plus ! Elle me lance ça au visage ! Elle est partie s'installer avec eux dans ce… cette porcherie…

– Fran, Fran. Je suis désolé, croyez bien. Quand avez-vous su ?

– Hier. Hier soir. Ça y est, elle est partie. Mais je sais exactement où ils sont : un jour, j'ai demandé à Lou de suivre le petit Weld. Il est aussi dur qu'elle, gangrené, tout simplement gangrené par cette bande de…

– Vous a-t-elle dit qui lui a fait ça ?

Son rire dur, déplaisant, m'obligea à écarter de nouveau l'écouteur.

– Vous ne savez donc pas comment ça se passe chez les jeunes d'aujourd'hui ? Ils n'ont plus de père, il n'y a rien de plus ringard qu'une histoire d'amour. Vous savez ce qu'elle m'a sorti ? Que ce pouvait être l'un ou l'autre d'une demi-douzaine de garçons. Comme ça, en pleine face.

– Mon Dieu !

– Vous pouvez le dire. Je voulais que vous soyez au courant, j'ai pensé que ça vous intéresserait.

– Fran, je vous jure que…

– En tout cas, je vous prie de croire que je vais y mettre bon ordre. Je sais exactement où se trouve cette petite garce : dans un vieux cabanon là-haut sur la crête. Je m'en vais y monter avec la police et nettoyer cette pétaudière, vous m'entendez bien ?

Sûr que je l'entendais, et j'entendais aussi, entre ses vociférations, sa gorge se serrer sur des sanglots.

– Je voulais que vous sachiez, continuait-elle. Cette bande n'aurait jamais dû pouvoir se former.

– Je regrette le rôle que j'ai pu y jouer. Du fond du cœur, je le regrette. Mais si je puis dire un mot, êtes-vous bien certaine de vouloir faire intervenir la police ? Est-ce que ce ne serait pas plus facile pour Julie comme pour vous si vous y alliez, juste Lucio et vous ?

– Je fonce là-bas et je les fais tous jeter en prison ! fit la voix de Fran, maintenant tout enrouée. Je vais les faire coffrer pour usage de drogue, détournement de mineure, viol. Ça, ils vont s'en souvenir !

– Pourtant, d'après ce que vous a dit Julie, il n'y a pas eu viol.

– Avec une mineure, c'est toujours un viol, dit encore Fran.

Puis sa voix monta d'un cran et j'eus l'impression qu'elle parlait à deux doigts de mon oreille :

– Et puis, allez savoir comment ça s'est passé au juste ! Cette sale petite teigne ment comme elle respire !

Il y eut un silence assourdissant. Je l'entendais respirer.

– Je tenais juste à ce que vous sachiez ce que vous avez déclenché, dit-elle en conclusion.

Et v'lan ! elle me raccroche au nez.

Si j'avais déclenché tout cela, Fran, elle, se chargea d'y mettre un terme, et sans perdre de temps. Dès le lendemain, juste avant midi, une voiture de police s'arrêta en haut de l'allée. Un agent en tenue, dépendant du comté voisin, sortit son calepin et nota les réponses que je lui fis à tout un tas de questions portant sur Jim Peck. Pendant combien de temps avait-il résidé sur ma propriété ? Quel était notre arrangement, est-ce qu'il me versait un loyer ? Est-ce que je le connaissais déjà avant qu'il vienne camper chez moi ? Avais-je jamais remarqué quelque chose de suspect le concernant, lui ou quelque autre de ses amis ? Semblait-il parfois sous l'empire de la drogue ? Peut-être des fêtes qui dégénéraient ? Est-ce qu'il recevait des jeunes femmes ? Est-ce que je savais à quoi ressemblait un pied de cannabis ? Et le reste à l'avenant.

J'en inférai que Peck avait subi une descente de police, encore que l'agent ne voulût rien me dire. De toute évidence, il me regardait comme un possible acolyte, peut-être un homosexuel aimant la chair fraîche. Il était à l'affût de toute la fange que cette histoire pourrait soulever. Cette visite me contraria et me remua à tel point que je n'allai pas prendre le courrier de crainte de devoir parler de tout cela à Marian. Mais je ne pouvais différer la chose indéfiniment. A trois heures, alors que le journal du soir avait dû être déposé dans la boîte, je finis par descendre et, bien sûr, elle était là, dans le bosquet, et John avec elle. Ils étaient, comme de juste, penchés sur le journal. J'allai les rejoindre, même si j'eusse de beaucoup préféré être appelé ailleurs.

Article et photos, l'affaire s'étalait à la une : DES JEUNES S'ADONNAIENT AU SEXE ET A LA DROGUE. UN PÈRE FURIEUX MOLESTE UN HIPPIE. On voyait Peck, barbe et combinaison de vol, une main plaquée sur l'œil, flanqué de deux adjoints au visage fermé. A côté, un vieux cabanon en bardeaux entouré de grands séquoias. En dessous, un procureur à l'air hautement réprobateur campé derrière une table chargée de pièces à conviction : une boîte de tabac censée contenir de l'herbe, plusieurs flacons de barbituriques, un autre (format familial) de pilules contraceptives. La suite en page 4, avec la déesse du sexe Margo, cheveux en bataille, une main levée en signe d'adjuration, dissertant sur la liberté sexuelle et la légalisation de l'avortement face à un journaliste. Pas de photos des autres prévenus, sans doute parce que la moitié d'entre eux était composée de mineurs.

En revanche, outre les professions de foi, complaisamment rapportées, de Margo et les protestations de Peck contre un abus de pouvoir policier, l'article fourmillait de détails croustillants fournis par certains des mineurs, effrayés par le pétrin dans lequel ils s'étaient mis. Plusieurs déclaraient que de la marijuana était communément fumée au sein du groupe et qu'eux-mêmes en avaient obtenu de Peck. L'un d'eux reconnaissait avoir été emmené dans une hutte construite en haut d'un arbre, là où la bande était précédemment établie, et y avoir ingéré un trip de LSD sous la surveillance de Peck. Il pensait que presque tout le monde en avait pris au moins une fois, certains plusieurs fois. Il précisait également que les relations entre garçons et filles étaient « pas mal libérées » et que ces demoiselles, dont des mineures, étaient parfois échangées d'un sac de couchage à l'autre.

Alors que l'on était en train d'embarquer la bande, le père d'un des mineurs, furibard, avait forcé le passage et étendu Peck d'un coup de poing.

Je levai les yeux du journal pour voir que Marian, assise toute roide sur sa chaise longue, me regardait fixement. John fumait une cigarette d'un air maussade.

– Je ne vois pas Lucio frapper qui que ce soit, dis-je. C'est lui ?

– Tom Weld, m'informa John.

– Merveilleux. Tout le voisinage se met de la partie. Est-ce que le policier est venu vous interroger ?

Marian hocha la tête.

– Fran aussi est passée. Nous avons eu droit à une petite séance.

– Je suis désolé, dis-je. Désolé que vous ayez été mêlés à ça. Qu'est-ce qu'elle voulait ?

– Que Marian persuade Julie de se faire avorter, me répondit John.

– Hein ? Mais pourquoi vous ?

Marian grimaça un sourire.

– J'aurais de l'influence sur elle. Moi, elle m'écouterait.

C'était le bouquet. Fran venant faire le siège de Marian – Marian, enceinte, mourante et irrémédiablement attachée à la vie – pour lui demander de conseiller à une autre l'avortement qu'elle refusait pour elle-même, lui préférant la mort ! D'un coup d'œil rapide, je m'assurai que John et moi étions là-dessus à l'unisson. Ma compassion pour Fran, qui avait été considérable, et considérablement teintée de culpabilité, fondit d'un coup.

– Mais enfin pourquoi ? persiflai-je. Fran ne voudrait donc pas régulariser la situation ?

John s'esclaffa.

– Il faudrait d'abord identifier le coquin. Julie est muette sur le sujet. Et quand bien même, vous voyez Fran accueillir comme gendre l'un ou l'autre des acolytes de Peck ?

– Et si c'était Dave ?

Je mesurai aussitôt la stupidité de ma remarque. Par le truchement de son cocker femelle, même attaché très court à la corde à linge, Fran avait déjà eu un aperçu des aptitudes naturelles des Weld à essaimer. Elle ne voudrait pas plus de Dave Weld qu'elle n'eût voulu de Peck en personne.

– Eh bien, dis-je, je suis navré, navré et encore navré. Ce qui vous fait d'ailleurs une belle jambe. Allez-vous conseiller à Julie de se faire avorter ? Vous pourriez demander à Margo de lui parler.

Marian me dévisagea durant un si long moment et avec une expression tellement indéchiffrable que je finis par supposer qu'elle regardait quelque chose derrière moi. Je crus la voir secouer imperceptiblement la tête. John écrasa sa cigarette du bout de sa chaussure et dit :

– Non, elle ne va la conseiller ni dans un sens ni dans l'autre. Elle ne va pas s'en mêler. Elle ne va pas gaspiller ses forces en s'inquiétant pour cette petite qui n'en fera de toute façon qu'à sa tête. Julie ne révélera pas l'identité du père, à supposer qu'elle sache qui c'est. Elle ne voudra pas entendre parler d'interruption de grossesse. Pourquoi voulez-vous ? Elle dit qu'ils lui ont donné des pilules et qu'elle les a balancées. Elle voulait tomber enceinte envers et contre Fran. Eh bien, c'est chose faite.

– Ah, parce que vous en avez discuté avec elle ? m'étonnai-je.

– Oui, oui. Fran nous l'a amenée.

– Seigneur Dieu ! Elle n'a rien trouvé de mieux que de…

– Oh, je ne sais pas, intervint Marian. S'il y avait quelque chose que je puisse faire, je serais tellement contente de les aider ! Pauvre Julie, tellement butée ! Et pauvre Fran ! Elle vit un véritable calvaire. Et les Weld, mon Dieu, songez qu'ils ne se doutaient de rien jusqu'à ce qu'ils soient convoqués au bureau du shérif. Le ciel leur est tombé sur la tête. Vous saviez que c'est Dave qui a pris peur et qui est allé trouver la police ?

– Dave le pistolero ? Il m'a toujours fait l'effet d'être le costaud taciturne.

– Julie lui en veut terriblement. Elle ne l'appelle plus que le mouchard.

– N'y pense plus, dit John. Chasse tout ça de ton esprit.

Elle se laissa aller contre le dossier de la chaise longue et resta un moment à méditer tout en considérant la paume rougie de sa main.

– Je suis naïve, dit-elle. J'avais pensé, parce qu'ils avaient tous l'air si nature, si spontanés, parce qu'ils aimaient la vie au grand air et semblaient uniquement désapprouver les choses artificielles, comme se raser, j'avais pensé que nous pourrions être pour eux une espèce d'exemple – leur faire comprendre que tous ces plaisirs nouveaux qu'ils expérimentaient étaient tout aussi artificiels et nullement indispensables. Vos cinq sens sont amplement suffisants. Voilà, quoi.

– Échec sur toute la ligne.

– Je suppose qu'ils me jugeaient un peu vieux jeu. Mais je suis certaine qu'ils m'aimaient bien. Et c'était réciproque : ils débordaient de vitalité et d'une espèce d'esprit aventureux. Cependant, en ce qui concerne nos façons de penser, c'était une autre histoire. Ils devaient me trouver un côté cheftaine.

– N'y pensez plus, lui dis-je. Oubliez toute cette histoire. Ils ne méritent pas dix minutes de votre temps, pas vrai, John ?

– Tout à fait, acquiesça-t-il. De toute façon, Julie ne pourrait jamais se faire avorter en Californie. Ce n'est pas ton problème, Marian. Tu ne pourrais rien faire, même si elle sollicitait ton aide.

Nous saisissions sa pensée aussi clairement que s'il l'avait formulée : Tu as ton propre problème à affronter ; Fran LoPresti n'est pas la seule à traverser une phase critique.

VI

Cette crise, ce fut un peu comme l'odeur des madias, dont on s'aperçoit de la présence longtemps après qu'elle a tout envahi.

Nous n'en eûmes conscience que plusieurs jours après qu'eut éclaté l'affaire Peck, le matin où nous ne trouvâmes pas Marian plongée dans un livre ni occupée à classer ses papiers, mais clouée au lit, nauséeuse.

Ce fut un choc de la voir ainsi, et j'eus aussitôt la conviction que je ne la reverrais plus debout. La gracilité qui nous avait toujours inspiré des sentiments protecteurs s'était brusquement muée en émaciation. Ce visage qui, entre deux haut-le-cœur, cherchait à sourire et à rassurer nous apparaissait pour la première fois recru de fatigue et marqué par la maladie. Rien de tout cela n'était nouveau. Simplement, malgré notre vigilance, nous n'avions pas remarqué les étapes de sa détérioration. Il nous revint alors que depuis des jours, une semaine, deux peut-être, Ruth avait du mal à imaginer des mets qui eussent raison de son inappétence et retrouvait bien souvent intacts sur le plateau ou dans le réfrigérateur les petits plats qu'elle avait mitonnés. Appétit, capacité d'attention, exécution de menus travaux, tout lui avait demandé de plus en plus d'efforts. Et voilà que soudain elle se mourait.

John n'était pas là – il avait déposé Debby à l'école avant de se rendre à une réunion à l'université. La maison était à nous, l'effarement et le reste. Ruth m'expédia dehors le temps de prodiguer quelques soins à Marian et de ranger la chambre. Je mis en tas le bois que John et Debby avaient si assidûment ramassé, ratissai le devant de la maison et fis brûler les feuilles mortes.

Un peu plus tard, abandonnant l'odeur triste, nostalgique, automnale de la fumée, je rentrai bavarder quelques minutes avec Marian. Elle était adossée à ses oreillers et Ruth lui avait fait des nattes. En dépit de son état nauséeux, ses yeux étaient extraordinairement brillants. Elle me regardait avec la douce intensité, la tendresse, que j'avais vues à trop de gens se mourant du cancer – cet air qui dit combien adorables sont les formes et les couleurs de la vie, et chers les visages des amis, combien tout cela est désirable et bientôt perdu à jamais.

Pour avoir observé sa déchéance en connaissance de cause, elle savait ce que signifiaient ces nausées. Elle en avait discuté à l'avance avec son médecin et, comme à son habitude, s'y était préparée. Si elle ne voulait pas entendre parler d'analgésiques, elle n'avait en revanche rien contre l'alimentation par intraveineuse, car cela la maintiendrait en meilleure forme pour le bébé. John, me dit-elle, l'emmènerait au dispensaire dans l'après-midi afin de voir s'ils pourraient trouver une infirmière, quelqu'un qui pût venir lui installer sa perfusion. Elle ne voulait pas aller à l'hôpital, du moins pas avant d'être près du terme de sa grossesse. C'eût été, me laissa-t-elle entendre, de mauvais augure. Lorsque l'on se faisait admettre avec ce type de maladie à l'hôpital, on était déjà mort, on perdait son identité, on devenait un cas, un dossier, une charge, voire seulement un souci. Elle savait très bien qu'elle n'y eût pas survécu plus de trois ou quatre semaines. Y entrer de si bonne heure eût été synonyme de renoncement.

On l'y conduisit néanmoins dans la soirée. John joignit ses efforts à ceux du médecin pour la convaincre. Elle rentra toutefois à la maison au bout de trois jours, chancelante mais triomphante, et l'air un peu revigoré. Une infirmière l'accompagnait, grande et forte femme de nylon blanc aux bras gros comme le tour de taille de sa malade. J'entendis cent fois le nom de cette personne durant la période où elle vint quotidiennement chez les Catlin ; je ne saurais m'en souvenir quand ma vie en dépendrait.

Cependant, ayant retrouvé ses pénates, Marian n'en fut pas

pour autant rétablie. Nul ne faisait plus semblant de croire qu'elle se reposait et serait bientôt de nouveau sur pied. L'aiguille collée avec du sparadrap sur son bras gracile immobilisé, la volumineuse silhouette en blouse blanche étaient certes temporaires, mais pas dans le sens qu'on aurait aimé. Qui plus est, la survenue de cette infirmière nous privait de la plupart des tâches réconfortantes dont nous avions pris l'habitude de nous acquitter, et ne nous laissait plus en échange que des visites dans la chambre de la malade, de ces interludes guindés, maladroits et teintés de fausse bonne humeur.

La nôtre, pas celle de Marian. Elle n'avait, elle, que faire d'un semblant de gaieté. Elle se bornait à opposer sa volonté à la maladie afin d'en infléchir le cours. Maintenant qu'elle avait réussi à revenir à la maison, elle ne doutait pas de vivre suffisamment longtemps pour donner naissance à son enfant. Fortifiée par le goutte-à-goutte de maltose qui l'irriguait, elle allait peut-être même pouvoir accoucher normalement. Le rire aux lèvres et les larmes aux yeux, elle nous raconta avoir rencontré lors d'une visite au dispensaire deux semaines plus tôt la femme d'un des confrères de John, qui, la voyant manifestement enceinte, avait voulu lui donner une baignoire pour bébé.

– C'était très gentil de sa part. Elle était animée des meilleures intentions du monde. Mais je n'ai pas pu m'empêcher d'éclater de rire. Vous comprenez, cela m'a paru tellement... conventionnel.

Jamais sa lumière intérieure ne perdait de son intensité, jamais rien ne venait obscurcir son esprit ni saper sa détermination. Quelques ténèbres qu'elle entrevît lorsqu'elle se trouvait seule, ou en tête-à-tête avec John, jamais elles ne laissaient la moindre ombre sur son visage. Pourtant, nous commençâmes à y relever certaines variations, subites et fugaces, que nous aurions pu attribuer à quelque pensée passagère ; mais, un après-midi que nous lui tenions compagnie pendant que l'infirmière était allée prendre l'air, elle cessa tout à coup de parler. Ses jambes s'agitèrent sous la couverture. Grimace, tic, reflet d'une pensée, quoi que ce fût, cela s'inscrivit nettement sur ses traits.

Assise dans un fauteuil de l'autre côté du lit, Ruth, aussitôt sur le qui-vive, se pencha en avant.

– Une douleur ?

Marian rouvrit les yeux, sa grimace se fit sourire. Elle hocha la tête.

– Quel genre ?

– Quel genre ?

– Une contraction ou bien…

– Ah, fit Marian d'un air dégoûté, je voudrais bien que ce soit le travail qui commence !

– Depuis longtemps ?

– Ces derniers jours. Ce n'est pas trop terrible, juste des élancements.

– Marian, il faut les laisser vous donner quelque chose !

Mais elle secoua la tête, butée, intraitable. Elle opposait sa force de volonté à la douleur comme elle l'avait opposée au temps et à la malignité. Elle faisait son possible pour l'ignorer. Elle tenait bon. Elle se battait.

Ces élancements devaient la miner en ce qu'ils lui indiquaient combien peu de temps il lui restait. La mort et la vie poussaient en elle à même vitesse, leur course se poursuivrait jusque sur le fil. Et de toutes les choses qu'elle devait craindre, la souffrance physique était la pire parce qu'elle pouvait oblitérer dans une agonie animale la dernière grande expérience.

John et son médecin lui annoncèrent – et John nous en fit part – qu'ils ne la laisseraient pas souffrir au-delà d'un certain seuil, qu'ils lui administreraient des analgésiques, qu'elle l'acceptât ou non. Le choix était restreint : ou la souffrance, ou la morphine allait voiler la culmination vers laquelle elle tendait de toutes ses forces. C'est pourquoi elle voulut que la douleur fût petite, elle lui dénia la capacité de lui faire mal. Et qui aurait pu dire si elle parvenait à l'amoindrir ou si elle se forçait simplement à en endurer plus qu'elle n'en pouvait ?

Casse-pieds bêlant, incapable d'endurer son endurance, je téléphonai à son médecin pour demander s'il n'était pas possible de pratiquer sans plus attendre une césarienne. Pourquoi n'aurait-elle pas la satisfaction de mettre au monde ce bébé si chèrement mérité, de le voir, de le toucher, de s'assurer qu'il était normal et qu'il avait bien chaud ? Après cela, elle pourrait partir.

Il me répondit qu'elle n'était pas en état de supporter une opération. Elle n'y survivrait pas et ne verrait donc pas sa progéniture. Aucun praticien, et certainement pas lui, ne prendrait la décision d'une telle intervention, sauf en tout dernier recours pour sauver l'enfant. Le bébé, me dit-il, ne courait aucun risque tant que la mère n'en courait aucun.

– Cela ne saurait durer, fis-je observer.

– Oui, en effet, dit-il d'une voix neutre et maîtrisée. (Pourquoi déteste-t-on à ce point ceux à qui il incombe de garder la tête froide en pareille situation ?) Oui, et c'est bien malheureux.

C'est cette après-midi-là que Tom Weld choisit pour faire franchir le pont branlant à son bulldozer et commencer d'ouvrir de grandes balafres dans le coteau. Nous découvrîmes la chose en revenant à pas lents de notre visite à Marian et, chagrinés de ne pouvoir absolument rien faire pour elle, nous nous réfugiâmes dans un accès de fureur à l'encontre de ce primate et de son engin. J'associai les mutilations qu'il infligeait au paysage à celles, passées et à venir, de Marian, et je me pris à haïr si violemment Weld que j'en tremblai. C'était un fauteur de laideur-né, et il était irrésistible, imparable. Nous ne pouvions pas plus déplacer notre colline ou faire pivoter notre maison, nous opposer aux lois sur la propriété privée, au permis de la commission à l'urbanisme et à l'idée weldienne que mutilation égale progrès, qu'il n'était en notre pouvoir d'empêcher les cellules malignes de disséminer leurs métastases à travers le système sanguin de Marian.

Ce soir-là, nous restâmes longtemps assis sur la terrasse tandis que, au-dessus des chênes, les hirondelles et plus tard les chauves-souris prenaient possession de l'espace, et que l'entaille obscène qui allait devenir une route se fondait dans la pénombre et la nuit. Les jalons blancs des géomètres baignèrent, puis s'engloutirent dans une obscurité grenue. L'air nocturne était plein du parfum entêtant des madias auquel se mêlait maintenant l'odeur un peu sure de l'argile émiettée.

– Je crois que cela m'est égal de vieillir, dis-je à Ruth. J'aimerais même autant que cela se précipite. Je suis tombé l'autre jour, dans *Les Lettres d'un fermier américain*, de Crèvecœur, sur une phrase qui résume bien la question : « Il arrive que mon cœur soit las de battre ; tout comme mes paupières, il aspire au repos. »

– Si tu lui sortais une chose pareille, Marian ne manquerait pas de te sermonner. Encore qu'on ne saurait lui reprocher d'éprouver la même chose, la pauvre enfant. Il faut sans doute souhaiter que cela ne tardera pas trop.

– Ce que je souhaiterais, c'est qu'elle renonce à cet enfant, qu'elle accepte de prendre un traitement et s'accorde une petite chance.

– C'est trop tard. Il ne faut pas se leurrer.

– Oui, tu as raison. Elle ne se raconte pas d'histoires, elle.

Nous retombâmes dans un silence morose. Soudain, une ombre veloutée passa devant le noir du ciel et, sans bruit, une chouette se posa dans un chêne quasiment à hauteur de nos yeux. Je pouvais voir sa silhouette, un vrai découpage de Halloween. Elle demeura plusieurs minutes sur la branche, parfaitement silencieuse, puis s'en fut d'un coup d'aile.

– Qu'est-ce à dire ? demandai-je. Était-ce un mauvais augure ?

– Joe, je t'en prie ! C'est remuer le fer dans la plaie.

– Je ne vois pas comment ça pourrait être pire.

Elle se leva dans un bruissement agacé. Puis, après un temps de flottement, sa main se glissa sous mon bras. Je me levai à mon tour et lui enlaçai les épaules.

– Désormais, dit-elle, quand nous prendra l'envie de nous asseoir dehors, nous nous cantonnerons au patio : je ne crois pas que je supporterais d'avoir sous les yeux ce qu'il est en train de faire là-bas.

– En d'autres termes, nous allons décrocher.

– Pardon ?

– C'est ainsi que les militaires annoncent un revers. « Nos troupes ont décroché. » La vie est une succession de replis.

– Elle n'est pas que cela.

– Et quoi d'autre ? L'intelligence n'y change rien, ni la clairvoyance ni la détermination ni le courage ni la grâce. Dans le cas contraire, Marian n'en serait pas là où elle en est.

Je ne pouvais distinguer ses traits, car il faisait trop sombre, mais le contour de sa tête m'apprit que Ruth me regardait fixement.

– Elle n'a pas encore dit son dernier mot, protesta-t-elle.

Ruth possède sa propre forme de ténacité. Elle a le cuir épais, alors que Marian tenait plus d'un métal à la fois solide et léger.

– C'est entendu, finis-je par dire. Demain, nous gagnons nos nouvelles positions.

Nous fîmes le tour en direction du patio, où nous demeurâmes un moment immobiles. La nuit était si paisible que l'on entendait le bruissement sourd de la circulation sur les autoroutes saturées de la vallée. De ce côté-là, un halo rougeâtre emplissait le ciel, mais, de l'autre, les collines étaient obscures et silencieuses. Une étoile nous observait du fond des espaces infinis.

– Il faut se dire qu'il ne peut pas tout amocher, dit Ruth. Ce versant devient de plus en plus charmant à mesure que poussent nos plantations. Bien des gens n'ont pas le dixième de ce que nous avons.

– Oui.

– Et puis nous n'aurons pas de poussière de ce côté-ci.

– Oui.

Je pris une profonde inspiration, désireux de savourer à son exemple la paix de la nuit, la sérénité de notre patio et le noir profond où l'astre tremblotait. Mais l'odeur puissante des madias m'envahit le nez, la bouche, la tête et le cœur, et au loin, à des milles de distance, me semblait-il, mais aussi clairs qu'une sonnerie de clairon, nous entendîmes les aboiements frénétiques de chiens de chasse.

VII

La visite que nous rendîmes à Marian le lendemain fut brève, pas plus de dix minutes. L'infirmière voyait notre présence d'un très mauvais œil. Qu'elle vérifiât le bocal accroché à son support et l'aiguille fichée dans le bras de la malade, ou bien se tînt campée sur le seuil, blanche et massive image de la réprobation, tout chez elle nous le signifiait. Marian fit de son mieux. Elle demanda des nouvelles de Catarrhe qui avait eu un démêlé avec un chat haret.

Mais son intérêt était aussi peu soutenu que ses ébauches de sourire ; ses yeux débordant d'affectueuse tendresse se voilaient par intermittence, une douleur lancinante la faisait subitement se tordre, et tout son être se retirait alors de l'autre côté d'un abîme infranchissable. Hormis son ventre rebondi, elle paraissait avoir rapetissé. Elle avait le teint jaune et, sous le baiser, sa peau était froide et moite.

Nos joyeuses platitudes moururent dans notre gorge. Par deux fois, nous vîmes son attention vaciller et se replier en dedans malgré l'effort qu'elle faisait pour nous l'accorder. A la fin pourtant, quand nous lui prîmes les mains pour y poser les lèvres et que nous partîmes à pas feutrés vers la porte avec cette mauvaise conscience des bien portants dans une chambre de malade, elle nous fit son grand sourire. Il nous illumina, se frayant un passage flamboyant entre la souffrance et le reste.

– Le ciel vous bénisse, nous dit-elle. J'aime à penser que vous êtes mon père et ma mère qui m'ont été rendus.

L'infirmière referma la porte sur nous. Dans le living, John venait de raccrocher le téléphone.

– Est-ce que le moment n'est pas venu ? l'interrogeâmes-nous d'une voix défaillante. Est-ce qu'il ne faudrait pas l'emmener ? Si le médecin était ici, il lui ferait sûrement une injection, vous ne croyez pas ?

– Nous attendons l'arrivée de Debby, dit John. Elle ne veut pas partir avant.

– Est-ce que je ne pourrais pas aller la prendre à l'école, la faire sortir avant l'heure ?

Le regard qu'il me lança était presque affreux. Un homme aussi solide que lui est décidément dans l'incapacité de montrer son angoisse. Là où un autre s'effondrerait, bredouillerait, se décomposerait, aurait le cheveu en bataille et les vêtements froissés, lui ne pouvait rien contre sa belle santé physique et son impeccable coordination musculaire. Son hâle était intact, sa brosse toujours aussi virile et drue. Cependant, il y avait dans son regard une qualité sinistre et convulsive lorsqu'il me répondit :

– Cela sortirait de l'ordinaire. Il ne le faut pas. Il faut que ce soit un mardi après-midi comme les autres.

C'est moi qui m'embrouillai et bégayai, soudain gagné par la peur que ni lui ni personne n'eût fait le moindre préparatif.

– Mais son admission est bien prévue pour aujourd'hui ? Et la chambre – a-t-elle au moins une chance d'en avoir une ? Est-ce qu'il ne vaudrait pas mieux…

– Son médecin en tient une à sa disposition, dit John. L'infirmière a ordre de lui faire une injection si ça empire trop. Nous n'attendons plus que Debby.

– John, dis-je encore, Dieu sait que nous ne voulons pas nous immiscer. Seulement, vous savez les sentiments que nous lui portons. Pouvons-nous faire quelque chose ? Vous conduire là-bas ?

Il nous prit par les épaules et nous poussa vers la porte.

– Entendu, répondit-il. Oui, ça nous sera d'un grand secours. Je vous passe un coup de fil.

Un sourire, une pression sur le bras, et nous nous retrouvâmes dehors, simultanément promus au voiturage et exclus de la douloureuse sphère intime où il n'y avait de place que pour la famille et l'infirmière.

En montant la côte, nous vîmes à travers le rideau de végétation que Tom Weld avait confié le bulldozer à son fiston. Le bruit du moteur, sonore et rude, s'amenuisant pour ensuite s'amplifier de nouveau, était comme le souffle court et bruyant d'un homme qui monte une pente encombrée de rochers et de troncs d'arbres couchés. Un nuage jaunâtre était en suspension au-dessus du ravin, et l'on entendait des ferraillements et des crissements lorsque la lame raclait la roche.

Vacarme et poussière nous chassèrent du côté du patio, où nous restâmes jusque bien après l'heure du déjeuner, ne comptant pas vraiment entendre le téléphone sonner avant trois heures et demie, mais tendant néanmoins l'oreille au point que cette tension fit naître un bourdonnement dans mes tympans.

Vers deux heures, la sonnerie retentit et je me précipitai à l'intérieur. Et qui était-ce ? Jim Peck, qui, de sa voix douce et tout-est-amour, me demanda s'il pouvait venir prendre les affaires qu'il avait laissées ici. Soulagé de constater que cet appel n'était pas celui que je redoutais, je me montrai peut-être plus cordial que je ne l'eusse été en toute autre occasion. Bien sûr, pas de problème, lui répondis-je. Merci, me dit-il. Il y eut un silence, mais pas de clic.

– Où est-ce que c'en est pour vous ? l'interrogeai-je.

– Comment ça ?

– Votre affaire. J'ai lu qu'elle allait passer devant le grand jury.

Nouveau silence, puis la voix polie et feutrée :

– Vous devriez être au courant.

– Eh non, rétorquai-je avec une contraction familière du côté du plexus solaire. Non, je ne suis pas au courant.

– Ah, fit-il. Je pensais que vous le seriez.

Clic.

Pense ce qui te chante, espèce de petit salopard, dis-je à l'adresse du combiné avant de regagner le patio. Aux sourcils circonflexes de Ruth, j'expliquai :

– C'était Peck. Il veut venir récupérer ses affaires. Au moins, c'est la dernière fois qu'on le voit.

Peu après, nous rentrâmes nous allonger pour une petite sieste. Si l'attente est une des formes de l'ennui, l'habitude est à ma connaissance la meilleure façon de s'en arranger. Chacun de nous gagna une chambre obscure et j'ai honte d'avouer que je piquai un somme. Dont j'émergeai à trois heures et toujours pas de coup de fil. Ruth se plongea dans un magazine. Je réparai une étagère branlante dans sa penderie. Si d'aventure nos regards se croisaient, nous les détournions aussitôt, gênés et sombres.

Trois heures et demie, et toujours rien. Devions-nous descendre ? Nous serions peut-être de trop. Téléphoner ? Cela risquait de les déranger. Nous attendîmes encore.

Ce fut explosif, une charge montée à mèche longue. J'arrivai dans la cuisine avant la deuxième sonnerie.

– Allô, oui ?

La voix de John, posée, égale :

– Je crois que le moment est arrivé. Pouvez-vous descendre ?

SEPTIÈME PARTIE

I

Sur le seuil nous nous heurtâmes de plein fouet à la fournaise de l'après-midi. A l'abri de nos rideaux tirés, nous n'avions pas idée de la chaleur qu'il pouvait faire, aussi forte ou presque qu'en pleine canicule. Le bulldozer grognait et grondait de l'autre côté de la ravine et, à peine sortis du virage en épingle à cheveux, nous aperçûmes le dos marron de Dave Weld, crinière rouquine au vent. Il suspendit un instant le mouvement rageur de son engin, scruta le terrain en avant de la lame, puis engagea une vitesse et se remit à creuser. Sous la morsure de l'acier le coteau s'en allait par plaques, des mottes roulaient, une poussière lourde se soulevait lentement. Il disparut derrière l'écran de verdure quand je virai sur la gauche pour engager la voiture dans la descente.

– Pas si vite, dit Ruth.

Jambes raidies, elle appuyait de toutes ses forces sur le plancher, elle avait les lèvres pincées, les traits tirés.

Devant nous, dans la partie la plus pentue du raidillon, je vis venir une tarentule. D'ordinaire nocturnes et endogées, elles sortent à l'automne, l'après-midi ; on les voit alors déambuler en plein soleil, haut perchées sur leurs pattes velues. C'était peut-être le jeune Weld qui avait fait sortir celle-ci de son trou. En toute autre circonstance, je lui aurais roulé dessus – du moins aurais-je essayé : elles sont capables de sauter comme un grillon – et je l'aurais écrabouillée. Mais là, sans trop savoir pourquoi, je donnai un coup de volant et, jetant un coup d'œil dans le rétroviseur, je la vis qui poursuivait, indemne, imperturbable, son ascension, tache d'encre de mauvais augure, porteuse du sinistre message que nous avions déjà reçu.

Les lèvres de Ruth étaient retroussées en une grimace de dégoût. Je savais parfaitement ce qu'elle ressentait : c'était comme si cette chose était passée sur son propre cœur mis à nu.

A peine m'étais-je rangé le long du break des Catlin que John apparut sur le seuil, tirant doucement la porte derrière lui. Un passant aurait vu en lui le jeune homme au visage avenant qui sort accueillir ses invités. Rien n'était altéré de son teint doré ni de son air de bonne santé, et il se maîtrisait si parfaitement qu'on ne décelait pas chez lui la moindre agitation. Peut-être éprouvait-il une espèce de soulagement. Vint le moment où je le trouvai odieusement calme. La poitrine oppressée, je sentis mon cœur battre sourdement.

Ruth lui tendit les mains dans un élan de compassion dont elle n'était pas coutumière. Il les prit dans les siennes et, la dévisageant de dessous ses sourcils froncés, il lui baisa le bout des doigts. Il portait une chemisette blanche, ses bras étaient tout bronzés et puissamment musclés.

– Ça va mal ? s'enquit Ruth.

– Assez, oui.

– Vous disiez que l'infirmière devait lui faire une injection…

– Elle la lui a faite il y a une heure. Figurez-vous que ça ne fait pas effet. Je suppose qu'elle résiste, inconsciemment.

– Ah, mais alors, si elle peut faire ça ! Est-ce que ça n'est pas bon signe ? Je veux dire, peut-être qu'elle n'est pas si…

Sur son visage carré passa une ombre, une lueur presque sauvage.

– Qu'elle n'est pas au plus mal ? fit-il. Que ce n'est pas encore le moment ? Elle dit que si.

Ruth, rabrouée, ne pipait plus. Il faut accepter, se résigner, persistaient à dire ces Catlin. Devant l'inéluctable, pas de faux-fuyants, inutile de s'en conter. Marian écopait précisément de ce qu'elle avait espéré éviter : la souffrance et l'analgésique, qui l'un comme l'autre signifiaient altération du sentiment, de la lucidité et de la volonté. Il ne lui serait pas donné d'affronter la fin les yeux grands ouverts ; elle allait partir dans l'affaiblissement progressif de ses chairs insensibilisées. Mais pas question de se voiler la face, ni pour elle ni pour lui.

Nous avions supputé la façon dont John réagirait le moment venu, nous nous étions demandé s'il serait à la hauteur. Mais nous aurions mieux fait de nous inquiéter de nos propres réactions, car voici que nous partîmes d'un même « Que pouvons-nous ?… » pour nous taire aussitôt. Après trois mois passés à attendre l'irrémédiable, voilà que nous étions totalement pris de court. Nous n'avions pas envisagé concrètement l'aide que nous allions pouvoir leur apporter. Au lieu de prendre les choses en main, nous en étions réduits à demander quoi faire, à improviser comme face à un accident.

Ce qui signifiait que nous n'avions jamais cru au caractère inévitable de la chose. En dépit des préparatifs de Marian et de tout ce qu'elle nous avait dit, en dépit des symptômes évidents de sa déchéance physique, nous ne nous étions pas résignés comme elle s'était résignée. Je me sentais honteux pour nous deux, et c'est avec soulagement que j'entendis Ruth s'enquérir, les paupières plissées :

– L'infirmière vous accompagne, n'est-ce pas ? Il faut que quelqu'un s'occupe de Debby.

– Vous feriez cela ? dit John. Ce ne sera probablement pas très long. Je peux veiller à l'installation de Marian et être de retour avant l'heure du dîner…

– Mais ce n'est pas la peine, voyons. Je n'ai rien d'autre à faire. Je la ferai manger. Où est-elle en ce moment ?

– Avec Marian.

– Ne vous inquiétez pas pour elle, fit Ruth. Restez auprès de Marian. Je descendrai Debby en ville ce soir pour qu'elle la voie, ou bien demain, ou quand il lui plaira.

John la dévisageait sous ses sourcils froncés comme s'il ne remettait pas vraiment son visage ou n'avait pas entendu ce qu'elle venait de dire. Ses joues semblaient bizarrement affaissées, comme tout à coup marquées par l'âge. Il croisa les doigts et retourna les mains, puis fixa un point situé derrière Ruth.

– Je crois que je me suis mal fait comprendre, dit-il. Elle est en train de lui faire ses adieux. Ses adieux, vous saisissez ?

– Oh, mais pourquoi ? s'exclama Ruth. John, pourquoi ? Elle n'en est pas à ce point !

– Pas de réminiscences angoissantes, expliqua-t-il, le regard toujours perdu au loin. Pas de scènes douloureuses. Pas de visions d'elle sous morphine ou aux prises avec la douleur. Juste ceci : un jour, elle a dit au revoir comme si elle descendait en ville, et elle s'en est allée.

De l'endroit où je me trouvais, sur le côté, je voyais des larmes briller dans ses yeux, mais aucune ne roula. Par un inimaginable effort de volonté il les refoula, les absorba, garda les yeux dans le vague jusqu'à ce qu'ils fussent secs. Là-haut sur le coteau, le bulldozer se tut. Ce soudain silence nous trouva plantés là sous l'ombrage face à notre gêne et à notre accablement. Les deux grands chênes entre lesquels nous nous tenions bruissaient au-dessus des avant-toits, le jardin qui descendait en pente douce vers le boqueteau était mordoré, éclaboussé de soleil. A la lisière de l'ombre et de la lumière un essaim de mouches faisait du surplace en une masse à l'ordre sans cesse bouleversé mais néanmoins compacte, galaxie d'infimes étincelles de vie. Derrière John, des guêpes s'extirpaient d'une fente du vieux plancher, puis s'envolaient, croisant un flux d'autres guêpes qui, à l'inverse, se posaient, s'introduisaient dans la fente, tout à leur industrieuse besogne. J'en regardai une s'immobiliser sur un des piliers soutenant la marquise, plier son abdomen jaune et noir comme pour y ficher son dard en manière de piton, et j'entendis distinctement le bruit infime de ses mandibules attaquant le bois.

Je me dis que c'était peut-être celle-là même que Marian avait sauvée quand elle était tombée dans son pot de confitures.

Extérieur au premier cercle des obligations et des responsabilités, ni époux ni père, et moins encore femme apte à présider à la naissance ou au trépas ou à l'entretien d'une maisonnée, rien qu'un homme vieillissant qui imposait son inutile présence pour la seule raison qu'il aimait Marian Catlin et ne pouvait se résoudre à la perdre – et ne le peut toujours pas –, je demandai :

– Est-ce que la petite sait ce qui se passe ? Lui avez-vous parlé ?

John semblait concentrer son attention sur l'infinitésimal raclement des mandibules de la guêpe. Il reporta son regard sur moi.

Ses yeux brillaient encore des larmes qu'il n'avait pas versées. Il fronça un peu plus les sourcils, fit une moue et secoua la tête d'un air d'intense agacement. Je compris qu'il guettait les sons provenant de la maison. Pourtant, il laissait la porte fermée.

Quelque part à l'intérieur, soucieuse de protéger sa fille comme elle n'aurait jamais voulu être elle-même protégée, que faisait-elle donc ? Était-elle en train de lui lire une histoire ? De jouer avec elle ? De faire des projets pour une sortie ou un voyage qui jamais n'aurait lieu ? Je ne pensais pas qu'elle poussât la duplicité aussi loin. Elle mentirait peut-être par omission, pas par système. Mais allait-elle avoir la force de s'interdire les pleurs et les effusions alors qu'elle serrait pour la dernière fois son enfant dans ses bras ? Oui, me dis-je, elle saura le faire. Il s'agissait de prendre congé de Debby sans que celle-ci comprît que c'était pour toujours. Ni larmes ni sanglots, surtout aucun signe visible de la souffrance qu'elle endurait. Le dernier acte de l'effacement.

Cela faisait bien une demi-heure que nous nous tenions là dans cet angoissant silence. Je tordis le poignet pour jeter un coup d'œil à ma montre. Quatre heures dix. A peine cinq minutes depuis le coup de fil.

Avec un regard opaque dans notre direction, John ouvrit la porte.

– Marian ?

– Oui, fit la voix claire, forcée pour être entendue du fond de la maison. Je suis prête.

Et ce n'était certes pas là une voix amoindrie par la douleur ni épaissie par les drogues. Elle était aussi naturelle qu'un rire et seulement marquée par cette tonalité flûtée, haut perchée, qu'elle avait dans les moments d'exaltation. Ce timbre n'exprimait rien, sinon qu'elle le maîtrisait. Je crois bien qu'elle aurait pu chanter une chanson de bout en bout sans le moindre tremblement. Tout mon être en fut ébranlé, j'étais au bord du rire ou des larmes, mais par-dessus tout je me sentais fier d'elle, fier pour elle. Elle allait sortir de scène comme une reine, jusqu'au bout maîtresse de sa vie, et si c'était pour marcher à l'échafaud, ni sa voix ni son maintien ne le trahiraient.

John ouvrit grand la porte. L'infirmière sortit en hâte pour lui glisser quelque chose à l'oreille.

– Ruth, lança John, voulez-vous m'accompagner ?

Ils pénétrèrent ensemble dans le couloir sombre ou qui me parut tel, à moi qui me tenais au grand soleil.

– Je mets le moteur en route, leur lançai-je.

Venant de l'intérieur soudain mystérieux de la maison monta le dri de Debby :

– Où tu vas, maman ? Maman, je veux venir avec toi !

L'infirmière ressortit avec un petit sac de voyage tout préparé comme pour une virée en amoureux ou un départ à la maternité. Je le lui pris des mains et le portai à la voiture. J'hésitai un instant entre la nôtre, un coupé, et le break, qui offrait l'avantage d'un accès plus facile. Mais l'arrière était presque entièrement rempli de bûches, sur lesquelles étaient posés une scie suédoise, une hache et un merlin. C'est non sans plaisir, je l'avoue, et avec un rien d'agacement mêlé de tendresse que je constatai que John ne s'était pas mieux organisé que cela.

Je grimpai à l'intérieur et entrepris de jeter le bois dehors en abord de l'allée. L'habitacle était un vrai sauna. A toute vitesse, redoutant de les voir arriver avant que tout fût prêt, je repoussai dehors la sciure et les morceaux d'écorce à l'aide du manche de la scie, puis redressai le siège arrière, l'essuyai avec mon mouchoir, fourrai les outils et le sac dans le coffre, et enfin abaissai toutes les vitres pour dissiper cette touffeur. Comme je ressortais à reculons, en m'épongeant le visage avec le devant de ma chemise trempée, je perçus un bruit de sabots et levai la tête pour voir Julie LoPresti qui, remontant de la combe, faisait passer la barrière à son cheval.

Un pèlerinage sentimental jusqu'au repaire déserté de son gourou ? Une petite bouffée de liberté sitôt que sa mère l'avait détachée de la corde à linge ? Ou bien encore une visite à Marian, pour y déverser un trop-plein de ressentiment filial ? Elle allait au pas, les yeux fixés sur la maison. Je me redressai, prêt à lui dire de ficher le camp. Dans le fatras dont Marian n'avait présentement nul besoin, Julie figurait en bonne place. Mais si elle avait eu dans l'idée de s'arrêter, son projet s'évanouit sitôt qu'elle me vit. Elle m'effleura d'un regard haineux et passa son chemin.

Je me retournai vers la porte. Vue du dehors, dans le flamboiement du soleil, elle était sombre comme l'entrée d'une grotte. Un étroit ruban d'ombre commençait à s'installer dans l'allée, j'y fis reculer la voiture, puis attendis au volant.

Dans un rugissement, le bulldozer revint à la vie, beaucoup plus proche cette fois-ci. En me penchant je vis qu'il contournait l'épaulement de la colline pour redescendre selon un angle qui visait à l'évidence à lui faire rejoindre notre chemin à peu près à la hauteur des boîtes aux lettres. Des mottes se détachaient de la vague de terre repoussée vers la pente par la lame du monstre. Deux ou trois d'entre elles dévalèrent le coteau, sautèrent le talus et explosèrent comme des bombes sur la chaussée.

Durant quelques instants, je fus habité par le souvenir de ces Indiens qui firent jadis devant le Congrès de sublimes discours dans lesquels ils professaient pour la Terre-Mère un respect tel que pour rien au monde ils n'auraient plongé en son sein le soc d'une charrue. Je songeai aux druides qui révéraient les arbres, je songeai à la grande divinité dont le culte immémorial était célébré des siècles avant qu'elle entrât dans l'histoire sur les tablettes de Sumer. Je jure que telles étaient mes pensées, car face à cet engin de destruction qui dépeçait la colline bien-aimée de Marian, et cela au moment même où elle s'apprêtait à quitter à jamais la maisonnette où elle avait mis tant de son âme, je ne pouvais qu'épouser sa vision du monde. La terre à ses yeux était littéralement vivante ; oh, comme elle aurait souffert de la voir mutiler.

Et ce ne m'était d'aucun réconfort de savoir que le jeune crétin aux commandes du bulldozer et son parvenu d'imbécile de père allaient rentrer à la maison pour dîner de bel appétit avec la satisfaction d'avoir abattu une bonne journée de travail, cependant que d'un instant à l'autre Marian Catlin, qui aimait la planète et toutes ses créatures à un point que les Weld ne pouvaient concevoir, allait passer cette porte noire pour gagner un hôpital où on allait ficher une nouvelle perfusion dans son bras déjà couvert d'ecchymoses, lui injecter dans la fesse une dose massive de morphine, et, si une petite flamme de vie se manifestait encore après cela, l'engourdir avec une autre seringue jusqu'à ce qu'elle fût définitivement soufflée. Alors, tiède encore, on l'ouvrirait en deux pour lui retirer le satané gnard sur lequel elle avait concentré ses dernières forces vitales.

Espèce de petit salopard, lançai-je en direction du rouquin environné de poussière. Si seulement tu pouvais verser et rouler dans le torrent !

Puis je me retournai et la vis sur le seuil.

II

Elle était revêtue d'une robe de chambre en piqué de satin blanc, mais au-dessus de cette blancheur d'épousée, entre le hâle de John et le teint coloré de Ruth, son visage était le faciès de la mort. Elle avait fondu en l'espace de quelques jours et il ne lui restait que la peau sur les os. Ses pieds la portaient à peine ; il fallut l'aider à descendre l'unique marche donnant sur le jardin. Arrivée là, elle leva la tête et me vit qui tenais la portière ouverte.

Même en cet instant, alors que toute son énergie était mobilisée pour faire face au déchirement du départ et à la torture de sa chair martyrisée, elle trouva encore le moyen de sourire. Sa générosité irradiait jusqu'à moi dans l'ombre brûlante et me fit l'effet d'un cadeau d'adieu. Ce sourire était comme le rappel de tout ce que nous avions réussi à faire tenir dans les quelques mois où nous nous étions connus, et de la force de l'affection qui nous unissait. Ce que j'éprouvais, ou bien peut-être l'effort qu'elle dut faire pour le produire, lui conférait un éclat bien plus éblouissant qu'à l'ordinaire. La certitude de la fin y était contenue, et l'amour, la gratitude, Dieu sait quoi – tout ce qui m'avait fait regretter de n'avoir pas eu de fille, de fille comme elle. Ce n'était pas une expression de son visage, c'était une illumination. Elle se tenait entre John et Ruth comme une étincelle jaillie au-dessus d'un gouffre. Si l'on avait fait son portrait, il aurait fallu la peindre auréolée d'un nimbe.

Un instant fugace, et la mort fut de nouveau sur elle tandis qu'elle trébuchait entre les bras compatissants. Derrière eux, l'infirmière, tenant sa propre valise, s'agitait pour masquer son embarras. Debby fermait la marche, portant un coffret de carton plat. Une cour de ferme avec ses animaux figurait sur le couvercle :

un puzzle. Un jour lointain, si sa mémoire se révélait meilleure que Marian ne l'escomptait, ces petites pièces irrégulières lui suffiraient pour faire ressurgir le souvenir de sa mère.

Ils s'arrêtèrent à la lisière de l'ombre, et sur un signe de Ruth je me précipitai pour la remplacer au côté de Marian. Ruth recula de trois pas pour prendre la main de Debby.

– Parfait, ma chérie, fit Marian d'une voix cristalline, tendue. Amusez-vous bien, toi et Ruth.

Elle ne s'était pas retournée et fixait la portière ouverte.

– Je veux venir aussi ! cria Debby. Où est-ce que vous allez ?

– Je te l'ai dit : chez le docteur.

– En peignoir ?

– Il m'a déjà vue en peignoir.

– Tu vas avoir l'air plutôt bizarre dans la salle d'attente.

– Probablement, fit Marian.

Elle était en train de s'enfermer en elle-même, l'indifférence perçait dans sa voix. Elle pesait à peine sur mon avant-bras. D'un regard de biais je vis qu'elle fermait les yeux et que de petites gouttes de sueur perlaient à sa lèvre supérieure.

– Tu vas être mignonne avec Ruth, dit-elle encore.

– Je veux que tu m'aides à faire mon puzzle.

– On le fera tous les deux ce soir, fit John entre ses dents.

Il se pencha et, prenant sa femme sous les épaules et les genoux, il la souleva de terre ; ses beaux pieds graciles, des pieds spirituels, pendaient dans le vide. Au milieu d'un halo d'impressions fugitives, je vis Ruth, l'œil vitreux, se mordant la lèvre, serrer Debby contre elle, et, de l'autre côté de la voiture, l'infirmière à face de lune s'agenouiller avec des crissements de nylon sur la banquette arrière pour aider John à installer Marian. Je claquai la portière sur lui et m'installai au volant. Tout en manœuvrant, je jetai un coup d'œil dans le rétroviseur. Marian reposait au creux du bras de John. Elle ne vit pas l'au revoir hésitant que lui adressait Debby. L'infirmière avançait le bras pour lui tamponner le visage avec un kleenex.

– Est-ce qu'elle se doute de quelque chose ? demanda-t-elle dans un souffle.

– Non, répondit John. Donne-moi ta main.

Abordant le ralentisseur aussi doucement que possible, j'engageai la voiture sur le chemin. Mon cerveau était un ciel nocturne tout zébré d'éclairs. J'entendais avec une acuité extrême un bruit de respiration derrière moi, mais je n'aurais su dire de qui il venait. J'avais à l'esprit l'image, nette et précise comme une eau-forte, des deux mains serrées, l'une grande et brune, l'autre toute fine et décharnée. J'éprouvai une pointe de soulagement en notant que le bulldozer avait considérablement progressé vers le bas de la colline : peut-être allait-on pouvoir lui épargner au moins cela. J'étais déjà en train de me construire mentalement un itinéraire qui me permettrait d'éviter la circulation dense de l'après-midi et les arrêts et redémarrages qui auraient aggravé encore les souffrances de Marian.

L'instant d'après, j'étais agrippé à mon volant, le nez contre le pare-brise, partagé entre fureur et incrédulité. Droit devant, entre les boîtes aux lettres et le pont branlant qui était resté en l'état depuis un an et demi, depuis que Weld avait promis de le réparer, Julie, assise droite sur son cheval, conversait avec le conducteur du bus Volkswagen bien connu dans les parages. Près de la roue arrière du véhicule, à demi dissimulée mais identifiable entre mille, j'avisai la Honda et la très reconnaissable silhouette casquée de blanc, jeans coupés aux genoux, barbe à la Castro. Une trentaine de pieds au-dessus d'eux, à l'extrémité de la longue saignée qu'il venait d'ouvrir, Dave Weld trônait sur le bulldozer qui tournait au ralenti. Inconséquence, Irresponsabilité, Rébellion et Stupidité étaient en train de conférer ou de se disputer, et bloquaient le passage.

Julie avait sans doute eu vent de la venue de Peck et compagnie, et elle avait réussi à s'échapper de chez elle pour se porter à leur rencontre. Et il n'était guère probable que la demoiselle ou n'importe quel autre membre de la bande pût passer devant le Judas au bulldozer sans s'arrêter pour lui cracher à la face sa bile ou son venin. Je n'incline pas à croire qu'une entité, quelque part là-haut, eût raccordé un fil électrique à une prise avant de s'installer pour assister au réjouissant spectacle. Mais quelle que fût la raison de leur présence à cet endroit, fortuite ou voulue, prédestination ou pur hasard, ils n'auraient pu choisir pire endroit ni pire moment, quand bien même ils auraient préparé l'opération pendant des mois. Je suppose que c'était une parfaite coïncidence. Néanmoins, ils montrèrent tous les signes d'une collusion coupable.

Même si le grondement du bulldozer n'avait pas couvert le bruit de la voiture, ils ne nous auraient probablement pas entendus venir. Tous avaient le regard levé vers le fils Weld. Je vis les mouvements de tête véhéments de Julie qui lui criait quelque chose. Étouffant un juron, je mis le pied sur le frein et leur adressai deux petits coups de klaxon.

S'il me restait trois vœux à formuler d'ici l'heure de ma mort, le premier serait d'effacer ces deux mouvements infimes de mon poignet sur la touche de l'avertisseur.

Collusion coupable, disais-je. Peut-être tout simplement l'étonnement de constater que d'autres, des éléments étrangers, faisaient intrusion dans le petit univers exclusif de leur bande. Tout ce qui évoluait à l'extérieur de ce cercle était peut-être à leurs yeux un ennemi anonyme et formidable, et peut-être furent-ils surpris de le voir s'approcher sous la forme d'un break et de ses quatre occupants.

Ils tournèrent vers nous des mines ahuries, des yeux exorbités, et, dans le même mouvement, commencèrent de se disperser. Le conducteur du Volkswagen se tordait le cou pour exécuter une marche arrière. Julie tirait sur la bride de son cheval afin de le faire pivoter sur la gauche. Peck actionna son kick et la Honda cracha un nuage de fumée. Là-haut, Dave Weld engagea une vitesse d'un geste brusque. Ce fut comme un sursaut collectif au bruit d'une explosion.

Peut-être le lancement soudain de deux moteurs, celui du minibus et celui de la Honda, effraya-t-il le cheval ; peut-être l'à-coup du bulldozer projeta-t-il des mottes de terre à ses pieds. Et peut-être, aussi bien, mes deux coups de klaxon déclenchèrent-ils le désastre.

J'étais presque à l'arrêt au moment où j'appuyai sur l'avertisseur. A présent, la voiture était immobilisée à huit ou dix pas du minibus. Dans l'espace exigu entre ce dernier véhicule et la moto, le hongre fut soudain pris de panique. Il volta et recula, la moto tomba sur le côté et Peck s'éjecta en faisant un roulé-boulé. Ce n'était plus qu'un hurlement. L'infirmière me glapissait dans l'oreille des « oh oh oh oh oh ! ». Tel un animal à l'échine brisée, la Honda décrivait des cercles fous en soulevant un nuage de poussière et, durant un instant interminable et terrifiant, on vit le cheval cabré juste au-dessus de l'engin, Julie couchée sur l'encolure, son admirable postérieur en forme de cœur collé au dos presque vertical de la bête.

Il y eut un bruit de verre brisé. Le moteur du minibus émettait un borborygme de vieux rafiot. Le cheval disparut dans la poussière pour réapparaître aussitôt, dressé sur ses antérieurs, piaffant et ruant. Il avait dû marcher sur la moto folle, car sans toucher le sol, eût-on dit, il fit un saut en l'air et de côté, pour s'écarter de cet engin furieux qui ne le lâchait pas. On entendit un bruit de sabots résonner sur le plancher du pont, Julie hurla, un long cri terrifiant, et, masqués par le minibus et la poussière, ils échappèrent à ma vue.

Cela n'avait pas dû prendre plus de cinq secondes. Je me retrouvai sur la chaussée aux côtés du chauffeur du Volkswagen, ce garçon plutôt sympathique qui avait nom Miles. Il était, comme nous l'étions tous, sous l'empire de l'adrénaline ; il ne marchait pas, il faisait des bonds, se tournait dans trente-six directions à la fois. A pas chassés, le regard tendu vers le pont d'où provenaient les hurlements ineptes de Julie, Peck se précipita sur la moto, coupa le contact et la tira sur le bas-côté. Je dépassai Miles, qui bégayait quelque chose, et contournai le minibus.

Julie était accroupie au point de jonction de la chaussée et du pont, les rênes toujours en mains. Les embardées du cheval lui imprimaient de violentes secousses et la projetaient de droite et de gauche. Je vis que l'animal avait les quatre membres engagés dans les jours séparant les longerons. Encolure tendue, il brassait le vide sans trouver le moindre appui. Sous le tablier du pont ses sabots produisaient des chocs assourdis, un nuage de poussière l'environnait. A hauteur de son épaule droite se voyait une longue plaie luisante, muscles à vif ; le cuir avait été repoussé comme une éraflure sur un soulier.

Julie, les bras étirés sous les saccades transmises aux rênes, lançait des regards éperdus par-dessus son épaule, et à mon tour je l'imitai. John était resté à l'intérieur du break. Il était assis, la tête de Marian blottie contre sa poitrine. Par-dessus les nattes enfantines, il posait sur moi un regard brûlant, un regard de guerrier qui parlait de danger, de peur, de fureur du combat. La face de l'infirmière était une lune de terreur.

Désemparé, je me retournai de nouveau vers le pont. Le cheval marqua une pause brève, disgracieusement écartelé, les membres postérieurs engagés dans deux différents interstices, les antérieurs coincés dans le même. On l'aurait cru figé dans une grotesque et improbable figure de haute école. Sa tête battait lourdement contre les madriers.

Je hurlai à Julie je ne sais quel conseil ou encouragement, sensé ou non. Cramponne-le bien, essaie de le calmer, et autres instructions du même tonneau. Et je m'avançai dans l'intention d'aller peser sur la tête du cheval, pour l'empêcher de se débattre et de se blesser plus encore. Miles avait lui aussi fait mouvement, mais seulement pour aller se ranger auprès de Peck. Avec le recul, je leur reprocherais de ne pas avoir réagi plus vite, mais, honnêtement, on ne pouvait leur en tenir rigueur. Si le cheval était tombé du ciel pour venir s'écraser sur le pont en une bouillie de chairs, de sang et d'os, la chose ne se serait pas produite avec une plus saisissante soudaineté.

Je fus trop rapide ou trop lent. Je n'avais pas fait deux pas que le cheval se crispa dans une nouvelle tentative pour se sortir de là. Son arrière-train se dégagea, et pendant une fraction de seconde trouva appui sur le bord d'un longeron, le poitrail toujours vautré contre les planches, l'autre patte toujours prisonnière. Avec d'horribles craquements la pièce de bois céda et l'animal tomba en partie sur le flanc. La jambe jouait maintenant librement, mais selon un angle qui me souleva le cœur. Le cheval laissa retomber sa tête à plat sur le tablier du pont. L'air qui passait dans sa gorge étirée produisait des bruits de soufflet de forge. Il roulait des yeux fous.

Je m'avançai prudemment, dépassai Julie, qui n'avait toujours pas lâché les rênes. C'est alors que l'animal fit une nouvelle tentative pour se libérer. Il parvint à sortir un de ses antérieurs. Le sabot, brisé, pendouillait de côté et néanmoins le cheval se soulevait. L'autre pied apparut bientôt.

Celui-ci n'était pas seulement cassé, il était sectionné. Dans la position du chien assis, haletant avec des ébrouements rauques, les membres postérieurs de nouveau engagés dans les vides du pont, en appui sur un sabot désarticulé et un pilon ensanglanté où l'on voyait le blanc de l'os, le hongre paraissait rassembler ses forces.

Julie embrassa la scène d'un long regard, un frémissement la parcourut et elle enfouit la tête entre ses cuisses. Il sortit de sa gorge un gémissement aigu qui n'en finissait pas ; puis un hoquet violent ; et de nouveau cette plainte interminable. Il y avait là un admirable *tableau vivant**, le cheval formidablement dressé sur ses antérieurs, le pont éclaboussé de sang, la fille prostrée, les deux zigotos et moi plantés là, bouche bée, stupides, le break où s'exorbitaient des paires d'yeux angoissés. J'entendis Julie adjurer :

– Oh, tuez-le ! Abattez-le, quelqu'un !

Je ne suis jamais tellement à la hauteur dans les situations extrêmes. Mon cerveau inventoriait à toute vitesse diverses pistes possibles, comme un homme pris dans un incendie qui attrape des objets au vol et les lâche pour en saisir d'autres. Ce qui suscitait chez moi incohérence et panique n'était pas tant le cheval, même s'il y avait là de quoi me valoir des mois de cauchemars, que la présence de Marian, là-bas dans la voiture, Marian qui avait désespérément besoin de soins et se trouvait bloquée là. La solution aurait été de passer par la prairie comme je l'avais fait pour rentrer le soir du 4 juillet. Mais c'eût été cahoteux, lent, pénible pour elle, et nous aurions débouché non sur la route secondaire mais sur El Camino au plus fort de la circulation de l'après-midi. Non, il fallait dégager ce pont, abattre le cheval. Le bulldozer ? Oui, mais comment tuer ce pauvre animal ? Là-haut à la maison, mon fusil !

Je contournai le minibus à toutes jambes pour voir qu'à l'intérieur du break Marian s'était redressée pour regarder vers l'arrière. Les tendons de son cou saillaient, et elle repoussait les mains de l'infirmière. John avait sorti une jambe de la voiture et faisait de grands gestes. La chevelure blanche de Ruth venait d'apparaître en haut de la côte et, bien sûr, je savais qu'elle tenait Debby par la main. Le pare-chocs du minibus était à ma portée ; je m'y juchai pour faire de grands moulinets avec les bras tout en criant à pleins poumons :

– Pas par ici ! Fais demi-tour ! Ne l'amène pas ici !

Elle me vit, elle m'entendit et s'immobilisa. Je mis mes mains en porte-voix et hurlai de nouveau :

– C'est à cause du cheval. Ce n'est rien, juste le cheval ! Ramène-la à la maison !

Je vis avec soulagement la tête chenue battre en retraite et disparaître. Quand je me retournai, John sortait du break à reculons, le merlin à la main.

Il marqua un temps à hauteur de la vitre arrière et passa la main gauche à l'intérieur pour la poser sur les yeux de Marian. Un nerf tressautait au coin de son œil.

– Ne regarde pas, chérie, dit-il – puis à mon adresse : Éloignez-moi Julie de là.

Je courus attraper l'adolescente par le bras, mais elle était inerte, elle geignait, et c'est un poids mort que je dus prendre sous les aisselles. Elle s'accrochait encore à ses rênes ; d'un coup de pied, je les lui arrachai, puis je la traînai à reculons sur une dizaine de pas, la déposai par terre et me redressai, en nage, juste à temps pour voir John s'approcher du cheval. La grosse tête se redressa, naseaux dilatés, yeux exorbités, et le bout d'os dénudé racla les madriers. Puis il s'affaissa, la tête retomba avec un bruit sourd. John posa les pieds de part et d'autre de l'encolure et abattit son merlin, mi-coin à fendre, mi-cognée, entre les globes blancs.

Dans un état second, les mains et les bras couverts de sang, la chemise éclaboussée, il se débarrassa du merlin.

– Par ici !

Il empoigna un morceau de bastaing et le plaça en levier pour tenter de dégager un des antérieurs de l'animal. Comme nous n'arrivions pas assez vite à son goût, nous l'entendîmes rugir sans cesser de peser furieusement sur la pièce de bois :

– Amenez-vous, aidez-moi à le virer de là !

Et voilà que Dave s'avançait avec son bulldozer. Il avait jusque-là assisté à la scène en spectateur médusé, mais il savait quelle puissance il avait dans les mains et se représentait clairement ce qu'il allait faire. Mais John s'accorda une seconde de réflexion, il jaugea le pont fatigué et fit signe à Dave de reculer, si bien que la besogne nous revint, à John et à moi, avec l'aide tardive et inefficace de Peck et de Miles. Nous bataillâmes, glissant sur le sang visqueux, tirant qui sur les jambes, qui sur la crinière, qui sur la queue, nous échinant sur les jarrets brisés à l'aide de planches brisées. Les membres postérieurs enfin dégagés, nous fîmes rouler le corps, glissâmes nos leviers sous la masse inerte du garrot et de la croupe ; nous rapprochant peu à peu du rebord du tablier, nous eûmes bientôt amené les pattes au-dessus du vide, puis nous poussâmes de plus belle, gagnant pouce après pouce. Flasque, glissant à l'intérieur de son cuir, la bête morte résistait. Près de moi, puant comme un bouc dans la chaleur implacable, Jim Peck grognait sous l'effort, l'œil gauche au beurre noir, souvenir du coup de poing que lui avait balancé Tom Weld au sortir du poste de police. Miles était blême, il geignait et reniflait bruyamment tout en se démenant. A force de tirer, de pousser, dans un affaissement lent de chairs molles, avec l'immense inertie du poids mort que le vide entraîne, la chose bascula, se déroba, alla s'écraser en contrebas dans les broussailles du lit du torrent.

Trempé de sueur, maculé de sang, John envoya son bout de bastaing rejoindre le merlin. S'adressant à Peck :

– Tu vas raccompagner Julie chez elle. Demande à son père d'envoyer quelqu'un avec un treuil pour remonter la carcasse.

Et s'essuyant le visage d'un revers de bras, il repartit vers la voiture.

Peck tourna vers moi un visage qui semblait s'être recroquevillé à l'intérieur de la barbe. On aurait dit un garçonnet affublé d'un postiche, ce qu'il avait d'ailleurs toujours plus ou moins été.

– Mais qu'est-ce qu'il y a ? fit-il. Que se passe-t-il ?

J'aurais pu montrer un peu de compassion au petit garçon terrorisé que j'avais sous les yeux. Et puis nous venions de faire face ensemble à une situation critique et c'était bien la première fois depuis que nous nous connaissions que nous avions quelque chose en commun. Même si je voyais en lui le responsable de cette épouvante – quel besoin avait-il eu, bon Dieu, de s'arrêter en plein milieu de la route ? –, je lus sur son visage qu'il n'avait pas la moindre idée de ce qui avait poussé John à dégager avec un tel acharnement le cadavre du cheval. Pourquoi ce qui était pour Julie une tragédie avait-il donné lieu à une frénésie comparable à un arrêt au stand dans une compétition de formule 1 ?

J'ouvris la bouche pour lui répondre. Le break et le minibus s'estompèrent, le visage de Peck s'effaça et j'eus tout à coup l'impression de fixer une feuille de papier opaque. Et puis la vue me revint, la colline reparut avec ses reflets dorés, le sang était sombre sur les planches râpeuses, et, là en bas au milieu des broussailles écrasées, luisait le cadavre du cheval, cuir noir parcouru de traînées rouge vif. Je dis à Peck :

– Nous emmenons Mrs. Catlin mourir à l'hôpital.

Une bien cruelle réponse, et, si c'était à refaire, je m'en abstiendrais. Car je vis aussitôt qu'il ignorait tout de l'état de Marian. Il la savait seulement enceinte. J'eus alors la révélation subite et instantanée de la conformation mentale des Peck. Ils croient les choses plus simples et moins graves qu'elles ne le sont en réalité. Ils sont dans l'ignorance. Ils perdent leur temps à des riens. Ils n'ont pas découvert ce qu'il y a de terrifiant dans ce qui cogne sourdement dans leur poitrine et bat dans leurs artères, ils ne voient jamais à l'avance ce carrefour où le chauffard ivre va les cueillir.

Je le plantai là, courus jusqu'au break, me glissai au volant et, entrevoyant au passage le visage livide de Marian, je compris qu'elle avait assisté à la scène de bout en bout. John la reprit entre ses bras, à la place qu'elle occupait au moment où les rapports complexes reliant les êtres en présence avaient tout à coup entraîné une de leurs inévitables conséquences. Dans le rétroviseur, je vis sa tête penchée, ses nattes, la chemise ensanglantée de son compagnon. L'instant d'après, j'engageai en douceur le break sur le pont, passant devant Peck et Miles qui, muets de stupeur, s'étaient reculés pour nous regarder passer. Je sentis les pneumatiques se poisser, puis s'assécher de nouveau. A l'intersection avec la grand-route, je marquai le stop. Nouveau coup d'œil au rétroviseur.

Marian avait écarté son visage de l'épaule de John et sa tête était renversée contre le dossier. Elle y dodelinait en un va-et-vient exténué, rappelant les sursauts du cheval rompu. Le sang que John avait au bras ou sur la chemise avait dû maculer sa joue. Les tendons de son cou étaient contractés, elle avait les mâchoires serrées, le corps crispé, le visage tout moite. Si l'un de nous lui avait parlé, elle n'aurait pas entendu.

ÉPILOGUE

Nous étions hier le 1er février. Quand je suis sorti dans le jardin après le déjeuner, j'ai constaté que les amandiers, aussi fiables en la matière que les hirondelles, annonçaient un nouveau printemps. La journée était aussi neuve que la saison naissante, l'atmosphère était limpide, les collines verdoyaient, les acacias de la vallée étaient tout jaunes comme était jaune la moutarde dans les champs. Et mes seules pensées ont été celles-ci : encore quelques jours de temps sec et Tom Weld pourra faire repartir son bulldozer pour arracher le cœur de notre coteau ; c'est par une journée comme celle-ci que Marian et John ont gravi pour la première fois notre chemin ; les dernières fleurs que j'ai vues dans le verger sont celles du cerisier agonisant.

La paix était absente de tout ce qui s'offrait à mes sens. La cloche de verre qui avait protégé notre retraite était brisée, le terrier obscur qui avait assuré notre tranquillité était retourné. Et pas la moindre exaltation dans tout ceci, aucune trace de ce plaisir dans la douleur que Marian professait. Rien que de sombres ruminations et un sentiment d'abandon et d'injustice. En dépit des exhortations de Marian, je n'agrée pas l'univers.

Ne connaissant pas d'autre expédient face à l'inquiétude que celui qui fonctionnait naguère pour Lou LoPresti comme pour moi, je me suis lancé dans une activité manuelle. Équipé d'une houe et d'un râteau, j'ai entrepris de biner le sol autour des arbrisseaux et buissons plantés le long du talus où, il n'y a pas un an, Marian m'a délivré son sermon sur l'invincible champignon.

Hier, aucun champignon. La couche compacte de feuilles en décomposition collait à l'argile, aux outils et à mes semelles de chaussures. Passant de l'un à l'autre, j'ai sarclé le pourtour des pêchers, encore en boutons serrés, puis, à l'aide du râteau, j'ai tout ramené en un tas. Pas question de jeter cela sur le compost : ces arbres souffrent de la cloque et je ne parviens pas à les en débarrasser. Il faudra donc faire brûler feuilles et paillage afin de cautériser, imparfaitement et sans espoir, un parasite de plus.

Le long de la clôture, les acacias, à présent hauts de dix à douze pieds, bourdonnaient d'abeilles. A leur base aussi l'hiver avait déposé des cochonneries. Il me fallut me pencher fort avant pour les sortir. Sous ce doux soleil, avec une température qui frôlait les vingt degrés, je finis par tomber la veste.

La brise était fraîche et caressante entre les feuilles plumeuses et les inflorescences jaunes. C'était une de ces journées où Marian se serait jetée à corps perdu, se saupoudrant de tous les pollens de la vie. Je me sentais bien moi aussi, j'aimais les odeurs et les bruits qui me parvenaient, et la sensation du soleil sur mon dos courbé. Mais je gardais présent à l'esprit que les pêchers qui se trouvaient derrière moi allaient bientôt fleurir avec autant d'exubérance que ces acacias, pour ensuite exhiber dès le début de leur feuillaison les bouffissures, les flétrissures, l'éléphantiasis obscène de leur maladie chronique. Enfoui au milieu des fleurs, je ne perdais pas de vue l'omniprésence du mal.

J'ai aperçu au loin, s'élevant dans l'azur, le faucon à queue rouge, voisin familier, mais tout aussi difficile à comprendre et à approcher que les autres. Il s'est laissé emporter jusqu'à n'être plus qu'un point, puis il a viré et s'en est revenu vers moi. Avec grâce, avec aisance, sérénité munie de serres, il flottait dans les airs, et son ombre plongeait et filait sur la masse violette des chênes caducs, la forme sombre des yeuses, les marronniers prolongés de chandelles vert cru, et dévalait des pentes herbues moirées par le vent. Les petites bêtes, sentant passer cette ombre, devaient se recroqueviller dans leur trou ou s'aplatir craintivement dans l'herbe tendre.

Avance à découvert, répétait Marian. Va jusqu'à aimer la menace et la douleur, sens-toi vivre pleinement, projette une ombre hardie, accepte, encaisse. Ce que nous appelons le mal n'est qu'un tâtonnement en direction du bien, il fait partie de notre marche tout en approximations successives vers une conscience parfaite.

Allah karim, m'avait dit un jour un lépreux arabe – plus de nez, presque plus de lèvres, repoussant, squameux comme un poisson –, *Allah karim*, Dieu est bon. Laissant tomber un peu de monnaie, je m'étais enfui loin de son épouvantable visage, de sa foi épouvantable. Quand je repense à Marian, mon premier mouvement serait de faire de même.

Dieu est bon ? La vie est bonne ? La nature n'a jamais trahi le cœur qui l'aimait ? En ce cas, pourquoi Marian est-elle partie ainsi ? Pourquoi fut-elle si mal récompensée d'avoir vécu intensément et généreusement et d'être allée à la mort avec tant de dignité ? Pourquoi cette scène atroce au pont pour son ultime regard lucide sur cette terre ? Pourquoi les narcotiques, dont elle ne voulait pas, mais qu'elle ne put refuser, qui annihilèrent son intelligence et sa volonté sans supprimer sa douleur ? Pourquoi cette fin en forme de crucifiement, avec John lui cramponnant une main et l'infirmière l'autre, et la pièce qui résonnait de ses hurlements insanes ?

Je n'accepte pas, je n'encaisse pas. Cependant, il y a une chose qu'elle a réussie. Elle m'a fait toucher du doigt la stupidité de toute tentative de se replier dans sa coquille pour se soustraire aux ennuis et au malheur. C'était aussi insensé que l'ahimsa selon Peck et les états de nirvana instantané auxquels il prétendait atteindre avec un morceau de sucre, du bruit ou l'exercice de ses sphincters anaux. On ne se purifie pas en soufflant de l'eau par le nez ni en se retranchant de l'univers du travail mercenaire. C'est ainsi que l'on s'abuse soi-même. Je n'aimais pas Peck en raison de son inclination pour l'irrationnel, et là-dessus je n'ai pas varié ; mais ce qui surtout me le rendait difficile à supporter était ma propre folie, rendue si manifeste en lui.

Il n'est pas possible de fausser compagnie au fatum. Il est omniprésent.

J'étais appuyé sur mon râteau à ruminer des pensées de cet ordre, assurément pas pour la première fois, mais avec une sorte d'amertume redoublée en raison de l'éclat et de la pureté de l'après-midi, lorsque j'ai aperçu marchant dans la prairie Lucio, Fran et Julie LoPresti, suivis de leur bâtard. A une ou deux reprises ils ont regardé dans ma direction, mais s'ils m'ont vu derrière les acacias ils n'en ont rien montré. Je pense du reste qu'ils étaient trop occupés les uns des autres, cheminant lentement, les yeux au sol, ne levant le nez que pour se parler.

Je les avais tous trois perdus de vue depuis belle lurette, et cela a été un choc de découvrir Julie avec son gros ventre, allant à pas précautionneux, le buste renversé en arrière afin de contrebalancer une grossesse de six ou sept mois. Mais autre chose m'a frappé plus encore. Les trois personnes qui traversaient ce pré printanier en s'entretenant sérieusement – où faire accoucher Julie ? comment s'organiser quand le bébé arriverait ? comment procéder pour la reprise de sa scolarité ? – formaient une famille unie. Ils se parlaient comme je ne les avais jamais vus le faire. Et quand ils sont arrivés à la clôture du verger de Weld et qu'ils ont dû revenir sur leurs pas, j'ai noté que les cheveux de Julie, jadis raides et plats, étaient réunis en une seule tresse semblable à celle que sa mère avait coutume de porter.

Ainsi, peut-être Julie a obtenu quelque chose qu'elle avait obscurément recherché. Je ne pense pas que l'enfant sera confié aux services de l'adoption comme une Fran furieuse avait pu tout d'abord le laisser entendre. Je ne doute pas que mère et grand-mère s'en partageront la garde et les soins. Mais, tout en épiant ainsi ce conseil de famille de derrière mes acacias, je leur en voulais à tous les trois : l'enfant de Julie, résultat de son animosité pour Fran, allait voir le jour, alors que celui de Marian ne fut qu'une petite chose aux chairs bleuies qui a vaguement bougé, faiblement chevroté, puis s'est éteinte.

La mort dans l'âme, je me suis remis à ratisser sous la haie flavescente. Des pousses nouvelles accrochaient les dents de l'outil et, me baissant pour y regarder de plus près, j'ai vu que c'était du sumac. Alors que j'ai, pendant deux ans et plus, nettoyé tout le coin en traitant systématiquement chaque pousse et drageon, un oiseau ou bien le vent aura déposé une baie qui a germé à un endroit où je vais avoir un mal de chien à pulvériser de l'herbicide sans faire mourir les plantes auxquelles je tiens.

« Vous vous demandiez ce qu'il y a dans le lait de baleine. Vous comprenez maintenant ? Songez à la force qu'il y a là-dessous, cette force qui pousse les choses à naître. »

Je n'avais su que répondre à l'époque. J'aurais peut-être aujourd'hui une réponse. Oui, songez-y, pourrais-je lui dire. Et songez donc aussi au côté aveugle et aléatoire de la chose, à notre impuissance face au phénomène, à l'impossibilité où nous nous trouvons de l'endiguer ou de le canaliser. Songez au nombre de fois où la beauté et la fragilité et la grâce se trouvent étouffées par les mauvaises herbes. Songez comme est interminable et incertaine l'évolution qui donnera la fleur.

Même de son vivant, jamais son apologie d'un perfectionnisme biologique n'a pu me convaincre. Elle n'a jamais réussi à me persuader d'ignorer ou de simplement regarder comme des plaisirs âpres le mal que je pressens dans chaque rouille, charbon, nuisible qui infeste mon jardin – et que pour ma part je ressens comme un crapaud posé sur mon cœur. Songez à la force de la vie, oui, mais songez aussi à la part de ténèbres qui s'y tient tapie. Il y a dans le lait de la baleine un élément qui annonce la souffrance et la mort.

Et alors ? La flagrante évidence est admise, et puis quoi ? Effacerais-je, si je le pouvais, Marian Catlin de ma conscience imparfaite ? Renoncerais-je au plaisir de sa compagnie pour m'épargner la tristesse de sa disparition ? En reviendrais-je à ma propre solution, qui était le sommeil crépusculaire, afin d'esquiver la souffrance qu'elle apporta avec elle ?

Jamais de la vie. Ainsi donc, malgré quelques grincements de dents, je reconnais la réalité de ma conversion. Il se passe pour moi ce qu'un jour je lui ai dit qu'il se passerait pour sa fille. Je serai, toute ma vie durant, plus riche de ce chagrin.

TABLE

DU MÊME AUTEUR

AUX ÉDITIONS PHÉBUS

Vue cavalière, roman
Traduit de l'anglais par
Éric Chédaille

DOMAINE ÉTRANGER
AUX ÉDITIONS PHÉBUS

DOMAINE ANGLO-SAXON

BARBELLION
Journal d'un homme déçu

JOHN CALVIN BATCHELOR
Antarctica, roman
Nouvelles aventures de la comète de Halley, roman

NEIL BISSOONDATH
Retour à Casaquemada, roman
L'Innocence de l'âge, roman

RICHARD D. BLACKMORE
Lorna Doon, roman

T. CORAGHESSAN BOYLE
Water Music, roman
La Belle Affaire, roman

JOHN BUCHAN
Salut aux coureurs d'aventure !, roman

ROY CHANSLOR
Johnny Guitare, roman

W. WILKIE COLLINS
Pierre de Lune, roman
Préface de Charles Palliser
La Dame en blanc, roman
Armadale, roman
Sans nom, roman
Histoires regrettables, nouvelles

JOHN CRANNA
Les Visiteurs, nouvelles

R. B. CUNNINGHAME GRAHAM
El Paso, nouvelles

SIR ARTHUR CONAN DOYLE
La Compagnie blanche, roman
Sir Nigel, roman

DAPHNÉ DU MAURIER
Le Général du Roi, roman
Mary Anne, roman
L'Amour dans l'âme, roman
Le Bouc émissaire, roman
Le Vol du Faucon, roman
La Maison sur le rivage, roman
Les Souffleurs de verre, roman

EDNA FERBER
Géant, roman

ELIZABETH GOUDGE
L'Arche dans la tempête, roman
La Colline aux Gentianes, roman

RICHARD HUGHES
Cyclone à la Jamaïque, roman
Péril en mer, roman

ROBERT IRWIN
Les Mystères d'Alger, roman
Nocturne oriental, roman
Cadavre exquis, roman

MEYER LEVIN

Crime, roman

NORMAN LEVINE

Pourquoi habitez-vous si loin?, nouvelles

NORMAN LEWIS

Torre del Mar, roman

Comme à la guerre, roman

L'Ile aux chimères, roman

SINCLAIR LEWIS

Elmer Gantry, le charlatan, roman

LUDWIG LEWISOHN

Le Destin de Mr Crump, roman
Préface de Thomas Mann

Crime passionnel, roman

RICHARD LLEWELLYN

Qu'elle était verte ma vallée!, roman

GEORGE MACKAY BROWN

Le Dernier Voyage, roman

THOMAS MALLON

Henry et Clara, roman

A.E.W. MASON

Les Quatre Plumes blanches, roman

NICHOLAS MONSARRAT

La Mer cruelle, roman

JAMES MORIER

Les Aventures de Hadji Baba d'Ispahan, roman

Les Aventures de Hadji Baba en Angleterre, roman

FRANK NORRIS

Les Rapaces, roman

JOSEPH O'CONNOR
Les Bons Chrétiens, nouvelles
Desperados, roman

O. HENRY
Contes du Far West
Préface par Antoine Blondin

CHARLES PALLISER
I. Le Quinconce, roman
II. Les Faubourgs de l'enfer, roman
III. Le Destin de Mary, roman
IV. La Clé introuvable, roman
V. Le Secret des Cinq-Roses, roman
Trahisons, roman
Les Morts reviennent toujours, roman

MERVYN PEAKE
Titus d'Enfer, roman
Préface par André Dhôtel

TIM PEARS
Un été brûlant, roman

ROBERT PENN WARREN
L'Esclave libre, roman
Les Fous du roi, roman

JOHN COWPER POWYS
Wood and Stone, roman
Owen Glendower, roman :
I. Les Tours de Mathrafal
II. Les Forêts de Tywyn

LLEWELYN POWYS
L'Amour, la Mort, roman

GARLAND ROARK
Le Réveil de la « *Sorcière rouge* », roman

KENNETH ROBERTS
L'Ile de Miséricorde, roman

RAFAEL SABATINI
Pavillon noir, roman
Captain Blood, roman
Le Faucon des mers, roman

SIEGFRIED SASSOON
Mémoires d'un chasseur de renards, roman

JACK SCHAEFER
Shane, roman

OLIVE SCHREINER
La Nuit africaine, roman

SAMUEL SHELLABARGER
Capitaine de Castille, roman

CHARLES SIMMONS
Les Locataires de l'été, roman

WALLACE STEGNER
Vue cavalière, roman

JOHN STEINBECK
Le Règne éphémère de Pépin IV, roman

WILLIAM TREVOR
En lisant Tourgueniev, roman
Ma maison en Ombrie, roman
Le Silence du jardin, roman
Le Voyage de Felicia, roman

RICHARD WATSON
Les Chutes du Niagara, roman

KATHLEEN WINSOR
Ambre, roman
D'or et d'argent, roman

HERMAN WOUK
Ouragan sur le « Caine », roman

Cet ouvrage
réalisé pour le compte des Éditions Phébus
a été mis en pages par In Folio,
reproduit et achevé d'imprimer
en mars 1999
dans les ateliers de Normandie Roto Impressions S.A.
61250 Lonrai
N° d'imprimeur : 99-0004

Dépôt légal : avril 1999
I.S.B.N. : 2-85940-577-1
I.S.S.N. : 1157-3899